CB005104

UM LUGAR INCERTO

A marca FSC é a garantia de que a madeira utilizada na fabricação do papel deste livro provém de florestas que foram gerenciadas de maneira ambientalmente correta, socialmente justa e economicamente viável, além de outras fontes de origem controlada.

FRED VARGAS

UM LUGAR INCERTO

TRADUÇÃO
Dorothée de Bruchard

Companhia Das Letras

Copyright © 2008 by Éditions Viviane Hamy

Grafia atualizada segundo o Acordo Ortográfico da Língua Portuguesa de 1990, que entrou em vigor no Brasil em 2009.

Ouvrage publié avec le concours du Ministère français chargé de la culture — Centre national du livre. [Obra publicada com o apoio do Ministério francês da cultura — Centro nacional do livro.]

Título original:
Un lien incertain

Capa:
Elisa V. Randow

Foto de capa:
© *Trent Parke/ Magnum Photos/ Latin Stock Mataranka, Austrália, 2003.*

Preparação:
Ciça Caropreso

Revisão:
Ana Maria Barbosa
Luciana Baraldi

Dados Internacionais de Catalogação na Publicação (CIP)
(Câmara Brasileira do Livro, SP, Brasil)

Vargas, Fred
 Um lugar incerto / Fred Vargas ; tradução Dorothée de Bruchard. — São Paulo : Companhia das Letras, 2011.

 Título original: Un lien incertain.
 ISBN 978-85-359-1807-6

 1. Ficção policial e de mistério (Literatura francesa) I. Título.

11-00207 CDD-843.0872

Índice para catálogo sistemático:
1. Ficção policial e de mistério : Literatura francesa 843.0872

2011

Todos os direitos desta edição reservados à
EDITORA SCHWARCZ LTDA.
Rua Bandeira Paulista 702 cj. 32
04532-002 — São Paulo — SP
Telefone (11) 3707-3500
Fax (11) 3707-3501
www.companhiadasletras.com.br

UM LUGAR INCERTO

1

O delegado Adamsberg sabia passar camisas, sua mãe tinha lhe ensinado a aplanar o encaixe do ombro e alisar o tecido em torno dos botões. Ele desligou o ferro, arrumou as roupas na mala. Barbeado, penteado, estava indo para Londres, não havia jeito de se esquivar.

Puxou a cadeira até um quadrado de sol que batia na cozinha. A peça tinha abertura para três lados, de modo que ele passava a vida deslocando a cadeira em volta da mesa redonda, acompanhando a luz como faz o lagarto em volta da rocha. Adamsberg largou a xícara de café do lado leste e sentou-se de costas para o calor.

Ele concordava em ir até Londres conferir se o Tâmisa tinha o mesmo cheiro de roupa mofada que o Sena, ouvir como piavam as gaivotas. Podia ser que as gaivotas piassem em inglês de forma diferente do que em francês. Mas não lhe deixariam tempo para isso. Três dias de simpósio, dez conferências por sessão, seis debates, uma recepção no Ministério do Interior. Haveria mais de cem tiras topo de linha amontoados no grande hall, tiras e nada além disso, vindos de vinte e três países a fim de otimizar a grande Europa policial e, mais especificamente, de "harmonizar a gestão dos fluxos migratórios". Esse o tema do colóquio.

Diretor da Brigada Criminal de Paris, Adamsberg tinha de marcar presença, mas não estava preocupado. Sua participação seria leve, quase aérea, em parte devido à sua hostilidade para com a "gestão dos fluxos", em parte porque nunca conseguira memorizar uma única palavra em inglês.

Terminou tranquilamente seu café, enquanto lia a mensagem enviada pelo comandante Danglard. *Nos vemos daqui a 1h20 no check-in. Droga de túnel. Peguei um paletó decente para o senhor, com gravt.* Adamsberg passou o polegar pelo visor do telefone, apagando assim a ansiedade de seu assistente como quem tira o pó de um móvel. Danglard era pouco afeito à caminhada, à corrida, e muito menos às viagens. Transpor o Canal da Mancha pelo túnel o atormentava tanto quanto passar por cima dele de avião. Não cederia, porém, seu lugar a mais ninguém. Havia trinta anos o comandante se fixara na elegância do vestuário britânico, com a qual contava para compensar sua natural falta de elegância. A partir dessa opção vital, estendera sua gratidão a todo o Reino Unido, transformando-se no protótipo do francês anglófilo, adepto do requinte de maneiras, da delicadeza, do humor discreto — a não ser quando perdia totalmente a compostura, que é o que faz a diferença entre um francês anglófilo e um inglês legítimo. De modo que a perspectiva de passar uns dias em Londres o animava, com ou sem fluxo migratório. Só restava transpor o obstáculo daquela *droga de túnel* que ia atravessar pela primeira vez.

Adamsberg deu uma enxaguada na xícara, pegou a mala, se perguntando que tipo de paletó e *gravt* o comandante Danglard escolhera para ele. Seu vizinho, o velho Lucio, bateu pesadamente na porta envidraçada, chacoalhando-a com seu punho considerável. A guerra da Espanha levara-lhe o braço esquerdo aos nove anos de idade, e o membro direito parecia ter aumentado em consequência disso, de forma a concentrar a dimensão e a força das duas mãos. Rosto grudado no vidro, imperioso, chamava Adamsberg com o olhar.

— Vem cá — ele resmungou em tom de comando.
— Ela não está conseguindo pôr para fora, preciso da sua ajuda.

Adamsberg largou a mala do lado de fora, no jardinzinho bagunçado que ele dividia com o velho espanhol.

— Estou indo passar três dias em Londres, Lucio. Te ajudo quando voltar.

— Tarde demais. — rosnou o velho.

E quando Lucio rosnava assim, com a voz vibrando os "r", produzia um som tão surdo que a impressão de Adamsberg era que o som vinha de dentro da terra. Adamsberg ergueu a mala, o espírito já projetado na Gare du Nord.

— O que você não consegue pôr para fora? — perguntou, já virando a chave na porta.

— A gata que mora no alpendre. Você sabia que ela estava para dar cria, não sabia?

— Eu nem sabia que tinha uma gata no alpendre e estou me lixando pra isso.

— Pois agora já sabe. E não vai se lixar, *hombre*. Ela só conseguiu pôr três para fora. Um morreu, e ainda tem dois presos, senti a cabeça deles. Eu empurro fazendo massagem e você tira. Cuidado, não aperte como um brutamontes quando estiver puxando. Um gatinho pode quebrar entre os seus dedos feito biscoito.

Severo e insistente, Lucio coçava o braço faltante e agitava os dedos no ar. Ele já explicara umas tantas vezes que, quando perdera o braço, aos nove anos, havia nele uma picada de aranha que não parara de coçar. Por isso é que, sessenta e nove anos depois, a picada ainda comichava: porque ele não conseguira acabar de coçar, tratar a coisa a fundo, concluir o episódio. Explicação neurológica oferecida por sua mãe e que, para Lucio, acabara fazendo as vezes de uma filosofia completa que ele adaptava a qualquer situação e a qualquer sentimento. É preciso concluir ou, então, nem começar. Ir até a última gota, inclusive no amor. Quando um ato da vida o ocupava intensamente, Lucio se punha a coçar sua picada interrompida.

— Lucio — disse Adamsberg mais claramente, enquanto atravessava o pequeno jardim —, o meu trem sai daqui a uma hora e quinze, o meu assistente está na Gare du Nord se roendo de preocupação, e eu não vou fazer o parto do seu bicho enquanto cem chefes de polícia estão esperando por mim em Londres. Se vire, e no domingo você me conta como foi.

— E como é que eu vou me virar desse jeito? — gritou o velho, erguendo o braço amputado.

Lucio segurou Adamsberg com sua mão forte, projetando seu queixo proeminente e digno de um Velásquez, na opinião do comandante Danglard. O velho já não enxergava o suficiente para se barbear direito e alguns pelos escapavam de sua lâmina. Brancos e duros, apontando aqui e ali, eram como uma decoração de espinhos prateados brilhando um pouco à luz do sol. Lucio agarrava um pelo vez ou outra, prendia-o firmemente entre as unhas e puxava, como quem arranca um carrapato. Não largava o pelo até conseguir, fiel à filosofia da picada de aranha.

— Você vem comigo.

— Me deixa em paz, Lucio.

— *Hombre*, você não tem escolha — disse Lucio com severidade. — Está cruzando o seu caminho, você tem que encarar. Senão vai te comichar pelo resto da vida. São só dez minutinhos.

— O meu trem também está cruzando o meu caminho.

— Mas cruza depois.

Adamsberg largou a mala, resmungou de impotência enquanto seguia Lucio até o alpendre. Uma cabecinha melecada e encharcada de sangue emergia entre as patas do animal. Sob as diretivas do velho espanhol, ele a agarrou com delicadeza enquanto Lucio apertava seu ventre com gestos de profissional. A gata miava desesperadamente.

— Puxe com mais vontade, *hombre*, segure embaixo das patas e puxe! Firme e suave, não aperte a cabeça. Com a outra mão, acaricie a testa da mãe, ela está assustada.

— Lucio, quando eu acaricio a testa de alguém, a pessoa cai no sono.

— *Joder!* Puxe, vamos lá!

* * *

Seis minutos depois, Adamsberg depositava dois ratinhos vermelhos e esganiçantes ao lado de outros dois, sobre um cobertor velho. Lucio cortou os cordões e levou os filhotes, um por um, até as tetas. Observava a mãe, que gemia, com um olhar preocupado.
— Que história é essa da sua mão? Como é que você faz as pessoas pegarem no sono?
Adamsberg balançou a cabeça.
— Não sei. Quando eu ponho a mão na cabeça das pessoas, elas pegam no sono. Só isso.
— Você faz isso com o seu moleque?
— Faço. Acontece também de as pessoas dormirem quando estou falando com elas. Eu até já fiz dormir alguns suspeitos durante o interrogatório.
— Então, faça isso com a mãe. *Apúrate!* Faça ela dormir.
— Caramba, Lucio, não entra na sua cabeça que eu tenho um trem para pegar?
— Temos que acalmar a mãe.
Adamsberg estava se lixando para a gata, mas não para o olhar escuro que o velho fixava nele. Acariciou a cabeça — incrivelmente macia — da gata, já que, era verdade, ele não tinha escolha. Os arquejos do animal foram amainando enquanto os dedos de Adamsberg deslizavam feito bolas de gude entre o focinho e as orelhas. Lucio, apreciando, meneava a cabeça.
— Ela dormiu, *hombre*.
Adamsberg soltou a mão devagarinho, limpou-a na grama úmida e se afastou andando de costas.

Ao avançar pela plataforma da Gare du Nord, sentia as substâncias ressecadas endurecendo entre seus dedos e debaixo das unhas. Estava vinte minutos atrasado, Danglard vinha andando em sua direção com passo apressado. Tinha-se sempre a impressão de que as pernas de Danglard, mal estruturadas, iam se desarticular nos joelhos quando ele tentava correr. Adamsberg ergueu uma mão para interromper sua corrida e suas reclamações.

— Eu sei — disse. — Foi um negócio que cruzou o meu caminho e eu tive que encarar, para não ficar depois me coçando o resto da vida.

Danglard estava tão acostumado com as frases incompreensíveis de Adamsberg que raramente se dava ao trabalho de fazer perguntas. Como muitos outros da Brigada, deixava para lá, sabendo separar o interessante do inútil. Esbaforido, apontou para o guichê do *check-in* e saiu na direção contrária. Enquanto o seguia, sem acelerar, Adamsberg procurava se lembrar de que cor era a gata. Branca com manchas cinzentas? Com manchas ruivas?

2

— Na França também existem esquisitices — disse, em inglês, o superintendente Radstock a seus colegas parisienses.
— O que foi que ele disse? — perguntou Adamsberg.
— Que na França também existem esquisitices — traduziu Danglard.
— É verdade — concordou Adamsberg, sem se interessar pela conversa.
O importante para ele, no momento, era caminhar. Estava em Londres em junho, era noite, ele queria caminhar. Os dois dias de simpósio começavam a lhe exaurir os nervos. Ficar sentado horas e horas era uma das raras provações capazes de derrubar sua fleuma, de lhe fazer sentir o estranho estado que as outras pessoas chamavam de "impaciência" ou "febrilidade" e que em geral lhe era inacessível. Na véspera, tinha conseguido dar três escapadas, dera uma volta meio apressada pelo bairro, memorizara os alinhamentos das fachadas de tijolo à vista, as perspectivas das colunas brancas, os lampadários pretos e dourados, dera alguns passos por uma viela chamada St. Johns Mews, e só Deus sabe como se pronuncia algo como "Mews". Ali, um bando de gaivotas fugira gritando em inglês. Mas as ausências dele tinham sido notadas. Hoje tivera de aguentar firme na cadeira, resistindo aos discursos dos colegas, incapaz de acompanhar o ritmo rápido do intérprete. O hall estava saturado de policiais, de tiras que usavam de muita engenhosidade para apertar o cerco destinado a "harmonizar

o fluxo migratório", a cingir a Europa com uma grade intransponível. Tendo sempre preferido o fluido ao sólido, o flexível ao estático, Adamsberg se adaptava naturalmente aos movimentos desse "fluxo" e buscava com ele maneiras de transbordar das fortificações que iam se aprimorando diante de seus olhos.

O colega da New Scotland Yard, Radstock, demonstrava ser muito entendido em cercos, mas não parecia obcecado pela questão do rendimento deles. Estava para se aposentar dali a menos de um ano, com a ideia bem britânica de ir pescar uns troços num lago lá em cima, segundo Danglard, que entendia e traduzia tudo, incluindo o que Adamsberg não tinha vontade de saber. Adamsberg preferiria que seu assistente economizasse suas traduções inúteis, mas eram tão raros os prazeres de Danglard, e ele parecia tão contente, se refestelando na língua inglesa feito um javali em lama de qualidade, que Adamsberg não quis tirar uma migalha sequer de sua alegria. Aqui, o comandante Danglard parecia feliz, quase leve, endireitava o corpo molenga, aprumava os ombros caídos, adquiria um porte que o deixava quase distinto. Talvez cogitasse se aposentar um dia com aquele novo amigo e ir pescar uns troços no lago lá em cima.

Radstock aproveitava a boa vontade de Danglard para lhe contar em detalhe sua vida na Yard e também uma porção de anedotas "picantes" que julgava próprias para agradar convidados franceses. Danglard o escutara durante o almoço inteiro sem demonstrar sinais de cansaço, ao mesmo tempo que conferia a qualidade do vinho. Radstock chamava o comandante de "Denglarde" e os dois policiais estimulavam um ao outro, abastecendo-se mutuamente de histórias e bebida, deixando Adamsberg de lado. Adamsberg era o único entre os cem policiais a não possuir sequer rudimentos da língua. Seu convívio, portanto, era marginal, tal como ele imaginara, e poucos entenderam quem ele era exatamente. A seu lado vinha o jovem brigadeiro Estalère, olhos verdes sempre arregalados por uma surpresa crônica. Fora desejo de Adamsberg incluí-lo naquela missão. Afirmava que o caso de Estalère iria se ajeitar e, de quando em quando, despendia alguma energia nesse sentido.

Mãos no bolso e elegantemente vestido, Adamsberg aproveitava ao máximo a longa caminhada, enquanto Radstock ia de uma rua a outra a fim de lhes fazer as honras das singularidades da vida noturna londrina. Aqui, uma mulher dormia sob um teto de guarda-chuvas costurados um no outro, com um *teddy bear* de mais de um metro nos braços. "Urso de pelúcia", Danglard traduziu. "Eu tinha entendido", disse Adamsberg.

— E ali está lorde Clyde-Fox — disse Radstock apontando para uma avenida perpendicular. — O protótipo daquilo que vocês, na França, chamam de aristocrata excêntrico. Na verdade, já não nos restam tantos assim, eles se reproduzem pouco. Esse aí ainda é jovem.

Radstock se deteve para que eles pudessem observar a figura, com a satisfação de quem mostra uma peça rara a seus convidados. Adamsberg e Danglard contemplavam, obedientes. Alto e magro, lorde Clyde-Fox balançava desajeitadamente no lugar, à beira de um tombo, apoiando-se num pé e noutro. A uns dez passos dali, outro homem fumava um charuto, cambaleando, observando as dificuldades do companheiro.

— Interessante — disse educadamente Danglard.

— Ele anda direto por estas redondezas, mas nem todas as noites — disse Radstock, como se seus colegas estivessem sendo realmente premiados pela sorte. — Gostamos um do outro. Ele é cordial, tem sempre uma palavra gentil. É uma referência à noite, uma luz familiar. A esta hora está vindo dos bares e tentando voltar para casa.

— Bêbado? — perguntou Danglard.

— Nunca totalmente. Para ele é uma questão de honra explorar os limites, todos os limites, e se agarrar a eles. Segundo ele, ao circular sobre as linhas de crista, equilibrado entre uma vertente e outra, é certo que ele vai sofrer, mas nunca vai se entediar. Tudo bem, Clyde-Fox?

— Tudo bem, Radstock? — respondeu o homem, abanando a mão.

— Simpático — comentou o superintendente. — Enfim, depende. Quando a mãe dele morreu, há dois anos, ele queria comer uma caixa inteira de fotos dela. A irmã interveio com alguma brutalidade e a coisa acabou mal. Para ela, uma noite no hospital e, para ele, uma noite na delegacia. O lorde estava louco de raiva porque não deixaram que engolisse as fotos.

— Comer de verdade? — perguntou Estalère.

— De verdade. Mas o que são umas poucas fotos? Dizem que certa vez, na França, um sujeito quis comer um armário de madeira.

— O que foi que ele disse? — perguntou Adamsberg, ao ver que as sobrancelhas de Radstock se erguiam.

— Ele disse que, na França, um sujeito quis comer um armário de madeira. O que, aliás, ele fez em alguns meses, com a ajuda intermitente de dois, três amigos.

— Uma esquisitice total, não é, Denglarde?

— Total. Isso foi no início do século xx.

— É normal — disse Estalère, que não raro escolhia mal suas palavras ou pensamentos. — Sei de um homem que comeu um avião, e só levou um ano para isso. Um avião pequeno.

Radstock meneou a cabeça com certa gravidade. Adamsberg já reparara que ele tinha certo gosto por enunciados solenes. Às vezes, elaborava frases longas que — pelo tom — tratavam da humanidade e do que era feito dela, do bem e do mal, de anjos e demônios.

— Existem coisas — disse Radstock, enquanto Danglard traduzia simultaneamente — que o homem não está apto a conceber enquanto outro homem não tem a estranha ideia de realizá-las. Mas, uma vez concretizada, a coisa, seja boa ou má, entra para o patrimônio da humanidade. Utilizável, reproduzível e até superável. O homem que come um armário abre a possibilidade de outro comer um avião. Assim se vai, aos poucos, desvendando o grande continente perdido da demência, como um mapa que se enriquece ao sabor das explorações. Avançamos através desse continente sem visibilidade apenas por experiência, é o que eu sempre digo aos meus homens. Por isso lorde Clyde-Fox está aí pondo e tirando os sapatos, nem sei quantas vezes ele já fez isso. E a gente não sabe por quê. Quando souber, outra pessoa vai poder fazer igual.

— Ei, Clyde-Fox! — chamou o velho policial, aproximando-se. — Algum problema?

— Ah, Radstock — respondeu o lorde com voz muito suave.

Os dois homens trocaram um cumprimento familiar, dois frequentadores da noite, dois entendidos que não tinham nada a esconder um do outro. Clyde-Fox estava com um dos pés só de meia na calçada e segurava na mão o sapato, cuja parte interna perscrutava atentamente.

— Algum problema? — repetiu Radstock.

— Um problema e tanto. Vá dar uma olhada, se tiver coragem.

— No quê?

— Na entrada do antigo cemitério de Highgate.

— Não gosto que fiquem fuçando por lá — resmungou Radstock. — O que você foi fazer no cemitério?

— Uma exploração de limites, na companhia de amigos seletos — disse o lorde, indicando com o polegar seu colega do charuto. — Dos limites entre o temor e a razão. Conheço aquele lugar como a palma da minha mão, mas ele queria dar uma olhada. Cuidado — acrescentou Clyde-Fox, abaixando a voz. — O amigo está mais pra lá do que pra cá e é rápido no gatilho. Já arrebentou dois caras lá no *pub*. Professor de dança cubana. Nervoso. Não é daqui.

Lorde Clyde-Fox sacudiu mais uma vez o sapato no ar, tornou a calçá-lo, tirou o outro.

— O.k., Clyde-Fox. Mas e os seus sapatos? Você está tirando alguma coisa?

— Não, Radstock, só estou conferindo.

O cubano soltou uma frase em espanhol, que parecia dizer que já estava cheio e estava caindo fora. O lorde lhe endereçou um gesto de indiferença.

— Na sua opinião — retomou Clyde-Fox, — o que é que se pode colocar num sapato?

— Os pés — interveio Estalère.

— Exato — disse Clyde-Fox, dirigindo um olhar de aprovação ao jovem brigadeiro. — E é melhor dar uma olhada se seus próprios pés é que estão dentro dos seus sapatos. Radstock, se iluminar aqui com a lanterna, quem sabe consigo resolver esse negócio.

— O que você quer que eu lhe diga?

— Diga se está vendo alguma coisa aí dentro.

Enquanto Clyde-Fox segurava o sapato, Radstock inspecionou metodicamente a parte interna. Adamsberg, esquecido, vagava a passos lentos em volta deles. Ficava imaginando o cara mastigando o armário, pedacinho por pedacinho, meses a fio. Perguntava-se o que ele iria achar melhor comer: um armário, um avião ou as fotos de sua mãe. Ou alguma outra coisa? Alguma outra coisa que delineasse melhor uma parte do *continente perdido da demência* que o superintendente descrevera.

— Nada — disse Radstock.

— Tem certeza?

— Tenho.

— Muito bem — disse Clyde-Fox, tornando a calçar o sapato. — História pesada. Faça o seu trabalho, Radstock, vá dar uma olhada. Na entrada. Um monte de sapatos velhos na calçada. Prepare a alma. Deve ser uns vinte, talvez, não há como não ver.

— Esse não é trabalho meu, Clyde-Fox.

— É claro que é. Estão cuidadosamente alinhados, com o bico apontando para o cemitério como se quisessem entrar lá. É claro que estou falando da antiga entrada principal.

— O antigo cemitério é vigiado à noite. Fechado para os homens e para os sapatos dos homens.

— Pois mesmo assim eles querem entrar, e a postura

deles é bem desagradável. Vá dar uma olhada, faça o seu trabalho.

— Clyde-Fox, não estou nem aí se os seus sapatos velhos estão querendo entrar lá dentro.

— Falha sua, Radstock. Porque tem uns pés dentro dos sapatos.

Fez-se um silêncio, uma desagradável onda de choque. Um fraco gemido saiu da garganta de Estalère, Danglard apertou os braços. Adamsberg parou de andar e levantou a cabeça.

— Droga — sussurrou Danglard.

— O que foi que ele disse?

— Disse que tem uns sapatos velhos querendo entrar no antigo cemitério. Disse que é falha do Radstock não querer ir lá dar uma olhada, porque tem uns pés dentro dos sapatos.

— Tudo bem, Denglarde — interrompeu Radstock. — Ele está de pileque. Tudo bem, Clyde-Fox, você está de pileque. Vá para casa.

— Tem uns pés dentro dos sapatos, Radstock — repetiu o lorde com voz pausada, para mostrar que estava equilibrado na sua linha de crista. Cortados na altura das canelas. E esses pés estão tentando entrar lá.

— Estão tentando entrar, o.k.

Lorde Clyde-Fox começou a se pentear com apuro, sinal de sua partida iminente. Compartilhar seu problema parecia tê-lo trazido de volta à vida normal.

— Considere que são uns sapatos bastante velhos — acrescentou —, talvez de uns quinze ou vinte anos. De homens, mulheres.

— Mas e os pés? — perguntou Danglard discretamente. — Os pés já estão como esqueleto?

— *Let down*. Ele está de pileque, Denglarde.

— Não — disse Clyde-Fox, guardando o pente e ignorando o superintendente. — Os pés estão praticamente intactos.

— E estão tentando entrar lá — concluiu Radstock.

— Exato, *old man*.

3

Radstock resmungava em voz baixa e contínua, mãos apertando o volante, conduzindo-os rapidamente ao antigo cemitério do subúrbio norte de Londres. Eles tinham que ter cruzado com o Clyde-Fox. Aquele maluco tinha que ter conferido se nenhum pé tinha ido se enfiar no sapato dele. E lá estavam eles, agora, rodando para Highgate porque o lorde tinha caído da linha de crista e tido uma visão. Haveria tantos sapatos na frente do cemitério quanto havia pés nos sapatos de Clyde-Fox.

Mas Radstock não queria ir até lá sozinho. É claro que não, faltando poucos meses para a sua aposentadoria. Fora difícil convencer o simpático Denglarde a acompanhá-lo, como se aquela excursão repugnasse o comandante. Mas como o francês podia saber o que quer que fosse sobre Highgate? Em compensação, não houvera problema algum com Adamsberg, nem um pouco incomodado por aquele desvio. O delegado parecia se mover numa semivigília tranquila e conciliadora, era de se perguntar se sua profissão chegava mesmo a merecer sua atenção. Em compensação, os olhos do jovem assistente, grudados no vidro, se arregalavam diante de Londres. Na opinião de Radstock, o tal Estalère era praticamente um idiota, e muito o surpreendia que tivessem autorizado sua participação no simpósio.

— Por que não mandou dois de seus homens? — perguntou Danglard, cujo semblante permanecia contrariado.

— Não posso deslocar uma equipe por causa de uma visão do Clyde-Fox, Denglarde. Afinal, trata-se de um homem que tentou comer as fotos da mãe dele. Mas a gente tem obrigação de ir conferir, não é?

Não, Danglard não se sentia com nenhuma obrigação. Feliz por estar ali, feliz por adotar os modos ingleses, feliz por uma mulher ter prestado atenção nele já no primeiro dia do simpósio. Havia anos que já não esperava por esse milagre e, embotado que estava desde sua fatalista renúncia às mulheres, não provocara nada. Ela é que fora falar com ele, sorrira, multiplicando os pretextos para cruzar com ele. Se é que ele não havia se enganado. Danglard se perguntava como era possível e se questionava até o ponto da tortura. Revisava sem cessar os frágeis sinais capazes de invalidar ou de confirmar suas esperanças. Classificava-os, avaliava-os, calculava sua confiabilidade como quem tateia o gelo antes de pisar nele. Testava sua consistência, seu possível conteúdo, tentava descobrir se sim ou se não. Até que os sinais acabavam perdendo a substância de tanto ser mentalmente examinados. Estava precisando de dados novos, de indicativos suplementares. E, àquela hora, a mulher devia, sem dúvida, estar no bar do hotel com os demais congressistas. Arrastado para a expedição de Radstock, iria se desencontrar dela.

— Por que temos de ir lá conferir? O lorde está caindo de bêbado.

— Porque é em Highgate — o superintendente respondeu entredentes.

Danglard sentiu remorso. Devido à intensidade de suas reflexões sobre a mulher e sobre os sinais, ele não reagira à palavra "Highgate". Ergueu a cabeça para responder, mas Radstock o interrompeu com um gesto de mão.

— Não, Denglarde, você não tem como entender — disse ele com o tom áspero, triste e definitivo de um velho soldado que não quer dividir sua guerra. — Você não estava em Highgate. Eu, sim.

— Mas entendo que você não tenha vontade de voltar lá e que esteja indo mesmo assim.

— Muito me espantaria, Denglarde, sem querer ofender.

— Eu sei o que aconteceu em Highgate.
Radstock lançou-lhe um olhar de espanto.
— Danglard sabe tudo — explicou Estalère tranquilamente, lá do fundo do carro.

Sentado atrás ao lado dele, Adamsberg escutava a conversa, captando algumas palavras. Era óbvio que Danglard sabia uma porção de coisas sobre o tal Highgate que ele, Adamsberg, ignorava por completo. Era normal, se é que se podia considerar normal a prodigiosa abrangência dos conhecimentos do comandante. Ele estava muito além do que se entendia por "homem culto". Era uma criatura com uma erudição fenomenal, que possuía uma rede complexa de infinitos conhecimentos que, na opinião de Adamsberg, tinham acabado por estruturá-lo por inteiro, substituindo um a um todos os seus órgãos. Era de se perguntar como Danglard ainda conseguia se mover como um sujeito quase comum. Por isso ele caminhava tão mal e nunca perambulava. Em compensação, devia saber com toda a certeza o nome do sujeito que tinha comido o armário. Adamsberg observou o perfil flácido de Danglard, agitado naquele momento pelo frêmito que, nele, indicava o sopro da ciência. O comandante decerto repassava em alta velocidade o seu grande livro do conhecimento sobre Highgate. Ao mesmo tempo, uma preocupação lancinante afrouxava sua concentração. Era a mulher do simpósio, claro, que arrastava sua mente para uma espiral de perguntas. Adamsberg voltou o olhar para o colega britânico de nome impossível de lembrar. Stock. Ele não estava pensando em nenhuma mulher nem explorando seus conhecimentos. Stock simplesmente estava com medo.

— Danglard — disse Adamsberg, batendo de leve no ombro de seu assistente —, o Stock não está a fim de ir lá ver esses sapatos.

— Já falei que ele entende o básico do francês corriqueiro. Em código, delegado.

Adamsberg assentiu. Para que Radstock não pudesse entendê-lo, Danglard lhe aconselhara a falar muito depressa e num tom uniforme, engolindo as palavras, mas aquele era um exercício impossível para Adamsberg. A lentidão que imprimia às palavras era a mesma de seus passos.

— Ele não está nem um pouco a fim — disse Danglard num tom acelerado. — Ele tem lembranças de lá e não gosta delas.

— O que é "lá"?

— Lá? É um dos cemitérios mais barrocos do Ocidente, um exagero, um arrebatamento artístico e macabro. Sepulturas góticas, mausoléus, esculturas egípcias, excomungados e assassinos. Tudo ali perdido na bagunça organizada dos jardins ingleses. Um lugar único, único demais, um cadinho de delírios.

— Entendi, Danglard. Mas o que aconteceu nessa bagunça?

— Fatos terríveis e, no final das contas, pouca coisa. Mas é uma "pouca coisa" que pode ser pesada para quem a presenciou. Por isso o antigo cemitério é vigiado à noite. Por isso o nosso colega aqui não vai até lá sozinho, por isso estamos neste carro em vez de estarmos tranquilamente tomando uma bebidinha no hotel.

— Tomando uma bebidinha com quem, Danglard?

Danglard fez um muxoxo. Os olhos de Adamsberg podiam captar os mais tênues filamentos da vida, mesmo que eles não passassem de sussurros, de sensações ínfimas, de movimentos do ar. O delegado notara a mulher no simpósio, claro. E enquanto Danglard ficava remoendo os fatos até o ponto da obsessão esterilizante, Adamsberg já devia ter uma impressão formada.

— Com ela — sugeriu Adamsberg, prosseguindo em meio ao silêncio. — Com a mulher que morde as hastes dos óculos vermelhos, a mulher que olha para você. No crachá dela está escrito "Abstract". O nome dela é Abstract?

Danglard sorriu. A ideia de a única mulher a ter buscado seu olhar nos últimos dez anos se chamar "Abstrata" lhe convinha dolorosamente bem.

— Não. É o trabalho dela. Ela é responsável por juntar e distribuir os resumos das conferências. *Abstract* quer dizer resumo.
— Ah, muito bem. Mas então qual é o nome dela?
— Eu não perguntei.
— O nome, é o que a gente tem que saber para começar.
— Primeiro, eu queria saber o que passa na cabeça dela.
— Você não sabe? — retrucou Adamsberg, surpreso.
— Como assim? Para isso eu teria que perguntar. E saber se dá para perguntar. E me perguntar o que dá para saber.

Adamsberg suspirou, desistindo diante dos meandros intelectuais de Danglard.

— Mas o que passa pela cabeça dela é coisa séria — ele retomou. — E um drinque a mais ou a menos hoje à noite não vai mudar nada.
— Que mulher? — perguntou Radstock em francês, irritado ao constatar que os dois homens faziam o possível para excluí-lo da conversa. E, principalmente, ao entender que o delegado baixinho, moreno e descabelado tinha percebido o seu medo.

O carro agora ladeava o cemitério, e Radstock, de repente, desejou que a cena descrita por lorde Clyde-Fox não fosse uma visão. Para que Adamsberg, o francesinho despreocupado, também tivesse sua parte no pesadelo de Highgate. Que tivesse sua parte e partilhasse com a gente, *God*. Aí ele queria ver se, depois disso, o policialzinho ainda ia continuar tão tranquilo. Radstock parou o carro junto à calçada e não desceu. Abaixou o vidro uns vinte centímetros e prendeu a lanterna na janela.

— O.k. — disse, lançando um olhar a Adamsberg pelo retrovisor. — Vamos partilhar.
— O que foi que ele disse?
— Ele está convidando o senhor para partilhar Highgate.

— Mas eu não pedi nada.
— *You've no choice* — disse Radstock duramente enquanto abria a porta.
— Entendi — disse Adamsberg, detendo Danglard com um gesto.

O cheiro era pestilento, a cena, chocante, e o próprio Adamsberg se retesou, mantendo-se à distância atrás do colega inglês. Dos sapatos lascados, de cadarços soltos, emergiam canelas decompostas, mostrando as carnes escuras e a coloração branca das tíbias cortadas. A única diferença em relação ao relato de Clyde-Fox era que os pés não estavam tentando entrar nos sapatos. Estavam ali, na calçada, terríveis e provocantes, enfiados nos sapatos diante da histórica entrada do cemitério de Highgate. Compunham um montinho cuidadosamente ajeitado e... insuportável. Radstock segurava a lanterna com o braço estendido, o rosto contraído pelo repúdio, iluminando as canelas desfeitas que despontavam fora dos sapatos, expulsando num gesto vão o cheiro da morte.
— Aí está — disse Radstock com voz fatalista e agressiva, virando-se para Adamsberg. — Aí está Highgate, o lugar *maldito* de cem anos para cá.
— Cento e setenta anos — corrigiu Danglard em voz baixa.
— O.k. — disse Radstock, tentando se recompor. — Vocês podem voltar para o hotel, eu vou chamar os meus homens.
Radstock pegou o celular e sorriu sem graça para os colegas.
— A qualidade dos sapatos não é aquelas coisas — disse, enquanto teclava o número. — Com alguma sorte, vão ser sapatos franceses.
— Se os sapatos forem franceses, os pés também vão ser — completou Danglard.
— É, Denglarde. Que inglês se daria ao trabalho de comprar sapatos franceses?

— De modo que, se dependesse do senhor, jogaria esse horror todo para nós por cima da Mancha.
— Sim, de certa forma. Dennison? É o Radstock. Mande toda a equipe de homicídios para a antiga entrada de Highgate. Não, nenhum corpo, só uma pilha infame de sapatos velhos, uns vinte talvez. Com pés dentro deles. É, Dennison, a equipe toda. O.k., deixe eu falar com ele — concluiu o superintendente com um tom de voz cansado.

O superintendente Clems estava na Scotland Yard, a noite de sexta-feira era sempre puxada. Aparentemente estava havendo alguma discussão, deixaram Radstock na espera. Danglard aproveitou para explicar a Adamsberg que só pés franceses aceitariam sapatos franceses e que o superintendente estava com muita vontade de despachar aquilo tudo para eles por cima da Mancha, bem no centro de Paris. Adamsberg assentia, as mãos cruzadas nas costas, e circulava devagar ao redor do monte, levantando o olhar para o alto do muro do cemitério, tanto para arejar as ideias como para tentar imaginar para onde aqueles pés mortos estavam querendo ir. Aqueles pés que sabiam coisas que ele não sabia.

— É, *sir*, uns vinte mais ou menos — repetiu Radstock. — Estou no local e olhando para eles.
— Radstock — disse a voz desconfiada do superior Clems —, que baderna é essa? Essa história de *pés dentro*?
— *God* — disse Radstock. — Eu estou em Highgate, *sir*, não na Queen's Lane. Vai mandar os homens ou vai me deixar sozinho com essa imundície?
— Highgate? Devia ter dito antes, Radstock.
— Faz uma hora que estou dizendo.
— Tudo bem — disse Clems, conciliador de repente, como se a palavra "Highgate" acionasse um sinal de emergência. — A equipe está indo para aí. Homens, mulheres?
— Um pouco de cada, *sir*. Pés de adultos. Dentro dos sapatos.
— Quem deu o alerta?
— O lorde Clyde-Fox. Foi ele quem descobriu a imundície. Depois tomou *pints* e mais *pints* para se recuperar.

— Muito bem — disse Clems rapidamente. — E os sapatos? De qualidade? Novos?

— Devem ter uns vinte anos, eu diria. São meio feios, *sir* — ele acrescentou com uma ironia extenuada. — Com alguma sorte, a gente consegue passar o caso para os *frenchies* e lavar as mãos.

— Nada disso, Radstock — interrompeu Clems bruscamente. — Estamos em pleno simpósio internacional e esperamos resultados.

— Eu sei, *sir*, os dois policiais de Paris estão aqui comigo.

Radstock deu mais uma risadinha, olhou para Adamsberg e adotou o mesmo truque linguístico que seus colegas, aumentando consideravelmente o ritmo da fala. Ficou claro para Danglard que o superintendente, humilhado por ter pedido que o acompanhassem, estava descontando com uma saraivada de críticas a Adamsberg.

— Está me dizendo que Adamsberg em pessoa está aí com você? — interrompeu Clems.

— O próprio. Esse homenzinho fica dormindo em pé ou o quê?

— Segure a língua e mantenha distância, Radstock — ordenou Clems. — Esse homenzinho, como você diz, é uma mina ambulante.

Por mais derrubado que parecesse, Danglard não era um homem calmo e poucas astúcias da língua inglesa lhe escapavam. Sua defesa de Adamsberg era infalível, a não ser pelas críticas que ele próprio se permitia fazer. Arrancou o telefone das mãos de Radstock e se apresentou, enquanto se afastava do cheiro dos pés mortos. Adamsberg, aos poucos, foi tendo a impressão de que o homem do outro lado da linha seria um melhor companheiro de pescaria que Radstock.

— Que seja — concedia Danglard secamente.

— Não é nada pessoal, comandante Denglarde, acredite — disse Clems. — Não estou querendo justificar o Radstock, mas é que ele estava lá havia mais de trinta anos. É um azar essa história cair para ele a uns seis meses da sua aposentadoria.

— Coisa antiga, *sir*.

— Não tem nada pior que coisa antiga, o senhor sabe disso. Velhos cepos sempre podem brotar no meio da grama, e isso pode levar séculos. Um pouco de paciência com o Radstock, o senhor não pode entender.

— Posso, sim. Conheço a tragédia de Highgate.

— Não estou falando do assassinato do andarilho.

— Nem eu, *sir*. Estamos falando do Highgate histórico, cento e sessenta e seis mil corpos, cinquenta e um mil e oitocentos túmulos. Estamos falando das excursões noturnas dos anos 1970, incluindo a de Elizabeth Siddal.

— Muito bem — disse o superintendente depois de um silêncio. — Pois se você sabe disso tudo, saiba também que o Radstock participou da última excursão e, na época, não tinha nenhuma experiência. Por isso, dê um desconto.

A equipe de reforço estava chegando, Radstock assumiu o comando. Sem dizer uma palavra, Danglard desligou o celular, enfiou-o no bolso de seu colega britânico e foi ter com Adamsberg, que, encostado num carro preto, parecia estar dando um apoio a Estalère, abatido.

— E o que eles vão fazer? — perguntava Estalère com voz trêmula. — Procurar vinte pessoas sem pé para colar os pés? E depois?

— Dez pessoas — interrompeu Danglard. — Para vinte pés, são dez pessoas.

— Certo — reconheceu Estalère.

— Mas parece que são apenas dezoito. O que dá nove pessoas.

— Certo. Mas se estivessem com um problema de nove pessoas sem pé, os ingleses já estariam sabendo, não estariam?

— Se forem pessoas, sim — disse Adamsberg. — Mas se forem corpos, não necessariamente.

Estalère balançou a cabeça.

— Se os pés foram cortados de corpos mortos — explicitou Adamsberg —, são nove cadáveres. Os ingleses estão com nove cadáveres sem pé em algum lugar, e não sabem. Fico pensando — ele prosseguiu em voz mais lenta — qual é a palavra para dizer "cortar os pés"? Tirar fora a cabeça de alguém é "decapitar". Tirar os olhos é "enuclear", os testículos, "emascular". E para os pés, como é que se diz? "Depedestrar"?

— Nada — disse Danglard —, não se diz nada. A palavra não existe porque o ato não existe. Enfim, não existia. Um cara acaba de criar o ato no continente ignorado.

— Mesma coisa para comedor de armário. Não existe a palavra.

— Tecófago — sugeriu Danglard.

4

Quando o trem penetrou no túnel sob a Mancha, Danglard inspirou ruidosamente e cerrou os maxilares. A viagem de ida não atenuara suas apreensões, essa passagem por baixo da água continuava lhe parecendo inaceitável, e os viajantes, inconsequentes. Via claramente a si mesmo se deslocando dentro do conduto a toda a velocidade, recoberto por toneladas de montes de mar.

— Dá para sentir o peso — disse, olhos fixos no teto do vagão.

— Não há peso nenhum — respondeu Adamsberg.

— Nós não estamos debaixo da água, estamos debaixo da rocha.

Estalère perguntou como era possível o peso do mar não ir forçando a rocha até o túnel desabar. Adamsberg, paciente, determinado, desenhou o sistema todo num guardanapo de papel: a água, a rocha, as margens, o túnel, o trem. Depois fez o mesmo desenho, sem o túnel e sem o trem, para mostrar que eles não alteravam a situação.

— Mesmo assim — disse Estalère —, o peso do mar tem que estar empurrando alguma coisa.

— Está empurrando a rocha.

— E aí a rocha empurra o trem com muito mais força.

— Não — repetiu Adamsberg, desenhando todo o sistema de novo.

Danglard fez um gesto de irritação.

— É que a gente fica imaginando o peso, só isso. Esse volume monstruoso em cima da gente. Aniquilamento. É uma coisa insana pôr um trem rodando debaixo do mar.

— Não mais insana que comer um armário — disse Adamsberg, caprichando no desenho.

— Caramba, qual é o seu problema com esse comedor de armário? Desde ontem não se fala em outra coisa.

— Estou tentando entender como é que ele pensa, Danglard. Quero entender como pensa o comedor de armário, o cortador de pés, o cara cujo tio foi devorado por um urso. Esses pensamentos humanos que abrem, feito furadeira, túneis escuros debaixo do mar e de cuja existência a gente nem desconfia.

— Quem foi devorado? — perguntou Estalère, atento de repente.

— O tio de um cara lá na banquisa — repetiu Adamsberg. — Faz um século. Só sobraram os óculos dele e um cadarço. Acontece que o sobrinho queria muito bem o tio. A partir daí, tudo desandou. Ele acabou matando o urso.

— Faz sentido — disse Estalère.

— Mas aí ele levou a pele para Genebra e deu de presente para a tia. Ela pôs a pele na sala. Danglard, o colega Stock entregou um envelope para você na estação. Imagino que fosse o relatório preliminar.

— Radstock — corrigiu Danglard num tom lúgubre, os olhos ainda fitando o teto do trem, vigiando o peso do mar.

— Interessante?

— Pouco importa. Os pés são dele, que fique com eles.

Estalère torcia um guardanapo entre os dedos, concentrado, a cabeça inclinada na direção dos joelhos.

— De alguma forma — interrompeu —, o sobrinho queria levar uma lembrança do tio para a viúva?

Adamsberg assentiu e virou-se novamente para Danglard.

— Mesmo assim, me fale sobre esse relatório.

— Quando é que a gente vai sair desse túnel?

— Daqui a dezesseis minutos. O que o Stock descobriu, Danglard?

— Mas, pela lógica — recomeçou Estalère, hesitante —, se o tio estava dentro do urso e o sobrinho...

Deteve-se e abaixou novamente a cabeça, preocupado, coçando o cabelo loiro. Danglard suspirou, quer pelos dezesseis minutos, quer pelos pés imundos que ele queria deixar para trás, na entrada esquecida de Highgate. Quer, também, porque Estalère, tão tapado quanto curioso, era o único membro da Brigada incapaz de distinguir o útil do inútil em Adamsberg. Incapaz de deixar passar uma única observação sua. Para o rapaz, cada palavra do delegado fazia necessariamente sentido e ele saía atrás desse sentido. E para Danglard, cuja mente flexível transpunha as ideias a passos muito céleres, Estalère representava um desperdício de tempo irritante e constante.

— Se a gente não tivesse acompanhado o Radstock anteontem — retomou o comandante —, se não tivesse topado com o maluco do Clyde-Fox, se o Radstock não tivesse nos arrastado até o cemitério, a gente não saberia sobre esses pés infames e os deixaria à própria sorte. O destino desses pés é britânico e vai continuar sendo.

— Não é proibido se interessar — disse Adamsberg. — Quando cruza o caminho da gente.

Com toda a certeza, pensou, Danglard não tinha conseguido se despedir da mulher de Londres como desejaria. A ansiedade, portanto, recuperava os seus direitos, tornando a se insinuar nos recônditos de sua alma. Adamsberg imaginava a mente de Danglard como um bloco de calcário fino em que a chuva de perguntas escavara incontáveis concavidades onde jaziam as preocupações não resolvidas. Todo dia, três ou quatro dessas concavidades estavam simultaneamente ativas. Àquela altura, eram a travessia do túnel, a mulher de Londres, os pés de Highgate. Conforme Adamsberg já lhe explicara, era inútil a energia que Danglard gastava tentando responder às perguntas e limpando as concavidades. Tão logo sanava uma delas, abria espaço para a criação de outras, repletas de novas interrogações torturantes. De tanto atentar para elas, impedia a tranquila sedimentação e o preenchimento natural dos vãos por meio do esquecimento.

— Não precisa se assustar, ela vai dar notícias — afirmou Adamsberg.

— Quem?

— A Abstract.

— Pela lógica — interrompeu Estalère, que continuava seguindo a mesma trilha —, o sobrinho deveria ter deixado o urso viver e levado os excrementos para a tia. Já que o tio estava na barriga, e não na pele do urso.

— Aí é que está — disse Adamsberg, satisfeito. — Tudo depende de como o sobrinho enxerga o tio e o urso.

— E a tia — acrescentou Danglard, apaziguado pela certeza de Adamsberg sobre Abstract e pelas notícias que ela iria mandar. — Não se sabe se a tia preferia ganhar a pele ou o excremento do urso como representação do defunto.

— Tudo depende de como se enxergam as coisas — repetiu Adamsberg. — Que ideia passava pela cabeça do sobrinho? Que a alma do tio se difundiu pelo urso inteiro até a ponta dos pelos? Que ideia o tecófago tinha colocado naquele armário? E o Cortador de Pés? Que alma habitava as lâminas de madeira, a ponta dos pés? O que diz o Stock, Danglard?

— Deixe esses pés pra lá, delegado.

— Eles me lembram alguma coisa — disse Adamsberg com voz insegura. — Um desenho ou uma história.

Danglard deteve a comissária que passava com champanhe, pegou uma taça para ele, outra para Adamsberg e colocou as duas em sua mesinha. Adamsberg raramente bebia e Estalère nunca, porque o álcool fazia a cabeça dele rodar. Tinham lhe explicado que esse era justamente o objetivo e ele ficara pasmo com o princípio. Quando Danglard bebia, Estalère espichava para ele olhares de intensa curiosidade.

— Talvez — prosseguiu Adamsberg — fosse uma história qualquer de um homem procurando seus sapatos à noite. Ou que tinha morrido e voltava para pedir os sapatos. Fico pensando se o Stock conhece.

Danglard esvaziou rapidamente a primeira taça, desgrudou o olhar do teto para fitar Adamsberg, meio invejoso, meio desolado. Podia acontecer de Adamsberg se concentrar, se transformar num atacante denso e perigoso. Era raro, mas quando acontecia era possível confrontá-lo. Porém se tornava mais difícil quando sua matéria mental se deslocava em massas movediças, como em geral era o caso. E totalmente impossível quando esse estado se intensificava até a dispersão, como agora, estimulado pelo balanço do trem, que abolia as coerências. Adamsberg parecia então se mover como um mergulhador, corpo e pensamentos flutuando graciosamente sem rumo. Seus olhos acompanhavam o movimento, adquirindo o aspecto das algas escuras, oferecendo ao interlocutor uma sensação de tenuidade, deslize ou inexistência. Acompanhar Adamsberg nos seus extremos era como ir ter com a água profunda, com os peixes lentos, com o lodo untuoso, com as medusas oscilantes, era vislumbrar contornos imprecisos e tonalidades incertas. Acompanhá-lo por muito tempo era se arriscar a adormecer naquela água morna e soçobrar. Nesses momentos particularmente aquosos, era impossível argumentar com ele, como era impossível argumentar com a espuma, com as nuvens. Danglard estava furioso com Adamsberg, por este arrastá-lo uma vez mais para aquela fluidez toda, num momento em que ele atravessava a dupla provação do túnel debaixo da Mancha e a incerteza em relação a Abstract. Também estava furioso consigo mesmo por entrar com tanta frequência nas brumas de Adamsberg.

Tomou a segunda taça de champanhe, rememorou rapidamente o relatório de Radstock, selecionando fatos claros, precisos e tranquilizadores. Adamsberg percebia isso e não tinha muita vontade de contar a Danglard o pavor a que esses pés o conduziam. O comedor de armário, a história do urso não passavam de ínfimas distrações para tentar rechaçar a visão da calçada de Highgate, afastá-la de si mesmo e da mente ainda frágil de Estalère.

— São dezessete pés — disse Danglard —, sendo oito pares e um pé avulso. Nove pessoas, portanto.

— Pessoas ou corpos?

— Corpos. Aparentemente, foram cortados *post mortem*, com uma serra. Cinco homens e quatro mulheres, todos adultos.

Danglard fez uma pausa, mas o olhar de algas de Adamsberg aguardava intensamente o resto.

— É certo que essas retiradas foram feitas nos cadáveres antes de eles serem sepultados. Observação de Radstock: "Nos depósitos mortuários? Nas câmaras frias das funerárias?". E, pelo estilo dos sapatos — que ainda falta apurar —, isso tudo teria ocorrido há uns dez, vinte anos e se estendido por um período bastante grande. Em suma, um homem cortando um par de pés aqui, outro ali, ao longo do tempo.

— Até se cansar da coleção.

— Quem disse que ele se cansou?

— Esse acontecimento. Imagine só, Danglard. O homem juntou seus troféus durante uns dez, vinte anos, o que é um trabalho diabolicamente difícil. Guarda esses troféus com carinho num congelador. O Stock tem algo sobre isso?

— Tem. Foram vários congelamentos e descongelamentos sucessivos.

— O Cortador, portanto, tirava esses pés de quando em quando, para olhar para eles ou sabe Deus o quê. Ou para mudá-los de lugar.

Adamsberg se recostou no assento e Danglard deu uma olhada no teto. Dentro de alguns minutos sairiam daquele aguaceiro.

— E uma bela noite — prosseguiu Adamsberg —, apesar da trabalheira que aquela coleta lhe custou, o Cortador de Pés abandona o seu precioso tesouro. Assim, sem mais nem menos, na via pública. Deixa tudo ali, como se tivesse perdido o interesse. Ou, o que é ainda mais preocupante, como se aquilo já não lhe bastasse. Como esses colecionadores que se desfazem do butim para se lançar num novo empreendimento, num estágio acima e mais bem-acabado de sua busca. O Cortador de Pés está partindo para outra coisa. Para uma coisa melhor.

— Ou seja, pior.

— É. Está entrando mais profundamente no túnel. O Stock tem bons motivos para se preocupar. Se ele conseguir refazer a pista, vai passar por uns bocados impressionantes.

— Até onde? — perguntou Estalère, ao mesmo tempo que espreitava o efeito do champanhe em Danglard.

— Até o acontecimento insuportável, cruel, devorador, que desencadeia a história toda, para terminar em aberrações guardadas em sapatos ou armários. Depois, abre-se o túnel escuro, com seus degraus e galerias. E o Stock vai descer nesse túnel.

Adamsberg fechou os olhos, passando sem uma real transição para o estado aparente de sono ou fuga.

— Não se pode afirmar que o Cortador de Pés está concluindo uma etapa — opôs-se Danglard rapidamente antes que Adamsberg lhe escapasse de vez. — Nem que está se desfazendo da coleção. Só o que se sabe é que ele deixou a coleção em Highgate. E não é pouca coisa, caramba! Pode-se dizer que ele fez uma oferenda.

Num sopro, o trem emergiu ao ar livre e a testa de Danglard se desanuviou. Seu sorriso encorajou Estalère.

— Comandante — murmurou —, o que foi que aconteceu em Highgate?

Como muitas vezes fazia, e sempre sem querer, Estalère estava pondo o dedo no ponto crucial.

5

— Não sei se é legal contar sobre Highgate — disse Danglard, que pedira uma terceira taça de champanhe para o brigadeiro e bebia por ele. — Talvez seja melhor não contar mais nada. É um desses túneis imensos que os homens cavam, não é delegado, e esse é muito antigo, esquecido. Talvez seja melhor deixar que ele desabe sobre si mesmo. Porque o ruim, quando um doido varrido resolve abrir um túnel, é que outras pessoas podem passar por ele, como disse o Radstock à sua maneira. Foi o que aconteceu em Highgate.

Estalère ficou esperando o resto, com a expressão relaxada de quem vai escutar uma história agradável. Danglard fitava seu rosto sereno, sem saber bem o que fazer. Conduzir Estalère pelo túnel de Highgate era correr o risco de corromper sua ingenuidade. Na Brigada, havia um acordo tácito de se falar na "ingenuidade" de Estalère, em vez de em sua burrice. Quatro em cada cinco vezes, Estalère dava uma bola fora. Mas sua candura por vezes gerava os inesperados acasos felizes dos simples de espírito. Suas gafes acabavam apontando pistas nas quais ninguém tinha pensado, de tão banais que eram. No mais das vezes, porém, as perguntas de Estalère retardavam o andamento das coisas. Procuravam responder com paciência, em parte porque gostavam dele e em parte porque Adamsberg afirmava que, um dia, as coisas iam se ajeitar. Tentavam acreditar, já tinham se acostumado com aquele esforço coletivo. Danglard, na verdade, gostava de falar com Estalère quando estava com tempo, pois com ele podia desfiar uma quantidade de conhecimentos sem que o rapaz jamais se impacientasse. Lançou um olhar para Adamsberg, que estava de olhos fechados. Sabia que o delegado não estava dormindo e o escutava perfeitamente.

— Por que quer saber? — continuou. — Esses pés pertencem ao Radstock. Já estão do outro lado do mar.

— O senhor disse que poderia ser uma oferenda. Oferenda para quem? O Highgate tem dono?

— De certa forma, sim. Tem um mestre.

— Como é o nome dele?

— A Entidade — respondeu Danglard com um meio sorriso.

— Desde quando?

— A parte antiga do cemitério, a parte oeste, em frente à qual você se encontrava anteontem, foi aberta em 1839. Mas você sabe que o mestre podia estar morando ali desde muito antes.

— Sim.

— Há quem diga que é porque a Entidade já morava ali, na antiga capela da colina de Hampstead, que o lugar foi inevitavelmente escolhido para a construção de um cemitério.

— É uma mulher?

— Um homem. Mais ou menos. E o poder dele é que teria atraído os mortos e o cemitério. Entende?

— Entendo.

— Faz tempo que ninguém mais é enterrado na parte oeste, virou um local histórico, famoso. Lá tem uns monumentos prodigiosos, estranhices de todo tipo, defuntos famosos. Charles Dickens e Marx, por exemplo.

Uma inquietação alterou o semblante do brigadeiro. Estalère nunca tentava disfarçar sua ignorância nem o imenso problema que essa ignorância significava para ele.

— Karl Marx — especificou Danglard. — Ele escreveu um livro importante. Sobre a luta de classes sociais, economia, essa coisa toda. Acabou dando no comunismo.

— Sei — registrou Estalère. — Mas isso tem a ver com o dono de Hampstead?

— É melhor você dizer "mestre", é o costume. Não, Marx não tem nada a ver com ele. É só para mostrar como Highgate Oeste é conhecido no mundo inteiro. E muito temido.

— Sim, e o Radstock estava com medo. Por quê?

Danglard hesitou. Por onde começar? E será que devia começar?

— Certa noite — disse —, há quase quarenta anos, em 1970, duas garotas estavam voltando da escola e pegaram um atalho que passava dentro do cemitério. Chegaram em casa correndo, abaladas, pois tinham sido perseguidas por um *vulto negro*, e viram mortos saindo dos túmulos. Uma delas ficou doente e acometida de sonambulismo. Durante as crises, ela ia até o cemitério, sempre para o mesmo jazigo. O jazigo do Mestre, disseram, do Mestre que a estava chamando. Vigiaram, seguiram a garota e descobriram no local dezenas de cadáveres de animais exangues. A vizinhança foi ficando apavorada, os boatos foram crescendo, a imprensa passou a cobrir o fenômeno, e as coisas saíram de controle. Um reverendo exorcista foi ao local, junto com outros iluminados, a fim de aniquilar o "Mestre de Highgate". Penetraram no jazigo e encontraram um caixão sem nome, numa posição diferente dos outros. Abriram o caixão. Você pode imaginar o resto.

— Não imagino.

— Havia um corpo dentro do caixão, só que não era o corpo de um vivo nem de um morto. Estava ali deitado e perfeitamente conservado. Era um homem, um desconhecido sem nome. O Iluminado hesitou em lhe transpassar o coração com uma estaca, porque é proibido pela Igreja.

— Por que ele queria transpassar o coração?

— Estalère, você não sabe como se acaba com os vampiros?

— Ah — disse o rapaz pausadamente. — Então era um vampiro.

Danglard suspirou, esfregou o vidro da janela, que estava embaçado.

— Pelo menos era o que achavam os iluminados, por isso eles estavam ali com crucifixos, alho, estacas. Diante do caixão aberto, o Iluminado declamou as palavras do exorcismo: *Aproxima-te, pérfida criatura, portadora de todos os males e de todas as falsidades. Cede o teu lugar, viciosa criatura.*

Adamsberg abriu os olhos, animados.

— O senhor conhece essa história? — perguntou Danglard, um tanto agressivo.

— Essa não, mas conheço outras. Nesse momento, um terrível rugido, um som desumano se faz ouvir.

— Foi o que aconteceu. Um gemido assustador saiu de dentro do jazigo. O Iluminado jogou o alho de qualquer jeito e selou a entrada do túmulo com tijolos.

Adamsberg deu de ombros.

— Não se detém um vampiro com tijolos.

— E de fato o remédio não funcionou. Quatro anos depois, surgiu o boato de que uma casa das redondezas estava assombrada, uma antiga residência vitoriana de estilo gótico. O Iluminado vasculhou a casa e encontrou, no porão, um caixão que ele reconheceu ser o mesmo que ele havia emparedado dentro do jazigo quatro anos antes.

— E tinha algum corpo dentro dele? — perguntou Estalère.

— Não sei.

— Já devia existir uma história mais antiga, não é? — disse Adamsberg. — Senão o Stock não iria sentir todo aquele medo.

— Não estou muito a fim de contar — resmungou Danglard.

— Mas se o Stock sabe da história, comandante, nós também precisamos saber.

— Esse problema é todo dele.

— Não. Porque nós também vimos. Quando começou essa história antiga?

— Em 1862 — respondeu Danglard, de má vontade.

— Vinte e três anos depois da abertura do cemitério.

— Continue, comandante.

— Naquele ano, uma certa Elizabeth Siddal foi enterrada lá. Tinha morrido por excesso de láudano. Uma overdose de outro século — ele acrescentou, voltando-se para Estalère.

— Entendo.

— O marido dela era o famoso Dante Gabriel Rossetti, pintor pré-rafaelita e poeta. Elizabeth foi enterrada junto com uma coletânea de poemas do marido.

— Vamos chegar daqui uma hora — interrompeu Estalère, subitamente assustado. — Será que vai dar tempo?

— Não se preocupe. Sete anos depois, o marido mandou abrir o túmulo. Aqui, há duas versões. A primeira é que Dante Rossetti estava arrependido da sua atitude e queria recuperar a coletânea para publicá-la. A segunda é que ele não se conformava com a morte da mulher. E ele tinha um amigo temível, um homem chamado Bram Stoker. Já ouviu falar nele, Estalère?

— Nunca.

— Foi quem criou o grande vampiro Drácula na literatura.

Estalère franziu o cenho, alarmado.

— A história de Drácula é ficção — explicou Danglard —, mas todos sabem que Bram Stoker tinha um fascínio doentio por essa questão. Ele conhecia os ritos que ligam os homens *àqueles que não morrem jamais*. E ele era amigo de Dante Rossetti.

No esforço para se concentrar, Estalère torcia mais um guardanapo de papel, tenso, não querendo perder nada.

— Quer champanhe? — perguntou Danglard. — Garanto que vai dar tempo. É uma história desagradável, mas curta.

Estalère lançou um olhar para Adamsberg, que parecia indiferente, e aceitou. Se queria ouvir Danglard, seria apropriado beber do seu champanhe.

— Bram Stoker tinha um interesse apaixonado pelo

cemitério de Highgate — prosseguiu Danglard, enquanto detinha a comissária. — Foi lá o cenário que ele escolheu para situar as errâncias de Lucy, uma de suas heroínas, e foi assim que tornou o lugar famoso. Ou então, como dizem alguns, Stoker foi levado a esse interesse pela própria Entidade. De acordo com a segunda versão, foi Stoker quem incitou o amigo a rever a mulher morta. Seja como for, Dante quebrou o caixão sete anos depois da morte dela. Foi aí, embora possa ter sido antes, que se abriu o túnel escuro de Highgate.

Danglard se calou, como que envolto pelas sombras de Dante, ao ver o olhar rigoroso de Adamsberg e a expressão inquieta de Estalère.

— Certo — disse Estalère baixinho. — Ele quebra o caixão. E vê alguma coisa.

— Sim. Ele descobre, apavorado, que sua mulher está intacta, com seus cabelos compridos e ruivos, sua pele macia e rosada e as unhas em forma de garras, como se tivesse acabado de morrer, e até melhor. Essa é que a verdade, Estalère. Era como se aqueles sete anos tivessem feito bem a ela. Não havia o menor vestígio de decomposição.

— Isso é possível? — perguntou Estalère, apertando a taça de plástico.

— De qualquer forma, foi o que aconteceu. Ela estava com a "tez avermelhada" dos sobreviventes, quase vermelha demais. Isso foi fartamente descrito pelas testemunhas, posso garantir.

— E o caixão era normal? Só de madeira?

— Sim. E a conservação milagrosa de Elizabeth Siddal teve uma formidável repercussão na Inglaterra e além dela. Imediatamente viram nisso a marca da Entidade e decretaram que ela tinha possuído o cemitério. Cerimônias foram realizadas, fantasmas foram vistos, encantamentos foram cantados ao Mestre. A partir daí, estava aberto o túnel.

— Então teve gente que entrou nele.

— Muita gente, milhares de pessoas. Até aquelas duas moças serem perseguidas.

O trem freava ao se aproximar da Gare du Nord. Adamsberg se endireitou, sacudiu o paletó dobrado, penteou os cabelos com a mão.

— E onde é que entra o colega Stock nessa história? — perguntou.

— O Radstock fez parte do esquadrão policial que foi enviado ao local assim que a sessão de exorcismo veio à tona. Ele viu o corpo intacto, ouviu o Iluminado falando com o vampiro. Imagino que fosse jovem e impressionável. E, hoje, deparar com pés de mortos no mesmo lugar é muito desagradável para ele, pois dizem que a Entidade continua reinando sobre as trevas de Highgate.

— A oferenda então é isso? — perguntou Estalère. — O Cortador de Pés teria oferecido um presente para a Entidade?

— É o que o Rastock está achando. Ele tem medo de que algum louco varrido acabe reacendendo o pesadelo de Highgate. E o poder do mestre adormecido. Mas talvez não chegue a tanto. O Cortador de Pés quer se livrar da sua coleção, tudo bem. Mas ele não pode simplesmente jogar objetos tão preciosos no lixo, assim como um homem não se desfaz dos seus brinquedos de infância. Quer achar um lugar digno para eles.

— E escolhe um lugar à altura de suas fantasias — disse Adamsberg. — Escolhe Higuegate, onde os pés poderão continuar vivendo.

— Highgate — corrigiu Danglard. — Isso não significa que o Cortador de Pés acredite na Entidade. O que importa é o caráter do lugar. Seja como for, isso tudo ficou lá do outro lado da Mancha, bem longe de nós.

O trem freava ao longo da plataforma; Danglard apanhou bruscamente sua mala como que para pôr um fim, com um gesto bastante real, ao torpor que sua história provocara.

— Mas, Danglard, depois que a gente vê uma coisa como essa — disse Adamsberg devagar —, um pedacinho se desprende e fica com a gente para sempre. Tudo o que é muito belo ou muito feio deixa um fragmento nos olhos de quem vê. A gente sabe disso. Aliás, é assim que a gente reconhece.

— Reconhece o quê? — perguntou Estalère.

— O que eu disse. O muito belo ou o muito feio. A gente reconhece através desse choque, dessa parte que fica com a gente.

Enquanto avançava pela plataforma, Estalère tocou no ombro do delegado, depois de Danglard ter se despedido às pressas, como que arrependido por ter falado demais.

— E o que é que a gente faz, depois, com os pedacinhos dessas coisas que a gente vê?

— A gente guarda e organiza em forma de estrela numa caixa grande chamada memória.

— E não dá para jogar fora?

— Não, não dá. A memória não possui lixeira.

— Mas o que a gente faz se não quiser ficar com essas coisas?

— Ou você fica espreitando para destruí-las, como faz o Danglard, ou esquece delas.

Já no metrô, Adamsberg se perguntava em que lugar de sua memória os detestáveis pés londrinos iriam achar espaço para ficar, em que ponta de estrela, e quanto tempo levaria até ele fingir ter esquecido. E para onde iriam o armário comido, o urso, o tio e as garotas que tinham avistado a *Entidade* e queriam se juntar a ela. E que fim tinha levado a que foi sozinha na direção do túmulo? E o Iluminado? Adamsberg esfregou os olhos, ansiando por uma longa noite, por umas dez horas de sono, por que não? Só teve tempo de dormir seis horas.

6

Prostrado, sentado numa cadeira, às sete e meia da manhã, o delegado contemplava a cena do crime diante do olhar preocupado de seus assistentes, tão fora do normal era Adamsberg estar prostrado e, mais ainda, sentado numa cadeira. No entanto, ele continuava na cadeira, fisionomia imóvel e olhar inquieto, o olhar de um homem que não quer ver e foge para longe a fim de que nenhum pedacinho venha se enfiar na sua memória. Tentava levar o pensamento para antes, quando ainda eram apenas seis da manhã, quando ainda não tinha visto aquela sala repleta de sangue. Quando se vestira às pressas depois do telefonema do tenente Justin, enfiando a camisa branca da véspera e o elegante paletó preto emprestado por Danglard, totalmente inadequados à circunstância. A voz entrecortada de Justin, a voz de um sujeito chocado, não prenunciava nada de bom.

"Estamos levando as passarelas todas", ele especificou. Ou seja, as placas de plástico, com pés, que eram espalhadas pelo piso para não corromper os vestígios. "As passarelas todas." O que significava que o piso inteiro devia estar impróprio para circulação. Adamsberg tinha saído às pressas, evitando cruzar com Lucio, com o alpendre, com a gata. Até aí, tudo bem, até aí ele ainda não tinha entrado naquela sala enorme, não estava sentado naquela cadeira diante de tapetes encharcados de sangue, repletos de entranhas e estilhaços de ossos, entre quatro paredes maculadas de elementos orgânicos. Como se o corpo do velho tivesse explodido. O mais repulsivo, com certeza, eram os montinhos de carne grudados na laca preta do piano grande, abandonados como dejetos num balcão de talho. Sangue escorria pelas teclas. Também aí faltava a palavra, uma palavra para definir um homem que reduzia o corpo de outro a retalhos. O termo "assassino" era insuficiente e irrisório.

Ao sair de casa, discara o número da sua tenente mais poderosa, Retancourt, capaz, a seu ver, de resistir a todos os caos da criação. Ou até de desmanchá-los e orientá-los segundo sua vontade.

— Retancourt, vá se encontrar com o Justin, eles levaram todas as passarelas. Não sei, uma casa numa alameda particular, subúrbio chique de Garches, um idoso lá dentro, uma cena indescritível. Pela voz do Justin, a coisa parece feia. Corra.

Sem se dar conta, Adamsberg tratava Retancourt às vezes pelo nome, às vezes pelo sobrenome. Ela se chamava Violette, o que não combinava muito com uma mulher de mais de um metro e oitenta e de cento e dez quilos. Adamsberg a chamava pelo sobrenome ou pelo nome, ou ainda pela patente, conforme preponderassem sua deferência por seus enigmáticos talentos, ou seu carinho pelo invencível refúgio que ela oferecia, se e quando queria. Naquela manhã ele a esperava apático, suspendendo o tempo, enquanto os homens cochichavam pela sala e o sangue escurecia nas paredes. Vai ver alguma coisa tinha cruzado o caminho dela, atrasando-a. Escutou seu passo pesado antes de avistá-la.

— Uma droga de uma missa bloqueou todo o bulevar — resmungou Retancourt, que não gostava que bloqueassem seu caminho.

Apesar de seu volume considerável, ela atravessou com facilidade as passarelas e estacou ruidosamente a seu lado. Adamsberg sorriu para ela. Será que Retancourt sabia que representava para ele uma árvore acolhedora, de frutos tenazes e milagrosos, o tipo de árvore que a gente abraça sem conseguir enlaçar inteira, na qual subimos correndo quando surge o inferno? Na qual construímos uma cabana nos galhos mais altos? Ela tinha a mesma força, aspereza, o mesmo hermetismo que abrigava o monumental mistério. Seu olhar eficiente percorreu sala, piso, paredes, homens.

— Carnificina — disse. — Onde está o corpo?

— Por toda parte, tenente — disse Adamsberg, abrindo os braços num movimento que indicava a sala inteira. — Esmigalhado, pulverizado, espalhado. Para onde quer que a gente olhe, vê o corpo. E quando se olha o todo, não se enxerga mais. Ele está por toda parte, mas não está aqui.

Retancourt inspecionou o local de modo mais compartimentado. Aqui, ali, de uma ponta a outra da sala, fragmentos orgânicos esmigalhados cobriam os tapetes, grudavam nas paredes, formavam montes de imundície, se amontoavam junto aos pés da mobília. Ossos, carne, sangue, um monte queimado na lareira. Um corpo espalhado que não causava repulsa, pois era impossível associar aqueles elementos a alguma parte significativa de um ser humano. Os policiais se movimentavam com cautela, correndo o risco de, a cada gesto, remover um pedaço do cadáver invisível. Justin conversava em voz baixa com o fotógrafo — o fotógrafo sardento cujo nome Adamsberg nunca conseguia lembrar —, seus cabelos curtos e claros colados na cabeça.

— Justin está fora de si — constatou Retancourt.

— É — confirmou Adamsberg. — Ele foi o primeiro a entrar, não tinha noção do que o esperava. Foi o jardineiro que avisou. O plantão de Garches ligou para o chefe dele e o chefe chamou a Brigada assim que constatou o estrago. O Justin entrou de sola. Assuma o lugar dele. Coordene a coleta junto com o Mordent, o Lamarre e o Voisenet. Vamos precisar identificar o material metro por metro. Esquadrinhar, colher os vestígios.

— Como é que esse cara fez? Foi uma trabalheira e tanto.

— À primeira vista, usou serra elétrica e uma maça. Entre onze da noite e quatro da manhã. Na maior tranquilidade, as casas são separadas por um jardim amplo e uma sebe. Nenhum vizinho próximo, a maioria viajou no fim de semana.

— E o velho? O que se sabe sobre ele?

— Que morava aqui, rico e sozinho.

— Rico, sem dúvida — disse Retancourt indicando as tapeçarias que cobriam as paredes, e o piano, um semi-cauda que ocupava um terço da sala. Sozinho, já não sei. Nenhuma pessoa realmente sozinha é massacrada desse jeito.

— Se é que é ele mesmo que está diante dos nossos olhos, Violette. Mas é quase certo, o cabelo dele bate com cabelos encontrados no banheiro e no quarto. E, se for ele mesmo, chamava-se Pierre Vaudel, tinha setenta e oito anos, foi jornalista especializado em casos judiciais.

— Ahá.

— Pois é. Mas, segundo o filho dele, não há nenhum inimigo à vista. Só algumas confusões meio grandes e umas hostilidades.

— Cadê o filho dele?

— No trem. Ele mora em Avignon.

— Mais alguma coisa?

— O Mordent disse que ele não chorou.

O dr. Romain, o médico-legista que retomara as atividades depois de um longo período de ausência, parou diante de Adamsberg.

— Nem vale a pena chamar a família para identificar o corpo. Vamos ter que nos virar com o DNA.

— É evidente.

— É a primeira vez que te vejo sentado durante uma investigação. Por que você não está de pé?

— Porque estou sentado, Romain. Não tenho vontade de ficar de outro jeito, só isso. O que você consegue perceber nesta carnificina?

— Algumas partes do corpo não estão totalmente destruídas. Dá para reconhecer uns pedaços de coxa, de braço, apenas esmagados por golpes de maça. Em compensação, o triturador tomou especial cuidado com a cabeça, as mãos, os pés. Totalmente esfacelados. Os dentes também estão em pedaços, há uns estilhaços aqui e ali. Um serviço muito bem-feito.

— Você já tinha visto alguma coisa assim?

— Sim, já vi rostos e mãos esmagados, para impedir a identificação. Hoje em dia é cada vez mais raro, com o DNA. Já vi, como você também viu, corpos estripados ou queimados. Mas não uma destruição assim, alucinada. Não dá para entender.

— Por onde passa isso, Romain? Pela obsessão?

— De certa forma. Dá a impressão que ele foi repetindo o serviço até não poder mais, como se tivesse medo de não conseguir. Como quando a gente confere umas dez vezes se fechou mesmo a porta, sabe? Ele não só triturou tudo, pedaço por pedaço, não só se encarniçou e recomeçou de novo e de novo, como ainda jogou tudo no ventilador. Espalhou os restos por todo o espaço. Não há um único fragmento ligado a outro, nem os dedos dos pés ficaram juntos. É como se o cara tivesse semeado ao vento num campo. Ele não está achando que o velho vai brotar de novo, será? Não conte comigo para reconstituir o corpo, seria impossível.

— Sim — concordou Adamsberg. — Um medo incoercível, uma fúria em fluxo contínuo.

— Fúria em fluxo contínuo não existe — interrompeu, agressivo, o comandante Mordent.

Adamsberg se levantou, balançando a cabeça, pisou numa placa de plástico, passou para outra com passadas aplicadas. Era o único a se movimentar, os agentes tinham parado para escutá-lo, imóveis em suas respectivas placas como peões parados num tabuleiro de xadrez enquanto uma peça é movida.

— Normalmente não existe, Mordent, mas nesse caso, sim. A raiva, o pavor, a febre dele se estendem para além da nossa visão, por terras que não conhecemos.

— Não — insistiu o comandante. — A raiva, a fúria, é uma lenha que queima rápido. O que houve aqui foram horas de trabalho. Umas quatro horas pelo menos, e esse não é o tempo da fúria.

— É o tempo de quê então?

— Do trabalho pesado, da teimosia, do cálculo. Quem sabe até da encenação.

— Não pode ser, Mordent. Ninguém poderia reproduzir uma coisa assim.

Adamsberg se agachou para examinar o piso.

— Ele estava de botas, não estava? Botas grossas, de borracha?

— Achamos que sim — confirmou Lamarre. — Em vista do serviço, parece ter sido uma boa precaução. As solas deixaram umas belas marcas nos tapetes. E talvez uns fragmentos de material que se desprendeu delas. Lama ou algo assim.

Mordent resmungou "trabalho pesado" e se moveu na diagonal, como o Louco; então Adamsberg transpôs três chapas, duas em linha reta e uma na diagonal, como o Cavalo.

— Ele apoiou no quê para triturar? — perguntou. — Mesmo com uma maça, não teria conseguido em cima dos tapetes.

— Aqui tem — sugeriu Justin — um espaço quase sem manchas, mais ou menos no formato de um retângulo. Pode ser que ele tenha posto aqui um cepo de madeira ou uma chapa de ferro para servir de bigorna.

— Seria muito material pesado para carregar. Maça, serra circular, cepo. E uma muda de roupa e sapatos, sem dúvida.

— Cabe numa sacola grande. Acho que ele se trocou

lá fora, no jardim dos fundos. Há vestígios de sangue na grama, no lugar onde ele deve ter colocado as roupas manchadas.

— E de quando em quando — disse Adamsberg — ele se sentava para recobrar o fôlego. Escolheu essa poltrona.

Adamsberg contemplou a poltrona, seus braços torneados, o assento de veludo cor-de-rosa sujo de sangue.

— Muito bacana esta poltrona — disse.

— É nada menos que uma Luís XIII — disse Mordent. — Não é só uma "poltrona muito bacana", é uma Luís XIII.

— Tudo bem, comandante, é uma Luís XIII — disse Adamsberg, sem alterar o tom. — E se a sua intenção é ficar enchendo o saco o dia inteiro, vá para casa. Ninguém gosta de trabalhar no domingo, ninguém gosta de ficar chafurdando neste matadouro. E ninguém aqui dormiu mais do que você.

Mordent efetuou mais um movimento em diagonal, afastando-se de Adamsberg. O delegado cruzou as mãos nas costas, ainda contemplando a poltrona.

— De certa forma, o refúgio do assassino. Aqui ele se permitiu alguns momentos de trégua. Para observar a destruição em andamento, buscar alívio, satisfação. Ou simplesmente para tentar respirar mais devagar.

— Por que falar em "assassino"? — perguntou Justin, consciencioso. — Uma mulher poderia carregar esse material, se não estacionasse muito longe.

Adamsberg meneou resolutamente a cabeça.

— Isso é coisa de homem, é espírito de homem, não tem nem um átimo de mulher aqui. Sem falar no tamanho das botas.

— As roupas. — disse Retancourt, apontando para uma pilha desorganizada em cima de uma cadeira — Ele não arrancou, não rasgou. Simplesmente tirou, como se fosse colocá-lo na cama. Isso também é raro.

— É porque ele não estava furioso — disse Mordent do canto da sala onde tinha se refugiado.

— Ele tirou tudo?
— Menos a cueca — disse Lamarre.
— Porque ele não queria ver — disse Retancourt. — Tirou a roupa para a serra não travar, mas não foi capaz de deixá-lo totalmente nu. Não gostava da ideia.
— Então pelo menos já se sabe que o assassino não é enfermeiro nem médico — disse Romain. — Eu já despi centenas de caras sem nem piscar.

Adasmberg calçara luvas e apertava entre os dedos um dos torrõezinhos de terra caído das botas.

— Vamos procurar um cavalo — disse. — Isto aqui, colado na sola das botas, é bosta de cavalo.
— Como é que você está vendo isso? — perguntou Justin.
— Pelo cheiro.
— A gente procura entre os criadores, nos haras? — perguntou Lamarre. — Nos campos de equitação, nos hipódromos?
— E daí? — disse Mordent. — Milhares de pessoas andam perto de cavalos. E o assassino pode ter pego isso em qualquer lugar, andando por uma trilha no interior.
— Então, já é um começo, comandante — disse Adamsberg. — A gente sabe que o assassino anda pelo interior. A que horas chega o filho dele?
— Deve chegar na Brigada em menos de uma hora. O nome dele é Pierre, como o pai.

Adamsberg estendeu o braço para poder olhar seus dois relógios.

— Vou mandar uma equipe substituir vocês ao meio-dia. Retancourt, Mordent, Lamarre e Voisenet cuidam da coleta. Justin e Estalère, comecem a fuçar na maçaroca pessoal. Contas, agenda, cadernetas, carteira, telefone, fotos, remédios e tudo mais. Quem ele frequentava, para quem telefonava, o que ele comprava, as roupas, as preferências, a comida. Vejam tudo, temos que reconstituir esse velho tanto quanto possível. Além de ter sido morto, ele foi reduzido a um nada. Não só tiraram a vida dele como destruíram, acabaram com ele.

A imagem do urso branco cruzou bruscamente seus pensamentos. O animal devia ter deixado o corpo do tio mais ou menos naquelas condições, só que menos repugnantes. Nada para resgatar, nada para enterrar. E o filho, Pierre, não ia poder empalhar o assassino para entregar à viúva.

— Acho que o que ele comia não é prioridade — disse Mordent. — O mais urgente seria darmos uma olhada nos casos judiciários de que ele cuidou. E a situação familiar e financeira. A gente ainda nem sabe se ele era casado. Não sabe nem se é ele mesmo.

Adamsberg fitou o rosto cansado de seus homens, parados sobre as placas.

— Uma pausa para todo mundo — disse. — Tem um café no fim da rua. Retancourt e Romain, vigiem o local.

Retancourt acompanhou Adamsberg até o carro dele.

— Assim que o local estiver um pouco mais limpo, ligue para o Danglard. Que ele trabalhe na vida da vítima, e não na coleta, de jeito nenhum.

— Naturalmente.

A repulsa de Danglard em relação a sangue e a morte era um fato aceito sem nenhuma crítica. Quando possível, só o chamavam depois que o local estivesse livre da pior parte.

— O que está havendo com o Mordent? — perguntou Adamsberg.

— Não faço ideia.

— Ele não está em seu estado normal. Anda dissimulado, nocivo feito uma sarna.

— Percebi.

— Esse jeito do assassino de espalhar tudo pela sala te lembra alguma coisa?

— Minha bisavó. Nada a ver.

— Diga assim mesmo.

— Quando ela ficou ruim da cabeça, começou a espalhar tudo. Não suportava que as coisas encostassem uma na outra. Separava os jornais, as roupas, os sapatos.

— Os sapatos?

— Tudo que fosse de tecido, papel e couro. Ela dava um espaço de dez centímetros entre os sapatos, enfileirava eles no chão.

— Ela explicava por quê? Tinha algum motivo?

— Um excelente motivo. Ela achava que se os objetos entrassem em contato um com o outro, podiam pegar fogo por causa da fricção. Como eu disse, não tem nada a ver com o espalhamento do Vaudel.

Adamsberg ergueu a mão para indicar que tinha uma mensagem, escutou com atenção, tornou a guardar o celular no bolso.

— Na quinta de manhã — explicou —, eu tirei dois gatinhos que estavam presos na barriga da mãe. Estão me avisando que está tudo bem com a gata.

— Ótimo — disse Retancourt depois de um silêncio. — Imagino que seja uma boa notícia.

— O assassino pode ter feito como a sua avó, talvez quisesse desfazer os contatos, separar os elementos. O que seria, no fundo, o oposto de uma coleção — acrescentou, lembrando dos pés de Londres. — Ele quebrou um conjunto, dispersou a coerência. E eu queria saber por que o Mordent está querendo me perturbar.

Retancourt não gostava quando as palavras de Adamsberg se emaranhavam. Aqueles saltos de pensamento, aquela confusão eram capazes de lhe tirar, por alguns instantes, a consciência de seu objetivo. Ela se despediu com um aceno.

7

Adamsberg sempre lia seu jornal de pé, andando em volta da mesa de sua sala. Aliás, não era o seu jornal. Todo dia ele o pegava emprestado de Danglard e o devolvia depois todo desarrumado.

Na página 12, uma nota relatava os avanços de uma investigação em Nantes. Adamsberg conhecia bem o delegado do caso, um sujeito seco e solitário no trabalho, mas extrovertido na hora se divertir. O delegado tentou lembrar seu nome, só para se exercitar. Desde Londres, talvez desde que Danglard derramara sua erudição sobre o cemitério de Highgate, o delegado andava pensando em prestar mais atenção nas palavras, nos nomes, nas frases. Um setor em que sua memória sempre se revelara inapta, ao passo que era capaz de recordar, depois de muitos anos, um som, um fio de luz, uma expressão. Como era o nome daquele tira? Bolet? Rollet? Uma figura capaz de fazer rir uma mesa de vinte pessoas, coisa que Adamsberg admirava. Hoje, ele também sentia inveja desse Nolet — acabava de ler o nome dele na matéria — por estar lidando com um assassinato tão cristalino, ao passo que a poltrona de veludo manchado não saía dos seus pensamentos. Comparada ao caos de Garches, a investigação de Nolet era até revigorante. Um homicídio sóbrio, duas balas na cabeça, a vítima abrira a porta para o assassino. Sem complicação, sem profanação, sem loucura, uma mulher de cinquenta anos executada segundo as regras do jogo, segundo o princípio dos assassinos eficientes — você me enche o saco e eu te mato. Bastava Nolet seguir a pista de um marido, um amante, e concluir o caso sem se atolar em metros e metros quadrados de tapetes cobertos de carne. Sem ter que pôr o pé no território da demência, no continente ignorado de Stock. Stock, ele sabia, não era o nome correto do colega britânico que, um dia, iria pescar num lago lá em cima. Junto com o Danglard, quem sabe. A menos que o caso com a mulher Abstract segurasse o comandante em outro lugar.

Adamsberg ergueu a cabeça ao ouvir o clique do relógio de parede. Pierre Vaudel, o filho de Pierre Vaudel, chegaria em alguns instantes. O delegado subiu a escada de madeira, desviou do degrau irregular em que todo mundo tropeçava e entrou na sala da máquina automática de bebidas para pegar um café forte. Aquela sala era, de certa forma, o domínio do tenente Mercadet, muito bom em números, talentoso em todos os tipos de exercícios lógicos, mas portador de hipersonia. Umas almofadas colocadas a um canto permitiam que ele refizesse suas forças de tempos em tempos. O tenente acabava de dobrar seu cobertor e se levantava, esfregando o rosto.

— Eu soube que andamos pisando no inferno — disse.

— Não pisamos de fato. Estamos andando sobre as passarelas, seis centímetros acima do chão.

— Mas vamos ter que enfrentar, não é? O vento da tormenta?

— Vamos. E assim que você estiver em forma, vá dar uma olhada antes que tudo esteja coletado. Uma carnificina sem pé nem cabeça. Mas existe alguma obsessão nessa história. Como é que o tenente Veyrenc diria? *Um fio de aço se agitando nas profundezas do caos.* Enfim, sei lá, um motivo invisível que a poesia talvez pudesse descobrir.

— Veyrenc teria feito melhor. Ele está fazendo falta, não é?

Adamsberg tomou o resto do seu café, surpreso. Não tinha pensado em Veyrenc desde que este deixara a Brigada, não estava disposto a refletir sobre os acontecimentos tumultuosos que os tinham colocado um contra o outro.*

— Pode ser que para o senhor, no fundo, tanto faça — disse o tenente.

— Pode ser mesmo. Mas, principalmente, nos falta tempo para esse tipo de coisa, tenente.

— Estou indo — disse Mercadet, meneando a cabeça.

— O Danglard deixou um recado para o senhor. Não tem nada a ver com a casa de Garches.

Adamsberg terminou de ler a página 12 enquanto descia a escada. O divertido Nolet não estava, afinal, se saindo tão bem assim. O ex-marido tinha um álibi, a investigação estava a meio pau. Adamsberg dobrou o jornal, satisfeito. O filho de Pierre Vaudel o aguardava na recepção, sentado bem ereto ao lado da esposa, não mais que trinta e cinco anos. Adamsberg fez uma pausa. Como anunciar a um homem que seu pai foi cortado em pedaços?

O delegado se esquivou do problema por alguns instantes, apenas o tempo suficiente para esclarecer as questões de identidade e de família. Pierre era filho único, e temporão. Sua mãe tinha engravidado depois de dezesseis anos de vida conjugal, quando o pai estava com quarenta e quatro anos. E Pierre Vaudel pai se mostrara intratável, enraivecido até com a gravidez, embora não oferecesse à sua mulher nenhuma razão justificável. Ele não queria, de jeito nenhum, ter descendentes, era impensável pôr aquela criança no mundo e não havia o que discutir. A esposa cedeu e viajou a fim de interromper a gravidez. Ficou ausente por pelo menos seis meses, e a levou a termo, dando à luz Pierre, filho de Pierre. Passados cinco anos, a raiva de Pierre pai se acalmou, mas ele sempre se negou a que a esposa e o filho fossem morar com ele.

De modo que Pierre filho só via o pai de tempos em tempos, petrificado diante daquele homem que o rejeitara

(*) Ver, da mesma autora, *Relíquias sagradas* (Companhia das Letras, 2009).

com tamanha obstinação. Um medo que só se devia a seu nascimento contrariado, já que Pierre pai era tolerante, generoso, segundo os amigos, e carinhoso, segundo a mãe. Ou, pelo menos, assim havia sido, já que a paulatina perda de sua sociabilidade não permitiu conhecer seus sentimentos. Aos quarenta e cinco anos, Pierre pai só recebia raras visitas, tendo-se desfeito, um a um, dos amigos de seu largo círculo. Mais tarde, o adolescente Pierre conquistara um espaço modesto, aparecendo aos sábados para tocar piano, peças especialmente escolhidas para seduzir o pai. Por fim, o jovem Pierre acabou por conquistar sua real atenção. Nos últimos dez anos, principalmente depois da morte da mãe, os dois Pierres tinham se encontrado com regularidade. Pierre filho se tornara advogado, e seus conhecimentos serviam de apoio a Pierre pai na investigação de seus casos judiciais. O trabalho partilhado evitava a comunicação pessoal.

— O que ele buscava nesses casos judiciários?

— Para começar, um salário. Ele vivia disso. Fazia a crônica dos julgamentos para vários jornais e algumas revistas especializadas. Além disso, procurava os erros. Era um cientista e vivia reclamando da exatidão relativa da justiça. Dizia que a massa do direito era mole e se dobrava para um lado ou para o outro, que a verdade se perdia em picuinhas infames. Dizia que dava para ouvir se um veredicto estava rangendo ou não, se o clique estava certo ou não, como um relojoeiro que dá um diagnóstico de ouvido. E, quando rangia, ele ia atrás da verdade.

— E encontrava?

— Muitas vezes, sim. Foi ele quem obteve a reabilitação póstuma do assassino da Sologne. A libertação de K. Jimmy Jones, nos Estados Unidos, a do banqueiro Trévanant, a soltura da esposa Pasnier, a improcedência judicial do professor Galérant. Os artigos dele tiveram muito peso. Com o passar do tempo, muitos advogados passaram a temer que ele publicasse sua opinião. Ofereciam gratificações, que ele recusava.

Pierre filho apoiou o queixo na mão, infeliz. Não era bonito, tinha uma testa alta demais e a parte inferior do rosto pontuda. Mas seus olhos chamavam a atenção, inertes e sem brilho, persianas invioláveis, inacessíveis, talvez, à compaixão. O corpo inclinado, as costas curvadas, consultando a mulher com o olhar, dava a impressão de um homem doce e gentil. Contudo, Adamsberg achava que a intransigência estava ali, colada na vidraça fixa de seus olhos.

— Ele pegou algum caso menos glorioso? — perguntou.

— Ele dizia que a verdade é um caminho de mão dupla. Também ajudou a condenar três homens. Um deles se enforcou na prisão depois de jurar inocência.

— Quando foi isso?

— Pouco antes de ele se aposentar, faz treze anos.

— Quem era o homem?

— Jean-Christophe Réal.

Adamsberg fez um gesto indicando que conhecia o nome.

— Réal se enforcou no dia em que completou vinte e nove anos.

— Houve alguma carta de vingança? Alguma ameaça?

— Do que se trata? — interveio a mulher, cujo rosto, pelo contrário, era harmonioso e dentro do padrão. — O Pai não teve uma morte natural, é isso? Vocês têm alguma dúvida? Se tiverem, fale. Desde hoje de manhã, a polícia ainda não nos forneceu uma única informação clara. O Pai teria morrido, mas não sabemos nem se se trata dele mesmo. E o seu assistente ainda não nos autorizou a ver o corpo. Por quê?

— Porque é difícil.

— Porque o Pai, se for mesmo o Pai — ela continuou —, morreu nos braços de uma puta? Não acredito. Ou de uma mulher da alta sociedade? Vocês estão abafando alguma coisa para manter a tranquilidade de alguns intocáveis? Sim, porque meu sogro conhecia muitos intocáveis, a começar pelo ex-ministro da Justiça, que é um corrupto até a medula.

— Hélène, por favor — disse Pierre, que a deixava falar de propósito.

— Quero lembrar que se trata do pai dele — encadeou Hélène — e que ele tem o direito de ver tudo e saber de tudo antes de vocês, e antes dos intocáveis. Ou nos mostram o corpo, ou vamos ficar calados.

— Parece razoável — disse Pierre, com um tom de advogado selando um acordo.

— Não existe corpo — disse Adamsberg, encarando a mulher.

— Não existe corpo — Pierre repetiu mecanicamente.

— Não.

— Então, como o senhor pode afirmar que é ele?

— Porque está na casa dele.

— Quem?

— O corpo.

Adamsberg foi abrir a janela e pousou o olhar no alto das tílias. Estavam em flor havia quatro dias e o cheiro de chá entrou com um sopro de ar.

— O corpo está em pedaços — disse. — Ele foi... — Que palavra usar? Partido? Triturado? — ...ele foi cortado em centenas de pedaços e espalhado pela sala. A sala grande do piano. Não há nada que se possa identificar. Não vou sugerir que vejam isso.

— Isso é enrolação — contrapôs a mulher. — Vocês estão aprontando alguma coisa. O que estão fazendo com ele?

— Estamos coletando os vestígios, metro quadrado por metro quadrado, e guardando em recipientes numerados. Quarenta e dois metros quadrados, quarenta e dois recipientes.

Adamsberg deixou para lá as flores da tília e se virou para Hélène Vaudel. Pierre continuava em sua posição inclinada, deixando que a mulher conduzisse o andor.

— Dizem que é impossível cumprir o luto sem ter visto

com os próprios olhos — retomou Adamsberg. — Mas sei de gente que se arrependeu e que, pensando bem, teria preferido saber sem ver. Enfim, as primeiras fotos estão à disposição de vocês — disse, estendendo o celular para Hélène. — Assim como um carro para ir até Garches, se fizerem questão. Antes, deem uma olhada para ter uma ideia. A qualidade não está boa, mas vai dar para ter uma boa noção.

Hélène pegou o celular com um gesto decidido e começou a percorrer as imagens. Interrompeu-se na sétima foto, que mostrava o alto do piano preto.

— Está bem — disse, largando o aparelho, o olhar um pouco alterado.

— Não querem o carro? — perguntou Pierre.

— Não queremos.

Foi como uma palavra de ordem, e Pierre aquiesceu. Nenhum pingo de revolta, sendo que se tratava do próprio pai. Nenhum frêmito de curiosidade pelas fotos. Uma honesta neutralidade de aparências. Uma submissão provisória e convencional, enquanto não retomava vigorosamente as rédeas.

— O senhor anda a cavalo? — perguntou Adamsberg.

— Não, mas me interesso um pouco por corridas. Meu pai, antigamente, costumava apostar bastante. Porém há vários anos só apostava uma vez por mês. Ele mudou, se retraiu, quase não saía mais.

— Ele não frequentava nenhum haras, nenhum hipódromo? Ele nunca ia para o campo? De modo que trouxesse para casa fragmentos de cocô de cavalo?

Pierre filho se endireitou, como se aquela ideia o despertasse sem querer.

— O senhor está dizendo que tem cocô de cavalo na casa do meu pai?

— Sim, nos tapetes. Uns torrõezinhos que se soltaram da sola de alguma bota.

— Ele nunca usou botas. Tinha horror a animais, natureza, terra, flores, a essas margaridas que a gente colhe e deixa murchar dentro de um copo, enfim, em geral a tudo que brota. O assassino entrou lá com botas cheias de fezes?

Adamsberg desculpou-se com um gesto e atendeu o telefone.

— Se o filho ainda estiver aí — disse Retancourt abruptamente —, pergunte se o velho tinha algum animal, cachorro, gato ou outro bicho com pelos. Recolheram uns pelos na poltrona Luís XIII. Mas na casa não tem nenhuma caminha, nenhuma tigela, nada indicando que algum animal vivesse ali. Os pelos estavam grudados nas calças do assassino.

Adamsberg se afastou do casal, colocando uma distância entre eles e a aspereza de Retancourt.

— O seu pai tinha algum animal de estimação? Cachorro, gato ou outro qualquer?

— Acabei de dizer que ele não gostava de animais. Ele não perdia tempo com os outros, muito menos com um animal.

— Nada — disse Adamsberg, voltando ao celular. — Verifique, tenente, isso pode vir de algum cobertor ou casaco. Confira também as outras poltronas.

— E lenço de papel, ele usava? Encontraram um amassado na grama, mas não tem nenhum no banheiro.

— Lenços de papel? — perguntou Adamsberg.

— Jamais — disse Pierre, levantando as mãos para rechaçar mais essa aberração. — Só de tecido, dobrados três vezes para um lado e quatro vezes para o outro. Não podia ser de outra maneira.

— Exclusivamente lenços de tecido — transmitiu Adamsberg.

— O Danglard quer falar com o senhor de qualquer jeito. Está dando voltas na grama em torno de uma coisa que ele acha preocupante.

Não poderia haver, pensou Adamsberg, melhor maneira de descrever o temperamento de Danglard: dando voltas em torno das concavidades em que se calcificavam suas preocupações. Ainda com o telefone na mão, Adamsberg passou a mão pelo cabelo, tentando retomar o fio da conversa. Ah, sim, as botas, o cocô.

— Não eram botas cheias de fezes — explicou ao filho. — Apenas alguns fragmentos que a umidade do solo ajudou a desprender da sola.

— O senhor falou com o jardineiro dele? O faz-tudo? Ele deve usar botas.

— Ainda não. Dizem que é um sujeito grosseiro.

— Um bruto, um presidiário e meio débil mental — completou Hélène. — O Pai se encantava com ele.

— Não acho que ele tenha nada de débil mental — suavizou Pierre. — Por que espalharam o corpo dele? — prosseguiu, cauteloso — Matar, até dá para entender. A família do rapaz que se suicidou, seria compreensível. Mas para que arrebentar com tudo? O senhor já tinha visto uma coisa assim? Esse *modus operandi?*

— Esse *modus operandi* não existia até esse assassino inventar. Ele não reproduziu nada já existente, ontem ele criou algo novo.

— Até parece que estamos falando de arte — disse Hélène, com um muxoxo de reprovação.

— E por que não? — disse Pierre com brusquidão. — Pode ser algum revide. Ele era um artista.

— O seu pai?

— Não. O Réal. O suicida.

Adamsberg fez novamente um sinal para atender uma ligação de Danglard.

— Eu estava pressentindo que essa encrenca ia sobrar para a gente — disse o comandante com voz cuidadosa, o que para Adamsberg indicava que ele entornara alguns copos e estava caprichando na elocução.

Provavelmente acabara entrando na sala do piano.

— Você viu o local, comandante?

— Vi as fotos, e já foi o suficiente. Mas acabam de confirmar que os sapatos são franceses.

— As botas?

— Os sapatos. E tem mais. Quando eu vi, foi como se tivessem riscado um fósforo dentro do túnel, como se tivessem cortado os pés do meu tio. Mas nós não temos escolha, estou indo para lá.

Mais de três copos, calculou Adamsberg, ingeridos num curto período de tempo. Consultou os relógios, eram cerca de quatro da tarde. Hoje Danglard não serviria mais para nada nem para ninguém.

— Não adianta, Danglard. Saia daí, a gente se vê mais tarde.

— É o que eu estou dizendo.

Adamsberg desligou o telefone, perguntando-se de forma meio absurda como estaria a gata e seus filhotes. Tinha dito a Retancourt que a mãe estava passando bem, mas um dos gatinhos — um dos que ele tinha tirado, uma fêmea — estava cambaleante, emagrecendo. Será que ele tinha apertado demais ao puxar? Será que tinha prejudicado alguma coisa?

— Jean-Christophe Réal — lembrou-lhe Pierre, insistente, como intuindo que o delegado não voltaria a achar o caminho sozinho.

— O artista — confirmou Adamsberg.

— Ele trabalhava com cavalos, alugava. Da primeira vez, ele pintou um cavalo da cor do bronze, para dar a impressão de uma estátua se movendo. O dono do animal deu queixa, mas foi assim que ele ficou conhecido. Depois disso pintou muitos outros. Pintava tudo, o que exigia quantidades colossais de tinta. Pintava a grama, as estradas, os troncos, as folhas, uma por uma, os pedregulhos, em cima, embaixo, como que petrificando toda a paisagem.

— Isso não interessa ao delegado — interrompeu Hélène.

— O senhor conhecia o Réal?

— Eu o vi muitas vezes na prisão, estava determinado a tirá-lo de lá.

— Seu pai o acusou do quê?

— De ter pintado uma senhora idosa — a protetora dele —, de quem ele era herdeiro.

— Não entendi.

— Ele pintou a mulher da cor do bronze para colocá-la sobre um dos tais cavalos, uma estátua equestre viva. Só que a pintura não deixou o ar passar, tapou os poros e, antes que tivessem tempo de limpar a protetora, ela morreu asfixiada em cima do animal. O Réal recebeu a herança.

— Curioso — murmurou Adamsberg. — E o cavalo, morreu também?

— Não, aí é que está. O Réal sabia o que estava fazendo, ele pintava com tinta porosa. Não era nenhum louco.

— Não — disse Adamsberg, cético.

— Os químicos disseram que o encontro molecular entre a tinta e os cosméticos da protetora é que desencadeou a catástrofe. Mas o meu pai demonstrou que, depois de pintar o cavalo, o Réal trocou de galão de tinta para pintar a mulher e que a asfixia foi intencional.

— E o senhor não concordou.

— Não — disse Pierre, apontando o queixo para a frente.

— Os argumentos do seu pai tinham fundamento?

— Pode ser, mas mesmo assim... A fúria do meu pai contra aquele sujeito não era normal. Ele o detestava sem motivo nenhum. Fez de tudo para acabar com ele.

— Não é verdade — disse Hélène, discordando de repente. — O Réal era um megalômano com dívidas até o pescoço. Ele matou aquela mulher.

— Droga — interrompeu Pierre. — O meu pai se aferrou ao Réal como se através dele quisesse me atingir. Aos dezoito anos, eu queria ser pintor. O Réal era seis anos mais velho que eu, eu conhecia a obra dele, o admirava, fui visitá-lo duas vezes. Quando meu pai soube, ficou possesso. Para ele o Réal era um ignorante insaciável — palavras dele —, cujas criações grotescas desarticulavam a civilização. Meu pai era um homem das eras obscuras, acreditava na perenidade dos antigos fundamentos do mundo e o

Réal o perturbava. O canalha usou sua notoriedade para condená-lo e levá-lo à morte.

— O canalha — repetiu Adamsberg.

— É claro — disse Pierre sem piscar. — Meu pai não passava de um velho canalha.

8

Levantados os nomes dos moradores das casas próximas, começava a investigação da vizinhança, necessária e cansativa. A investigação não contrariava a opinião de Pierre filho. Embora ninguém se atrevesse a chamar Pierre Vaudel de velho canalha, os depoimentos retratavam um homem fechado, maníaco, intolerante e presunçoso. Inteligente, não usava a inteligência para beneficiar ninguém. Evitava contatos e, o lado bom da moeda, nunca perturbava ninguém à sua volta. Os policiais fizeram perguntas de porta em porta, mencionando o sórdido assassinato sem especificar que o velho fora triturado. Teria sido possível Pierre Vaudel ter aberto a porta para o agressor? Sim, se o motivo da visita fosse técnico, se não se tratasse de conversa fiada. Mesmo depois de escurecer? Sim, Vaudel não era medroso, inclusive era, como dizer, invulnerável. Pelo menos era a impressão que passava.

Um único homem, o jardineiro Émile, forneceu uma descrição diferente de Pierre Vaudel. Não, Vaudel não era um misantropo. Desconfiava somente de si mesmo, por isso não frequentava ninguém. Como o jardineiro sabia disso? Porque era o que o próprio Vaudel dizia, às vezes com um sorriso, um sorrisinho enviesado. Como o conhecera? No tribunal, no seu nono julgamento por golpes e ferimentos, isso já fazia quinze anos. Vaudel se interessara por sua violência e, durante as conversas, os dois foram estabelecendo uma relação. Até que Vaudel o contratou para cuidar do jardim, da provisão de lenha e, mais tarde, das compras e da faxina. Émile lhe convinha porque não tentava entabular conversa. Ao descobrir sobre o passado do jardineiro, os vizinhos não tinham gostado.

— É normal, tem que se colocar no lugar das pessoas. Émile, o surrador, é como eles me chamam. É claro que as pessoas não se sentiam tranquilas, elas me evitavam.

— A esse ponto? — perguntou Adamsberg.

O homem estava sentado no último degrau da escada em frente à casa, onde o sol do início de junho aquecia um pouco a pedra. Magro e de baixa estatura, flutuava em seu macacão e não tinha nada de assustador. Seu rosto bastante assimétrico tinha um ar cansado e impreciso, mais para feio, e não expressava vontade ou segurança. Na defensiva, enxugava o nariz, torto de tanto apanhar, protegia os olhos. Tinha uma orelha maior que a outra, que ele esfregava feito um cachorro inquieto, e esse único gesto indicava que estava triste ou se sentia perdido. Adamsberg sentou-se a seu lado.

— O senhor é da equipe policial? — perguntou o homem depois de olhar, intrigado, para a roupa de Adamsberg.

— Sou. Um colega me disse que o senhor não concorda com os vizinhos a respeito de Pierre Vaudel. Não sei o seu nome.

— Já falei para eles umas vinte vezes. Meu nome é Émile Feuillant.

— Émile — repetiu Adamsberg para gravar a palavra.

— O senhor não vai escrever? Os outros anotaram. É normal, senão eles fariam mil vezes as mesmas perguntas. Mesmo assim eles já ficam se repetindo. Está aí uma coisa que sempre me perturbou: por que os tiras ficam sempre repetindo tudo? A gente diz: "Sexta à noite, eu estava no Perroquet". E o tira: "Onde é que você estava na sexta à noite?". Para quê isso? Só para irritar a gente?

— Só para irritar. Até que o cara deixa o Perroquet pra lá e fala para os tiras o que eles querem ouvir.

— Bem, até que é normal. Dá pra entender.

Normal, anormal. Émile parecia dispor as coisas de um lado e de outro dessa linha demarcatória. Pelo jeito como olhava para ele, Adamsberg não tinha certeza se Émile o punha do lado normal.

— Todo mundo aqui tem medo de você?

— Menos a senhora Bourlant, a vizinha do lado. Afinal, eu tenho cento e trinta e oito brigas de rua no currículo, sem contar as brigas de infância. Quer dizer...

— Por isso é que você está falando o contrário do que dizem os vizinhos? Porque eles não gostam de você?

A pergunta surpreendeu Émile.

— Eu não estou nem aí se eles gostam de mim ou não. A verdade é que sei muito mais que eles sobre o Vaudel. Não posso reclamar, é normal eles terem medo de mim. Eu sou um violento da pior espécie. É o que o Vaudel dizia — acrescentou, rindo um pouco e revelando a falta de dois dentes. — Exagero dele, porque nunca matei ninguém. Agora, sobre o resto ele não estava errado.

Émile pegou um pacote de fumo e enrolou um cigarro com destreza.

— Sobre o resto... quanto tempo você pegou de cadeia?

— Onze anos e meio, em sete vezes. A gente fica queimado. Enfim, depois que passei dos cinquenta, melhorei. Uma briga aqui, outra ali, mas nada de mais. Dá pra dizer que paguei caro: nem mulher nem filhos. Gosto de criança, mas eu não queria. É, porque quando a gente bate assim, à toa, em tudo que se mexe, não dá pra correr o risco. É normal. Era outro ponto em comum com o Vaudel. Ele também não queria ter filhos. Quer dizer, ele não falava desse jeito. Falava: "Nada de descendência, Émile". Mas mesmo assim, acabou tendo um filho pelas costas.

— Você sabe por quê?

Émile deu uma tragada no cigarro, lançando um olhar surpreso para Adamsberg.

— Ora, porque ele não se cuidou.

— Por que ele não queria ter descendentes?

— Ele apenas não queria. Mas o que quero saber é o que vai ser de mim. Fiquei sem trabalho, sem teto. Eu morava no alpendre.
— O Vaudel não tinha medo de você?
— Ele não tinha medo nem da morte. Costumava dizer que o único problema com a morte é que ela demorava demais.
— Você nunca sentiu vontade de bater no Vaudel?
— Às vezes, no começo. Mas eu preferia uma partida de *morpion*.* Fui eu que ensinei pra ele. Eu nem sabia que tinha gente que não sabia jogar *morpion*. À noite, eu chegava, acendia o fogo, servia dois licores de ginja. Muito especial, o licor de ginja, foi ele que me mostrou. A gente montava a mesa e jogava.
— Quem ganhava?
— Na maioria das vezes, ele. Porque ele era muito esperto. E também porque ele inventou um *morpion* especial, com folhas de um metro de comprimento. Acho que dá para o senhor imaginar como é difícil.
— Sem dúvida.
— Bem. Ele queria aumentar ainda mais, mas fui contra.
— Vocês bebiam muito quando estavam juntos?
— Só os dois licores de ginja, ele não passava disso. Eu sinto falta é dos burriés que a gente comia. Ele encomendava toda sexta-feira, a gente tinha um alfinete cada um para comer. O meu com a bolinha azul, o dele com a bolinha laranja, a gente nunca trocava. Ele falava que eu ia...

Émile esfregou o nariz torto, buscando a palavra. Adamsberg conhecia bem aquela busca de vocabulário.

— Que eu ia sentir saudade quando ele morresse. Eu dava risada, ninguém me faz falta. Mas ele tinha razão, ele era esperto. Estou com saudade.

Adasmberg teve a impressão de que Émile assumia

(*) Jogo semelhante ao jogo da velha. (N. T.)

com certo orgulho aquele sentimento complexo e a palavra nova que o celebrava.

— Você está bêbado quando briga?

— Não, aí é que está. Às vezes tomo um trago depois, para tirar o nervoso da briga. Não pense que já não fui consultar um médico. Claro que consultei, por bem ou por mal, uma dúzia deles. Não teve um que entendesse. Pesquisaram o meu pai, a minha mãe, e nada. Eu fui um moleque feliz. Por isso é que o Vaudel falava: "Não tem o que fazer, Émile, é uma questão de genes". O senhor sabe o que quer dizer genes?

— Mais ou menos.

— Mas e exatamente?

— Não sei.

— Eu sei, eu procurei. É uma semente ruim se espalhando. Então, já viu. Por isso não adianta a gente querer viver que nem as outras pessoas. Por causa dos nossos genes.

— No Vaudel também era por causa dos genes?

— Mas é claro — disse Émile com ar contrariado, como se Adamsberg não estivesse fazendo nenhum esforço para entender. — O que eu queria saber é o que vai ser de mim.

— Que genes?

Émile, preocupado, limpava as unhas com um pedaço de fósforo.

— Não — disse, meneando a cabeça. — Ele não queria que se falasse nisso.

— Émile, o que você estava fazendo na noite de sábado para domingo?

— Eu já falei, estava no Perroquet.

Émile abriu um largo sorriso provocante e jogou o fósforo longe. Émile não tinha nada de débil mental.

— E fora isso?

— Levei minha mãe ao restaurante. Sempre o mesmo restaurante, perto de Chartres, dei o nome e tudo o mais para os seus colegas. Eles vão contar para o senhor. Eu levo a minha mãe lá todo sábado. Veja bem, nunca bati na minha mãe. Meu Deus, só faltava essa. E quero deixar claro que a minha mãe me adora. De certa forma, é normal.

— Mas a sua mãe não vai dormir às quatro da manhã, vai? Você chegou em casa às cinco.

— Isso, e não vi luz acesa. Ele sempre deixava tudo aceso quando ia dormir.

— A que horas você deixou sua mãe em casa?

— Às dez em ponto. Depois, como faço todo sábado, fui visitar o meu cachorro.

Émile pegou a carteira e mostrou uma foto suja.

— Esse aqui — disse. — Uma bolinha, caberia no bolso da frente, que nem canguru. Quando fui preso pela terceira vez, minha irmã avisou que não queria mais ficar com ele e deu o cachorro. Mas eu soube onde ele estava, no sítio dos primos Gérault, perto de Châteaudun. Depois do restaurante, eu pego a caminhonete e vou até lá, levo uns presentes, carne e outras coisas. Ele sabe, fica me esperando no escuro, pula a porteira e a gente passa a noite junto dentro da caminhonete. Pode estar chovendo ou ventando. Ele sabe que eu sempre apareço. E isso que ele é desse tamanhinho.

As mãos de Émile formaram um círculo do tamanho de uma bola.

— Tem cavalos nesse sítio?

— O Gérault cria principalmente gado, setenta e cinco por cento de gado leiteiro e vinte e cinco por cento de corte. Mas ele tem alguns cavalos.

— Quem sabe disso?

— Que eu visito o cachorro?

— É, Émile. Não estou falando do gado. O Vaudel sabia?

— Sabia. Ele jamais aceitaria que eu trouxesse um animal para cá, mas ele entendia. Ele me dava folga no sábado à noite para eu visitar a minha mãe e o cachorro.

— Mas o Vaudel já não pode confirmar isso.

— Não pode.

— Nem o cachorro.
— Pode, sim. Vá comigo até lá no sábado, vai ver que não estou inventando história. Vai ver como ele pula a porteira e corre para a caminhonete. É a prova.
— Só que isso não prova que foi no sábado.
— É verdade. Mas é normal um cachorro não ser capaz de dizer o dia. Nem mesmo um cachorro como o Cupido.
— O nome dele é Cupido — murmurou Adamsberg.

Ele cerrou os olhos, recostado no marco de pedra da porta, o rosto voltado para o sol, como Émile. Do outro lado da espessa parede, estavam concluindo a coleta, retirando as passarelas. Os pedaços de tapete tinham sido desmontados, numerados, enfiados nos recipientes. Iriam procurar um sentido para aquilo. Pierre filho podia ter matado o velho canalha. Ou a nora, era possível, decidida a arriscar tudo pelo marido. Ou Émile. Ou a família do pintor que jogou tinta bronze nos cavalos e, desastradamente, em uma mulher. Pintar sua protetora com bronze, mais uma coisa que ainda não existia no mapa do continente de Stock. Em compensação, matar um velho rico já existia havia muito tempo. Mas reduzi-lo a mingau e espalhá-lo em volta? Para quê? Ninguém sabia responder. Sem a ideia, não dá para ter o homem.

Mordent vinha em sua direção, com seu passo decidido, seu longo pescoço projetado para a frente, a cabeça coberta com uma penugem grisalha, os olhos se movendo ligeiros, um conjunto que evocava com precisão uma ave pernalta exausta catando um peixe aqui e ali. Aproximou-se de Émile e observou Adamsberg sem indulgência.
— Está dormindo — sussurrou Émile. — É normal, tem que entender.
— Ele estava conversando com você?
— O que é que tem? É o trabalho dele, não é?
— Sem dúvida. Mesmo assim, vamos acordá-lo.

— Miséria de vida — disse Émile num tom aborrecido. — O cara não pode nem dormir cinco minutos sem ser criticado.

— Meio difícil eu criticar o cara, ele é o meu delegado.

Adamsberg abriu os olhos ao toque de Mordent, Émile se levantou para afastar-se. Descobrir que aquele homem era delegado o deixou um tanto chocado, como se isso fosse um desvio na ordem das coisas, como se os vagabundos virassem reis sem avisar. Uma coisa é falar sobre seus genes e sobre o Cupido com um sem-patente, outra coisa é falar com um delegado. Ou seja, com um cara tarimbado nas piores técnicas de interrogatório. E aquele ali era bamba, segundo ouvira dizer. E para aquele ali ele tinha falado um bocado de coisas, sem dúvida coisas demais.

— Fique aí — disse Mordent, segurando Émile pela manga —, isto também vai te interessar. Delegado, chegou a resposta do advogado. O Vaudel fez seu testamento três meses atrás.

— Muita grana?

— Mais que isso. Três casas em Garches, outra em Vaucresson, um prédio para aluguel em Paris. Mais o equivalente em seguros e investimentos.

— Nada que surpreenda — disse Adamsberg, levantando-se por sua vez e limpando as calças com a mão.

— Tirando a parte reservada ao filho, o Vaudel deixou tudo para um estranho. Émile Feuillant.

9

Émile voltou a se sentar no degrau, atordoado. Adamsberg ficou de pé, encostado no batente da porta, cabeça inclinada e apertando os braços cruzados, único sinal tangível, segundo seus colegas, de reflexão em andamento. Mordent andava para lá e para cá movimentando os braços, seu olhar se deslocando rápido, e sem motivo, de um ponto a outro. Adamsberg, na verdade, não estava refletindo, e sim pensando que Mordent parecia uma garça que acaba de pegar um peixe e ainda o segura no bico, satisfeita com a presa rápida. Émile, no caso. E foi ele quem rompeu o silêncio, enquanto enrolava desajeitadamente um cigarro.

— Não é normal isso, deserdar o próprio filho.

Sobrou papel demais na ponta do cigarro, que se acendeu feito uma tocha, chamuscando seus cabelos grisalhos.

— Não deixava de ser filho dele, querendo ou não — continuou Émile, esfregando o cabelo que exalava um cheiro de porco queimado. — E ele nem gostava tanto assim de mim. Mesmo sabendo que eu ia sentir saudade e que eu estou com saudade. A herança tinha que ser do Pierre.

— Sujeito caridoso você, hein? — disse Mordent.

— Não, só estou dizendo que não é normal. Mas vou ficar com a minha parte, vamos respeitar a vontade do velho.

— Muito conveniente esse seu respeito.

— Não é só respeito. Também tem a lei.

— A lei também é muito conveniente.
— Às vezes. Eu vou ficar com a casa?
— Com essa ou com alguma outra — interveio Adamsberg. — Você vai pagar um imposto pesado sobre a metade da herança que lhe cabe. Mas no mínimo vão lhe sobrar duas casas e um bom dinheiro.
— Vou trazer a minha mãe e comprar o cachorro de volta.
— Você é rápido para fazer planos — disse Mordent. — Até parece que já estava tudo armado.
— E daí? Não é normal eu querer trazer a minha mãe?
— Quero dizer que você não parece muito surpreso. Quero dizer que já está fazendo planos. Poderia pelo menos dar um tempo para absorver a notícia. Seria o certo.
— Não estou nem aí para o que seria o certo. Já absorvi. Não sei por que eu teria que levar horas para fazer isso.
— Quero dizer que você sabia que o Vaudel ia lhe deixar seus bens. Quero dizer que você sabia do testamento.
— Não sabia. Mas ele me prometeu que um dia eu ia ser rico.
— Dá na mesma — disse Mordent, com a boca rasgada de quem ataca o peixe pelos flancos. — Ele te disse que você seria o herdeiro.
— Não disse. Ele leu isso na minha mão. Ele conhecia o segredo das linhas, e me ensinou. Olha — disse, mostrando a palma da mão e apontando a base do anular direito. — Foi aqui que ele viu que eu ainda ia ser rico. Não quer dizer que ele estava falando do dinheiro dele, não é? Eu jogo na loto, pensei que fosse por aí.

Émile mergulhou num súbito silêncio, contemplando a palma de sua mão. Adamsberg, que observava o jogo cruel entre a garça e o peixe, viu passar no semblante do jardineiro a sombra de um medo antigo que nada tinha a ver com a agressividade de Mordent. As bicadas do comandante não pareciam preocupá-lo ou irritá-lo. Não, o problema estava nas linhas da mão.

— Ele leu mais alguma coisa na sua mão? — perguntou Adamsberg.

— Não muito, só isso de eu ficar rico. Ele achava as minhas mãos comuns e dizia que era sinal de sorte. Eu não me ofendia. Mas quando eu quis ver as mãos dele, aí foi outra história. Ele fechou os punhos. Disse que não tinha nada pra ver, que ele não tinha linhas na mão. Não tinha linhas! Ele parecia tão irritado que achei melhor não insistir, e a gente não jogou *morpion* naquela noite. Não tinha linhas! Isso não é normal. Se eu pudesse ver o corpo, ia conferir se era verdade mesmo.

— Não dá para ver o corpo. Seja como for, as mãos estão destruídas.

Émile deu de ombros, lamentando e fitando a tenente Retancourt, que vinha em sua direção com grandes passadas deselegantes.

— Ela parece boazinha — disse ele.

— Não se iluda — disse Adamsberg. — É o animal mais perigoso do bando. Está no local desde ontem de manhã, sem intervalo.

— Como ela consegue?

— Ela sabe dormir de pé sem cair.

— Isso não é normal.

— Não é — confirmou Adamsberg.

Retancourt parou na frente deles e fez um sinal afirmativo para os dois homens.

— Tudo certo — disse.

— Perfeito — disse Mordent. — Vamos lá, delegado? Ou continuamos com a quiromancia?

— Eu não sei o que é quiromancia — retrucou Adamsberg, categórico.

Qual o problema com o Mordent? Com aquele velho pássaro depenado, amável e competente? Irrepreensível no trabalho, que tinha todas as respostas, sabia tudo de mitos e lendas, eloquente e conciliador? Adamsberg sabia que, entre seus dois comandantes, ter escolhido Danglard e não Mordent para ir ao simpósio de Londres deixara Mordent irritado. Mas ele iria participar do próximo grupo, em Amsterdã. Estavam empatados, e Mordent não era de ficar muito tempo irritado nem de negar a Danglard uma imersão britânica.

— É a ciência que estuda as linhas da mão. Em outras palavras, uma perda de tempo. Tempo que estamos, aliás, desperdiçando um bocado. Émile Feuillant, você se perguntava onde iria dormir esta noite, parece que o seu problema está resolvido.

— Na casa — disse Adamsberg.

— No alpendre — corrigiu Retancourt. — A casa ainda está interditada.

— Na delegacia — disse Mordent.

Adamsberg se desencostou da parede e deu alguns passos na alameda, mãos enfiadas nos bolsos. O cascalho estalava sob seus pés, gostava daquele barulho.

— Isso não é da sua alçada, comandante — disse, destacando as palavras. — Eu ainda não telefonei para o delegado da divisão, que ainda não chamou o juiz. É muito cedo, Mordent.

— Tarde demais, delegado. O delegado da divisão me telefonou, e o juiz ordenou a prisão preventiva de Émile Feuillant.

— Ah, é? — disse Adamsberg, voltando-se, braços cruzados. — O delegado da divisão liga e você não me passa a ligação?

— Ele não pediu para falar com o senhor. Tive que obedecer.

— A norma não é essa.

— O senhor não está nem aí para as normas.

— Não neste caso. E a norma também diz que essa prisão preventiva é prematura e sem razão de ser. Também poderíamos prender o filho do Vaudel ou um membro da família do pintor. Como é essa família, Retancourt?

— Um bloco unido, devastado, obcecado por vingança. A mãe se matou sete meses depois do filho. O pai é mecânico, os dois outros filhos caíram no mundo. Um é caminhoneiro, outro está na Legião Estrangeira.

— O que você acha, Mordent? Vale a pena dar uma olhada, não é? E Pierre filho, o deserdado? Não acha que ele também sabia do testamento? Quer coisa melhor do que fazer com que acusem o Émile e ficar com a herança inteira? Você alertou o delegado da divisão sobre isso?

— Eu não tinha essa informação. E a opinião do juiz é categórica. A ficha policial de Émile Feuillant é mais comprida que suspiro em velório.

— E desde quando se decreta uma prisão preventiva com base numa simples opinião? Sem esperar pelos resultados do laboratório? Sem nenhum elemento material?

— Temos dois elementos materiais.

— Perfeito, eu aceito ser informado. Retancourt, você sabe quais são?

Retancourt raspou o chão com o pé, espalhando cascalho como um animal descontente. As qualidades fora de série da tenente apresentavam uma lacuna: ela não possuía nenhum talento para as relações sociais. Uma situação ambígua, delicada, que exigisse reações sutis ou artifícios, tornava-a incompetente e a desarmava.

— Que baderna é essa, Mordent? — ela perguntou com voz rouca. — Desde quando a justiça tem essa pressa toda? E por quem?

— Não sei de nada. Eu obedeço, só isso.

— Você está obedecendo demais — disse Adamsberg.

— E quanto aos dois elementos?

Mordent ergueu a cabeça. Ausente, Émile tentava atear fogo num raminho.

— Entraram em contato com a casa de repouso onde mora a mãe do Émile Feuillant.

— Não é uma casa de repouso para morar — rugiu Émile. — É um asilo para morrer.

Émile agora assoprava a pequena brasa que ele acendera na ponta do ramo. Verde demais, observou Adamsberg, não vai pegar.

— A diretora confirmou: faz pelo menos uns quatro meses que o Émile avisou a mãe que eles em breve iriam

morar juntos, com tudo do bom e do melhor. Todo mundo está sabendo.
— É claro — disse Émile. — Já falei, o Vaudel previu que eu ia ficar rico. Eu contei para a minha mãe. É normal, não é? Será que eu vou ter que repetir? É para me irritar?
— Faz sentido — disse Adamsberg calmamente. — E o segundo elemento, Mordent?
Dessa vez Mordent sorriu. Ele tem uma boa carta na manga, pensou Adamsberg, está pegando o peixe pela barriga. Observando melhor, Mordent estava com uma cara péssima. Encovada, olheiras roxas caindo até o queixo.
— Tem cocô de cavalo na caminhonete dele.
— E daí? — disse Émile, parando de assoprar o raminho.
— Achamos quatro pedacinhos de fezes na cena do crime. Estavam nas botas do assassino.
— Eu não tenho botas. Não vejo qual a relação.
— O juiz vê.
Émile tinha se levantado, jogado o raminho fora, guardado o fumo e os fósforos no bolso. Mordia o lábio com uma expressão subitamente exausta. Desanimado, lastimável, parado feito um crocodilo velho. Parado demais. Será que foi nessa hora que Adamsberg percebeu? Nunca soube bem. O que ele soube, sem sombra de dúvida, é que recuou, se afastando de Émile, abrindo espaço como que para deixar-lhe o caminho livre. E Émile se esticou exatamente com a rapidez irreal de um crocodilo, com uma rapidez que não dá tempo de ver o movimento de ataque. Antes que se possa contar até um, o réptil agarrou o antílope pela coxa. Antes que pudessem contar até um, Mordent e Retancourt estavam no chão, e era impossível saber onde Émile tinha golpeado. Adamsberg o viu sair correndo pela alameda, saltar sobre um muro, e ainda o avistou atravessando um jardim, tudo isso com uma rapidez prodigiosa que só Retancourt era capaz de igualar. Mas a tenente tinha ficado para trás, levantou-se segurando a barriga e então se lançou em perseguição ao homem,

projetando o corpo inteiro para ganhar velocidade, alçando sem nenhum problema seus cento e dez quilos para transpor o muro.

— Reforço imediato — chamou Adamsberg pelo rádio.
— Suspeito fugindo oeste-sul-oeste. Fechar o perímetro.

Mais tarde perguntou-se — mas nunca soube exatamente — se colocara convicção em sua voz.

A seus pés, Mordent segurava a virilha, emitindo um gemido arquejante, deixando as lágrimas brotarem. Num gesto automático, Adamsberg debruçou-se sobre ele e sacudiu-lhe vagamente o ombro em sinal de compreensão.

— Uma operação calamitosa, Mordent. Não sei direito o que você está querendo fazer, mas da próxima vez faça melhor.

10

Apoiando-se no delegado, Mordent manquejava para ir ter com o restante da equipe. A tenente Froissy tinha substituído Lamarre e tratara imediatamente das provisões e da disposição do almoço na mesa do jardim. Podia-se contar com a tenente; ela cuidava do abastecimento como nos tempos de guerra. A obsessão por comida levara Froissy, magra, esfomeada, a instaurar dentro da Brigada esconderijos repletos de alimentos. Suspeitava-se que fossem em maior número que os esconderijos de vinho branco do comandante Danglard. Havia quem afirmasse que dali a dois séculos ainda se encontraria comida em tocas nos recônditos do prédio, ao passo que as garrafas de Danglard de há muito estariam vazias.

O tenente Noël tinha uma opinião sobre Froissy. Noël era o membro mais brutal da equipe, vulgar com as mulheres, primitivo com os homens, arrogante com os acusados. Trazia mais problemas que soluções, mas Danglard julgava necessária a sua presença, pois, segundo ele, Noël reunia tudo o que há de pior num policial, permitindo assim que os demais fossem melhores. Noël assumia o seu papel de bom grado. Estranhamente, porém, era o mais bem informado sobre os segredos pessoais de seus colegas, ou porque seu jeito rudimentar de abordar os outros rompesse as defesas, ou porque ninguém se acanhasse em deixá-lo dar uma olhada em suas próprias águas duvidosas, já que Noël era um especialista assumido no assunto. Ora, Noël afirmava que a insegurança alimentar da tenente Froissy estava relacionada ao fato de que, quando bebê, sua mãe, desmaiada, permanecera quatro dias sem amamentá-la. E que Froissy, ele resumia com uma risada, ao mesmo tempo buscava e oferecia a mamada, sem ficar com um único quilo para si própria.

Eram três da tarde, foi preciso esperar que todos estivessem saciados para que os agentes se animassem a se informar sobre o quê, exatamente, tinha acontecido lá fora. Sabia-se que Retancourt estava no encalço de um sujeito — escoltada por uma brigada de Garches, três viaturas e quatro motos. Mas ela não dava notícias, e Adamsberg acabava de explicar que ela decolara após mais de três minutos de atraso e um golpe no plexo solar. E que o sujeito, Émile, o surrador, onze anos de xadrez e cento e trinta e oito lutas oficiais, tinha todos os requisitos para escapar de Retancourt. Resumiu, sem maiores detalhes, a desavença que o opusera a Mordent e que resultara na fuga do suspeito. Não ocorreu a ninguém perguntar por que Émile não tinha esmurrado o delegado nem por que Adamsberg não se lançara ao encalço dele. Como Retancourt corria duas vezes mais rápido do que qualquer homem da Brigada, todos achavam natural terem deixado que ela fosse sozinha. Mordent limpava o prato, ostentando um humor sombrio, atribuído à preocupação com a situação de seus testículos. No dossiê de Émile, rapidamente percorrido, não escapara a ninguém que o surrador tinha aniquilado, com uma só cotovelada, a virilidade de um piloto automobilístico. Uma luta que lhe valeu um ano de xilindró e uma indenização por perdas e danos não quitada até o momento.

Adamsberg observava seus agentes duvidarem, tatearem, hesitarem entre um apoio instintivo ao colega atingido em suas partes vitais e uma sensata cautela, pois todos, incluindo Estalère, tinham consciência de que Mordent infringira as normas de maneira incompreensível, engatara a prisão preventiva sem consultar Adamsberg e assustara o suspeito com uma afobação de amador.

— Quem colocou as últimas amostras no caminhão hoje de manhã? — perguntou Adamsberg.

Ele esvaziava mecanicamente o fundo de uma garrafa no seu copo, o qual se encheu de um líquido ocre e opaco.

— É cidra da minha terra — explicou Froissy. — Só dura uma hora depois de aberta, mas é excelente. Achei que nos deixaria mais alegres.

— Obrigado — disse Adamsberg, ingerindo o líquido rugoso.

Além de se preocupar em nutrir, Froissy também tinha a preocupação de manter o humor coletivo no nível pelo menos da cordialidade, o que não era fácil numa equipe de investigação criminal cronicamente privada de horas de sono.

— Eu e a Froissy — respondeu Voisenet.

— Temos que pegar de volta o cocô de cavalo. Eu queria dar uma olhada.

— Já foi ontem para o laboratório.

— Não esse cocô, Voisenet. O cocô colhido hoje de manhã no furgão do Émile.

— Ah, o outro... — disse Estalère — ...a bosta do Émile.

— É fácil — disse Voisenet, levantando-se —, está com as amostras prioritárias.

— Vamos pôr alguém para vigiar a casa de repouso da mãe dele? — perguntou Kernokian.

— Só para constar. Qualquer idiota sabe que a casa de repouso vai estar sendo vigiada.

— Ele é um idiota — disse Mordent, que continuava limpando o prato.

— Não — disse Adamsberg. — Ele é um saudoso. E a saudade produz um monte de ideias.

Adamsberg hesitou. Havia um jeito quase certeiro de pegar Émile, no sítio onde ficava Cupido. Bastava colocar dois homens lá e ele seria apanhado durante a semana, ou na semana seguinte. Só ele sabia da existência de Cupido, do sítio, sabia mais ou menos onde ele estava localizado e o nome dos proprietários, milagrosamente guardados em sua memória: os primos Gérault, setenta e cinco por cento leiteiro, vinte e cinco por cento pecuarista. Entreabriu a boca e então se calou, cheio de incertezas. Vai saber se julgava Émile inocente, se queria se vingar de Mordent, se desde duas horas atrás ou desde Londres ele não estava passando simplesmente para o lado de lá da fronteira, junto com o fluxo dos migrantes que queriam transpor a muralha, apoiando os malfeitores, rechaçando a pressão das forças da ordem. As perguntas passaram velozes por sua cabeça, como uma revoada de estorninhos, sem que ele tentasse responder uma só. Enquanto todos se levantavam, nutridos e informados, Adamsberg se afastou fazendo um sinal para o tenente Noël. Se alguém sabia, esse alguém era ele.

— O que está havendo com o Mordent?
— Umas aporrinhações.
— Imagino que sim. Que tipo de aporrinhação?
— Não era para eu lhe dizer.
— É vital para a investigação, Noël. Você mesmo viu. Fale.
— A filha dele, filha única, a luz da vida dele, uma feiosa se quiser saber o que eu acho, foi pega há dois meses junto com seis vagabundos drogados até o cerebelo no *squat* de La Vrille, um dos pardieiros mais infectos da perimetral sul para os burguesinhos que caíram na droga.
— E aí?
— Seis vagabundos, sendo que um era o namorado dela, um magrela fedido, ruim feito o diabo. Bones é o nome de guerra dele. É doze anos mais velho que a garota, com muita prática em agressão a idosos, um fedelho até boa-pinta, bem colocado no tráfico de coca. A garota tinha deixado um bilhete e fugido de casa, e o nosso velho Mordent está com os culhões destruídos de culpa.
— E as bolas dele, aliás, como estão?
— Ele ligou para o seu médico e ele disse que só vai dar para saber depois de amanhã. Vamos torcer para ele se

safar dessa, o que não é tão certo em se tratando do surrador. Não que ele faça muito uso delas, a mulher dele traça o professor de música e fica humilhando o Mordent como um verme no esterco.

— Por que ele não me contou quando a filha saiu de casa?

— Assim é o nosso velho contador. Ele encanta a gente contando histórias, mas guarda a droga da realidade pra ele. Lembre que, naquela época, a gente estava no olho do furacão com aqueles túmulos abertos. E, entenda do jeito que quiser, mas a verdade é que as pessoas hesitam em fazer confidências para o senhor.

— Por quê?

— Porque não têm certeza de que o senhor está escutando. E se estiver escutando, imaginam que vai esquecer. Então, para que contar? O Mordent não é de tentar alcançar as nuvens. E o senhor está sentado bem em cima delas.

— Eu sei o que dizem por aí. Mas acho que estou bem aqui na terra.

— Então não estamos na mesma terra.

— É bem possível, Noël. E aí? E a garota?

— O nome dela é Elaine. O Mordent invadiu o *squat* a chamado da polícia de Bicêtre, e aquilo estava que era um inferno, o senhor conhece a cena. Tinha até uma molecada comendo ração de cachorro. Foi um deles que entrou em pânico e chamou a polícia, porque tinha um cara tendo uma overdose. Se bem que, dizem, comida de cachorro não é tão ruim, não deixa de ser um simples guisado. A filha do Mordent estava pra lá de chapada. Apreenderam branquinha suficiente para um indiciamento por tráfico. O problema é que encontraram armas, dois revólveres e umas navalhas de mola. Uma das armas foi usada para matar o Stubby Down há nove meses, o chefão da zona norte. E as testemunhas afirmam que ele foi atacado por duas pessoas, e uma era uma garota morena com um cabelo até a bunda.

— Droga.
— Para concluir, puseram três jovens na preventiva, incluindo a Elaine Mordent.
— Onde é que ela está?
— Na prisão de Fresnes, à base de metadona. Ela pode pegar dois anos de prisão fechada, e muito mais se tiver participação na morte do Stubby Down. O Mordent acha que, quando ela sair, vai estar acabada. O Danglard tem procurado animá-lo regando-o com vinho branco, feito planta, mas nele tem surtido os piores efeitos. Sempre que pode ele fica em Fresnes, dentro ou fora, olhando para os muros. Já viu.

Noël se virou e apontou a casa com o queixo, as mãos apoiadas na cintura.

— E com essa lamaceira toda, agora sim é de perder o rumo. Talvez fosse bom o Danglard vir ficar no lugar dele, agora que já desmontamos tudo. O Voisenet está procurando o senhor, ele encontrou a bosta do Émile, como diz o besta do Estalère.

Voisenet, que tinha deixado a amostra sobre a mesa branca do jardim, passou umas luvas para Adamsberg. O delegado abriu o saco plástico e cheirou o conteúdo.

— A etiqueta diz "cocô de cavalo", mas talvez seja outra coisa.

— Não, é isso mesmo — disse Adamsberg, colocando um torrãozinho escuro na mão. Não é igual ao que tinha na casa. Não tem forma de bolinha.

— As bolinhas são porque o cocô se amoldou no desenho da sola das botas. Com aquele sangue todo nos tapetes, elas se soltaram.

— Seja como for, Voisenet, não se trata do mesmo cavalo. Quero dizer: não é o mesmo cocô, logo não é o mesmo cavalo.

— Talvez sejam dois cavalos — arriscou Justin.

— Quero dizer: não é da mesma criação de cavalos. Logo, não são os mesmos sapatos. Acho.

Adamsberg afastou uma mecha de cabelo da testa. Era

irritante estar sempre voltando a essas histórias de sapatos. Seu celular tocou. Retancourt. Ele deu uma rápida olhada na amostra sobre a mesa.

— Delegado, danou-se. O Émile me escapou no estacionamento do hospital de Garches, duas ambulâncias se meteram entre nós dois. Sinto muito. Os policiais motorizados estão lá, mas não conseguem localizá-lo.

— Não se torture por causa disso, tenente. Você já saiu em desvantagem.

— Com duas desvantagens, droga — continuou Retancourt. — Ele conhece a região como a palma de sua mão, entrava pelos jardins e vielas como se ele próprio tivesse projetado. Deve estar escondido em uma moita qualquer. Vai ser difícil tirar o cara de lá, só que daqui a pouco ele vai sentir fome. Vou desligar, acho que já de saída ele me rebentou uma costela.

— Onde você está, Violette? Ainda no hospital?

— Sim, os tiras conferiram todos os esconderijos.

— Mostre essa costela quebrada para um médico.

— Vou mostrar — disse Retancourt, e desligou.

Adamsberg fechou o celular com força. Retancourt não tinha a menor intenção de ser examinada.

— O Émile quebrou uma costela dela — disse. — Deve ser superdoloroso.

— Até que ela se saiu bem, podia ter levado um golpe nas bolas.

— Chega, Noël.

— Não é a mesma criação? — interrompeu Justin.

Adamsberg tornou a pegar o torrão de cocô, contendo sua resposta. Noël nunca perdia a oportunidade de insultar Retancourt, de declarar a quem quisesse ouvir que ela não era uma mulher, mas um boi de guia ou alguma criatura do tipo. Ao passo que para Adamsberg, se Retancourt não era exatamente uma mulher no sentido convencional do termo, é porque era uma deusa. A deusa polivalente da Brigada, com talentos tão múltiplos quando os sabe-se lá quantos braços de Shiva.

— Quantos braços tem aquela deusa indiana? — ele

perguntou a seus assistentes enquanto apalpava um pedaço de fezes.

Os quatro tenentes balançaram a cabeça.

— É sempre assim — disse Adamsberg. — Quando o Danglard não está, ninguém mais sabe nada por aqui.

Adamsberg recolocou as fezes no saquinho, fechou-o e o estendeu para Voisenet.

— Só resta ligar para ele para saber a resposta. Acho que este cavalo, o que produziu este cocô aqui, conhecido como "a bosta do Émile", é criado ao ar livre e só come pasto. E acho que o outro, o que excretou as bolinhas achadas na casa, conhecidas como "a bosta do assassino", é alimentado em estrebaria, com ração.

— Ah, é? Tem como perceber isso?

— Passei a infância juntando bosta para adubar os campos. E bosta de vaca seca para alimentar o fogo. E continuo juntando. Posso garantir, Voisenet, que para duas alimentações diferentes são dois excrementos diferentes.

— Tudo bem — admitiu Voisenet.

— Quando chegam os resultados da análise? — perguntou Adamsberg enquanto teclava o número de Danglard. — Deem uma pressionada neles. Urgências: bostas, lenço, digitais, dispersão do corpo.

Adamsberg se afastou, Danglard estava na linha.

— São quase cinco da tarde, Danglard. Estamos precisando de você na lamaceira de Garches. Já está tudo desmontado, estamos indo para a Brigada fazer uma primeira avaliação. Ah, um momento. Quantos braços tem aquela deusa indiana? A que fica dentro de um círculo? A Shiva.

— A Shiva não é uma deusa, delegado. É um deus.

— Um *deus*? É um homem — ele acrescentou, dirigindo-se a seus assistentes. — Shiva é um homem. E quantos braços ele tem? — perguntou de novo para Danglard.

— Depende da representação, pois os poderes de Shiva são imensos e contraditórios, abarcam praticamente todo o espectro, desde a destruição até os benefícios. Pode ter dois braços, quatro, mas pode ter até dez. Depende do que ele está encarnando.

— Danglard, e *grosso modo* ele encarna o quê?
— Resumindo apenas o essencial, "no vazio, no centro do Nirvana-Shakti, está o supremo Shiva, cuja natureza é a vacuidade".

Adamsberg tinha ligado o viva-voz. Olhou para seus quatro assistentes, que pareciam tão atônitos quanto ele e faziam um gesto de deixar para lá. Descobrir que Shiva era um homem já tinha sido suficiente para um dia só.

— Alguma relação com Garches? — perguntou Danglard. — Estão faltando braços?
— O Émile Feuillant vai herdar a fortuna do Vaudel, com exceção da parte reservada ao Pierre, filho do Pierre. O Mordent se adiantou e notificou sua prisão preventiva. O surrador jogou o Mordent no chão e se escafedeu.
— A Retancourt não saiu na cola dele?
— Mas ele conseguiu escapar. Vai ver ela não tinha posto todos os seus braços, e ele de saída já quebrou uma costela dela. Estamos te esperando, comandante, o Mordent está meio fora de combate.
— Dá pra imaginar. Mas o meu trem só sai às 21h12. Acho que não posso trocar a passagem.
— Que trem, Danglard?
— Ora, delegado, o trem que atravessa o maldito túnel. Não vá pensar que estou gostando. Mas vi o que eu queria ver. E se ele não cortou os pés do meu tio, chegou perto disso.
— Danglard, onde você está? — perguntou Adamsberg, devagar, sentando-se à mesa do jardim, e sem o viva-voz.
— Caramba, estou onde falei que ia estar. Em Londres. E agora eles já têm certeza, os sapatos são quase todos franceses, de boa ou de má qualidade. De classes sociais diferentes. Acredite, vai acabar sobrando tudo para a gente, o Radstock já está lavando as mãos.
— Mas que ideia foi essa de voltar para Londres, cacete? — Adamsberg estava quase gritando. — Que ideia foi essa de se meter com esses malditos sapatos? Deixe isso em Higuegate, deixe para o Stock!

— Radstock. Delegado, eu avisei que ia viajar e o senhor concordou. Era preciso.
— Que nada, Danglard! Foi por causa da mulher, da Abstract, você está indo atrás dela a nado.
— De jeito nenhum.
— Não me diga que não se encontrou com ela.
— Eu não disse isso. Mas não tem relação nenhuma com os sapatos.
— É o que espero, Danglard.
— Se o senhor achasse que tinham cortado os pés do seu tio, também ia querer ver de perto.

Adamsberg fitou o céu, que estava ficando nublado, acompanhou com os olhos o voo de um pato e retomou o telefone mais calmamente.

— Que tio? Eu não sabia que havia um tio nessa história.
— Não estou falando de um tio vivo ou de um homem andando por aí sem os pés. O meu tio morreu há vinte anos. Era o segundo marido da minha tia, e eu tinha adoração por ele.
— Sem querer ser chato, comandante, ninguém é capaz de reconhecer os pés mortos de um tio.
— Eu não reconheci os pés, reconheci os sapatos. Como dizia, com toda a razão, nosso amigo Clyde-Fox.
— Clyde-Fox?
— Lembra do lorde excêntrico?
— Lembro — suspirou Adamsberg.
— Encontrei com ele ontem à noite, por sinal. Estava meio triste porque tinha perdido seu novo amigo cubano. Fomos tomar uns tragos juntos, ele é um ótimo especialista em história da Índia. E, como ele dizia com toda a razão, o que é que se põe dentro de sapatos? Pés. E em geral, os próprios pés. Portanto, se os sapatos são do meu tio, há grandes chances de os pés que estão lá dentro serem os dele.
— Mais ou menos como a bosta do cavalo — comentou Adamsberg, que sentia o cansaço repuxar-lhe as costas.

— Como o conteúdo e o continente. Mas eu não sei se é mesmo o meu tio. Pode ser um primo ou algum homem da aldeia deles. Em geral, eles lá são todos meio primos.

— Muito bem — disse Adamsberg, escorregando para descer da mesa. — Mesmo que um cara tenha feito coleção de pés franceses e que o caminho dele tenha infelizmente cruzado com o do seu tio ou primo, o que a gente tem a ver com isso?

— O senhor mesmo falou que não era proibido se interessar — disse Danglard, melindrado. — Quem não queria largar dos pés de Highgate era o senhor.

— Lá em Londres, talvez. Mas não aqui em Garches. E que besteira, Danglard, essa sua viagem. Porque se esses pés são franceses, a Scotland Yard vai querer colaborar. Poderia ter caído para uma outra equipe, mas agora, graças a você, a nossa Brigada ficou com toda a visibilidade. E eu estou precisando de você para esta carnificina aqui de Garches, muito mais preocupante que um necrófilo que ficava juntando pés por aí há vinte anos.

— Não era "por aí". Acho que ele escolhia.

— Foi o Stock quem disse isso?

— Eu estou dizendo. Porque, quando o meu tio morreu, ele estava na Sérvia, e os pés dele também.

— E você está se perguntando por que ir buscar uns pés na Sérvia quando há sessenta milhões deles na França?

— Cento e vinte milhões. Sessenta milhões de pessoas, logo cento e vinte milhões de pés. Está cometendo o mesmo erro que o Estalère, só que ao contrário.

— E por que o seu tio estava na Sérvia?

— Porque ele era sérvio, delegado. O nome dele era Slavko Moldovan.

Justin vinha correndo na direção de Adamsberg.

— Tem um sujeito lá fora insistindo que quer explicações. A gente já cercou o local, ele não quer nem saber e pretende entrar.

11

Os tenentes Noël e Voisenet estavam parados frente a frente, cada um bloqueando com um braço a abertura da porta, formando uma dupla barreira diante do homem, pouco intimidador.

— Nada me garante que vocês são policiais — ele repetia. — Nada me garante que vocês não são uns desordeiros, uns ladrões. Principalmente o senhor — disse, indicando Noël, cuja cabeça era quase raspada. — Quero ver o meu cliente, nós combinamos às dezessete e trinta, faço questão de ser pontual.

— O seu cliente não está visível — disse Noël, enfatizando sua desagradável insolência.

— Mostrem-me suas credenciais, uma prova.

— A gente já explicou — disse Voisenet. — As credenciais estão nas nossas jaquetas, as jaquetas estão dentro da casa, e se a gente sair desta porta o senhor vai entrar. Acontece que o local está interditado.

— É claro que eu vou entrar.

— Então não tem solução.

O homem, julgou Adamsberg ao se aproximar do grupo, ou era obtuso, ou bastante corajoso para a sua estatura mediana e seu corpo rechonchudo. Pois, se achava que estava diante de desordeiros, o melhor seria acabar ali mesmo a discussão e se mandar. Mas o sujeito tinha qualquer coisa de profissional, de digno e de seguro de si, o ar altivo e meio insensível do homem de dever, ou senão do homem determinado a fazer seu trabalho acontecesse o que acontecesse, desde que não comprometesse a sua aparência. Corretor de seguros? Marchand? Jurista? Banqueiro? Também havia, na sua briga com os braços dos dois policiais, o indício de um evidente reflexo de classe. Não era do tipo que se deixava escorraçar, muito menos por dois indivíduos como Noël e Voisenet. Discutir com eles era se rebaixar, e talvez fosse essa convicção social, esse profundo desprezo classista, que fizesse as vezes de uma coragem às raias da inconsciência. Ele nada temia de seus inferiores. Não fosse essa atitude, seu rosto astucioso e antiquado devia, em repouso, ser até simpático. Adamsberg pôs as mãos sobre a barreira dos antebraços plebeus e cumprimentou-o.

— Se for mesmo a polícia, não saio daqui sem antes de falar com o superior de vocês — dizia o homem.

— Eu sou o superior. Delegado Adamsberg.

Aquele espanto, aquela decepção, Adamsberg já os vira várias vezes em diversos semblantes. Assim como, em seguida, a imediata submissão à patente, qualquer que fosse seu estranho detentor.

— Muito prazer, delegado — respondeu o homem, estendendo-lhe a mão por sobre os braços. — Paul de Josselin. Eu sou o médico do senhor Vaudel.

Tarde demais, pensou Adamsberg, apertando-lhe a mão.

— Sinto muito, doutor, mas o senhor Vaudel não está visível.

— Foi o que me disseram. Porém, na qualidade de médico, tenho o direito e o dever de ser informado, pois não? Ele está doente? Morto? Hospitalizado?

— Morto.

— Na sua casa, portanto. Do contrário não teríamos toda esta exibição policial.

— Exatamente, doutor.

— Quando? Como? Estive com ele há quinze dias, os sinais estavam todos bons.

— A polícia se reserva o direito de guardar essas informações para si. É o procedimento natural em caso de assassinato.

O médico franziu o cenho, parecendo resmungar a palavra "assassinato". Adamsberg se deu conta de que continuavam a falar de um lado e outro dos braços, como dois vizinhos apoiados numa cerca. Braços mantidos sem um piscar de olhos pelos dois tenentes imóveis, sem que ocorresse a ninguém modificar a situação. Ele bateu de leve no ombro de Voisenet e desfez a barreira.

— Vamos lá para fora — disse Adamsberg. — O piso deve ser preservado de contaminações.

— Entendo, entendo. E o senhor também não pode me contar nada, é isso?

— Posso contar o que os vizinhos já sabem. Aconteceu na noite de sábado para domingo, o corpo foi encontrado ontem de manhã. Quem deu o alerta foi o jardineiro, que chegou em casa por volta das cinco horas.

— Como assim, alerta? Ele estava gritando?

— Segundo o jardineiro, o Vaudel deixava as luzes acesas à noite. Quando ele chegou, estava tudo apagado, e seu patrão tinha um medo fóbico do escuro.

— Eu sei. Ele era assim desde criança.

— O senhor era o médico ou o psiquiatra dele?

— Eu era o clínico geral e também o osteopata somatopata.

— Certo — disse Adamsberg, sem entender. — Ele falava sobre si mesmo com senhor?

— De jeito nenhum, ele tinha horror à psiquiatria. Mas o que eu sentia nos ossos dele me dizia muita coisa. Eu tinha, como médico, muito interesse por ele. O Vaudel era um caso excepcional.

O médico calou-se ostensivamente.

— Percebo — disse Adamsberg. — O senhor não vai dizer mais nada enquanto eu não disser mais nada. É o segredo profissional bloqueando as manobras de um lado e de outro.

— Perfeitamente.

— O senhor entende que eu preciso saber o que o senhor estava fazendo na noite de sábado para domingo, entre onze e cinco da manhã.

— Perfeitamente, sem ofensas. Considerando que as

pessoas estão dormindo a esta hora, e que não tenho mulher nem filhos, o que posso dizer? À noite eu costumo estar na cama, exceto em caso de emergência. O senhor sabe como é.

O médico hesitou, tirou a agenda do bolso interno e puxou o paletó para reajeitá-lo.

— Francisco — disse ele —, o zelador do prédio, é paralítico e eu trato dele de graça. Ele me chamou por volta da uma da manhã. Tinha caído entre a cadeira de rodas e a cama, com a tíbia torcida. Endireitei a perna dele e o coloquei na cama. Duas horas depois ele voltou a me chamar, o joelho estava inchado. Mandei ele plantar coquinho e fui vê-lo de manhã.

— Obrigado, doutor. O senhor conhecia o faz-tudo daqui, o Émile?

— O jogador de *morpion*? Muito interessante. Também se tornou meu paciente. Ele resistiu, evidentemente, mas foi uma ordem do Vaudel, que se interessava pelo sujeito. Nos últimos três anos, reduzi bastante a violência dele.

— Ele contou. Ele atribuiu a melhora à idade.

— Que nada! — disse o médico, achando graça, e Adamsberg vislumbrou a fisionomia esperta, jovial, franca, que detectara por trás da pose arrogante. — Em geral, as neuroses aumentam com a idade. Mas estou tratando o Émile e, aos poucos, vou atingindo, soltando, as áreas contraídas, enquanto o bicho esperto fecha as portas atrás de mim. Mas ainda chego lá. A mãe batia nele quando pequeno, no entanto ele nunca vai admitir. Tem adoração por ela.

— Então como o senhor sabe disso?

— Aqui — disse o médico, colocando o indicador na base do crânio de Adamsberg, um pouco acima e à direita da nuca.

Este sentiu uma leve picada, como se na ponta do indicador do médico houvesse um dardo.

— Também é um caso interessante — observou —, se me permite.

— O Émile?

— O senhor.

— Eu nunca apanhei, doutor.

— Eu não disse isso.

Adamsberg deu um passo para o lado, afastando a cabeça da curiosidade do médico.

— Sem pedir que o senhor traia algum segredo profissional, o Vaudel tinha algum inimigo?

— Tinha muitos. Esse era o problema. Inimigos ameaçadores e até mortíferos.

Adamsberg se deteve na pequena alameda.

— Não posso lhe dar nomes — interrompeu o médico. — E seria em vão. Está além da sua investigação.

O celular de Adamsberg vibrou e o delegado se desculpou enquanto atendia a chamada.

— Lucio — ele reclamou —, você sabe que estou trabalhando.

— Eu nunca te ligo, *hombre*, é a primeira vez. Uma das gatinhas não consegue mamar, está se desmilinguindo. Achei que talvez você pudesse coçar a cabeça dela.

— Não estou nem aí, Lucio, não posso fazer nada. Se ela não sabe mamar, azar, é a lei da natureza.

— Mas e se você acalmasse a gatinha, fizesse ela dormir?

— Nem por isso ela vai mamar, Lucio.

— Você é um verdadeiro calhorda, um filho da puta.

— Além do mais, Lucio — disse Adamsberg, elevando o tom —, eu não sou mágico. E tive um dia de arrebentar.

— Eu também. Imagine só, eu não consigo acender um cigarro. Por causa da minha vista, não enxergo a ponta. E a minha filha não quer me ajudar, o que é que eu faço?

Adamsberg mordeu os lábios e o médico se aproximou.

— Um bebê que não quer mamar? — ele perguntou, educado.

— Um gatinho de cinco dias — respondeu Adamsberg abruptamente.

— Se o seu interlocutor quiser, posso tentar ajudar. Deve ser o MRP do maxilar inferior travado em expiração. Não é necessariamente uma lei da natureza, pode ser uma torção pós-traumática decorrente do parto. Foi um parto difícil?

— Lucio — falou Adamsberg num tom brusco —, é um dos filhotes que a gente tirou à força?

— É, a branquinha com a ponta do rabo cinza. A única menina.

— Foi, sim, doutor — confirmou Adamsberg. — O Lucio empurrou e eu puxei por baixo do maxilar. Será que puxei com muita força? É uma menina.

— Onde mora o seu amigo? Se ele quiser, claro — ele acrescentou, agitando as mãos, como se uma vida em risco o tornasse mais humilde.

— Em Paris, no décimo terceiro *arrondissement*.

— Eu moro no sétimo. Se o senhor concordar, vamos juntos até lá e eu trato do filhote. Se eu puder, claro. Enquanto isso, diga ao seu amigo para umedecer o corpo todo, mas, por favor, sem encharcar.

— Estamos indo — disse Adamsberg, com a impressão de estar lançando um alerta policial para uma operação de peso. — Umedeça o corpo inteiro sem encharcar.

Meio atônito, com a sensação de ter soltado o leme, de estar sendo chacoalhado por surradores, fluxo migratório, médicos e espanhóis manetas, Adamsberg passou as instruções de encerramento a seus assistentes e pediu ao médico que entrasse no carro.

— Isso é ridículo — disse Adamsberg na perimetral. — Estou levando o senhor para cuidar de um gato enquanto o inferno, de goela aberta e dentes à mostra, desabou em cima do Vaudel.

— Quer dizer que foi um crime horrível? Ele tinha muito dinheiro, o senhor sabe.

— Sei. O filho é que vai herdar tudo, imagino — acrescentou Adamsberg, desafinando a voz. — O senhor o conhece?

— Só pelo cérebro do pai. Desejo, recusa, desejo, recusa, e assim por diante entre um e outro.

— O Vaudel nunca quis o menino.

— O que ele não queria era deixar uma descendência frágil exposta aos seus inimigos.
— Que inimigos?
— Se eu lhe disser, não vai ajudar em nada. Maluquices de um homem, escavadas com a idade, incrustadas nas reentrâncias de seu ser. Trabalho para um médico, não para um policial. Ou então, no ponto em que estava o Vaudel, trabalho para um espeleólogo.
— Ou seja, inimigos imaginários?
— Não especule, delegado.

Lucio os aguardava sentado no alpendre, sua manzorra dando palmadinhas no filhote deitado em seu colo, enrolado numa toalha úmida.
— Ela vai morrer — disse ele com voz rouca, anuviada por lágrimas que Adamsberg não entendeu, não imaginando que alguém pudesse se emocionar por causa de um gato. — Não está conseguindo mamar. Quem é? — acrescentou, nada amável, indicando o médico. — Não precisamos de plateia, *hombre*.
— Um especialista em maxilares de gatos que não sabem mamar. Dá licença, Lucio, chega pra lá. Entregue o gato.
Lucio coçou seu braço ausente e obedeceu, desconfiado. O médico sentou-se no banco, envolveu a cabeça do filhote com os dedos grossos — tinha mãos imensas para a sua altura, quase comparáveis à única mão de Lucio — e apalpou devagar aqui, ali, aqui de novo. Um charlatão, pensou Adamsberg, mais contrariado do que deveria diante do corpinho molenga do animal. Então o médico desceu para a bacia, aplicou a ponta dos dedos em dois pontos, como quem toca um trilo no piano, e ouviu-se um fraco miado.
— O nome dela é Charme — resmungou Lucio.
— Vamos concertar esse maxilar — disse o médico.
— Está tudo bem, Charme.

Seus dedos, muito grossos — que Adamsberg via cada vez mais imensos, como os dez braços de Shiva —, puseram-se sobre a mandíbula, pinçando o animal.

— E então, Charme? — ele murmurou, pondo o polegar aqui e o indicador ali. — Seu sistema travou enquanto você saía? Foi o delegado que te entortou? Ou foi o medo? Só uns minutinhos de paciência, já vai destravar. Está tudo bem agora. Vou cuidar da sua ATM.

— O que é isso? — perguntou Lucio, desconfiado.

— Articulação temporomandibular.

O filhote se entregou feito massa de pão e depois se deixou carregar até a teta.

— Pronto — disse o médico, com voz de acalanto. A ATM estava caudal à direita e cefálica à esquerda. Ou seja, não tinha como funcionar, a lesão estava travando a sucção. Agora engatou. Vamos esperar uns minutos para ter certeza de que está tudo bem. Aproveitei para reequilibrar o sacro e os ilíacos. Isso tudo se deve ao parto meio movimentado, não se preocupe. Ela vai ser bem ousada, fique de olho. Nada muito sério, um temperamento doce.

— Tudo bem, doutor — disse Lucio, agora deferente, os olhos grudados na gatinha que mamava sem parar.

— E ela sempre vai gostar de comer. Por causa desses cinco dias.

— Como a Froissy — murmurou Adamsberg.

— Outra gata?

— Uma das minhas assistentes. Come o tempo todo, esconde a comida e é magra como o quê.

— Angústia — disse o médico num tom cansado. — Eu teria que ver isso. Eu teria que ver todo mundo, e eu também. Aceito um vinho ou alguma outra coisa — interrompeu-se de súbito —, se não for incômodo. Está na hora do aperitivo. Não parece, mas essas coisas consomem energia.

Naquele momento, já não restava nada do burguês classista que Adamsberg avistara por trás dos braços de seus assistentes. O médico tinha afrouxado a gravata e passava a mão pelos cabelos grisalhos, com a fisionomia simples e aberta de um sujeito suado que acaba de fazer um bom trabalho e que, uma hora antes, não tinha certeza de que iria conseguir. O homem queria um copo de vinho, e esse alerta fez Lucio reagir de imediato.

— Aonde ele vai? — perguntou o médico, observando Lucio se dirigir para a sebe dos fundos.

— A filha dele proíbe todo tipo de álcool e fumo. Então ele os esconde em vários pontos no meio das moitas. Os cigarros ficam numa caixa de plástico reforçada, por causa da chuva.

— A filha sabe, é claro.

— É claro.

— E ele sabe que ela sabe?

— É claro.

— Assim gira o mundo, na espiral dos fingimentos. O que houve com o braço dele?

— Foi arrancado durante a guerra da Espanha, quando ele tinha nove anos.

— Mas havia alguma coisa antes nesse braço, não é? Alguma ferida não cicatrizada? Uma picada? Sei lá, alguma coisa não resolvida?

— Uma coisinha — disse Adamsberg num sopro. — Uma picada de aranha que coçava.

— Ele vai ter coceira sempre — disse o médico num tom fatalista. — Está aqui — disse, batendo na testa —, gravado nos neurônios, que ainda não entenderam que o braço foi embora. Isso atravessa anos, e o entendimento não resolve.

— Então para que serve o entendimento?

— Serve para tranquilizar os homens, o que não é pouca coisa.

Lucio voltou com três copos entre os dedos e uma garrafa presa debaixo do coto. Dispôs o conjunto no chão do alpendre, lançou um olhar demorado à gatinha, grudada na teta.

— Será que ela não vai explodir? De tanto comer?

— Não vai, não — disse o médico.

Lucio meneou a cabeça, encheu os copos, pediu um brinde à saúde do filhote.

— O doutor sabia, sobre o seu braço — disse Adamsberg.

— É óbvio — disse Lucio. — Picada de aranha comicha até o âmago.

12

— Esse cara pode ser um gênio — disse Lucio —, mas eu não gostaria que ele mexesse na minha cabeça. Vai que ele me faça voltar a mamar.

Era exatamente o que ele estava fazendo naquele momento, observou Adamsberg, enquanto Lucio chupava a borda do copo produzindo sons de mamada. Lucio preferia, de longe, beber direto no gargalo. Só trouxera os copos porque havia uma visita. Já fazia uma hora que o médico tinha ido embora e eles estavam no alpendre terminando a garrafa, velando a ninhada adormecida. Lucio achava que eles tinham obrigação de terminar, porque depois o vinho estragava. Terminar, ou então nem começar.

— Também não tenho vontade que ele chegue perto de mim — disse Adamsberg. — Ele só pôs o dedo aqui — mostrou o lugar da nuca — e parece que havia uma confusão. "Caso interessante", disse ele.

— Em língua de médico significa que tem algo errado.

— É.

— Se você está afinado com a confusão, não precisa se preocupar.

— Lucio, imagine, só por um segundo, que você é o Émile.

— Está bem — disse Lucio, que nunca tinha ouvido falar em Émile.

— Briguento, compulsivo, cinquenta e três anos, sensato e marginalizado, salvo por um velho maníaco que lhe oferece um emprego de faz-tudo, o que inclui partidas gigantes de *morpion* à noite, na frente da lareira, com duas taças de licor de ginja.

— Isso não — disse Lucio. — Licor de ginja me dá enjoo.

— Mas imagine que você é o Émile e o velho lhe sirva um licor de ginja.

— Tudo bem — disse Lucio, contrariado.

— Então esqueça o licor. Pode ser qualquer outra coisa, não tem muita importância.

— Certo.

— Imagine que sua velha mãe esteja num asilo e o seu cachorro hospedado num sítio, já que você cumpriu, aos pedacinhos, onze anos de xadrez. E imagine que todo sábado você pegue a caminhonete para levar sua mãe para jantar fora e, depois, visitar o cachorro, levando carne de presente.

— Um momento. Não estou conseguindo visualizar a caminhonete.

Lucio encheu os dois últimos copos.

— É azul, formas arredondadas, pintura meio gasta, o vidro traseiro tapado, com uma escada enferrujada no bagageiro.

— Agora sim.

— Imagine que você espera o cachorro lá fora, que ele pula a porteira do sítio, vem comer com você e que você passa parte da noite com o totó dentro da caminhonete e acaba indo embora às quatro da manhã.

— Um momento. Não estou conseguindo visualizar o cachorro.

— E a mãe, está dando para visualizar?

— Perfeitamente.

— O cachorro tem pelo longo, de um branco sujo, meio malhado, orelhas pendentes, do tamanho de uma bola, um vira-lata com olhos imensos.

— Certo.

— Imagine que o velho maníaco foi assassinado e deixou um testamento em seu favor, em detrimento do filho.

Você agora está rico. Imagine que os tiras suspeitam de você e querem te prender.

— Não há o que imaginar. Eles querem me prender.

— É. Imagine que você arrebenta as bolas de um tira, quebra a costela de outro e se manda.

— Certo.

— O que você faz em relação à sua mãe?

Lucio chupou a borda do copo.

— Não posso visitar a minha mãe com os tiras vigiando o asilo. Então mando uma carta para ela não ficar preocupada.

— E o que você faz em relação ao cachorro?

— Eles sabem onde o cachorro mora?

— Não.

— Então eu vou até lá falar com ele, dizer para ele não se preocupar se por acaso eu sumir, que eu vou voltar.

— Quando?

— Quando é que eu vou voltar?

— Não. Quando é que você vai falar com o cachorro?

— Agora mesmo. Vai que eles me peguem, preciso avisar o cachorro antes. Já quanto à minha mãe... a mãe é boa da cabeça?

— É, sim.

— Muito bem. Quer dizer que se eu for preso, os tiras vão avisar a minha mãe. Mas não vão avisar o cachorro. Imagina. É um pior que o outro. Ou seja, quem tem que avisar o cachorro sou eu. E o quanto antes.

Adamsberg passou a mão pela barriga macia de Charme, esvaziou seu copo no copo de Lucio e se levantou, esfregando os fundilhos da calça.

— Me diz uma coisa, *hombre* — disse Lucio, erguendo sua manzorra. — Se você quer se encontrar sozinho com o sujeito antes de ele ir ver o cachorro e antes de o cachorro ver os tiras, seria bom pegar a estrada logo.

— Eu não disse que ia fazer isso.

— Não, não disse.

Adamsberg dirigia devagar, consciente de que o vinho e o cansaço haviam consumido suas forças. Tinha desligado o celular e o GPS do carro, caso houvesse um policial tão esperto como Lucio, o que não era fácil nem nos mitos e nas lendas do Mordent. Não tinha traçado nenhum plano concreto em relação ao violento Émile. A não ser o que Lucio tinha resumido: chegar a Châteaudun antes de os tiras chegarem ao cachorro. Por quê? Porque os cocôs eram diferentes? Não. Ele ainda não sabia disso quando deixou Émile fugir, se é que tinha deixado. E então? Porque o Mordent tinha atravessado o caminho dele como um búfalo? Não, o Mordent estava bobeando, só isso. Porque o Émile perigava morrer de fome no mato, como um rato, por causa da estupidez de um tira deprimido? Talvez. Mas será que levá-lo para a cadeia seria melhor do que o mato?

Adamsberg não era muito bom nessas espirais de "talvez", ao passo que Danglard era louco por elas, a ponto de perder o equilíbrio, atraído pelo abismo negro da antecipação. Adamsberg estava indo para o sítio, e era só isso, rezando para nenhum tira ter ouvido, de manhã, sua conversa com Émile, o bruto, Émile, o herdeiro, com propriedade em Garches e Vaucresson. Enquanto Danglard, naquele exato momento, se remoía no túnel sob a Mancha, encharcado de champanhe, e isso só porque tinha se perguntado se, *quem sabe*, um maluco havia cortado os pés de seu tio, a menos que fossem os pés de um primo de seu tio, lá nos montes longínquos. Enquanto Mordent contemplava os muros da prisão de Fresnes, e, Deus do céu, fazer o quê pelo Mordent?

Adamsberg estacionou o carro à beira da estrada, junto a um mato, e caminhou os últimos quinhentos metros, avançando devagar, tentando se situar. O cachorro pulava a porteira, mas que porteira? Ficou cerca de meia hora dando voltas ao redor do sítio — setenta e cinco por cento leiteiro, vinte e cinco por cento de gado de corte —, as pernas já cansadas, até localizar a porteira mais provável. Outros cachorros latiam ao longe ao sentir sua presença, e ele parou, encostado numa árvore, conferindo a mochila e a arma. Havia um cheiro de bosta no ar, o que o reconfortou, como a todo ser humano. Não pegar no sono, esperar, torcer para que Lucio estivesse certo.

    Um gemido fraco, um chorinho irregular chegava até ele no vento morno, além da porteira, talvez a uns cinquenta metros dali. Algum bichinho entalado? Um rato no matagal? Uma fuinha? Fosse o que fosse, nada maior que isso. Adamsberg apoiou melhor as costas no tronco, dobrou as pernas, se balançou de mansinho para não pegar no sono. Ficou imaginando o percurso de Émile vindo de Garches, a pé e de carona, com caminhoneiros pouco exigentes quanto ao aspecto do sujeito, desde que ele pagasse a rodada. De manhã, Émile vestia por cima do macacão uma jaqueta leve meio engordurada, com as mangas todas desfiadas. Antes de completar o pensamento, lembrou das mãos de Émile. As duas mãos frente a frente, dedos afastados, esboçando o volume do cachorro. "Ele é desse tamanhinho." Adamsberg se ergueu sobre um joelho e escutou o gemido persistente. Desse tamanhinho. O cachorro.

    Avançando devagar, foi em direção ao gemido. A três metros, vislumbrou o pequeno vulto branco do cachorro, movendo-se enlouquecido em volta de um corpo.

    — Porra, o Émile!

    Segurando um de seus ombros, Adamsberg o soergueu e pôs os dedos no sulco do pescoço. Sentiu o batimento. Através dos rasgões da roupa, o cachorro lambia febrilmente o ventre do homem, passava para a coxa, tornava a lamber, soltava seu pífio gemido. Interrompeu-se para observar Adamsberg, emitiu um ganido diferente que parecia dizer: gostei da ajuda, meu chapa. Em seguida recomeçou seu trabalho, arrancando o tecido da calça, lambendo a coxa, parecendo querer cobri-la com o máximo de baba possível. Adamsberg acendeu a lanterna, iluminou o rosto de Émile, suado e sujo. Émile, o surrador, derrubado, vencido, o dinheiro não traz felicidade.

    — Não fale nada — ordenou Adamsberg.

Segurando a cabeça dele com a mão esquerda, deslizou suavemente os dedos atrás do crânio, tateou de cima a baixo, da frente para trás. Nenhum ferimento.

— Feche as pálpebras para dizer "sim". Você está sentindo o pé? Estou apertando.

— *Sim.*

— E o outro? Estou apertando.

— *Sim.*

— Está vendo a minha mão? Sabe quem eu sou?

— O delegado.

— Certo, Émile. Você está ferido na barriga e na perna. Lembra do que houve? Você brigou?

— Não foi briga. Alguém atirou em mim. Quatro tiros, dois me atingiram. Lá na caixa-d'água.

Émile estendeu o braço para a esquerda. Adamsberg perscrutou a escuridão, desligou a lanterna. A caixa-d'água se erguia a uns cem metros antes do mato, os cem metros que Émile devia ter percorrido se arrastando até a porteira, quase chegando lá. O atirador podia voltar.

— Não dá tempo de esperar uma ambulância. Vamos sair daqui depressa.

Adamsberg apalpou rapidamente suas costas.

— Você deu sorte, a bala saiu pelo lado sem pegar na coluna. Volto com o carro em dois minutos. Mande o seu cachorro parar de gemer.

— Cala a boca, Cupido.

Adamsberg estacionou o carro, faróis apagados, o mais próximo possível de Émile, reclinou o encosto do banco dianteiro. Tinham deixado no banco de trás uma capa de chuva bege, sem dúvida da tenente Froissy, sempre vestida com certo rigor. Rasgou-a com várias facadas, arrancou as mangas, obteve duas tiras compridas, esbarrou nos bolsos, internos e externos, completamente cheios. Adamsberg deu uma chacoalhada, viu despencarem no escuro latas de patê, frutas secas, biscoitos, meia garrafa de água, balas, um quarto de litro de vinho de caixinha e três minigarrafas de conhaque, dessas encontradas nos bares dos trens. Teve um impulso de compaixão e de gratidão pela tenente. As reservas neuróticas de Froissy iriam ser úteis.

O cachorro, agora quieto, se afastou dos ferimentos, passando o bastão para Adamsberg, deixando-o trabalhar. Adamsberg focou rapidamente a lanterna no ferimento abdominal, nítido, a língua de Cupido já tendo limpado bem as bordas, desgrudado a camisa, tirado toda a terra.

— O seu cachorro fez um bom trabalho.

— Baba de cachorro é antisséptica.

— Eu não sabia — disse Adamsberg, enrolando as tiras de pano em volta dos ferimentos.

— Tenho impressão que você não sabe muita coisa.

— E você? Sabe quantos braços tem o Shiva? Eu pelo menos sabia que você estaria aqui hoje à noite. Vou te carregar, procure não gritar.

— Estou morrendo de sede.

— Depois.

Adamsberg acomodou Émile dentro do carro e esticou suas pernas com cautela.

— Sabe de uma coisa? — disse ele. — Vamos levar o cachorro.

— Oba — disse Émile.

Adamsberg dirigiu com os faróis apagados durante uns cinco quilômetros e então parou, sem desligar o motor, na entrada de uma trilha. Abriu a garrafa de água, mas suspendeu o gesto.

— Não posso te dar de beber — disse, desistindo. — Vai que o seu estômago esteja furado?

Adamsberg engatou a marcha e seguiu até a estrada secundária.

— São vinte quilômetros até o hospital de Châteaudun. Você acha que aguenta?

— Me faça falar, a minha cabeça está rodando.

— Fixe o olhar na sua frente. Você viu alguma coisa, o cara que atirou em você?
— Nada. O tiro veio de trás da caixa-d'água. Ele estava me esperando, com toda a certeza. Eu te falei, foram quatro balas, e só duas me atingiram. Não é um profissional. Eu caí e ouvi ele correndo na minha direção. Me fiz de morto, ele tentou tomar meu pulso para ver se eu estava acabado. Ele estava em pânico, mas de repente ainda podia me dar mais uns dois tiros para garantir.
— Devagar, Émile.
— Tá bom. Um carro parou no cruzamento, ele se assustou e fugiu feito um coelhinho. Fiquei esperando, sem me mexer, e depois me arrastei até o sítio. Vai que eu batesse as botas, não queria que o Cupido ficasse anos me esperando. Esperar, isso não é vida. Eu não sei o seu nome.
— Adamsberg.
— Esperar, Adamsberg, isso não é vida. Você já teve que esperar? Esperar muito tempo?
— Acho que sim.
— Uma mulher?
— Acho que sim.
— Pois isso não é vida.
— Não é — concordou Adamsberg.
Émile estremeceu e se encostou na porta do carro.
— Só mais onze quilômetros — disse Adamsberg.
— Continue falando, eu já não estou conseguindo direito.
— Fique comigo. Eu pergunto e você responde com sim ou não. Que nem aquela brincadeira.
— É o contrário — sussurrou Émile. — Na brincadeira não pode dizer nem sim nem não.
— Tem razão. O cara estava te esperando, isso é certo. Você disse para alguém que ia até o sítio?
— Não.
— Só quem sabia desse lugar éramos eu e o velho Vaudel?
— Sim.
— E o Vaudel pode ter contado sobre o cachorro para alguém? Para o filho dele, por exemplo?

— Sim.
— Não adianta ele te matar. A sua parte da herança não vai para ele se você morrer. Está no testamento.
— Raiva.
— De você? Sem dúvida. E você, fez algum testamento?
— Não.
— Você não tem nenhum herdeiro? Nenhum filho, tem certeza?
— Sim.
— O velho não deixou alguma coisa com você? Documento, pasta, confissão, arrependimentos?
— Não. Também podem ter te seguido — despejou Émile.
— Só uma pessoa sabia — disse Adamsberg, balançando a cabeça. — Um velho espanhol que só tem um braço e não tem carro. E você levou o tiro antes.
— Sim.
— Só mais três quilômetros. Também podem ter te seguido, desde o hospital de Garches. Três carros policiais no local indicavam que você estava por ali. Você ficou escondido no hospital?
— Duas horas.
— Onde?
— Na emergência. Na sala de espera, junto com todo mundo.
— Nada mal. Quando saiu, viu se alguém vinha atrás de você?
— Não. Talvez uma moto.
Adamsberg estacionou o mais próximo possível da entrada da emergência, empurrou as portas de plástico amarelo, chamou um residente exausto, mostrou a credencial para acelerar os procedimentos. Quinze minutos depois, Émile estava deitado numa maca com um tubo no braço.
— Senhor, não podemos ficar com o cachorro — disse uma enfermeira estendendo-lhe a roupa de Émile, amassada num saco plástico.
— Eu sei — disse Adamsberg, desgrudando Cupido das pernas de Émile. — Émile, me escute: não aceite ne-

nhuma visita, nenhuma. Eu vou avisar na recepção. Cadê o cirurgião?
— No centro cirúrgico.
— Peça para ele guardar, por favor, a bala que ficou na perna.
— Um momento — disse Émile, quando a maca começou a andar. — Caso eu morra. O Vaudel me pediu uma coisa, se ele morresse.
— Ah, está vendo?
— É só uma coisa de amor. Disse a mulher tava velha mas ficar feliz igual. Tá em código, não confiava mim. Depois morte dele, pôr no correio. Me fez jurar.
— Onde está esse documento, Émile? E o endereço?
— Na minha calça.

13

As latas de patê, os biscoitos, a caixinha de vinho intragável, o conhaque em miniatura, Adamsberg só pensava nisso enquanto se dirigia para o estacionamento. Um objetivo que, em outros tempos e lugares, ele teria achado aflitivo, mas que naquele momento constituía um ponto claro de beleza e prazer e concentrava a sua energia. Acomodado na parte de trás do carro, dispôs as maravilhas de Froissy sobre o banco. As conservas se abriam sem abre-latas, havia um canudinho grudado na lateral da caixa de vinho, dava para confiar no espírito prático da tenente Froissy, a qual chegava à perfeição em sua especialidade de engenheira de som. Ele espalhou o patê num biscoito, engoliu inteiro, curiosa mistura de doce com salgado. Um para o cachorro, outro para ele, até as três caixas ficarem vazias. Não havia problema algum entre ele e o cachorro. Parecia claro que os dois tinham lutado juntos na guerra, a amizade deles prescindia de comentários e de passado. Portanto Adamsberg perdoava Cupido por ele feder a esterco e seu cheiro ter tomado conta do ambiente. Pôs água para ele no cinzeiro do carro e abriu a caixa de vinho. A vinhoca — não havia outra palavra para designar aquilo — escorreu por seu organismo desenhando com ácido os contornos do seu sistema digestivo. Bebeu até o fim, satisfeito com aquela ardência, pois a verdade é que um ligeiro sofrimento cria uma sensação de vida. E a verdade é que ele estava feliz, feliz por ter encontrado Émile antes que este se consumisse na relva acompanhado pelos lamentos do cachorro. Feliz, quase eufórico, e se deu tempo para admirar a perfeição das minigarrafinhas de conhaque antes de guardá-las no bolso.

Semiestendido no banco, tão à vontade como numa sala de hotel, discou o número de Mordent. Danglard só tinha cabeça para os pés de seu tio, e ele queria deixar Retancourt dormir, já que ela não tinha parado nos últimos dois dias. Já Mordent estava querendo ação para se distrair do desânimo, o que sem dúvida explicava sua absurda precipitação naquela manhã. Adamsberg consultou os relógios, e apenas um deles brilhava no escuro. Cerca de uma e quinze da manhã. Fazia uma hora e meia que tinha encontrado Émile, duas horas e meia que haviam atirado nele.

— Eu espero você acordar, Mordent, não se apresse.
— Pode falar, delegado, eu não estava dormindo.

Adamsberg passou a mão em Cupido para que os seus ganidos cessassem e escutou o leve ruído de fundo ao telefone. Um ruído de ambiente externo, não de apartamento. Mordent não estava em casa. Estava postado numa avenida deserta de Fresnes, contemplando os muros.

— Peguei o Émile Feuillant, comandante. Duas balas no corpo. Está no hospital. A agressão ocorreu antes das onze da noite, a vinte quilômetros de Châteaudun, em pleno campo. Localize o Pierre Vaudel para mim, verifique se ele chegou em casa.

— A princípio, sim, delegado. Deve ter chegado em Avignon por volta das sete da noite.

— Mas não é certeza, senão eu não estaria lhe pedindo para conferir. Faça isso agora, antes que ele tenha tempo de voltar para o ninho. Não por telefone, ele pode ter mudado o número. Mande o pessoal de Avignon ir até o local.

— Alegando o quê?
— O Vaudel continua sendo vigiado e está proibido de deixar o território.

— Ele não tem nada a ganhar matando o Émile. De acordo com o testamento, a parte do Émile vai para a mãe dele se ele morrer.

— Mordent, estou pedindo para você conferir e em seguida me informar. Me ligue assim que possível.

Adamsberg pegou a roupa de Émile no saco plástico, tirou as calças grudadas de sangue, apanhou o papel no bolso traseiro direito, intacto. Dobrado oito vezes e enfiado bem no fundo. A letra era pontuda e bem desenhada, a letra de Vaudel pai. Um endereço em Colônia, Kirchstrasse 34, para a sra. Abster. E: *Bewahre unser Reich, widerstehe, auf dass es unantastbar bleibe*. Seguido de uma palavra incompreensível em letras maiúsculas: KИCJIOBA. Vaudel amava uma senhora alemã. Eles tinham uma palavra só deles, dessas que os adolescentes gostam de inventar.

Adamsberg enfiou o papel em seu bolso, decepcionado, deitou-se no banco e adormeceu em seguida, só tendo tempo de sentir que Cupido se acomodava junto à sua barriga, a cabeça sobre sua mão.

14

Alguém estava batendo no vidro. Um sujeito de jaleco branco gritava qualquer coisa lá fora, fazendo sinais para ele. Adamsberg se ergueu sobre o cotovelo, meio zonzo, joelhos doloridos.
— Algum problema? — perguntava o homem, tenso. — Este carro é seu?

À luz do dia — como Adamsberg pôde rapidamente constatar — o carro de fato dava todas as mostras de um legítimo problema. A começar por ele próprio, mãos cobertas de sangue seco, roupa amassada e suja de terra. Depois o cachorro, focinho manchado por ter lambido os ferimentos, pelos grudados. O banco dianteiro direito lambusado, a roupa de Émile num pacote ensanguentado e, espalhados por ali, latas de conserva, pedaços de biscoito, o cinzeiro vazio, a faca. No chão, a caixa de vinho amassada e seu revólver. A imundície de um criminoso em fuga. Outro homem, muito alto, muito moreno e na ofensiva, juntou-se ao sujeito de jaleco branco.

— Sinto muito — disse —, mas somos obrigados a intervir. O meu colega está ligando para a polícia.

Adamsberg estendeu a mão para a porta a fim de baixar o vidro, aproveitando para consultar os relógios. Cerca de nove da manhã, caramba, e nada o fizera acordar, nem o telefonema de Mordent.

— Nem tente sair daí — avisou o homem alto, encostando-se na porta.

Adamsberg pegou sua credencial, grudou-a na janela

e esperou que a dúvida tomasse conta dos dois enfermeiros. Então abaixou o vidro e lhes entregou a credencial.

— Polícia — disse. — Delegado Adamsberg, Brigada Criminal. Eu trouxe um homem ferido por bala aproximadamente à uma e quinze da manhã. Émile Feuillant, podem verificar.

O mais baixinho teclou um número de três dígitos e se afastou para falar.

— O.k. — disse —, está confirmado. Pode sair.

Adamsberg movimentou joelhos e ombros no estacionamento, esfregou sumariamente o paletó.

— Pelo visto houve confusão — disse o mais alto, repentinamente curioso. — O senhor está num estado lamentável. A gente não podia adivinhar.

— Me desculpem. Peguei no sono sem perceber.

— Temos chuveiros e alguma coisa para comer, se quiser. Agora, quanto ao resto — ele continuou, observando sua aparência e talvez o próprio Adamsberg —, não podemos fazer nada.

— Obrigado, vou aceitar o convite.

— Mas o cachorro não pode entrar.

— Não posso dar um banho nele?

— Sinto muito.

— Certo. Vou estacionar à sombra e já alcanço vocês.

Em contraste com o ar lá fora, o mau cheiro do carro era impressionante. Adamsberg encheu o cinzeiro de água, pegou uns biscoitos, explicou para Cupido que já voltava, pegou a arma e o cinturão. Aquele era um dos carros preferidos de Justin, o meticuloso, e seria melhor limpá-lo até a medula antes de recolocá-lo em serviço.

— Você não tem culpa de estar fedendo — disse ao cachorro. — Mas está tudo fedendo aqui dentro, inclusive eu. Portanto, não se preocupe.

No chuveiro, Adamsberg concluiu que seria melhor não dar banho em Cupido. Ele fedia a cachorro, mas também à lama do sítio e, sutilmente, a cocô de cavalo. Talvez estivesse com uns pedaços grudados no pelo. Vestiu a roupa, suja mas escovada da melhor forma possível, e foi até a sala dos enfermeiros. O café esperava na garrafa térmica, havia pão e geleia.

— Temos notícias dele — disse o enfermeiro alto e moreno e que, de acordo com o crachá pregado na lapela, se chamava André. — Um sujeito forte aparentemente, perdeu muito sangue. Estômago perfurado, psoasilíaco dilacerado, mas a bala raspou o osso sem quebrar. Correu tudo bem, nenhum problema à vista. Tentaram matá-lo?

— Sim.

— Certo — disse o enfermeiro com uma espécie de satisfação.

— Quando ele vai poder ser transportado? Preciso mandar transferi-lo.

— Algo errado com o nosso hospital?

— Não, pelo contrário — disse Adamsberg, terminando o café. — Mas é aqui que quem tentou matá-lo vai procurar por ele.

— Saquei — disse André.

— E ele está proibido de receber visitas. E também flores e presentes. Não entra nada no quarto dele.

— Saquei, pode contar comigo. A minha ala é a estômago-intestinal. Imagino que o médico autorize a transferência dentro de dois dias. Procure o doutor Lavoisier.

— Lavoisier, que nem o Lavoisier?

— O senhor o conhece?

— Se ele estava em Dourdan há três meses, conheço. Tirou uma tenente minha do coma.

— Ele acaba de ser nomeado cirurgião-chefe aqui. Não vai dar para falar com ele hoje, teve quatro cirurgias esta noite, está descansando.

— Mencione o meu nome para ele e principalmente o da Violette Retancourt, vocês vão lembrar? E diga para ele cuidar do Émile e achar um lugar para ele ser transferido com a maior discrição.

— Saquei — repetiu o enfermeiro. — Vamos cuidar desse Émile para o senhor. Mas ele tem toda a cara de ser um baita encrenqueiro.

— Isso ele é — confirmou Adamsberg, apertando-lhe a mão.

Adamsberg tentou ligar o celular no estacionamento. Estava sem bateria. Voltou ao hospital e ligou para a Brigada de um telefone público. O brigadeiro Gardon estava na recepção, meio bobo, sempre zeloso, o coração na mão, não tinha jeito para a profissão.

— O Mordent está por aí? Quero falar com ele, Gardon.

— Com todo o respeito, delegado, vá com calma. A filha dele, esta noite, bateu com a cabeça na parede até sangrar. Nada sério, mas o comandante está que é um zumbi.

— A que horas foi isso?

— Lá pelas quatro, parece. Foi o Noël que me contou. Vou lhe passar o comandante.

— Mordent? É o Adamsberg. Você me ligou?

— Não, sinto muito, delegado — disse Mordent com voz rouca. — Os caras de Avignon não estavam a fim de se estressar. Na verdade, reclamaram que tinham mais o que fazer, dois acidentes na estrada e um cara que subiu nas muralhas com uma espingarda. Sobrecarregados.

— Caramba, Mordent, você tinha que insistir. Homicídio e tudo mais.

— Eu insisti, mas eles só me ligaram às sete da manhã, na hora da visita domiciliar deles. O Vaudel estava em casa.

— E a mulher dele também?

— Também.

— Péssimo, comandante, péssimo.

Aborrecido, Adamsberg voltou ao seu carro, abriu bem as janelas e sentou-se pesadamente ao volante.

— Às sete horas — disse ao cachorro —, é claro que o Vaudel teve todo o tempo de voltar para casa. Portanto, nunca vamos saber. Houve falha, o Mordent não insistiu, pode ter certeza. Está com a cabeça longe, voando feito um balão levado pelo vento do desespero. Ele passou a ordem para o pessoal de Avignon e lavou as mãos. Eu devia ter previsto, ter percebido que o Mordent estava impotente a esse ponto. Até o Estalère teria feito melhor.

Quando, duas horas depois, entrou na sede da Brigada com o cachorro debaixo do braço, ninguém o cumprimentou. Reinava no local uma excitação particular que impulsionava os agentes pelas salas como objetos mecânicos desregulados, sentia-se um cheiro de suor matinal. Cruzavam um pelo outro sem se ver, trocavam palavras sucintas, pareciam evitar o delegado.

— Aconteceu alguma coisa? — perguntou a Gardon, que não parecia atingido por aquela perturbação.

As perturbações costumavam atingir o brigadeiro com algumas horas de atraso e já bem amortecidas, como quando o vento da Bretanha baixa em Paris.

— Essa coisa no jornal — ele explicou — e essas coisas do laboratório, acho.

— Muito bem, Gardon. O carro bege, o 9, precisa ir para a lavagem. Peça o serviço especial: sangue, lama, bagunça generalizada.

— Vai ser um problema e tanto, acho.

— Tudo bem, o estofado é plastificado.

— Estou falando do cachorro. O senhor ficou com o cachorro?

— Fiquei. Ele é um portador de cocô de cavalo.

— Vai dar confusão com o gato. Não sei como vamos administrar.

Adamsberg sentiu quase uma inveja. Gardon tinha em comum com Estalère o fato de não usar nenhuma escala de gravidade, de ser incapaz de classificar os elementos por ordem de importância. No entanto, o brigadeiro tinha visto, como os outros, a atroz melequeira de Garches. A menos que aquela fosse a maneira dele de se proteger e, nesse caso, ele sem dúvida estava certo. Estava certo também em se preocupar com a convivência entre cachorro e gato, embora o enorme e apático gato macho que morava na Brigada, esborrachado em cima da tampa quentinha de uma fotocopiadora, não tivesse predisposição para a ação. Três vezes ao dia, os agentes da Brigada se revezavam — principalmente Retancourt, Danglard e Mercadet, que era muito sensível à hipersonia do gato — para carregar o animal de onze quilos até sua tigela e ficar junto dele enquanto comia. Razão pela qual tinham acabado por instalar uma cadeira ao lado da tigela, para que os agentes pudessem continuar seu trabalho sem perderem a paciência ou apressarem o gato.

O dispositivo ficava ao lado da sala da máquina de bebidas, e acontecia de homens, mulheres e animal matarem juntos a sede no ponto de água. Alertado sobre essa transgressão, o delegado divisionário Brézillon exigira, em papel timbrado, a partida imediata do animal. Quando ele chegava para a inspeção semestral — que visava essencialmente perturbar todo mundo, tendo em vista os indiscutíveis resultados da Brigada —, eram rapidamente guardadas as almofadas que serviam de cama para Mercadet, as revistas de ictiologia de Voisenet, as garrafas e os dicionários gregos de Danglard, as revistas pornográficas de Noël, os víveres de Froissy, a cama e a tigela do gato, os óleos essenciais de Kernorkian, o walkman de Maurel, os cigarros de Retancourt, até que por fim o local estivesse absolutamente funcional e insuportável.

Durante essa fase de depuração, só o gato criava problemas, miando enlouquecido assim que tentavam trancá-lo no armário. De modo que um dos homens o levava até o pátio dos fundos e esperava dentro de uma das viaturas que Brézillon fosse embora. Adamsberg se negara de antemão a dar sumiço nas duas galhadas de cervo que ficavam no chão de sua sala, argumentando que se tratava da peça-chave de uma investigação.* Com o passar do tempo — fazia três anos que os vinte e oito agentes es-

---

(*) Ver, da mesma autora, *Relíquias sagradas* (Companhia das Letras, 2009).

tavam naquela sede —, a operação de camuflagem vinha se tornando cada vez mais árdua e demorada. A presença de Cupido só viria a piorar as coisas, mas a princípio ele estava ali apenas em caráter provisório.

15

Só quando Adamsberg já estava no meio da sala grande é que repararam na sua roupa suja, nas suas faces barbudas, no cachorrinho enlameado debaixo do seu braço. Um círculo desordenado de cadeiras formou-se espontaneamente ao seu redor. O delegado fez um resumo de sua noite, Émile, o sítio, o hospital, o cachorro.

— O senhor sabia onde ele ia e deixou ele se mandar? — reclamou Retancourt.

— Eu só fui lembrar do cachorro bem depois — mentiu Adamsberg. — Depois da visita do médico do Vaudel.

Retancourt meneou a cabeça indicando que não acreditava.

— E o que diz o médico? — perguntou Justin com sua voz fina.

— Por enquanto, ele disse sobre o Vaudel o mesmo tanto que a gente disse sobre o crime. Embate de segredos profissionais, ambos os lados aferrados em suas posições.

— Acaba o segredo, termina o embate — disse Kernokian com voz inaudível.

— O médico pelo menos declarou que o Vaudel tinha inimigos, mas sem dúvida imaginários. Ele sabe mais do que isso. O cara é bom, capaz de repor um maxilar para mamar.

— Do Vaudel?

Adamsberg não quis olhar para Estalère, às vezes até dava a impressão que ele fazia de propósito. Mas deu uma olhada em Maurel, que anotava rapidamente alguma coisa no caderninho. Ele descobrira que Maurel vinha registrando as tolices de Estalère para montar uma antologia, ideia essa que Adamsberg não julgava inocente. Maurel percebeu seu olhar e fechou o caderninho.

— Alguém checou se o Pierre filho estava em Avignon na hora em que o Émile foi agredido? — perguntou Voisenet.

— O Mordent cuidou disso. Mas o pessoal de Avignon fez corpo mole, perdeu a hora.

— Tinha que insistir, porra.

— Ele insistiu — interrompeu Adamsberg, defendendo Mordent e sua cabeça-balão perdida nos ares. — O Gardon mencionou resultados do laboratório?

Danglard levantou-se automaticamente. A memória, o saber e o espírito sintético do comandante o predispunham aos resumos de relatórios científicos. Um Danglard quase ereto, a tez quase viçosa, a expressão quase animada, regenerada por sua segunda imersão em clima britânico.

— Quanto ao corpo, calcula-se que foi desmembrado em cerca de quatrocentos e sessenta pedaços, dos quais aproximadamente trezentos foram reduzidos a pó, ou quase. Uns foram cortados com machado, outros com serra circular, com um cepo de madeira servindo de apoio. As amostras coletadas apresentam farpas quando foi usado o machado e pó de madeira quando foi a serra. O mesmo cepo serviu para a operação de esmagamento. Os elementos de mica e quartzo incrustados nas carnes indicam que o assassino colocava a peça sobre o cepo, prensava com uma pedra de granito e batia nessa pedra com uma maça. Foram objeto de tratamento intensivo todas as articulações, tornozelos, pulsos, joelhos, cotovelos, cabeça do úmero e do fêmur, assim como os dentes, pulverizados, e os pés, na altura do tarso e dos metatarsos. As falanges do dedão do pé também foram esmagadas, mas não as dos outros quatro artelhos, do segundo ao quinto. As partes menos danificadas são as mãos — com exceção dos ossos cárpicos —, e partes de ossos longos, como o ilíaco, o ísquio, as costelas, o esterno.

Não dava tempo de Adamsberg entender tudo, e foi em vão que levantou a mão tentando interromper a torrente do relatório. Concentrado, Danglard prosseguia.

— A espinha teve um tratamento diferenciado, o sacro e a cervical foram claramente mais atacados que a lombar e as dorsais. Das cervicais, não sobrou quase nada do atlas e do áxis. O hioide foi preservado, as clavículas mal foram tocadas.

— Tempo, Danglard — interrompeu Adamsberg, notando certo desnorteio nas fisionomias, algumas já tendo abandonado a partida. — Vamos fazer um desenho, assim fica mais claro para todo mundo.

Adamsberg era excelente em desenho, capaz de fazer surgir qualquer coisa com uns poucos traços ligeiros e perfeitos. Costumava passar longos momentos rabiscando, em pé, num caderninho ou num papel em cima da perna, com grafite, tinta ou carvão. Havia esboços e desenhos seus mais ou menos em todas as salas, deixados pelo delegado ao sabor de suas idas e vindas. Alguns, admirados, pegavam-nos discretamente para si — como Froissy, Danglard e Mercadet, e também Noël, que nunca o confessaria. Adamsberg traçou rapidamente no quadro branco os contornos de um corpo com seu esqueleto, um de frente, um de costas, e passou duas canetas para Danglard.

— Assinale em vermelho as partes mais massacradas e em verde as menos danificadas.

Danglard ilustrou o que acabava de expor e em seguida pintou de vermelho a cabeça e os órgãos genitais, de verde as clavículas, as orelhas, as nádegas. Uma vez colorido, o desenho expressava uma lógica aberrante, mas certeira, mostrando que o assassino optara por destruir ou poupar de forma não aleatória. E o significado dessa extravagância não era compreensível.

— Quanto aos órgãos, também deparamos com uma seleção — retomou Danglard. — O assassino não se interessou pelos intestinos, estômago, baço, nem pelos pulmões e rins. Ele se concentrou no fígado, no coração e no cérebro, do qual uma parte foi queimada na lareira.

Danglard desenhou três flechas, que partiam do cérebro, do coração e do fígado para fora do corpo.

— É a destruição do espírito dele — arriscou Mercadet, rompendo o silêncio meio abobalhado dos agentes, cujo olhar estava pregado nos desenhos.

— O fígado? — perguntou Voisenet. — Para você, o fígado é espírito?

— O Mercadet não está errado — disse Danglard. — Antes da cristandade, e também mais tarde, acreditava-se que existiam no corpo várias almas — *spiritus, animus* e *anima*. Espírito, alma e movimento, os quais podiam se situar em diferentes partes do corpo, como, justamente, o fígado e o coração, sedes do medo e da emoção.

— Ah, é? — concedeu Voisenet, a tal ponto se tinha como certo que o saber de Danglard não se contestava.

— Quanto à destruição das articulações — disse Lamarre, com sua habitual rigidez —, será que era para o corpo deixar de funcionar? Algo como quebrar as engrenagens?

— E os pés? Por que os pés, e não as mãos?

— Mesma coisa — disse Lamarre. — Para ele não andar?

— Não — disse Froissy. — Isso não explica o dedão do pé. Por que destruir sobretudo o dedão?

— Mas qual é a nossa, afinal? — perguntou Noël, levantando-se. — Qual é a nossa? É ficar procurando um bom motivo plausível para essa nojeira? Não existe um bom motivo. Só o motivo do assassino, e a gente não tem como ter a mínima ideia, a mínima impressão.

Noël se sentou e Adamsberg aquiesceu.

— É como o sujeito que comeu o armário.

— É — concordou Danglard.

— Comeu por quê? — perguntou Gardon.

— Aí é que está. Não se sabe.

Danglard voltou para o quadro e virou mais uma folha de papel em branco.

— O pior — prosseguiu — é que o assassino não largou os elementos ao acaso. O doutor Romain estava certo, ele dispôs esses elementos. Seria tedioso desenhar tudo, vocês vão poder conferir a distribuição espacial no relatório. Mas, só para dar um exemplo, depois de arrancar e esmagar os cinco metatarsos do pé, o assassino jogou os pedaços nos quatro cantos da sala. A mesma coisa para cada parte do corpo, dois pedaços aqui, um pedaço ali, outro acolá, outros dois embaixo do piano.

— Quem sabe é algum cacoete — disse Justin. — Ou uma compulsão, um TOC. O cara vai jogando em círculos ao seu redor.

— Não existe nenhum bom motivo — repetiu Noël, rugindo. — É perda de tempo, não adianta ficar interpretando. O assassino está uma fúria, arrebenta com tudo, se aferra num ou noutro ponto, não se sabe por quê, e é só o que a gente tem por enquanto. A ignorância.

— Uma fúria capaz de arder durante horas — especificou Adamsberg.

— Aí é que está — disse Justin. — A raiva dele não se apaga, talvez seja esse o motivo da carnificina. O assassino não sabe parar, ele só quer continuar e continuar, e a história acaba em mingau. Como o cara que bebe até cair.

Um cara coçando uma picada de aranha, pensou Adamsberg.

— Vamos passar para o material — disse Danglard.

Interrompido por uma chamada, o comandante se afastou quase correndo e grudou o celular no ouvido. Abstract, diagnosticou Adamsberg.

— Vamos esperar? — perguntou Voisenet.

Froissy se remexeu. A tenente estava aflita com o horário do almoço — já eram duas e trinta e cinco —, encolhia-se na cadeira. Todos sabiam que a ideia de perder uma refeição desencadeava nela uma reação de pânico, e Adamsberg pedira aos agentes que atentassem para esse ponto, pois três vezes ela já desmaiara durante uma missão.

16

Reuniram-se no barzinho encardido do final da rua, Le Cornet à dés [O copo de dados], já que àquela hora a elegante Brasserie des Philosophes, que ficava em frente e só funcionava nos horários convencionais, não estava mais servindo. Dependendo do humor e do dinheiro disponível, podia-se, apenas atravessando a rua, optar ou pela vida burguesa ou pela operária, se considerar rico ou pobre, pedir um chá ou uma taça de vinho.

O proprietário distribuiu catorze sanduíches — só restava o de *gruyère*, não havia escolha — e a mesma quantidade de cafés. Colocou naturalmente três garrafas de vinho tinto na mesa, não gostava de clientes que recusavam o seu vinho, aliás de origem desconhecida. Dizia Danglard que era um *côtes-du-rhône* ruim, e todos acreditavam.

— E quanto ao pintor que se matou na prisão? Alguma novidade? — perguntou Adamsberg.

— Não deu tempo — disse Mordent, empurrando o sanduíche para o lado. — O Mercadet vai cuidar disso hoje à tarde.

— Sobre o cocô de cavalo, os pelos, o lenço, as digitais, o que eles disseram?

— São mesmo duas bostas diferentes — disse Justin. — A do Émile não bate com os pedacinhos que havia na sala.

— Vamos coletar a do cachorro para comparar — disse Adamsberg. — São nove chances em dez de o Émile ter trazido essa bosta do sítio.

Cupido estava deitado sob suas pernas, Adamsberg ainda não tinha tentado o face a face com o gato.

— Esse cachorro está fedendo — disse Voisenet da ponta da mesa. — Dá para sentir daqui.

— Primeiro a coleta, depois o banho.

— Quer dizer — insistiu Voisenet —, está fedendo mesmo.

— Cala a boca — disse Noël.

— Quanto às digitais, nenhuma surpresa — continuou Justin. — Há digitais do Vaudel e do Émile pela casa toda, e do Émile há muitas na mesa de jogo, no aparador da lareira, nas maçanetas, na cozinha. O Émile era um faxineiro zeloso, não há muitos vestígios, os móveis estão limpos. Mas tem uma digital meio ruim do Pierre filho na escrivaninha, outra bastante boa no encosto de uma cadeira. Ele devia puxar essa cadeira para perto da mesa quando trabalhava com o pai. Há quatro dedos masculinos desconhecidos no quarto, no tampo da escrivaninha.

— Do médico — disse Adamsberg. — Ele devia fazer a consulta no quarto.

— Por fim, mais uma mão de homem na cozinha e uma de mulher na bancada do banheiro.

— Aí está — disse Noël. — Uma mulher na casa do Vaudel.

— Não, Noël, não tem nenhuma digital de mulher no quarto. Os vizinhos garantem que o Vaudel saía muito pouco. Mandava entregar as compras e recebia em casa a cabeleireira, o gerente do banco e o camiseiro-alfaiate do bairro. Mesma coisa para as ligações telefônicas, nenhuma pessoal. O filho, uma ou duas vezes por mês. Mesmo assim, o filho é que ligava. A conversa mais longa entre eles é de quatro minutos e dezesseis segundos.

— Nenhuma chamada para Colônia? — perguntou Adamsberg.

— Na Alemanha? Não, por quê?

— Parece que fazia muito tempo que o Vaudel estava apaixonado por uma senhora alemã. Uma certa senhora Abster, de Colônia.

— Isso não impede que ele dormisse com a cabeleireira.
— De fato.
— Não, nenhuma visita feminina, os vizinhos têm certeza. E naquela maldita alameda, um sabe tudo do outro.
— Como soube dessa senhora Abster?
— O Émile me entregou um bilhete de amor que era para ele pôr no correio caso o Vaudel morresse.
— O que diz o bilhete?
— Está em alemão — disse Adamsberg, tirando-o do bolso e colocando sobre a mesa. — Froissy, você pode ajudar?

Froissy examinou o bilhete e franziu o cenho.

— Significa mais ou menos: *Cuide do nosso reino, resista sempre, permaneça fora de todo alcance.*
— Era um amor impossível — imaginou Voisenet. — Ela era casada com outro.
— Agora, esta palavra em letras maiúsculas no final — disse Froissy, apontando para o papel —, isso não é alemão.
— É um código entre eles — disse Adamsberg. — Uma referência a um momento que só eles conheciam.
— É — confirmou Noël —, uma palavra secreta. É ridículo, mas agrada às mulheres e aborrece os homens.

Froissy perguntou, meio rápido, quem queria mais café. Algumas mãos se levantaram, e Adamsberg pensou que ela também criava palavras em código e que Noël a magoara. Mesmo porque ela tinha um bocado de amantes, mas os perdia em tempo recorde.

— O Vaudel não achou ridículo — disse Adamsberg.
— Até pode ser um código — retomou Froissy, inclinando-se sobre o papel — mas, seja como for, está em russo. КИСЈЈОВА são caracteres cirílicos. Sinto muito, mas não sei russo. Pouca gente sabe.
— Eu sei um pouco — disse Estalère.

Fez-se um silêncio de surpresa, que o rapaz não percebeu, ocupado que estava em mexer o açúcar na xícara.

— Por que você sabe russo? — perguntou Maurel, como se Estalère tivesse feito algo errado.

— Porque tentei aprender. Eu só sei pronunciar as letras.

— Mas por que você tentou aprender russo e não espanhol?

— Ué, porque sim.

Adamsberg estendeu-lhe a carta e Estalère se concentrou. Mesmo concentrado, seus olhos verdes não se estreitavam. Ele os mantinha bem abertos e surpresos sobre o mundo.

— Pronunciando tudo direito — disse ele —, dá algo como *kisslovê*. Quer dizer, se for um código amoroso, dá *kisslove*. KISS LOVE, Beijo de amor. Não é?

— Perfeito — aprovou Froissy.

— Bem bolado — disse Noël, pegando o papel. — Um troço excelente para se pôr no final de uma carta e intrigar as mulheres.

— Achei que você fosse contra códigos — disse Justin com sua voz em falsete.

Noël estendeu a carta para Adamsberg fazendo um muxoxo. Danglard entrou no café, abriu um espaço à mesa, ofegante, faces coradas. A conversa foi boa, calculou Adamsberg. Ela vem para Paris e ele está em estado de choque, quase em pânico.

— Bosta de cavalo, carta de amor, tudo isso é acessório — disse Noël. — Ainda não tocamos no ponto. Mesma coisa com os pelos de cachorro na poltrona: compridos, brancos, tipo montanha dos pirineus, o tipo de animal que dá um banho na gente só com uma lambida. E saber disso tudo serve para quê? Para nada.

— Serve para completar a informação do lenço — disse Danglard.

Fez-se mais um silêncio, os braços se cruzaram, houve olhares enviesados. Era esse o motivo, percebeu Adamsberg, da agitação daquela manhã.

— Vamos lá — disse ele.

— O lenço de papel era recente — explicou Justin. — E tinha uma coisa nele.
— Uma microgota de sangue do velho — disse Voisenet.
— E tinha uma coisa dentro dele.
— Ranho.
— Ou seja, DNA pra dar e vender.
— Tentamos avisar ontem à noite, quando ficamos sabendo, e hoje de novo, depois das oito. Mas o seu celular estava desligado.
— A bateria acabou.

Adamsberg examinou os semblantes, um por um, e, contrariando seus hábitos, serviu-se de meia taça de vinho.

— Cuidado — alertou Danglard discretamente —, é um *côtes* desconhecido.
— Deixa ver se eu entendi — disse Adamsberg. — O ranho não é do Vaudel pai, nem do Vaudel filho, nem do Émile. É isso?
— Afirmativo — soprou Lamarre, que, como um ex-gendarme, não conseguia se livrar da terminologia militar.

E que, como normando, tinha dificuldade em olhar nos olhos de Adamsberg.

Adamsberg bebeu um gole, lançou um olhar a Danglard para confirmar que, de fato, o vinho era um tanto áspero. Nem se comparava, porém, ao vinho de caixinha que ele tomara de canudinho na noite anterior. Perguntou-se, por um momento, se aquela vinhoca não teria sido a causa de seu sono pesado no carro, quando cinco ou seis horas de descanso teriam bastado. Pegou um pedaço de sanduíche que tinha sobrado na mesa — o de Mordent — e colocou-o sob a cadeira.

— É para o cachorro — explicou.

Inclinou a cabeça para o chão, verificou que o pão era do agrado de Cupido e tornou a olhar para os seus assistentes, treze pares de olhos convergindo para ele.

— Quer dizer que é o DNA de um desconhecido — ele retomou —, e o DNA do assassino. Aí, sem levar muita fé, vocês mandaram o DNA para os arquivos e descobriram tudo. Já sabem o nome do assassino, o sobrenome, o rosto dele.

— Sim — confirmou Danglard a meia-voz.

— E o endereço?

— Sim — repetiu Danglard.

Adamsberg entendia que estivessem perturbados, emocionados até, com uma conclusão tão rápida, como se estivessem aterrissando sem preparo prévio, mas aquele sentimento generalizado de constrangimento, de culpa até, o desconcertava. Em algum ponto, o trem saíra dos trilhos.

— Temos, portanto, o endereço dele — prosseguiu Adamsberg —, quem sabe até a profissão, o local de trabalho. Os amigos dele, a família. O fato só foi descoberto umas quinze horas atrás. Vamos localizar os lugares que ele frequenta, agir com calma, ele não tem como escapar.

À medida que ia falando, Adamsberg percebia que estava enganado. Ele ia escapar, já tinha escapado.

— Ele não tem como escapar — repetiu —, a menos que já esteja sabendo que foi identificado.

Danglard pôs no colo sua mochila, grande e deformada pelas garrafas que costumava guardar dentro dela. Tirou um maço de jornais, escolheu um e o abriu na primeira página diante de Adamsberg.

— Ele já está sabendo — disse com voz cansada.

17

O dr. Lavoisier observava seu paciente com ar severo, como se o culpasse por aquele desvio, pois aquele surto violento de febre não estava previsto. Uma inflamação do peritônio que vinha comprometer seriamente suas chances de recuperação. Altas doses de antibióticos, troca de lençóis a cada duas horas. O médico deu vários tapas no rosto de Émile.

— Abra os olhos, meu chapa, você vai ter que se segurar.

Émile obedeceu com esforço e fitou o homenzinho de branco, um vulto rechonchudo um tanto confuso.

— Doutor Lavoisier, que nem o Lavoisier, é simples — apresentou-se o médico. — Mantenha o prumo — disse, dando-lhe mais um tapinha no rosto. — Você ingeriu alguma coisa escondido? Uma bolinha de papel, alguma prova?

Émile balançou a cabeça para a direita e para a esquerda. Negativo.

— Não é hora de brincadeira, meu chapa. Para mim, tanto faz o que você andou aprontando. O que me interessa não é você, é o seu estômago, entende? Você pode até ter degolado as suas oito avós, não muda nada o problema do seu estômago. Deu pra perceber? De certa forma, é como uma peça avulsa. E aí? Ingeriu alguma coisa?

— Vinho — sussurrou Émile.

— Quanto?

Émile fez um gesto com o polegar e o indicador, representando cerca de cinco centímetros.

— Multiplicado por dois ou três, hein? — perguntou Lavoisier. — Assim já fica mais claro, vai me ajudar. Porque, para mim, tanto faz você tomar umas e outras. Mas não agora. Onde você pegou esse vinho? Debaixo da cama de um colega de quarto?

Novo sinal negativo, ofendido.

— Eu não bebo muito. Mas era bom para mim, para chacoalhar o sangue.

— Ah, você acha? De onde é que você tirou essa, meu chapa?

— Alguém me disse.

— Quem? O seu colega de quarto? Aquele com úlcera?

— Eu não ia acreditar. Muito burro.

— É verdade que ele é burro — admitiu Lavoisier. — Então, quem foi?

— Jaleco branco.

— Impossível.

— Jaleco branco e máscara.

— Nenhum médico usa máscara neste andar. Nem os enfermeiros nem os padioleiros.

— Jaleco branco. Me fez beber.

Lavoisier serrou o punho e relembrou as rigorosas instruções de Adamsberg.

— O.k., meu chapa — disse, levantando-se. — Vou chamar o seu amigo tira.

— O tira — disse Émile, estendendo um braço. — Se eu bater as botas, ainda não falei tudo.

— Quer que eu passe um recado pra ele? Para o Adamsberg?

— Quero.

— Fale. Não tenha pressa.

— A palavra em código. Também num cartão-postal. Igual.

— Certo — disse Lavoisier, anotando suas palavras na ficha médica. — Só isso?

— O cachorro, cuidado.

— Com quê?

— Alérgico a pimentão.
— Só isso?
— É.
— Não se aflija. Eu falo tudo isso pra ele.

Uma vez no corredor, Lavoisier mandou chamar o moreno alto, André, e o baixinho, Guillaume.

— A partir de agora, vocês vão se revezar sem descanso na frente da porta dele. Um canalha deu alguma coisa, misturada com vinho, para ele tomar. Um jaleco branco, uma máscara, simples assim. Lavagem estomacal imediata, avisem o anestesista e o doutor Venieux. Ou vai ou racha.

18

Danglard, que pedira para ficar sozinho com Adamsberg no café, juntava os jornais espalhados pela mesa. O mais explícito publicava uma foto do assassino na primeira página, um homem moreno de rosto anguloso, espessas sobrancelhas que se juntavam formando uma risca através do rosto, aresta do nariz precisa, queixo acanhado, olhos grandes sem brilho. *Monstro despedaça o corpo de sua vítima.*

— Por que não me contaram assim que eu cheguei? — perguntou Adamsberg. — Do DNA? Do vazamento na imprensa?

— Seguramos até o último minuto — disse Danglard fazendo uma careta. — Na esperança de prender o sujeito antes de lhe anunciar esse desastre.

— Por que você pediu que os outros saíssem do café?

— O vazamento aconteceu na Brigada, não foi no laboratório nem nos arquivos. Leia a matéria, aí tem detalhes que só a gente sabia. Eles só não dão o endereço do assassino, e olhe lá.

— Qual é o endereço?

— Em Paris, na rue Ordener, 182, 18º *arrondissement*. Só conseguiram localizar o homem às onze horas, a equipe foi imediatamente para lá. Não havia mais ninguém no apartamento, claro.

Adamsberg ergueu as sobrancelhas.

— O Weill mora lá, no número 182.

— O nosso Weill? O delegado divisionário?

— O próprio.
— O que o senhor está pensando? Que o assassino fez de propósito? Que achava engraçado morar a poucos metros de um tira?
— Ou passar perto do perigo, frequentar o Weill. É fácil, a mesa dele é aberta a todos às quartas-feiras, é de altíssima qualidade e muito concorrida.

Se não era um amigo, Weill pelo menos era um dos raros protetores de alto escalão de Adamsberg no Quai des Orfèvres. Ele abandonara a ação pretextando dores nas costas agravadas por sobrepeso, mas a verdade é que precisava de tempo para se dedicar à arte do cartaz do século xx, da qual se tornara um especialista em nível internacional. Adamsberg jantava em sua casa duas ou três vezes por ano, quer para resolver alguns assuntos, quer para ouvi-lo discursar deitado num sofá puído que pertencera a Lampe, o criado de Emmanuel Kant. Weill lhe contara que quando o criado Lampe resolvera se casar, Kant o despedira, junto com o sofá, e pendurara na parede o seguinte bilhete: "Lembrar de me esquecer de Lampe". Adamsberg ficou impressionado, já que ele próprio teria escrito: "Lembrar de não me esquecer de Lampe".

Pôs a mão sobre a foto do rapaz, dedos abertos, como que para segurá-lo.

— Nada no apartamento?
— É evidente que não. Ele teve tempo de sobra para ir embora.
— Desde de manhã, quando saiu a notícia.
— Talvez antes. Alguém pode ter ligado avisando para ele cair fora. Sendo assim, a notícia no jornal serve apenas para encobrir a manobra.
— Qual é a sua ideia? Que esse cara tem um irmão, um primo, uma amante na Brigada? Isso é um absurdo. Um tio? Mais um tio?
— Não precisa chegar a tanto. Um de nós falou com alguém, que falou com alguém. Essa história de Garches é muito pesada, o pessoal precisa desabafar.

— Supondo que seja verdade, para que dar o nome do sujeito?
— Porque ele se chama Louvois. Armel Guillaume François Louvois. Não deixa de ser engraçado.
— O que é engraçado, Danglard?
— Ora, o nome: François Louvois, como o marquês de Louvois.
— Qual é a relação, Danglard? Esse marquês era um assassino?
— Obrigatoriamente. Ele foi o grande reorganizador dos exércitos de Luís XIV.

Danglard largou o jornal e suas mãos molengas dançaram no espaço, voando pelos ares do saber.

— E foi um diplomata devastador e brutal. A ele é que devemos as repressões aos huguenotes, o que não é pouca coisa.

— Francamente, Danglard — interrompeu Adamsberg, colocando a mão em seu braço —, muito me surpreenderia que um único agente da Brigada soubesse alguma coisa sobre esse François Louvois e ainda visse alguma graça nisso.

Danglard suspendeu a dança e sua mão voltou, decepcionada, para o jornal.

— Leia a matéria.

Atendendo ao chamado aflito de um jardineiro, os policiais da Brigada Criminal do delegado Jean-Baptiste Adamsberg penetraram no domingo de manhã numa tranquila casa de Garches e depararam com o corpo terrivelmente mutilado de seu proprietário, Pierre Vaudel, jornalista aposentado de setenta e oito anos. Ainda sob o efeito do choque, os vizinhos afirmam não entender a razão da agressão bestial de que ele foi vítima. De acordo com as informações, o corpo de Pierre Vaudel teria sido desmembrado e — cúmulo do horror — moído e espalhado pela casa, transformada num teatro sangrento. Os investigadores rapidamente descobriram indícios que permitem a identificação do maníaco homicida, entre os quais está um lenço de papel. O exame de DNA, realizado sem demora, revelou o nome do suposto assassino: Armel Guillaume François Louvois, vinte e nove anos, artesão joalheiro. O homem já era fichado por agressão sexual coletiva contra duas menores, cometida com outros três cúmplices doze anos atrás.

Adamsberg interrompeu a leitura para atender uma ligação.

— Sim, Lavoisier. Sim, também gostei de te encontrar de novo. Não, muitos problemas. Ele está se recuperando? Um momento.

Adamsberg afastou o aparelho a fim de repassar a informação para Danglard.

— Um canalha tentou envenenar o Émile, infecção, 40,2 graus de febre. Lavoisier, estou ligando o viva-voz para o meu colega.

— Lamento, meu chapa, o cara entrou com um jaleco e uma máscara, a gente não consegue estar em todo lugar. Temos dezessete setores no CHU e estamos sem grana. Deixei dois enfermeiros se revezando na frente da porta. O Émile está com medo de morrer, e não vou esconder de você que é uma possibilidade. Ele tem dois recados para você. Pode anotar?

— Pode falar — disse Adamsberg, pegando uma ponta do jornal.

— Primeiro, a palavra em código está também num cartão-postal. É tudo o que sei, eu não quis insistir, ele está exausto.

— A que horas ele foi intoxicado?

— Estava tudo bem quando ele acordou. A enfermeira me bipou lá pelas duas e meia da tarde, a febre tinha começado por volta do meio-dia. Segundo recado: cuidado com o cachorro.

— Cuidado com o quê?

— Ele é alérgico a pimentão. Espero que você saiba do que se trata, parece ser muito importante para ele. Deve ser a continuação do código, já que não imagino por que alguém daria pimentão para um cachorro comer.

— Que palavra em código? — perguntou Danglard depois que Adamsberg desligou.

— Uma carta de amor escrita em russo, Kiss Love. O Vaudel gostava de uma velhinha alemã.

— E para quê escrever Kiss Love em russo?

— Não sei, Danglard — disse Adamsberg pegando de novo o jornal.

Ficou demonstrado que Louvois não teve nenhum envolvimento nos estupros, mas ele foi sentenciado a nove meses com *sursis* por participação em atos violentos e falta de assistência a pessoas em perigo. Depois disso, não se ouviu mais falar em Armel Louvois, pelo menos oficialmente. A prisão do possível criminoso é iminente.

— Iminente — repetiu Adamsberg dando uma olhada em seus relógios. — O Louvois já está longe faz um tempinho. Mesmo assim, vamos manter a vigilância, nem todo mundo acompanha o noticiário.

Do café, Adamsberg passou suas instruções: Voisenet e Kernorkian, cuidar da família do artista que pintou sua protetora; Retancourt, Mordent e Noël, vigiar a residência de Louvois — antes, avisar o delegado divisionário Weill, ele tem horror que os tiras invadam sua esfera privada e seria bem capaz de pôr tudo a perder; Froissy e Mercadet, cuidar das linhas telefônicas e da internet de Louvois; Justin e Lamarre, do veículo dele, se houver; acionar os tiras de Avignon, verificar a presença de Pierre filho e da mulher dele na cidade. Controlar as estações de trem e aeroportos, divulgar o retrato.

Enquanto falava, Adamsberg via Danglard fazendo sinais expressivos com a mão, que ele não entendia. Sem dúvida por ser incapaz de fazer duas coisas ao mesmo tempo, como falar e ver, ver e escutar, escutar e escrever. Desenhar era a única coisa que ele conseguia fazer como tarefa de fundo sem interferir nas outras atividades.

— É para começar a investigação da vizinhança do prédio do Louvois? — perguntou Maurel.

— Sim, mas temos o Weill no meio do setor. Tirem primeiro informações com ele e se concentrem na vigilância. O Louvois pode não ter sabido de nada e ainda pode voltar. Descubram onde ele trabalha. Oficina, loja, sei lá.

Danglard escreveu cinco palavras no jornal e colocou-o diante do delegado: *Mordent não. Troque com Mercadet.* Adamsberg deu de ombros.

— Retificando — alertou. — O Mordent fica com a Froissy e o Mercadet na vigilância. Se ele dormir, ainda sobram dois homens, além da Retancourt, o que dá sete.

— Por que você falou para eu tirar o Mordent? — perguntou Adamsberg enquanto guardava o celular no bolso.

— Ele está de baixo-astral, não confio — disse Danglard.

— Um cara de baixo-astral consegue se concentrar na vigilância. De qualquer forma, o Louvois não está mais lá.

— O problema é outro. Houve um vazamento.

— Fale claramente, comandante, assuma o que está pensando. Faz vinte e sete anos que o Mordent está na casa, já fez de tudo, já viu de tudo, e ele nem se deixou corromper em Nice.

— Eu sei.

— Então não estou entendendo, Danglard, sinceramente. Você disse agora há pouco que o vazamento aconteceu por indiscrição. Por imprudência, não traição.

— Eu falo sempre o melhor, mas penso no pior o tempo todo. Ele passou por cima do senhor ontem de manhã, provocou a fuga do Émile.

— A cabeça do Mordent está a quilômetros de distância, com a filha batendo a cabeça dela nas paredes de Fresnes. É inevitável ele bobear, fazer de mais ou de menos, morder, se descontrolar. Tem que ter paciência, só isso.

— Ele prejudicou a verificação do álibi em Avignon.

— E daí, Danglard?

— Daí que estamos lidando com duas falhas profissionais, e elas não são pequenas: fuga de um suspeito e negligência de principiante em relação a um álibi. Responsável legal: o senhor. A essa altura, já dá para dizer que em menos de dois dias o senhor já detonou o começo da investigação. Com o Brézillon no seu pé, pode ser afastado por muito menos. E agora esse desastre, o vazamento na imprensa, o assassino foragido. Se alguém quisesse se livrar do senhor, não faria diferente.

— Não, Danglard. O Mordent detonando a investigação, o Mordent querendo se livrar de mim? Não. Para quê?

— Porque o senhor pode descobrir. E isso pode ser incômodo.

— Para quem? Para o Mordent?

— Não. Lá em cima.

Adamsberg fitou o indicador de Danglard firmemente apontado para o teto, para a esfera dos poderosos que Danglard resumia na expressão "lá em cima" e que também podia significar "lá embaixo", nas cavernas.

— Alguém, lá em cima — prosseguiu Danglard ainda apontando o dedo para o teto —, não quer que o caso Garches seja solucionado. Nem que o senhor continue existindo.

— E o Mordent estaria ajudando? Isso é impensável.

— Altamente pensável desde que a filha dele caiu nas mãos da justiça. Lá em cima, um caso de assassinato se apaga facilmente. O Mordent dá motivos para se livrarem do senhor e tem a filha de volta, livre. Não se esqueça de que ela deverá ser julgada daqui a duas semanas.

Adamsberg estalou a língua.

— Ele não tem o perfil para isso.

— Não há perfil que resista quando um filho está em perigo. Logo se vê que o senhor não tem filhos.

— Não provoque, Danglard.

— Quero dizer, um filho que a gente cuide de verdade — disse Danglard secamente, comprando briga, reavivando o pesado antagonismo entre eles. De um lado do ringue, Danglard protegendo Camille e seu filho da vida —

bastante flexível — de Adamsberg e, do outro, Adamsberg, vivendo ao sabor de seus desejos, semeando na vida dos outros, sem se dar conta, calamidades demais para o gosto do comandante.

— Eu cuido do Tom — disse Adamsberg, cerrando o punho. — Eu fico com ele, passeio com ele, conto histórias para ele.

— Onde ele está agora?

— Não interessa, e não me enche o saco. Ele está de férias com a mãe.

— Sim, mas onde?

Um silêncio caiu sobre os dois homens, sobre a mesa suja, os copos vazios, os jornais amassados, a foto do assassino. Adamsberg tentava lembrar para onde Camille poderia ter levado o pequeno Tom. Para o ar puro, sem dúvida nenhuma. Para o mar, ele tinha certeza. Na Normandia, algo assim. Ele ligava a cada três dias, eles estavam bem.

— Na Normandia — disse Adamsberg.

— Na Bretanha — contestou Danglard.

Se Adamsberg fosse Émile, naquele momento teria quebrado no ato a cabeça de Danglard. Visualizava nitidamente a cena e gostava do que via. Contentou-se em se levantar.

— É muito feio o que você está pensando sobre o Mordent, comandante.

— Não é feio salvar a própria filha.

— Eu disse: o que *você* está pensando é feio. O que passa pela *sua* cabeça é feio.

— É claro que é feio.

19

Lamarre entrou no Cornet à dés num pé de vento.
— Urgente, delegado. Viena quer falar com o senhor.
Adamsberg fitou Lamarre sem entender. Travado pela timidez, o brigadeiro não tinha a menor desenvoltura verbal e não ousava encarar um comunicado, por menor que fosse, sem se apoiar em anotações.
— Quem quer falar comigo, Lamarre?
— Viena. Thalberg, acaba como o seu, berg, igual ao compositor.
— Sigismund Thalberg — confirmou Danglard —, compositor austríaco, 1812-1871.
— Ele não é compositor, pelo que explicou. É delegado.
— Um delegado de Viena? — disse Adamsberg. — Por que não disse logo, Lamarre?
Adamsberg se levantou e atravessou a rua seguindo o brigadeiro.
— O que esse homem de Viena quer?
— Não perguntei, delegado, ele queria falar com o senhor. Por que será — continuou Lamarre, dando uma olhada para trás — que o café se chama Cornet à dés se não tem ninguém jogando dados nem mesa para jogar?
— E por que a Brasserie des Philosophes tem esse nome se não tem nenhum filósofo lá dentro?
— Isso não é resposta, é apenas outra pergunta.
— Muitas vezes é assim que funciona, brigadeiro.

O delegado Thalberg desejava fazer uma videoconferência, e Adamsberg se instalou na sala técnica, sendo totalmente guiado por Froissy para operar o equipamento. Justin, Estalère, Lamarre, Danglard se amontoaram atrás de sua cadeira. Talvez pela evocação do músico austríaco, Adamsberg teve a sensação de que o homem que apareceu na tela trouxera sua beleza de um século anterior, semblante pictórico e refinado, um pouco doentio, valorizado pela gola erguida da camisa, roçada por cabelos loiros de cachos perfeitos.

— Fala alemão, delegado Adamsberg? — perguntou o gracioso vienense enquanto acendia um cigarro longo.

— Não, sinto muito. Mas o comandante Danglard vai traduzir.

— Muito gentil da parte dele, mas eu ser capaz de falar sua língua. Prazer em conhecê-lo, delegado, e também em compartilhar. Soube ontem o seu caso de Garches. Rápida solução possível se os *Blödmänner* da imprensa tivessem fechado a boca. O homem escapou?

— Danglard, o que significa "Blödmänner"? — perguntou Adamsberg baixinho.

— "Idiotas" — traduziu o comandante.

— Escapou completamente — confirmou Adamsberg.

— Sinto muito, delegado, espero que continue encarregado da investigação. Continua?

— Por enquanto sim.

— Então talvez posso ajudar, e o senhor também a mim.

— O senhor tem algo sobre o Louvois?

— Tenho algo sobre o crime. Quer dizer que ter quase certeza que possuo o mesmo crime, pois não é um crime comum, não é? Vou mandar imagens, melhor para entender.

O semblante loiro desapareceu, dando lugar a uma casa de aldeia, com taipal de madeira e telhado inclinado.

— O local — continuou a voz agradável de Thalberg. — É em Pressbaum, bem perto de Viena, há cinco meses e vinte dias, numa noite. Um homem também, Conrad Plögener, mais moço que o seu, quarenta e nove anos, casado e três filhos. A mulher e os filhos foram no fim de semana para Graz e Plögener foi morto. Ele comercializava móveis. Morto assim — continuou, mostrando uma segunda imagem, de uma peça maculada de sangue em que não se avistava nenhum corpo. Não sei quanto a vocês — continuou Thalberg —, mas em Pressbaum o corpo foi tão retalhado que não sobrar nada. Cortado em pedacinhos, esmagado parte por parte com uma pedra, depois distribulhado no espaço para todo lado. Vocês possuem um modo igual?

— À primeira vista, sim.

— Vou mostrar imagens mais próximas, delegado.

Seguiram-se cerca de quinze fotos que lembravam exatamente o "teatro sangrento" de Garches. Conrad Plögener vivia de forma mais modesta que Pierre Vaudel, não havia piano ou tapeçarias.

— Tive menos sorte que vocês, aqui não foi possível encontrar uma pista do *Zerquetscher*.

— "Esmagador" — traduziu Danglard, torcendo as mãos uma na outra para expressar o gesto. — "Amassador."

— *Ja* — confirmou Thalberg. — O pessoal daqui chamou de Zerquetscher, você sabe como eles sempre querem apelidar. Eu somente encontrei marcas de botas montanhesas. Eu digo que é uma grande possibilidade nós termos o mesmo Zerquetscher que vocês, mesmo que ser uma grande raridade um assassino não atuar apenas no seu país.

— É verdade. A vítima era totalmente austríaca? Nem um pouco francesa?

— Estive verificar isso há pouco. Plögener era plenamente austríaco, nasceu na Estíria, em Mautern. Falo apenas dele, pois ninguém é completamente alguma coisa, minha avó era originária da Romênia, e assim todo mundo. E Vaudel, era um francês? Não há nada como "Pfaudel" ou "Waudel", ou outra coisa, com seu nome?

— Não — disse Adamsberg, que, de queixo apoiado

na mão, parecia abalado por aquele novo mingau de Conrad Plögener. — Já esquadrinharam uns setenta por cento dos arquivos pessoais dele, não existe nenhuma ligação com a Áustria. Espere aí, Thalberg, há pelo menos uma relação com a língua alemã. Uma certa Frau Abster, em Colônia, que ele parece ter amado por muito tempo.
— Eu anoto. *Abster*. Vou procurar nos seus documentos pessoais.
— O Vaudel escreveu para ela uma carta em alemão, para ser postada após sua morte. Me dê um minuto, estou procurando o documento.
— Eu lembro do texto — disse Froissy. *Bewahre unser Reich, widerstehe, auf dass es unantastbar bleibe.*
— Seguido de uma palavra russa que significa Kiss Love.
— Eu anoto. Um pouco solene, acho, mas os franceses são eternalistas muitas vezes no amor, ao contrário do que se diz. Temos então uma Frau Abster que retalha os antigos amantes. É brincadeira, claro.

Adamsberg fez um sinal para Estalère, que saiu em seguida. Melhor especialista em café da Brigada, Estalère sabia de cor as preferências de cada um, com ou sem açúcar, com leite ou não, forte ou fraco. Sabia que Adamsberg tendia a escolher a xícara com borda grossa ornada com um pássaro cor de laranja. Voisenet — ornitólogo — dizia com menosprezo que aquele pássaro não fazia o menor sentido, e assim se arraigavam os hábitos. Não havia nenhum servilismo no cuidado com que Estalère memorizava os gostos de cada um, apenas uma paixão por detalhes técnicos, por menores e variados que fossem, e que talvez o tornasse inapto para a síntese. Ele retornou com uma bandeja perfeita no momento em que o delegado vienense mostrava a imagem de um homem sem pele em que os policiais austríacos tinham assinalado em preto as áreas mais machucadas pelo Zerquetscher. Adamsberg enviou-lhe em troca o desenho francês feito no dia anterior, com seus impactos vermelhos e verdes.

— Estar convencido que devemos encontrar os dois casos, delegado.

— Também estar convencido — murmurou Adamsberg.

Tomou um gole de café, registrando a imagem com suas áreas pretas, cabeça, pescoço, articulações, pés, polegares, coração, fígado, uma cópia quase idêntica do esboço feito por eles. O rosto do delegado tornou a aparecer.

— Essa Frau Abster, me mande o endereço dela, vou mandar visitá-la em Köln.

— Nesse caso, poderia pedir que lhe entregassem a carta de seu amigo Vaudel.

— De fato, seria gentil.

— Vou lhe mandar uma cópia. Sejam cuidadosos ao dar a notícia da morte dele. Quero dizer, não há necessidade de revelar os detalhes do crime.

— Eu sempre sou cuidadoso, delegado.

— *Zerquetchero* — repetiu Adamsberg várias vezes, pensativo, quando a conferência acabou. — Armel Louvois, o *Zerquetchero*.

— Zerquetscher — corrigiu Danglard.

— O que você acha dele? — perguntou Adamsberg, apanhando o jornal que Danglard deixara em cima da mesa.

— A foto de identidade congela as feições numa pose rígida — disse Froissy, atenta à ética, que abolia qualquer comentário sobre a aparência dos suspeitos.

— É verdade, Froissy, ele está duro, rígido.

— Porque está olhando para a câmera sem se mexer.

— Ficando, assim, com cara de abobado — disse Danglard.

— E o quê mais? Dá para ver o perigo nas feições dele? O medo? Lamarre, você gostaria de cruzar com ele num corredor?

— Negativo, delegado.

Estalère pegou o jornal e se concentrou. Então desistiu e o devolveu para Adamsberg.

— O que foi? — perguntou o delegado.
— Não me vem nenhuma ideia. Para mim, ele é normal.
Adamsberg sorriu e pôs a xícara na bandeja.
— Vou falar com o médico — disse. — E com os inimigos imaginários do Vaudel.

Adamsberg consultou seus relógios, um atrasado em relação ao outro, e a média entre as horas lhe indicou que dispunha de algum tempo. Pegou Cupido, que estava com um aspecto curioso desde que Kernorkian cortara uns tufos de pelo para coletar as fezes de cavalo, e atravessou a sala grande em direção ao gato, na fotocopiadora. Adamsberg apresentou um ao outro, esclareceu que o cachorro só estava ali em caráter provisório, a menos que seu dono morresse por causa de um canalha que tinha lhe envenenado o sangue. Bola desdobrou parcialmente o corpo redondo, concedeu alguma atenção ao animal agitado que lambia os relógios de Adamsberg. Em seguida tornou a descansar a cabeça na tampa morna, indicando que enquanto continuassem a carregá-lo até sua tigela e lhe deixassem a fotocopiadora, para ele tanto fazia. Contanto, é claro, que Retancourt não caísse de amores pelo cachorro. Ele amava Retancourt, e ela era sua.

20

Ao chegar diante do prédio, Adamsberg se deu conta de que não tinha guardado o nome do médico de Vaudel, mesmo depois de o sujeito salvar a gatinha e eles brindarem juntos no alpendre. Viu a placa pregada na parede, dr. Paul de Josselin Cressent, osteopata somatopata, e teve uma ideia mais precisa do desprezo do médico pelos tenentes que o tinham barrado com meros braços.

O zelador assistia televisão, encolhido numa cadeira de rodas debaixo de umas mantas, cabelos grisalhos e compridos, bigode sujo. Ele não se virou, não que quisesse ser antipático, mas, tal como Adamsberg, parecia incapaz de assistir ao filme e escutar um visitante ao mesmo tempo.

— O doutor saiu para cuidar de uma ciática — ele disse por fim. — Volta daqui a uns quinze minutos.

— Ele trata do senhor também?

— Sim. Ele tem dedos de ouro.

— Ele cuidou do senhor na noite de sábado para domingo?

— Isso é importante?

— Por favor.

O zelador pediu uns minutinhos, a novela estava acabando, e então se afastou da telinha sem desligá-la.

— Eu caí quando fui me deitar — disse, mostrando a perna. — Consegui me arrastar até o telefone.

— E ligou de novo duas horas depois?

— Eu já pedi desculpas. O meu joelho inchou feito um melão. Eu já pedi desculpas.

— O doutor disse que o seu nome é Francisco.
— Isso mesmo, Francisco.
— É que eu preciso do nome completo.
— Não que isso me incomode, mas por que o interesse?
— Um paciente do doutor Josselin foi assassinado. A gente é obrigado a tomar nota de tudo.
— Enfim, é o seu trabalho.
— Pois é. Eu só vou anotar o seu nome — disse Adamsberg, pegando seu caderninho.
— Francisco Delfino Vinicius Villalonga Franco da Silva.
— Muito bem — disse Adamsberg, sem conseguir escrever tudo. — Lamento, mas não sei espanhol. Onde termina o nome e onde começa o sobrenome?
— Não é espanhol, é português — disse o homem, depois de estalar o maxilar com força. — Eu sou brasileiro, meus pais foram deportados durante a ditadura daqueles filhos da puta que Deus os castigue, e eu nunca mais os encontrei.
— Sinto muito.
— Não é culpa sua. Se o senhor não for um filho da puta. O sobrenome é Villalonga Franco da Silva. E o doutor é no segundo andar. Tem uma sala de espera no patamar e tudo que é preciso para esperar. Se pudesse, é lá que eu ia morar.

O patamar do segundo andar era amplo como um hall de entrada. O médico colocara ali uma mesinha, poltronas, revistas e livros, uma luminária antiga e um filtro de água. Um homem requintado, com um quê de ostentação. Adamsberg se acomodou para esperar o homem dos dedos de ouro e ligou sucessivamente para o hospital de Châteaudun — com apreensão —, para a equipe de Retancourt — sem expectativas — e para a de Voisenet, enquanto eliminava os pensamentos feios do comandante Danglard.

O otimismo do dr. Lavoisier subira um nível — "Ele

está se segurando" —, a temperatura baixara um ponto, o estômago aguentara a lavagem, o paciente perguntara se o delegado tinha achado o postal com a tal palavra — "Ele parece estar fixado nesse assunto, meu chapa." — Diga a ele que estamos procurando o postal, respondeu Adamsberg, que o cachorro está encaminhado, que o cocô já foi coletado, que tudo está prosseguindo a contento.

Mensagem cifrada, pensou o dr. Lavoisier enquanto anotava cada palavra. Ele daria o recado, aquilo não era assunto dele, os tiras tinham lá os seus métodos. Com aquela infecção, o estômago perfurado precisava aguentar firme, ainda era muito incerto.

Retancourt estava relaxada, quase alegre, ao passo que tudo indicava que Armel Louvois não voltaria para casa e que havia mesmo fugido às seis da manhã. A zeladora o vira sair com uma mochila. Em vez das palavras amáveis que trocavam diariamente, o rapaz só lhe dirigira um rápido aceno ao passar. Talvez fosse pegar o trem. Weill não podia confirmar, pois só se levantava no respeitável horário do meio-dia. Era afeiçoado ao seu jovem vizinho e, bastante contrariado com a notícia do crime, fechara-se, quase melindrado, só fornecendo informações inúteis. Excepcionalmente, Retancourt não se deixara afetar pelas más notícias. Era possível que Weill, enólogo de renome, tivesse animado os guardas de plantão com um vinho de safra em taças assinadas. Com Weill, que mandava fazer sua roupa sob medida em razão de sua fortuna, de seu esnobismo e da silhueta singular de seu corpo em forma de pião, tudo podia acontecer, inclusive o desencaminhamento de uma equipe de tiras em vigilância, o que certamente lhe traria um prazer paradoxal. Retancourt não parecia ter plena consciência de estar vigiando o domicílio de um demente, do Zerquetscher que transformara um idoso em mingau; vai ver a tolerância de Weill para com o vizinho aplacara sua vigilância. "Avise o Weill, disse Adamsberg, que ele fez picadinho de um outro homem, na Áustria."

* * *

Em compensação, a equipe Voisenet-Kernorkian voltava com a língua de fora. Raymond Réal, o pai do artista, levara dez minutos para largar a espingarda e deixá-los entrar no seu sala-dois-quartos semiporão em Survilliers. Sim, ele estava sabendo e, sim, abençoava o vingador que tinha esmagado o calhorda do velho Vaudel, e tomara Deus que os tiras nunca pusessem as mãos nele. Os jornais tinham saído em tempo para ele escapar, o que era uma bênção. Vaudel tinha pelo menos dois cadáveres na consciência, o de seu filho e o de sua mulher, que eles não se esquecessem disso. Se ele sabia quem matou Vaudel? Se sabia onde estavam seus dois filhos? Mas o que os tiras estavam pensando? Que ele ia dar alguma informação que pudesse ajudar? Onde eles achavam que estavam? Em que mundo viviam? Kernorkian resmungara um "na merda", e esse desabafo acalmara um pouco o homem.

— Na verdade — explicou Voisenet —, ele não deixou a gente se explicar. Veja bem, a espingarda estava em cima da mesa. Estava pronta para disparar. Ele é imenso, tem três cachorros, e aquele covil dele — não tem outra palavra — é repleto de motores, baterias e fotografias de caça.

— Não conseguiram nenhum detalhe sobre os outros dois filhos?

— Ele respondeu textualmente: "O mais velho está na Legião Estrangeira, o caçula é caminhoneiro, Munique-Amsterdã-Rungis, vocês que se virem". E exigiu que a gente saísse imediatamente, porque "com vocês aqui o lugar fica fedendo". Nesse ponto ele tinha razão — acrescentou Voisenet —, porque foi o Kernorkian que cortou o pelo do cachorro.

Enquanto ouvia, Adamsberg esticava um braço debaixo da mesa de vidro para juntar uma bugiganga perdida por algum paciente do dr. Josselin, um coraçãozinho de espuma revestido de seda vermelha que dava para amassar na mão a fim de acalmar os nervos. Enquanto ligava para Gardon, jogou-o com um piparote sobre a mesa e ficou olhando ele girar. Na terceira tentativa, conseguiu que ele desse piruetas durante quatro segundos. O objetivo, concluiu, era as letras impressas na frente — *Love* — ficarem visíveis quando ele parasse. Conseguiu na sexta tentativa, enquanto pedia a Gardon que separasse todos os cartões-postais encontrados nos pertences do velho Vaudel. O brigadeiro leu para ele o recado da polícia de Avignon: Pierre Vaudel estava no fórum naquela tarde, preparando uma defesa. Informação não verificada. Chegara em casa às 19h12. Protegido ilustre, concluiu Adamsberg. Desligou e jogou o coração de espuma em cima da mesa, contando seus giros. O Zerquetscher estava a caminho, em direção a quem?

— Ele escapou, não é?

Adamsberg se levantou devagar, cansado, e apertou a mão do médico.

— Não o ouvi chegar.

— Não tem problema — respondeu Josselin, abrindo a porta. — Como vai a pequena Charme? A gatinha que não conseguia mamar — ele explicou, percebendo que Adamsberg não estava reconhecendo o nome.

— Bem, acho. Não vou para casa desde ontem.

— Dá para entender, com esse estardalhaço na imprensa. Mesmo assim, me consiga notícias, pode ser?

— Agora?

— É importante acompanhar os pacientes nos três dias seguintes ao tratamento. Não vai achar grosseiro se eu lhe pedir para me acompanhar até a cozinha? Não esperava o senhor e preciso me alimentar. Talvez o senhor também não tenha jantado. É claro que não. Nesse caso, poderíamos comer alguma coisa juntos, sem nenhuma cerimônia, pois não?

Não é uma má ideia, pensou Adamsberg, buscando o tom adequado para responder a Paul de Josselin. As pessoas que não param de dizer "pois não?" sempre o deixavam meio desnorteados nos primeiros encontros. Enquanto o médico tirava o paletó e enfiava um cardigã velho, Adamsberg ligou rapidamente para Lucio, que se espantou ao ouvi-lo perguntar por Charme. Ela estava bem, recobrando as forças, Adamsberg transmitiu o recado, e Josselin estalou os dedos, satisfeito.

As aparências enganam, ninguém conhece ninguém, diz o ditado. Poucas vezes Adamsberg fora recebido por um desconhecido com tamanha naturalidade e simpatia. O médico, que se desfizera de seu ambíguo desprezo assim como quem larga o casaco no cabide, pôs desordenadamente a mesa, garfos à direita, facas à esquerda, temperou uma salada de aparas de queijo com nozes, cortou umas fatias de porco defumado, dispôs nos pratos duas bolas de arroz e uma de purê de figo, amoldadas com uma colher de servir sorvete sumariamente untada com a ponta do dedo. Fascinado, Adamsberg o observava movimentar-se, deslizando entre o armário e a mesa como um patinador, usando com graça as mãos imensas, num espetáculo feito de habilidade, delicadeza e precisão. O delegado seria capaz de ficar muito tempo observando, encantado, como nos encanta um dançarino que sabe realizar o que somos incapazes de fazer. Mas Josselin não levou nem dez minutos para aprontar tudo. Em seguida, avaliou com um olhar crítico a garrafa de vinho aberta sobre a bancada.

— Não — disse ele, repondo-a no lugar —, seria uma pena, é tão raro eu ter visitas.

Mergulhou debaixo da pia, examinou suas provisões e tornou a se levantar com um salto ágil, mostrando o rótulo de outra garrafa a seu convidado.

— Muito melhor, pois não? Beber sozinho, como quem faz uma festa individual, tem algo de patético, pois não? O sabor de um bom vinho se revela no contato com o outro. Me acompanha?

Sentou-se com um suspiro satisfeito e enfiou vulgarmente o guardanapo no colarinho da camisa, como um Émile qualquer. Dez minutos depois, a conversa estava tão solta como seus gestos de terapeuta.

— O zelador tem o senhor como um mago — disse

Adamsberg. — Um consertador, um homem de dedos de ouro.

— Que nada — disse Josselin de boca cheia. — O Francisco gosta de acreditar em algo maior que ele, o que é bem compreensível, visto que seus pais foram deportados pela ditadura.

— Por aqueles filhos da puta que Deus os castigue.

— Exatamente. Tem me custado tempo reduzir esse trauma, o fuzível dele está sempre queimando.

— Ele tem um fuzível?

— Todo mundo tem, e mais de um. Nele, o que queima é o F3. Por medida de segurança, como na rede elétrica. Isso tudo é ciência, delegado. Estrutura, organizações, redes, circuitos, conexões. Ossos, órgãos, elementos conectores, o corpo gira, entende?

— Não.

— Veja esta caldeira — disse Josselin, apontando para o aparelho na parede. — Uma caldeira não é uma soma de elementos desconexos, caixa, entrada da água, circulador, encaixes, queimador, válvula de segurança. Não, é um conjunto sinérgico. Se o circulador está sujo, a válvula de segurança pifa e o queimador se apaga. Percebe? Está tudo ligado, o movimento de cada elemento depende do movimento do outro. Se o senhor torce um pé, a outra perna falseia, as costas entortam, o pescoço reage, a cabeça dói, o estômago se contrai, o apetite vai embora, a ação fica mais lenta, a ansiedade se instala, queimam os fuzíveis. Estou simplificando.

— Por que o fuzível do Francisco queima?

— Zona enrijecida — disse o médico, apontando o dedo atrás da cabeça. — Aqui onde fica o pai. O compartimento se fecha, a base occipital deixa de se mover. Mais salada?

O médico serviu Adamsberg sem esperar pela resposta e encheu sua taça.

— E o Émile?

— A mãe — disse o médico, mastigando ruidosamen-

te e apontando o dedo do outro lado da cabeça. — Sentimento intenso de injustiça. Por isso ele bate. Agora já quase não bate mais.
— E o Vaudel?
— Chegamos ao ponto.
— É.
— Agora que a imprensa já divulgou os detalhes, os segredos policiais não fazem mais sentido. Me diga. O Vaudel foi retalhado de uma forma terrível, pelo que entendi. Mas como, por quê? O que o assassino queria? Deu para perceber alguma lógica, algum ritual?
— Não. Um medo infinito, uma raiva que não se apaga. Há um sistema, sem dúvida, mas um sistema desconhecido.

Adamsberg pegou seu caderninho e desenhou o corpo, com os pontos de concentração do assassino.
— Muito bom — disse o médico. — Eu não sei nem desenhar um pato.
— É difícil desenhar um pato.
— Vamos, desenhe um para mim. Não pense que não estou, ao mesmo tempo, refletindo sobre o sistema.
— Que tipo de pato? Voando, em repouso, mergulhando?
— Espere — disse o médico, levantando-se —, vou pegar um papel melhor.

Ele afastou os pratos e colocou umas folhas em branco diante de Adamsberg.
— Um pato voando.
— Macho? Fêmea?
— Os dois, se possível.

Josselin foi então pedindo, sucessivamente, uma costa rochosa, uma mulher pensativa e um Giacometti, se possível. Ele agitava os desenhos terminados para secar a tinta, inclinava-os sob a lâmpada.
— Delegado, isso é que são dedos de ouro. Sinceramente, gostaria de examiná-lo. Mas o senhor não quer. Todos temos nossos quartos fechados onde não queremos que

qualquer um vá entrando, pois não? Mas fique tranquilo, não sou vidente, sou um mero positivista sem imaginação. O senhor é diferente.

O médico dispôs com cuidado os desenhos na beirada da janela e levou copos e garrafa para a sala, e junto as representações do corpo de Vaudel.

— O que deduziu? — perguntou, colocando a manzorra sobre o desenho, apontando cotovelos, tornozelos, joelhos, crânio.

— Que o assassino destruiu aquilo que faz o corpo funcionar, as articulações, os pés. Não esclarece muito.

— Cérebro, fígado, coração. Ele também segue a ideia da difusão das almas, pois não?

— Foi o que meu assistente sugeriu. É mais que um assassino, é um aniquilador, um Zerquetscher, como o delegado austríaco diz. Ele destruiu outro homem perto de Viena.

— Da família do Vaudel?

— Por quê?

Josselin hesitou, percebeu que o vinho tinha acabado, tirou de um armário uma garrafa grande e verde.

— Um licor de pera é do seu agrado, pois não?

Não, não era, tinha sido um longo dia. Mas deixar o Josselin sozinho com o licor de pera podia quebrar a harmonia. Adamsberg observou-o encher os dois copinhos.

— O que eu encontrei no crânio do Vaudel não era uma simples zona enrijecida, era muito pior.

O médico calou-se, parecendo ainda hesitar quanto ao direito que tinha de falar, levantou o copo, tornou a largá-lo.

— O que havia no crânio do Vaudel, doutor? — insistiu Adamsberg.

— Uma gaiola hermética, uma sala assombrada, um calabouço escuro. Ele vivia obcecado pelo que havia lá dentro.

— E o que era?

— Ele próprio. Com a sua família inteira e o segredo deles. Todos ali trancados, mudos, isolados do mundo.

— Ele achava que alguém o trancava?

— Não, o senhor não está entendendo. O Vaudel estava trancado por vontade própria, deliberadamente oculto, escondido dos outros. Ele protegia os ocupantes do calabouço.
— Da morte?
— Do aniquilamento. Havia nele três outras coisas patentes: um apego exacerbado ao sobrenome, ao nome da família. Uma ferida não resolvida em relação ao filho, entre o orgulho e a negação. Ele gostava do Pierre, mas não queria que ele existisse.
— Ele não deixou nada para ele, fez um testamento beneficiando o jardineiro.
— Faz sentido. Se ele não deixa nada, é porque não tem filho.
— Não creio que o Pierre entendeu assim.
— É claro que não. Enfim, o Vaudel possuía um orgulho sem limites, tão imenso que gerava nele um sentimento de invencibilidade. Nunca vi nada igual. É isso que, como médico, eu teria para lhe informar, e dá para entender por que eu era muito ligado a esse paciente. Mas o Vaudel era forte, tinha resistências ferozes ao meu tratamento. Ele tolerava que eu cuidasse de um torcicolo ou de uma distensão. Chegou a me elogiar quando curei suas vertigens e um início de surdez. Aqui — apontou o médico, dando um tapinha na orelha. — Os ossinhos do ouvido médio travados feito um torno. Mas me odiava quando eu chegava perto do calabouço escuro e dos inimigos que o cercavam.
— Quem eram os inimigos dele?
— Todos os que pretendiam destruir seu poder.
— Ele tinha medo deles?
— Por um lado, medo suficiente para não querer ter filhos e assim não expor esses filhos ao perigo. Por outro, medo nenhum, devido ao sentimento de superioridade de que lhe falei. Um sentimento já florescente quando ele lidava com a justiça, quando exercia o direito de vida e morte sobre o outro. Veja bem, delegado, não estou descrevendo a realidade, e sim a realidade dele.
— Louco?

— Completamente, se considerarmos louco quem vive segundo a lógica de um mundo que não é a lógica do mundo. Mas nem um pouco louco na medida em que era rigoroso e coerente em sua própria organização e sabia conectá-la com as regras mínimas da ordem social coletiva.

— Ele tinha identificado seus inimigos?

— O pouco que ele se dignou a dizer lembrava uma guerra primitiva de gangues, uma vendeta sem fim. Coroada pelo poder.

— Ele sabia o nome deles?

— Sem dúvida. Não eram inimigos mutáveis, demônios voláteis que surgissem de todo e qualquer lugar. O lugar deles dentro de seu cérebro nunca mudou. O Vaudel era paranoico, principalmente pela certeza de seu próprio poder e pelo seu crescente isolamento. Mas tudo, nessa guerra dele, era racional e realista, e aqueles com os quais lutava com certeza tinham, para ele, um nome e até um rosto.

— Uma guerra oculta e inimigos fantasiosos. Mas certa noite a realidade entra no jogo dele e Vaudel é assassinado.

— Pois é. Será que ele acabou ameaçando de fato seus "inimigos"? Falou com eles? Agrediu? O senhor conhece a expressão, pois não? O paranoico acaba gerando o ódio que ele havia fantasiado. Sua invenção cria vida própria.

Josselin propôs mais uma rodada de álcool, que Adamsberg recusou. O médico se moveu com passos lépidos até o armário e guardou cuidadosamente a garrafa.

— Normalmente, não teríamos por que nos encontrar de novo, delegado, pois meus conhecimentos sobre o Vaudel terminam aqui. Mas seria lhe pedir demais que voltasse aqui um dia desses, pois não?

— Para examinar o meu cérebro?

— É claro. A menos que encontremos um motivo menos assustador. Nenhuma dor nas costas anda perturbando o senhor? Alguma ancilose? Uma opressão? Dificuldade de locomoção? Frio, calor? Nevralgia? Sinusite? Não, nada disso, pois não?

Adamsberg meneou a cabeça, sorrindo. O médico estreitou os olhos.

— Zumbido no ouvido — ele sugeriu, um pouco como um comerciante fazendo uma oferta.

— Certo — disse Adamsberg. — Como sabe?

— Pela maneira como o senhor põe o dedo na orelha.

— Já procurei um médico. Não há o que fazer, além de me acostumar e esquecer o assunto. E eu sou muito bom nisso.

— A indolência, a indiferença, pois não? — disse o médico, acompanhando Adamsberg até a porta. — Mas zumbidos não se apagam como lembranças. Eu, sim, posso acabar com eles. Se lhe der vontade. Afinal, por que ficar arrastando corrente?

21

Ao voltar, a pé, da casa do dr. Josselin, Adamsberg ia apertando e soltando o coração de espuma, *Love*, dentro do bolso. Deteve-se sob o pórtico da igreja Saint-François-Xavier a fim de ligar para Danglard.

— Não funciona, comandante. Essa palavra, amor, é impensável.

— Que palavra? Que amor? — perguntou Danglard com cautela.

— O do velho Vaudel, o Kiss Love para a velhinha alemã. Impossível. O Vaudel era idoso, isolado do mundo, tradicionalista, tomava licor de ginja numa poltrona Luís XIII, ele não escreveria Kiss Love numa carta. Não, Danglard, muito menos numa carta póstuma. Seria uma atitude vulgar demais para ele. Um modernismo que ele desaprovava. Ele não iria reproduzir os dizeres de um coraçãozinho de espuma.

— Que coraçãozinho de espuma?

— Não importa, Danglard.

— Ninguém está livre de uma fantasia, delegado. O Vaudel era dado a caprichos.

— Uma fantasia em cirílico?

— Uma atração pelo segredo, por que não?

— Danglard, esse alfabeto só é usado na Rússia?

— Também é usado nas línguas eslavas dos povos ortodoxos. Descende, mais ou menos, do grego medieval.

— Não me diga de onde ele vem, só me diga se é usado na Sérvia.

— Sim, claro.
— Você me disse que o seu tio era sérvio? Ou seja, que os pés cortados eram sérvios?
— Não tenho certeza que os pés sejam do meu tio. Me deixei influenciar por essa sua história do urso. Talvez sejam de outra pessoa.
— De quem então?
— De um primo, talvez, ou de um homem da mesma aldeia.
— Mas de uma aldeia sérvia, não é, Danglard?

Adamsberg escutou o copo de Danglard ser brutalmente colocado sobre a mesa.

— Palavra sérvia, pés sérvios, é nisso que está pensando? — perguntou o comandante.
— É. Dois sinais sérvios em poucos dias não é muito comum.
— Não tem nada a ver. Além disso, o senhor não queria que a gente se preocupasse com os pés de Highgate.
— O vento vira, comandante, o que eu posso fazer? E hoje à noite, ele está soprando do leste. Procure o que significa o tal Kiss Love em sérvio. Comece bisbilhotando em torno dos pés do seu tio.
— Meu tio não conhecia muitas pessoas na França, e com certeza não conhecia nenhum jurista rico de Garches.
— Não grite, Danglard, eu tenho zumbido no ouvido e isso me perturba.
— Desde quando?
— Desde Quebec.
— O senhor nunca me falou disso.
— Porque antes eu não dava bola. Esta noite, estou dando. Vou lhe passar por fax a carta do Vaudel. Investigue, Danglard, qualquer coisa começando com *Kiss*. Seja o que for. Mas em sérvio.
— Agora à noite?
— É o seu tio, comandante. Não podemos abandoná-lo na barriga do urso.

22

Com os pés sobre os tijolos da lareira, Adamsberg cochilava em frente ao fogo apagado, o indicador enfiado no ouvido. Não adiantava, o barulho estava lá dentro, chiando como um fio de alta-tensão. Isso decerto prejudicava a sua escuta, já desatenta por natureza, e podia ser que ele acabasse isolado como um morcego sem radar, sem entender mais nada do mundo. Esperava que Danglard pusesse mãos à obra. Àquela hora, o comandante sem dúvida já vestira seu traje de noite, o uniforme operário do seu pai mineiro, em completa oposição à sua elegância diurna. Adamsberg o imaginava claramente, debruçado sobre a escrivaninha, de camiseta, amaldiçoando-o.

Danglard examinava a palavra cirílica da carta de Vaudel, resmungando contra o delegado, que não se interessara pelos pés quando ele estava preocupado com eles. Agora que tinha resolvido deixar os pés para lá, Adamsberg voltava a pisar naquela trilha. Sem maiores explicações, daquele jeito nebuloso e repentino que desestabilizava seu dispositivo de segurança. E que iria correr seu âmago caso Adamsberg estivesse certo.

O que não era impossível, admitia Danglard, enquanto dispunha sobre a mesa o pouco material de Slavko Moldovan, seu tio. Um homem que jamais se poderia deixar dentro do estômago de um urso sem reagir. Danglard balançou a cabeça, irritado como toda vez que o vocabulário de Adamsberg se imiscuía no seu. Ele amara seu tio Slavko, o qual passava o dia inteiro inventando histórias, punha um dedo diante dos lábios para selar segredos, seu dedo que cheirava a fumo de cachimbo. Danglard achava que o tio tinha sido criado para ele, destinado ao seu serviço. Slavko Moldovan nunca se cansava, ou pelo menos não o demonstrava, oferecia-lhe alegres e aterradores pedaços de existência, excessivamente recheados de mistério e conhecimento. Ele lhe abrira as janelas, mostrara os horizontes. Quando passava uma temporada com eles, o pequeno Adrien Danglard seguia, sem dar trégua, o tio e seus mocassins com pompons vermelhos e um bordado dourado em volta, que ele às vezes restaurava, à noite, com linha brilhante. Era importante cuidar bem deles, pois eram usados nos dias de festa, segundo o costume da aldeia. Adrien o ajudava, alisava o fio dourado, preparava as enfiadas. Ou seja, conhecia muito bem aqueles sapatos, cujos pompons ele vira ignominiosamente emaranhados no sacrílego depósito de Highgate. Pompons que podiam ter pertencido a qualquer outro homem da aldeia, o que Danglard desejava ardentemente. O superintendente Radstock avançara um pouco na investigação. Tudo indicava que o colecionador se introduzia nos necrotérios, nas funerárias em que houvesse um corpo aguardando. Ele tirava os pés-fetiche e tornava a parafusar o caixão. Os pés estavam lavados, as unhas aparadas. Mas se o Cortador de Pés era inglês ou francês, como e por que diabo conseguira pôr as mãos nos pés de um sérvio? E como não tinha chamado a atenção na Sérvia? A menos que ele fosse da aldeia?

    A aldeia, Slavko a descrevera para ele em todas as estações, era um lugar prodigioso repleto de fadas e demônios, sendo o tio um protegido delas e um combatente deles. Principalmente de um demônio grande, escondido nas entranhas da terra e que rondava a orla da floresta, dizia ele, abaixando a voz antes de levar o dedo aos lábios. A mãe de Danglard reprovava as histórias de Slavko, e seu pai achava graça. "Por que contar para ele essas coisas horrorosas? Você acha que depois ele consegue dormir?"

"Bobagem, retrucava Slavko. Eu e o menino estamos nos divertindo."

Então a tia o deixara para ficar com o idiota do Roger e Slavko tinha voltado para lá.

Para lá.

Para Kiseljevo.

Danglard suspirou, encheu o copo e teclou o número de Adamsberg, o qual atendeu em seguida.

— Não quer dizer Kiss Love, não é, Danglard?

— Não. Quer dizer Kiseljevo, que é a aldeia do meu tio.

Adamsberg franziu o cenho, empurrou um toco de lenha com o pé.

— Kiseljevo? Não é. Não foi assim que o Estalère pronunciou. Ele falou "Kislovê".

— Dá na mesma. No Ocidente, Kiseljevo se diz Kisilova. Assim como Beograd se diz Belgrado.

Adamsberg tirou o indicador do ouvido.

— Kisilova — repetiu. — Sensacional, Danglard. Aí está o elo entre Higuegate e Garches, o túnel, o escuro túnel.

— Não — disse Danglard, com uma última teimosia. — Lá muitos nomes começam com K. E tem um obstáculo. O senhor não vê?

— Não vejo nada, eu tenho zumbido no ouvido.

— Vou falar mais alto. O obstáculo é essa incrível coincidência que vincula os sapatos do meu tio à melequeira de Garches. E que uniria nós dois aos dois casos. Ora, o senhor sabe o que eu acho sobre coincidências.

— Certo. Portanto fica claro que fomos gentilmente levados pela mão até o depósito de Higuegate.

— Por quem?

— Pelo lorde Fox. Ou melhor, pelo amigo cubano dele que sumiu de repente. Ele sabia por onde o Stock costumava passar, e sabia que o Stock estava com a gente.

— E por que fomos gentilmente levados?

— Porque o crime de Garches, por suas proporções calamitosas, ia necessariamente sobrar para a Brigada. O assassino sabia disso. E mesmo que estivesse dando um passo enorme ao se desfazer da coleção — que talvez se tivesse tornado perigosa demais —, ele não podia abandoná-la ao léu, sem nenhuma garantia de visibilidade. Ele precisava criar um vínculo entre a sua obra da juventude e a da maturidade. Precisava que o mundo soubesse. Precisava que lembrássemos de Higuegate quando Garches começasse. O Cortador de Pés e o Zerquetscher pertencem à mesma história. Lembre que o assassino se concentrou nos pés do Vaudel e do Plögener. Onde fica essa tal Kissilove?

— Kisilova. Na margem sul do Danúbio, junto à fronteira com a Romênia.

— É um burgo ou uma aldeia?

— Uma aldeia, não tem mais que oitocentos habitantes.

— Se o Cortador de Pés seguiu um cadáver até lá, é possível que tenha sido notado.

— Depois de vinte anos, há poucas chances de alguém se lembrar.

— O seu tio nunca comentou que alguma família da aldeia estava sendo objeto de alguma vendeta, de alguma guerra de clãs, qualquer coisa do gênero? O médico disse que o Vaudel vivia obcecado por isso.

— Nunca — disse Danglard depois de refletir um momento. — O lugar era repleto de inimigos, havia fantasmas e diabas, ogros e, obviamente, o "enorme demônio" que rondava a orla da mata. Mas não havia nenhuma família vingativa. Em todo caso, delegado, se o senhor estiver certo, o Zerquetscher com certeza está nos vigiando.

— Sim, desde Londres.

— E ele não vai nos deixar entrar no túnel de Kiseljevo, haja o que houver lá dentro. Eu o aconselho a ser cauteloso, acho que não estamos à altura.

— Provavelmente não — disse Adamsberg, lembrando do grande piano ensanguentado.

— O senhor está com a sua arma?

— Lá embaixo.

— Pois leve-a para o quarto.

23

Os degraus da velha escada eram frios, de madeira e ladrilhos, e Adamsberg não se importava com isso. Eram seis e quinze da manhã e ele descia tranquilamente os degraus como todos os dias, esquecido dos zumbidos, de Kisilova e do mundo inteiro, como se o sono o tivesse devolvido a um estado nativo, absurdo e analfabeto, orientando seus incipientes pensamentos para comer, beber e se lavar. Deteve-se no penúltimo degrau, ao deparar, na cozinha, com um homem de costas, plantado no quadrado de luz do sol matutino, envolto na fumaça de um cigarro. Um homem de compleição magra, cabelos castanhos cacheados batendo nos ombros, jovem, sem dúvida, vestindo uma camiseta preta e nova com a estampa de uma caixa torácica e costelas pingando sangue.

Não conhecia aquele vulto, e os alarmes dispararam em seu cérebro vazio. O homem tinha braços vigorosos e esperava por ele com uma ideia bem definida. Estava vestido, ao passo que ele estava nu naquela escada, sem nenhum plano e sem arma. A arma, a que Danglard lhe aconselhara a levar para o quarto, jazia sobre a mesa ao alcance do desconhecido. Se Adamsberg conseguisse se virar para a esquerda sem fazer barulho, poderia resgatar suas roupas no banheiro e o P 38 que estava sempre escondido entre a parede e a descarga.

— Vá buscar sua roupa, seu filho da puta — disse o homem sem se virar. — E não adianta procurar o seu cano, que ele está comigo.

Uma voz meio ligeira que zombava, zombava demais, ostensivamente indicando o perigo. O sujeito levantou a parte de trás da camiseta e exibiu a coronha do P 38 enfiado na calça jeans, colado em suas costas morenas.

Não havia saída pelo banheiro, nenhuma saída para o escritório. O homem barrava o acesso à porta da rua. Adamsberg se vestiu, desmontou o barbeador e enfiou a lâmina no bolso. O quê mais? O alicate de unhas no outro bolso. Era irrisório, o cara tinha duas armas. E, salvo engano, ele estava diante do Zerquetscher. Aquele cabelo grosso, o pescoço um tanto curto. Naquele dia de junho encerrava-se a sua trajetória. Não seguira os conselhos ansiosos de Danglard e agora o amanhecer estava ali, repleto do corpo do Zerquetscher sobressaindo sob a repulsiva camiseta. Logo naquele dia, em que a luz lá fora delineava lindamente cada folha de grama, cada casca nos troncos, com uma precisão exaltante e corriqueira. Ontem a luz também fizera o mesmo. Mas hoje ele percebia melhor.

Adamsberg não era medroso, quer por uma falha de emotividade, quer por falta de antecipação, ou por culpa de seus braços abertos para as incertezas da vida. Entrou na cozinha, deu a volta na mesa. Como era possível que naquele momento ele fosse capaz de pensar no café, na vontade que sentia de fazer e tomar um café?

O Zerquetscher. Tão jovem, caramba, foi a primeira coisa em que pensou. Tão jovem, mas com um semblante já tão marcado com relevos e saliências, ossudo e enviesado. Tão jovem, porém com as feições alteradas por uma opção definitiva. Ele encobria sua fúria com um sorriso zombeteiro, simplesmente fanfarrão, simplesmente o sorriso de um garoto fazendo bravata. Bravata também com a morte, numa luta altiva que tornava sua tez lívida e sua expressão cruel e estúpida. A morte ostensivamente exibida em sua camiseta, o tórax impresso na parte frontal. Sob o esterno, uma inscrição plagiava os verbetes de dicionários: *Morte. 1. Conclusão da vida, marcada pela extinção da respiração e o apodrecimento das carnes. 2. Estar morto: estar acabado, não ser nada.* Aquele sujeito já estava morto e arrastava os outros consigo.

— Vou fazer o café — disse Adamsberg.

— Não se faça de engraçadinho — respondeu o rapaz, tragando o cigarro, a outra mão pousada na arma. — Não vai dizer que não sabe quem eu sou.

— É claro que eu sei. Você é o Zerquetscher.

— Quem?

— O Esmagador. O assassino mais encarniçado deste início de século.

O homem sorriu, satisfeito.

— Quero um café — disse Adamsberg. — Atirar em mim agora ou depois, que diferença faz? Você está com as armas, está barrando a porta.

— Sei — disse o homem, aproximando o revólver da borda da mesa. Muito engraçado.

Adamsberg pôs o filtro de papel no porta-filtro, encheu-o contando três colheres bem cheias de pó, mediu duas xícaras de água e colocou-as na panela. Tinha mesmo de se ocupar com alguma coisa.

— Você não tem cafeteira elétrica?

— O café fica melhor assim. Você já tomou café da manhã? Como queira — acrescentou Adamsberg diante do seu silêncio. — Eu, em todo caso, vou comer.

— Só vai comer se eu quiser.

— Se eu não comer, não vou entender o que você disser. Imagino que tenha vindo aqui para me dizer alguma coisa.

— Dando uma de valente, é? — disse o homem, enquanto o cheiro do café já tomava conta da cozinha.

— Não. Estou preparando meu último café da manhã. Isso te incomoda?

— Incomoda.

— Pois então atire.

Adamsberg colocou na mesa duas xícaras, açúcar, pão, manteiga, geleia e leite. Não tinha a menor vontade de morrer com as balas daquele sujeito lúgubre e rígido, como diria Josselin. Nem de conhecê-lo. Mas falar e fazer falar, isso a gente aprende antes de saber atirar. "A palavra, dizia o instrutor, é a bala mais mortal, se você souber alojá-la bem no meio da cabeça." E acrescentava que com palavras era difícil achar o meio da cabeça, e se a gente errasse o alvo, o inimigo disparava em seguida.

Adamsberg serviu o café nas duas xícaras, empurrou o açúcar e o pão na direção do adversário, cujos olhos se mantinham imóveis sob a risca de suas sobrancelhas morenas.

— Me diga, pelo menos, o que achou do café — disse Adamsberg. — Dizem que você sabe cozinhar.

— Como você sabe?

— Pelo Weill, do térreo. Ele é meu amigo. Ele gosta de você, Zerquetscher. Eu falo *Zerketch*. Sem ofensa.

— Eu sei qual é o seu truque, seu filho da puta. Está tentando me fazer falar, contar a minha vida e essa besteirada toda, como o bom e velho tira que você é. Depois me enrola e me queima as bolas.

— Não estou nem aí para a sua vida.

— Ah, é?

— É — disse Adamsberg, sincero, e se arrependeu.

— Pois eu acho que você está errado — disse o rapaz, cerrando os dentes.

— Sem dúvida. Mas eu sou assim. Não estou nem aí para nada.

— Nem para mim?

— Nem para você.

— Então, pelo quê você se interessa, seu filho da puta?

— Por nada. Eu devo ter perdido alguma coisa em algum momento. Está vendo essa lâmpada no teto?

— Não tente me fazer levantar a cabeça.

— Faz meses que não funciona. Eu não troquei, vou me virando no escuro.

— Era bem assim que eu te imaginava. Você é um imprestável, um canalha.

— Para ser canalha, é preciso querer alguma coisa, não é?

— É — admitiu o rapaz depois de um instante.
— E eu não quero nada. No mais, concordo com você.
— E é um covarde. Você me lembra um velho, um pedante, um arrogante que se acha acima de tudo e de todos.
— Fazer o quê?...
— Uma noite ele estava num bar. Seis caras caíram em cima dele. Sabe o que ele fez?
— Não.
— Se jogou no chão feito um cagão e disse: "Vão em frente, rapazes". E os caras mandando ele se levantar. Mas o velho ficou no chão, mãos cruzadas na barriga que nem mulherzinha. E os caras: "Levanta daí, porra, a gente te paga uma bebida". E o velho, sabe o que ele disse?
— Sei.
— Sabe, é?
— Ele disse: "Que bebida? Não vou me levantar por um reles *beaujolais*".
— É isso mesmo — respondeu o rapaz, desconcertado.
— E aí os seis caras, no maior respeito — prosseguiu Adamsberg, molhando o pão no café —, ergueram o velho do chão, e depois disso eles viraram amigos de infância. Eu não chamaria isso de covardia. Acho que para isso é preciso ter muito peito. Mas esse é o Weill. Esse velho é o Weill, não é?
— É.
— Ele tem talento. Eu não tenho.
— Ele é melhor que você? Como tira?
— Ficou decepcionado? Quer outro adversário?
— Não. Dizem que você é o melhor.
— Então a gente tinha tudo para se conhecer.
— Muito mais do que você pensa, seu filho da puta — disse o rapaz, sorrindo maldosamente enquanto tomava seu primeiro gole de café.
— Você não poderia me chamar de outro jeito?
— Tá bom. Posso te chamar de tira.
Adamsberg acabou de comer o pão e tomar o café, era a hora em que ele saía para a Brigada, meia hora de cami-

nhada. Sentiu-se cansado, nauseado com aquela conversa, com nojo do outro e de si mesmo.

— Sete horas — disse, dando uma olhada pela janela. — É a hora em que o vizinho vem mijar no pé da árvore. Ele mija a cada hora e meia, dia e noite. Não é bom para a árvore, mas me informa a hora certa.

O homem apertou a mão na arma e fitou Lucio através da vidraça.

— Por que ele mija a cada hora e meia?
— A próstata.
— E eu com isso? — disse o rapaz raivosamente. — Eu tenho tuberculose, sarna, peste, enterite e só um rim.

Adamsberg tirou as xícaras.

— Dá pra entender por que você detona todo mundo.
— Pois é. Daqui a um ano eu vou estar morto.

Adamsberg fez um gesto em direção ao maço de cigarros do Zerquetscher.

— Isso significa que você está querendo um cigarro? — perguntou o rapaz.
— Sim.

O maço deslizou pela mesa.

— É a tradição. Você fuma, eu te mato depois. O que mais você quer? Saber? Entender? Não vai saber de nada. Pode esperar sentado.

Adamsberg pegou um cigarro, fez sinal com os dedos para pedir fogo.

— Você não tem medo? — perguntou o homem.
— Um pouquinho.

Adamsberg assoprou a fumaça e o cigarro fez sua cabeça rodar.

— O que você veio fazer aqui, afinal? — perguntou. — Se jogar na boca do lobo? Me contar a história da sua vida? Pedir absolvição? Avaliar o adversário?

— É isso aí — disse o rapaz, respondendo a não se sabe qual pergunta. — Eu queria ver que cara você tinha antes de ir embora. Não, não é isso. Eu vim te infernizar a vida.

Ele enfiou o coldre no ombro, misturando as correias.

— Não é assim que se põe, é para o outro lado. Essa correia aí é no outro braço.

O rapaz repetiu a operação, Adamsberg o observava sem se mexer. Ouviu-se um miado queixoso, unhas raspando a porta.

— O que é isso?

— É uma gata.

— Você tem bichos? Que frescura, que coisa de idiota. A gata é sua?

— Não. É do jardim.

— Você tem filhos?

— Não — respondeu Adamsberg, prudente.

— É fácil sempre dizer "não", não é? É fácil não se prender a nada? Se esconder lá no alto enquanto os outros ficam gramando no chão, não é?

— Lá no alto onde?

— Lá no alto, seu padejador de nuvens.

— Você está bem informado.

— É. Tem tudo sobre você na internet. A sua cara e as suas façanhas. Tipo quando você perseguiu aquele cara em Lorient e ele se jogou do porto.

— Ele não se afogou.

Mais um miado assustado e urgente percorreu a sala.

— Mas qual é a dela, porra?

— Algum problema, sem dúvida. Ela acaba de ter a primeira ninhada, não tem experiência. Vai ver um dos filhotes ficou entalado por aí. É só não dar bola.

— Você não dá bola porque é um canalha, não liga pra ninguém.

— Pois então vai dar uma olhada, Zerketch.

— Sei. E enquanto isso você se manda, seu filho da puta.

— Você pode me trancar no escritório, a janela tem grade. Pegue as armas e vai lá dar uma olhada. Já que você é melhor que eu. Prove.

O rapaz examinou o escritório, arma apontada para Adamsberg.

— Nem pense em sair daí.

— Se encontrar o filhote, segure pela barriga ou pela pele do pescoço, não pegue na cabeça.

— Adamsberg — escarneceu o homem. — Adamsberg, delicado como uma mãe.

Ele riu mais alto e trancou a porta a chave. Adamsberg esticou o ouvido para o jardim, escutou o barulho de caixotes sendo deslocados e então a intervenção de Lucio.

— O vento derrubou os caixotes — dizia Lucio — e um filhote ficou preso aí embaixo. Mexa-se, *hombre*, não está vendo que eu só tenho um braço? Quem é você? E para quê essas armas todas?

A voz de Lucio, imperial, tateava o terreno com uma ponta de aço.

— Um parente. O delegado está me ensinando a atirar.

Boa resposta, julgou Adamsberg. Lucio respeitava a família. Ouviu-se o som de caixotes sendo deslocados e então um minúsculo miado.

— Está dando pra ver? — perguntou Lucio. — Ele está ferido? Eu tenho horror a sangue.

— Pois eu gosto.

— Se você tivesse visto a barriga do seu avô se esvair debaixo de bala e o seu braço cortado jorrar feito uma fonte, seu papo seria outro. O que foi que sua mãe lhe ensinou? Dá aqui o gatinho, não confio em você.

Calma, Lucio, calma — murmurou Adamsberg, apertando os lábios. — É o Zerquetscher, caramba, não vê que esse cara pode pegar fogo? Que ele pode esmagar o gatinho com a bota e te espalhar pelo chão do alpendre? Cale a boca, pegue o gatinho e caia fora.

A porta da rua bateu, o rapaz voltou com passadas pesadas para o escritório.

— Entalado feito um idiota debaixo de uma pilha de caixotes — disse —, não conseguia sair. Que nem você — acrescentou, sentando-se na frente de Adamsberg. — Sem graça esse seu vizinho. Prefiro o Weill.

— Eu vou sair, Zerketch. Quando fico sentado muito

tempo, fico impaciente. Aliás, essa é a única coisa que me deixa nervoso. Mas nervoso mesmo.

— Não brinca — escarneceu o rapaz, apontando a arma. — O tira se cansou de mim, o tira quer sair.

— Você entendeu. Está vendo esse frasco?

Adamsberg tinha na mão um vidrinho cheio de um líquido marrom, do tamanho de uma amostra de perfume.

— Se eu fosse você, não mexeria na arma antes de me ouvir. Está vendo essa tampa? Se eu tirar, você morre. Em menos de um segundo. Em 74,3 centésimos de segundo, para ser mais exato.

— Seu filho da puta — rugiu o rapaz. — Por isso é que você estava tão valente, é? Por isso é que não tinha medo?

— Não acabei de explicar. Para você soltar a trava de segurança da arma, são sessenta e cinco centésimos de segundo, para apertar o gatilho, cinquenta e nove centésimos. Para a bala impactar, trinta e dois centésimos. Total: um segundo e cinquenta e seis centésimos. Resultado: você já está morto antes de a bala me atingir.

— Que porcaria é essa?

O rapaz se levantou, recuando, braço estendido na direção de Adamsberg.

— Ácido nitrocitramínico. Conversão imediata em gás mortífero ao contato com o ar.

— Então você morre junto, seu filho da puta.

— Não acabei de explicar. Todos os tiras da Brigada Criminal estão imunizados, fazemos um tratamento intradérmico de dois meses e, acredite, é dureza. Se eu abrir a tampa, você morre — o coração dilata e explode — e eu fico três semanas sofrendo com erupções cutâneas e queda de cabelo. Depois me recupero tranquilamente.

— Você não faria isso.

— Com você, Zerquetscher, eu faria sem nenhum problema.

— Seu filho da puta.

— Pois é.

— Você não pode matar um homem assim.
— Posso, sim.
— O que você quer?
— Quero que você solte as armas, abra a gaveta do aparador e pegue duas algemas. Com a primeira você prende os pés e com a segunda os pulsos. Decida de uma vez, já falei que não costumo ter lá muita paciência.
— Porcaria de tira.
— Pois é. Mesmo assim, ande logo. Pode até ser que eu fique padejando nuvens lá no alto, mas quando eu desço, sou rápido.

O rapaz varreu a mesa com os braços, espalhou inutilmente uns papéis pelo escritório e jogou o coldre no chão. Depois passou a mão nas costas.

— Cuidado com esse P 38. Quando a gente enfia um berrante na calça, não pode enfiar tão fundo. Principalmente num jeans apertado. Se bobear, fura a sua bunda.
— Tá me achando com cara de otário?
— Estou. De otário, de criança e de animal feroz. Mas não de imbecil.
— Se eu não tivesse mandado você se vestir, você não estaria com o frasco.
— Exato.
— Mas eu não queria te ver pelado.
— Dá pra entender. Você também não queria ver o Vaudel pelado.

O rapaz puxou cautelosamente a arma da calça e jogou-a no chão. Abriu o aparador, pegou as algemas e se virou de repente, com uma gargalhada anormal, tão irritante quanto o miado anterior da gata.

— Quer dizer que você não entendeu, Adamsberg? Ainda não entendeu? Você acha que eu ia me arriscar a ser preso? Só pelo prazer de te ver? Não entendeu que se eu estou aqui é porque você não pode me prender? Nem hoje nem nunca? Lembra por que eu vim aqui?
— Para me infernizar a vida.
— Pois é.

Adamsberg também se levantara, segurando o frasco à sua frente como um escudo, a unha calcada sob a tampa. Dois homens se medindo, dois cães buscando a melhor pegada.

— Deixa pra lá — disse o rapaz. — Eu não sou filho de um qualquer. Você não pode me matar nem me prender nem continuar com essa caçada.

— Você é um intocável? O seu pai é um ministro? É o papa? É Deus?

— Não. É você, seu filho da puta.

24

Adamsberg estacou, deixou cair os braços, o frasco rolou pelo piso vermelho.

— O vidro, porra! — berrou o rapaz.

Adamsberg pegou-o num gesto mecânico. Tentava se lembrar da palavra que significava "aquele que inventa uma história e acredita nela", mas não encontrava. Sujeitos sem pai que se declaravam filhos de rei, filhos de Elvis, descendentes de César. O assaltante do parque tinha tido dezoito pais, incluindo Jean Jaurès, e trocava o tempo todo. Mitômano, era essa a palavra. E diziam que não se deve estourar a bolha de um mitômano; é tão perigoso quanto sacudir um sonâmbulo.

— Se era para escolher um pai — disse —, você podia ter pensado em algo melhor. Não é interessante ser filho de um tira.

— Adamsberg — escarneceu o rapaz, como se não tivesse ouvido —, o pai do Zerquetscher. Pega mal, não é mesmo? Mas é assim mesmo, tira. Um dia o filho abandonado aparece, um dia o filho esmaga o pai, um dia lhe rouba o trono. Você pelo menos conhece essa história? E o pai então sai andando, esfarrapado, por aí.

— Tudo bem — disse Adamsberg.

— Vou fazer um café — disse o rapaz, arremedando-o.

— Pegue esse maldito frasco e venha comigo.

Ao observá-lo passar uma água no filtro, cigarro pendurado no lábio inferior, os dedos coçando o cabelo moreno, Adamsberg sentiu uma descarga brotando do ventre, um jato ácido mais penetrante que o péssimo vinho de Froissy, e irradiando pelo colo dos dentes. *Os pais comeram uvas verdes e os dentes dos filhos ficaram embotados.** Em sua pose atenta, o jovem bruto lhe lembrava o próprio pai, sobrancelhas emaranhadas, quando vigiava o cozimento da *garbure*.** Na verdade, lembrava boa parte dos jovens bearneses, ou a maioria do pessoal do vale da torrente do Pau, cabelo grosso e cacheado, queixo recuado, lábios bem desenhados, corpo forte. O sobrenome Louvois não lhe soava familiar entre os sobrenomes do vale. O sujeito podia ser do vale defronte, o vale de seu colega Veyrenc, por exemplo. Ou de Lille, de Reims, de Menton. De Londres certamente não era.

O homem pegou as duas xícaras e encheu-as. O clima tinha ficado diferente depois que o rapaz lançou sua revelação. Ele recolocara negligentemente o P 38 no bolso traseiro, deixara o coldre perto de sua cadeira. A fase do enfrentamento acabara, como o vento que cessa em alto-mar. Nem um nem outro sabia o que fazer, mexiam o açúcar no café. O Zerquetscher, cabeça inclinada, puxava o cabelo comprido atrás das orelhas. Eles caíam, ele puxava de novo.

— É possível que você seja bearnês — disse Adamsberg. — Mas ache outra pessoa, Zerketch. Eu não tenho, e não quero, filho nenhum. Onde você nasceu?

— Em Pau. Minha mãe desceu até a cidade para o parto, para se esconder.

— Qual o nome da sua mãe?

— Gisèle Louvois.

— O nome não me diz nada. E olhe que conheço todo mundo naqueles três vales.

— Você traçou a minha mãe uma noite, perto da pontezinha de Jaussène.

— Todos os casais iam para a pontezinha de Jaussène.

(*) Bíblia de Jerusalém, Ezequiel 18,2.
(**) Sopa típica do sudoeste da França feita de repolho, pão de centeio, toicinho e carne de ganso. (N. T.)

— Mais tarde ela te escreveu pedindo ajuda. E você nunca respondeu, já que não estava nem aí, já que é um covarde.
— Nunca recebi carta nenhuma.
— Para isso teria que lembrar o nome das mulheres que você traça.
— Eu lembro o nome delas, e além disso, naquela época, eu não estava com essa bola toda. Era desajeitado e não tinha motocicleta. Uns caras como o Matt, o Pierrot, o Manu, o Lulu, esses, sim, você pode se perguntar se não são seu pai. Eles pegavam tudo o que queriam. E depois as garotas não saíam contando. Era uma vergonha para elas. Quem diz que a sua mãe não mentiu para você?

O rapaz procurou no bolso, abaixando a linha da sobrancelha, e pegou de lá um saquinho plástico que ele balançou diante dos olhos de Adamsberg antes de jogá-lo em cima da mesa. Adamsberg tirou de dentro uma foto, com cores antigas puxando para o roxo, de um garoto recostado num plátano imenso.

— Quem é esse? — perguntou o rapaz.
— Sou eu, ou meu irmão. E daí?
— É você. Veja no verso.

Seu nome, *J.-B. Adamsberg*, aparecia escrito a lápis com uma letrinha redonda.

— Eu diria que é o meu irmão, o Raphaël. Não lembro desta camisa. Sinal de que a sua mãe não conhecia a gente direito, sinal de que ela andou te contando mentiras.
— Cala a boca, você não conhece a minha mãe, ela não é de contar mentira. Se ela falou que você era o meu pai, é porque é mesmo. Por que ela ia inventar uma coisa dessas? Não tem vantagem nenhuma.
— Verdade. Mas lá na aldeia ainda era melhor eu do que o Matt ou o Lulu, que eram chamados de "vagabundos", "safados", "mijões". De noite, quando fazia calor, eles mijavam pela janela aberta. Foi assim que a dona da mercearia — a gente não gostava dela — ficou toda molhada. Isso para não falar da turma do Lucien. Enfim, mesmo sem

ter grande vantagem nisso, melhor dar o meu nome que o do Matt, o mijão. Eu não sou seu pai, nunca soube de nenhuma Gisèle, nem na minha aldeia nem nas aldeias vizinhas, e ela nunca me escreveu. A primeira vez que uma garota me escreveu eu tinha vinte e três anos.

— Você está mentindo.

O homem cerrava os dentes, vacilando no pedestal de certezas que, de súbito, rachava sob seus pés. Seu pai imaginado, seu inimigo de uma vida inteira, seu alvo, parecia querer lhe escapar por entre os dedos.

— Zerketch, mesmo que eu, ou ela, esteja mentindo, a gente faz o quê? Vamos ficar aqui tomando café o resto da vida?

— Eu sempre soube como isso ia acabar. Você me deixa sair, livre como um pássaro. E você fica aqui com seus gatos de merda, sem poder fazer nada. Ainda vai ler meu nome nos jornais, pode ter certeza. Acontecimentos é que não vão faltar. E você vai ficar no seu maldito escritório, arrasado. E vai pedir demissão porque nenhum tira manda o próprio filho para a prisão perpétua. Quando um filho entra na história, não tem mais lei, não tem mais regra. E você também não vai querer dizer que é o pai do Zerketch, não é? E que é culpa sua se o Zerketch perdeu a cabeça. Porque você o deixou na mão...

— Eu não te deixei na mão, se nem fui eu que te fiz.

— Mas você não tem certeza, né? Já olhou para a sua cara? Já olhou para a minha?

— Cara de bearnês, só isso. Existe um jeito radical de descobrir, Zerketch. Um jeito de acabar com esse seu sonho. A gente tem o seu DNA e tem o meu. É só comparar.

O Zerquetscher se levantou, colocou o P 38 na mesa e sorriu tranquilamente.

— Experimente — disse ele.

Adamsberg ficou observando ele se dirigir sem pressa até a porta, abri-la e sair. Livre como um pássaro. *Eu vim te infernizar a vida.*

Estendeu o braço sobre a mesa, apanhou o frasco e contemplou-o demoradamente. Ácido nitrocitramínico. Cruzou as mãos, apoiou a testa nelas, fechando os olhos. Claro que ele não era imunizado. Abriu a tampa do frasco com a unha.

25

Ao entrar no consultório do médico, Adamsberg se deu conta de que estava exalando um odor forte, que o dr. Josselin percebeu, surpreso.

— Foi uma amostra que escorreu em cima de mim — explicou. — Ácido nitrocitramínico.

— Não conheço.

— Eu inventei a palavra, achei que soava bem.

Fora um bom momento aquele, quando o Zerketch tinha engolido tudo. Quando acreditou que ele estava com ácido nitrocitramínico, quando acreditou no frasco e nos cálculos de centésimos de segundo. Naquele momento, julgara tê-lo na palma da mão, só que o sujeito dispunha de uma arma secreta mais dramática que o nitrocitramínico. Outro embuste, outra ilusão, mas tinha funcionado. Ele, Adamsberg, ele, o tira, deixara *Zerketch* ir embora sem esboçar um gesto sequer, o revólver estava em cima da mesa e ele poderia tê-lo alcançado de um salto. Ou ter mandado cercar a área em cinco minutos. Mas não, o delegado nem se mexera. "O delegado Adamsberg deixa o monstro sair livre." Visualizava com clareza a manchete dos jornais. Na Áustria, também. Alguma coisa começando com "Kommissar Adamsberg". Em letras garrafais gotejando sangue, como nas costelas da camiseta do Zerquetscher. Depois viriam o processo, o clamor das pessoas, a corda suspensa na árvore. O Zerquetscher chegando, dentes vermelhos, estendendo o braço, berrando junto com os demais: "O filho esmaga o pai!". As letras no jornal se transformando em uma nuvem de manchas pretas e verdes.

* * *

Licor de pera passando entre seus dentes, a cabeça indo de um lado para o outro. Abriu os olhos, pôs foco no rosto de Josselin inclinado sobre ele.
— O senhor desmaiou. Isso acontece com frequência?
— Primeira vez na vida.
— Por que quis me ver? Por causa do Vaudel?
— Não. Eu não estava me sentindo bem. Tive a ideia de vir aqui quando estava saindo de casa.
— Como assim, não estava se sentindo bem?
— Enjoado, abobalhado, exausto.
— Isso acontece com frequência? — repetiu o médico, ajudando Adamsberg a se levantar.
— Nunca aconteceu. Só uma vez, no Quebec. Mas a sensação era outra, e eu tinha bebido como umas dez esponjas juntas.
— Deite aqui — disse Josselin, dando uns tapinhas na maca de consulta. Fique de costas, tire apenas os sapatos. Pode ser um princípio de gripe, mas mesmo assim quero examiná-lo.

Quando pensou em ir até lá, Adamsberg não tinha a intenção de se deitar na maca acolchoada ou deixar que o médico pusesse os dedos imensos em sua cabeça. Seus pés o tinham levado para longe da Brigada e em direção a Josselin. Pensara apenas em conversar. Aquele desmaio era um aviso sério. Nunca ia contar a ninguém que o Zerketch dizia ser seu filho. Nunca diria que o deixara ir embora sem mover nem um dedo. Livre como um pássaro. Pronto para mais um massacre, sorriso fanfarrão nos lábios, seu traje de morte no corpo. *Zerk* era ainda mais fácil de dizer que Zerketch, e era como uma onomatopeia que evocava nojo, rejeição. Zerk, filho de Matt, ou de Lulu, filho de um mijão. Ninguém, contudo, sentira pena da dona da mercearia.

O médico colocou a palma da mão em seu rosto, pôs dois dedos leves em suas têmporas. A mão imensa abarcava tranquilamente a distância entre as duas orelhas. A outra, como uma taça, segurava a base do crânio. À sombra daquela mão um pouco perfumada, os olhos de Adamsberg se fechavam.

— Não se preocupe, estou só escutando o MRP da SSB.

— Está bem — disse Adamsberg com uma vaga interrogação na voz.

— Movimento Respiratório Primário da Sínfise Esfeno-Basilar. Uma simples verificação de base.

Os dedos do médico continuaram se deslocando, estacionando feito borboletas atentas nas asas do nariz, nos maxilares, roçando a testa, penetrando nas orelhas.

— Muito bem — disse passados cinco minutos. — Temos uma fibrilação eventual ocultando seus fundamentais. Um fato muito recente desencadeou um medo de morte, o qual gerou um sobreaquecimento generalizado do sistema. Não sei o que aconteceu, mas o senhor não gostou. Choque psicoemocional considerável. Com isso, enrijece o parietal anterior, trava o pré-pós-esfenoide em inspiração, causando a disjunção dos três fuzíveis. Estresse dos grandes, é normal não estar se sentindo bem. Foi esse o motivo do desmaio. Vamos primeiro tratar desse ponto, para conseguir ter uma ideia melhor.

O médico rabiscou algumas palavras e pediu que Adamsberg se virasse de bruços. Ergueu sua camisa, colocou um dedo no sacro.

— O senhor não disse que era no crânio?

— A gente mexe no crânio através do sacro.

Adamsberg calou-se, deixando os dedos do médico subirem ao longo das vértebras como pequenos duendes amigos andando sobre sua carcaça. Mantinha os olhos bem abertos para não cair no sono.

— Fique acordado, delegado, e volte a ficar de costas. Vou precisar relaxar a fáscia mediastinal, que está totalmente bloqueada. Sente dores intercostais no flanco direito? Aqui?

— Sim.

— Perfeito — disse Josselin, que posicionou os dedos

em V debaixo da nuca de Adamsberg e, com a palma da outra mão, pôs-se a passar as costelas como se fossem roupa amassada.

Adamsberg acordou suavemente, com a desagradável sensação de que muito tempo havia se passado. Josselin o deixara dormir mais de onze horas, verificou no relógio de parede. Pulou da maca, enfiou os sapatos e encontrou o médico já instalado à mesa da cozinha.

— Sente-se, eu almoço cedo, tenho um paciente daqui a meia hora.

Pegou um prato, talheres e colocou-os na sua frente.

— O senhor me fez dormir?

— Não, o senhor mesmo fez isso. No seu estado, não havia nada melhor depois do tratamento. Recoloquei tudo no lugar — acrescentou, como um encanador justificando os honorários. — O senhor estava no fundo do poço, inibição total da ação, impedimento de avançar. Mas agora vai funcionar. Se sentir algum torpor à tarde, alguns picos de melancolia amanhã, e dor muscular, é normal. Em três dias, vai estar como sempre, e muito melhor. Aproveitei para tratar o zumbido no ouvido, é possível que só uma sessão seja suficiente. Precisa se alimentar — disse, indicando o prato de sêmola com legumes.

Adamsberg obedeceu, sentia-se um pouco atordoado, mas bem, leve e faminto. Nada a ver com a náusea e os quilos de chumbo que ele arrastara nos pés de manhã. Levantou a cabeça e viu o médico lhe dirigir uma piscadela amigável.

— Afora isso — disse —, eu vi o que queria ver. A estrutura natural.

— E aí? — inquiriu Adamsberg, que se sentia um tanto diminuído diante de Josselin.

— Mais ou menos o que eu já esperava. Só tinha visto outro caso como o seu numa senhora de idade.

— Ou seja?

— Uma ausência quase total de angústia. É um estado raro. Em compensação, claro, a emotividade é baixa, o desejo pelas coisas fica atenuado, há certo fatalismo, tentações de deserção, dificuldades com as pessoas, espaços de silêncio. Não se pode ter tudo. E, o que é mais interessante, certa desenvoltura entre a zona do consciente e a do inconsciente. Pode-se dizer que a passagem está mal ajustada, que às vezes o senhor esquece de fechar o portão. Pense um pouco a respeito, delegado. Isso pode lhe dar ideias geniais, que parecem vir de outro lugar — da intuição, como erradamente se diz para simplificar —, estoques imensos de recordações e imagens, mas também deixa vir à tona objetos tóxicos que deveriam a todo preço permanecer nas profundezas. Está me acompanhando?

— Razoavelmente. E o que acontece se os objetos tóxicos sobem à tona?

O dr. Josselin girou a mão junto à cabeça.

— Aí o senhor não distingue mais o certo do errado, a fantasia da realidade, o possível do impossível, em suma, acaba juntando salitre, enxofre e carvão.

— Explosão — concluiu Adamsberg.

— Isso — disse o médico, enxugando as mãos satisfeito. — Não há o que temer, contanto que não largue o corrimão. Assuma responsabilidades, continue falando com os outros, não se isole demais. Tem filhos?

— Tenho um, mas é bem pequeno.

— Pois explique o mundo para ele, passeie com ele, apegue-se. Isso lhe dará algumas âncoras, é preciso manter algumas luzes no porto. Não vou falar nas mulheres, já vi. Falta de confiança.

— Nelas?

— Em si mesmo. É a única preocupaçãozinha, se é que se pode falar assim. Preciso ir, delegado, bata a porta ao sair.

Que porta? Da passagem ou do apartamento?

26

O delegado já não sentia nenhuma apreensão com a ideia de ir para a Brigada, pelo contrário. O homem dos dedos de ouro repusera seus pés na estrada, dissipara a fumaça do acidente, do "choque psicoemocional" que de manhã impedira toda a visibilidade. Ele não esquecia, claro, que tinha deixado Zerk escapar. Mas iria alcançá-lo, do seu jeito e no seu tempo, tal como alcançara Émile.

Émile, que estava se recuperando — "ele está dando a volta por cima, meu chapa" —, dizia uma das mensagens deixadas em sua mesa. Lavoisier fizera sua transferência, sem mencionar para onde, como combinado. Adamsberg leu as notícias de Émile para o cachorro. Alguém tinha lhe dado banho — alguém prestativo ou já sem paciência —, seu pelo estava macio e cheirava a sabão. Cupido se enroscou em seu colo, Adamsberg deixou a mão passear pelas costas dele. Danglard entrou e se jogou na cadeira feito um saco de trapos.

— O senhor parece bem — disse.

— Estou vindo do Josselin. Ele me consertou como se conserta uma caldeira. Esse homem faz alta-costura.

— Se tratar não faz parte dos seus hábitos.

— Eu só queria falar com ele, mas acabei desmaiando no consultório. Tinha passado duas horas superestressantes de manhã. Entrou um assaltante em casa e ficou apontando minhas duas armas para mim.

— Eu falei para levar as armas para o quarto.

— Mas eu não levei. E o assaltante ficou com elas.

— E aí?

— Quando ele se convenceu de que eu não tinha dinheiro, acabou se mandando. Eu fiquei exausto.

Danglard ergueu um olhar desconfiado.

— Quem deu banho no cachorro? — interrompeu Adamsberg. — O Estalère?

— O Voisenet. Ele não aguentava mais.

— Eu vi o recado do laboratório. O cocô de cavalo do Cupido é idêntico ao cocô do Émile. Vieram, portanto, do mesmo sítio.

— Isso alivia um pouco o Émile, mas não limpa a barra dele. Nem a do Pierre filho, que costuma apostar e também frequenta hipódromos e centros equestres, o que explica o cocô. Ele, inclusive, está procurando um cavalo para comprar.

— Ele não me contou tudo isso. Desde quando você sabe?

Enquanto falava, Adamsberg examinava a pequena pilha de postais que Gardon tinha separado, encontrada entre os pertences do velho Vaudel. Eram sobretudo correspondências formais, enviadas pelo filho durante as férias.

— Os tiras de Avignon souberam ontem, e eu, hoje de manhã. Mas muita gente frequenta os hipódromos. Há trinta e seis grandes hipódromos na França, centenas de centros equestres e dezenas de milhares de aficionados. O que nos dá quantidades astronômicas de bosta espalhadas no país inteiro. É um material particularmente abundante.

Danglard apontou o dedo para o piso, sob a escrivaninha de Adamsberg.

— Mais abundante, por exemplo, que depósitos de aparas de lápis e pó de grafite. Se a gente encontrasse isso numa cena de crime, seria muito mais precioso que cocô de cavalo. Mesmo porque os desenhistas não escolhem qualquer tipo de lápis. O senhor também não. Que lápis o senhor usa?

— Cargo 401-B e Séril H para a ponta-seca.

— Isso aqui é apara de Cargo 401-B e Séril H? Com pó de carvão?

— Sim, Danglard, obviamente.

— Ficaria bem melhor numa cena de crime. Muito mais preciso que a droga de um cocô, não é?

— Aos fatos, Danglard — disse Adamsberg, abanando-se com um postal.

— Não estou muito a fim. Mas se é para os fatos desabarem em cima da gente, vale mais sair na frente. Que nem no críquete: a gente se joga na bola antes de ela tocar no chão.

— Jogue-se, Danglard. Estou ouvindo.

— Uma equipe esquadrinhou o local em que atiraram no Émile, em busca dos cartuchos.

— Sim, era uma das prioridades.

— Encontraram três.

— Para quatro tiros, está ótimo.

— Também encontraram o quarto cartucho — disse Danglard, levantando-se e enfiando os dedos nos bolsos de trás.

— Onde? — perguntou Adamsberg, parando de se abanar.

— Na casa do Pierre, filho de Pierre. Rolou para baixo da geladeira. O pessoal pegou. Mas não pegou o revólver.

— Que pessoal? Quem solicitou a busca?

— O Brézillon. Por causa da ligação do Pierre com os cavalos.

— Quem avisou o delegado divisionário?

Danglard afastou os braços, com ar de quem não sabia.

— Quem vasculhou o local atrás dos cartuchos?

— O Maurel e o Mordent.

— Para mim, o Mordent estava vigiando o apartamento do Louvois.

— Não estava. Ele quis acompanhar o Maurel.

Fez-se um silêncio, e Adamsberg apontou ostensivamente um lápis sobre a lixeira, deixando cair aparas de Séril

H antes de assoprar a ponta e colocar uma folha de papel sobre a coxa.

— Que joguinho é esse? — perguntou, devagar, começando a desenhar. — O Pierre dispara quatro balas, mas só pega um cartucho?

— Eles estão achando que o cartucho talvez tenha ficado preso no tambor.

— "Eles" quem?

— A brigada de Avignon.

— E eles não acham estranho? O Pierre se livra do revólver, mas antes tira o cartucho preso? E aí guarda o inocente cartuchinho, até que o perde estabanadamente na cozinha e ele escorrega para baixo da geladeira? E por que o pessoal fez uma busca tão aprofundada? A ponto de deslocar a geladeira? Sabiam que tinha alguma coisa lá embaixo?

— Parece que a esposa mencionou alguma coisa.

— Muito me espanta, Danglard. No dia em que essa mulher trair o marido, o Cupido não vai gostar mais do Émile.

— Pois é, acharam estranho. O chefe deles não é muito rápido, mas imaginou que alguém pudesse ter colocado o cartucho lá. Mesmo porque o Pierre nega em altos brados. Então eles pegaram a tralha toda, aspirador, pente fino, microcoleta. E acharam. Isso — disse Danglard apontando para o piso.

— Isso o quê?

— Resíduos de grafite e aparas de lápis, provavelmente levados por sapatos. Ora, o Pierre não usa lápis. A notícia acaba de chegar.

Danglard afrouxou o colarinho, foi até sua sala e voltou com uma taça de vinho. Parecia infeliz, por isso Adamsberg não se opôs.

— Vão mandar o troço para o laboratório, o resultado deve sair daqui dois, três dias. Definir a composição do grafite, identificar a marca do lápis. O que não é fácil. Seria mais rápido se eles tivessem uma amostra comparativa. Acho que logo, logo vão saber onde procurar.

— Droga, Danglard, no que você está pensando?

— No pior, já falei. Estou pensando no que eles vão pensar. Que o senhor enfiou o cartucho debaixo da geladeira do Pierre Vaudel. É claro que isso precisa ser provado. Até analisarem as aparas, identificar o lápis, comparar com a amostra, são uns quatro dias até a acusação. Quatro dias para apanhar a bola antes de ela tocar no chão.

— Continuando, Danglard — disse Adamsberg com um sorriso fixo. — Por que eu iria querer comprometer o Pierre filho?

— Para salvar o Émile.

— E por que eu iria querer salvar o Émile?

— Porque ele herdou uma fortuna imensa que não pode ser contestada pelo herdeiro natural.

— E por que seria contestada?

— Porque o testamento seria falso.

— O Émile? O Émile, capaz de falsificar um testamento?

— Um cúmplice é que teria feito isso. Um cúmplice com talentos gráficos. Um cúmplice que ficaria com cinquenta por cento.

Danglard esvaziou a taça de vinho branco de um trago.

— Merda — disse de repente, erguendo a voz. — Não é assim tão complicado, é? Será que vou ter que pôr preto no branco? O Émile e um cúmplice — vamos chamá-lo de Adamsberg — criam um testamento falso. O Émile deixa vazar a informação para o filho — *O velho vai fazer um testamento contra você* — e assusta Pierre Vaudel. O Émile mata o velho, põe cocô de cavalo no local para incriminar o Pierre, encena um homicídio maluco para deixar a questão do dinheiro em segundo plano. Cortina de fumaça para ocultar um esquema muito simples. Então o Adamsberg, seguindo o roteiro combinado, dispara duas balas no Émile. Grave o suficiente para que todos acreditem. Em seguida, leva-o para o hospital. Deixa três cartuchos no local e introduz o quarto na casa do Pierre Vaudel, que é pego por tentativa de homicídio contra o Émile. No detector de mentiras, constata-se que o Pierre sabia do testamento. Depois o Émile declara que viu Pierre filho saindo da casa à noite. Como o Pierre é um parricida, ele perde o direito à herança. Sua parte reverte para o Émile, de acordo com o testamento. Ele e o Adamsberg dividem a fortuna, sem esquecer suas respectivas mães. Fim do roteiro.

Estupefato, Adamsberg fitava Danglard, que parecia prestes a chorar. Procurou no bolso, achou os cigarros esquecidos por Zerk e acendeu um.

— Então o inquérito tem início — prosseguiu Danglard —, surgem elementos perturbadores, a engrenagem Émile-Adamsberg trava. Para começar, o velho Vaudel, que não gostava de ninguém, faz um testamento em benefício do Émile. Primeira anomalia. Pouco depois, o Vaudel morre. Segunda anomalia. Há bosta demais no local do crime, terceira anomalia. No domingo, após a voz de prisão dada por Mordent, o Adamsberg deixa o Émile escapar. Quarta anomalia. Por fim, na mesma noite, e sem avisar ninguém, o Adamsberg encontra o Émile. Quinta anomalia.

— Você está me irritando com essas anomalias.

— O Adamsberg chega a tempo de salvar o Émile logo depois de atirarem nele. Sexta anomalia. Um cartucho é encontrado na casa de Pierre Vaudel. Sétima, imensa, anomalia. Os tiras começam a desconfiar que estão sendo manipulados e optam pelo pente fino. Descobrem aparas de lápis. Quem se beneficia com o crime? O Émile. O Émile é capaz de forjar um documento? Não. Ele tem um amigo bom em desenho, em caligrafia? Tem. O Adamsberg, cheio de cuidados com ele no hospital e que o manda ser transferido para longe do alcance da polícia, segredo de Estado, oitava anomalia. O Adamsberg costuma apontar lápis? Sim. Colhem-se amostras, elas são comparadas, bingo. Quando o Adamsberg teve oportunidade de ir até Avignon plantar o cartucho? Na noite passada, por exemplo. O delegado sumiu ontem à tardinha, só chegou à Brigada hoje, ao meio-dia e meia. Seus álibis? Ontem: estava com o médico. Hoje de manhã: estava com o médico. Desmaiou, coisa que nunca acontece com ele. Ou seja, o médico é um comparsa. Se dão muito bem esses três: Émile, Adamsberg, Josselin. Bem demais para pessoas que se conheceram há três dias. Nona anomalia. Resultado: o Émile pega trinta anos ou prisão perpétua pelo assassinato de Vaudel pai e por estelionato. O Adamsberg desaba do pedestal e é preso por falsificação, cumplicidade em homícidio e distorção de provas. Vinte anos. Acabou. O Adamsberg tem quatro dias para salvar a pele.

Adamsberg acendeu um cigarro no outro. Uma sorte o Josselin ter regulado sua caldeira naquela manhã, senão ele estaria pronto para um surto emocional definitivo. Zerk primeiro e agora Danglard, ambos no auge da criatividade.

— Quem está pensando assim, Danglard? — perguntou, apagando o toco.

— Você voltou a fumar?

— Depois que você começou a falar.

— Melhor não. É um sintoma de alteração comportamental.

— Quem está pensando assim, Danglard? — repetiu Adamsberg, um tom acima.

— Por enquanto, ninguém. Mas daqui a quatro dias, ou até três, o Brézillon estará pensando, e os tiras de Avignon também. Depois disso, todo mundo. Eles já estão desconfiados. Com ou sem cartucho, o Pierre Vaudel nem foi intimado.

— Por que eles pensariam assim?

— Porque foi tudo armado para isso. Caramba, salta aos olhos!

De súbito, Danglard fitou Adamsberg com ar revoltado.

— O senhor não está pensando que eu estou pensando... — disse ele, tropeçando nas palavras, o que raramente acontecia.

— Não sei, comandante. Sua exposição é mesmo convincente. Até eu já estou pensando.

Danglard saiu pela segunda da sala vez e voltou com a taça cheia.

— Estou sendo convincente — disse, destacando as palavras — para convencê-lo do que vão pensar aqueles que vão ser levados a pensar assim.

— Fale a minha língua, Danglard.

— Eu já falei ontem. Alguém, definitivamente, está querendo derrubar o senhor. Alguém que não quer, de jeito nenhum, que o senhor ponha as mãos no assassino de Garches. Alguém cuja vida ficaria arruinada. Alguém com muita influência, alguém lá de cima. E, sem dúvida, próximo do assassino. O senhor precisa ser despedido e alguém precisa pagar no lugar do Zerquetscher. Simples, não é? As primeiras falhas orquestradas contra o senhor não bastaram para tirá-lo da jogada. Então eles forçaram a barra, divulgaram o nome do Zerquetscher na mídia, fizeram com que ele fugisse e plantaram o cartucho na casa do Pierre filho junto com aparas do seu lápis. Com essa, a casa cai. É mecânica pura. Mas, para a coisa funcionar, o homem lá em cima precisa de cúmplices, e aqui mesmo para começar. Quem tem acesso às aparas do seu lápis? Um cara da Brigada. Quem teve acesso aos cartuchos? O Mordent e o Maurel. Quem saiu de circulação hoje de manhã, depressão nervosa, licença médica, visitas proibidas? O Mordent. Eu o avisei, lá no café, e o senhor retrucou que era feio o que eu estava pensando. Eu falei que a filha dele vai ser julgada daqui a duas semanas. Ela vai se sair dessa, o senhor vai ver; melhor para ela e para ele. Mas o senhor, a essa altura, vai estar na cadeia.

Adamsberg soprou a fumaça fazendo mais barulho que o necessário.

— O senhor acredita em mim? — perguntou Danglard. — Percebe o funcionamento da coisa?

— Sim.

— Críquete — repetiu Danglard, que não era nem um pouco esportivo. — Pegar a bola antes. Três, quatro dias, não mais.

27

— Ou seja, encontrar o Zerk antes disso — disse Adamsberg.
— O Zerk?
— O Zerquetscher. O Thalberg mandou o dossiê dele?
— Está aqui — disse Danglard, erguendo a taça de vinho e mostrando uma pasta cor-de-rosa com uma mancha circular úmida. — Sinto muito pela mancha.
— Se fosse só pela mancha, Danglard, a vida seria bela. A gente estaria bebendo e fumando, pescando umas coisas no lago do seu amigo Stock, manchando o trapiche com o fundo dos copos, estaria andando de barco com os seus filhos e com o pequeno Tom, e esbanjando a grana do velho Vaudel com o Émile e o cachorro dele.

Adamsberg abriu um sorriso, aquele sorriso que sempre tranquilizava Danglard em qualquer circunstância, e depois franziu o cenho.

— E como eles vão explicar o homicídio na Áustria? O que o homem influente vai dizer? Que foi o Émile também? Não vai colar.

— Vão dizer que não tem nada a ver. Que o Émile simplesmente copiou o *modus operandi* do caso austríaco por falta de imaginação.

Adamsberg estendeu o braço e tomou um gole da taça de Danglard. Não fosse Danglard e a sua lógica, lapidada como cristal, não teria percebido o golpe.

— Estou indo para Londres — anunciou Danglard. — Podemos pegá-lo pelos sapatos.

— Você não vai a lugar nenhum, comandante. Eu é que vou. E preciso de um homem para assumir a Brigada. Resolva seus assuntos com o Stock por vídeo ou telefone.

— Não. Delegue para a Retancourt.

— Ela não tem patente para isso, não é permitido. E já estamos suficientemente encrencados.

— E para onde o senhor vai?

— Foi você quem disse: podemos pegá-lo pelos sapatos.

Adamsberg lhe mostrou um cartão-postal. Uma linda aldeia colorida destacava-se sobre um fundo de colinas e um céu azul. Em seguida virou o cartão. No alto, à esquerda, em letras de imprensa: КИСЕЉЕВО.

— Para Kisilova, a aldeia do demônio. O demônio que rondava na orla do bosque. Não é isso que esse КИСЕЉЕВО significa?

— É, quer dizer, Kiseljevo, na ortografia original. Mas já falamos sobre isso. Depois de vinte anos, ninguém lá vai se lembrar do Cortador de Pés.

— Não estou contando com isso. Estou indo em busca do túnel negro existente entre o Vaudel e essa aldeia. Preciso achar esse túnel, Danglard, afundar dentro dele, extrair a história, arrancar sua raiz.

— Quando o senhor vai?

— Dentro de quatro horas. Não encontrei lugar no avião, estou pegando um voo para Veneza e o trem noturno até Belgrado. Reservei dois lugares, a embaixada está procurando um tradutor para mim.

Danglard balançou a cabeça, hostil.

— Está se expondo demais. Vou junto.

— Nem pensar. Não é só o problema da Brigada. Se estão querendo me afundar e você estiver comigo, eles vão te colocar na mesma jangada. E se me jogarem na cadeia, só vai sobrar você para me tirar de lá. Vai lhe custar uns dez anos, aguente firme. Enquanto isso, fique longe de mim, fique fora disso. Não vou contaminar você nem ninguém da Brigada.

— Quanto ao tradutor, poderia ser o neto do Slavko. Vladislav Moldovan. Ele trabalha como intérprete em alguns institutos de pesquisa. Tem uma índole alegre, como o avô. Se eu disser que é por causa do Slavko, ele dá um jeito de ficar disponível. Que horas sai o Veneza-Belgrado?

— Às vinte e uma e trinta e dois. Vou passar em casa para pegar uma mochila e meus relógios. Não gosto de ficar sem eles.

— Que diferença faz? Os seus relógios não dão a hora certa.

— É porque eu me regulo pelo Lucio. Ele mija no pé da árvore mais ou menos a cada hora e meia. Mas é claro que varia um pouco.

— É só o senhor fazer o contrário. Acerte os seus relógios por outro relógio, assim vai saber a hora exata das mijadas do Lucio.

Adamsberg olhou para ele meio surpreso.

— Mas eu não quero saber a que horas o Lucio mija. De que ia me adiantar?

Danglard fez um gesto de "deixa pra lá" e entregou ao delegado outra pasta, verde-maçã.

— É o último relatório do Radstock. O senhor vai ter tempo de ler tudo no trem. Reforçado com os interrogatórios de lorde Clyde-Fox e com informações inconsistentes sobre o tal sujeito cubano, ou supostamente cubano. Eles refinaram as análises. Os sapatos são todos franceses, exceto os do meu tio.

— Ou de um primo do seu tio, de um kisslover, de um kisiloviano.

— De um kiseljeviano.

— E como é que os sapatos atravessaram a Mancha?

— Só pode ter sido num navio clandestino.

— Deve ter dado uma trabalheira.

— Mas vale a pena. Highgate é um lugar memorável. Alguns desses sapatos, pelo menos quatro pares, não teriam mais de doze anos, mas o Radstock está tendo problemas para datar os outros. Doze anos corresponde ao período de atuação do Zerquetscher, supondo que ele tenha começado a sua coleta com dezessete anos. Jovem demais para ficar se infiltrando em funerárias e cortando pés. Cronologicamente, encaixa direitinho, dá para perceber a expansão da arte gótica, *heavy metal*, rendas e terror, anticristo e lantejoulas, mortos-vivos em traje de gala. Isso pode contribuir para um quadro favorável.

— Como, Danglard?

— O movimento gótico — repetiu Danglard. — Nunca ouviu falar?

— Gótico da Idade Média?

— Gótico dos anos 1990 até os dias de hoje. Não está sabendo? Esses jovens que usam camisetas estampadas com caveiras ou esqueletos sanguinolentos.

— Sei perfeitamente — disse Adamsberg, com a roupa de Zerk ainda bem nítida na memória. — O Stock está tendo problemas com os outros sapatos?

— Está — disse Danglard, coçando o queixo, bem barbeado de um lado e muito mal do outro.

— Por que você anda se barbeando de um lado só? — perguntou Adamsberg, interrompendo a si próprio.

Danglard se retesou, depois foi até a janela se examinar na vidraça.

— A lâmpada do banheiro queimou, não enxergo nada do lado esquerdo. É melhor eu dar um jeito nisso.

Abstract, pensou Adamsberg. Danglard esperava a chegada dela.

— A gente tem lâmpadas de encaixe de sessenta volts aqui?

— Dê uma olhada na despensa depois, comandante. O tempo está passando — sinalizou Adamsberg com um tapinha no pulso.

— O senhor é que fica me interrompendo. Alguns pés não combinam, se a gente recua apenas doze anos. Dois são de mulheres com unhas pintadas, uma moda anterior aos anos 1990. A composição do esmalte indicaria um período entre 1972 e 1976.

— O Stock tem certeza?

— Quase, ele está aprofundando as análises. Um par masculino, de couro de avestruz, raro e caro, fabricado quando o Zerquetscher ainda não tinha nem dez anos. O que indicaria um moleque superprecoce. E o pior: alguns pares poderiam datar de vinte cinco ou trinta anos atrás. Já sei o que o senhor vai dizer — cortou Danglard, erguendo o copo como escudo. — Na sua aldeia de Caldhez, alguns garotos já explodiam sapos ainda no berço. Mas é diferente.

— Não, eu não ia falar dos sapos.

A ideia dos sapos, que os moleques explodiam num jorro nojento de sangue e entranhas fazendo-os fumar um cigarro, levou a mão de Adamsberg para o maço de Zerk.

— O senhor voltou a fumar mesmo — comentou Danglard ao vê-lo acender o terceiro cigarro.

— É por causa desses sapos.

— É sempre por causa de alguma coisa. Já eu, estou largando o vinho branco. Chega. Este é o meu último copo.

Adamsberg ficou mudo de surpresa. Que Danglard estivesse apaixonado, tudo bem, que ele fosse correspondido, esperava-se que sim, mas que isso o fizesse abrir mão do vinho branco, não dava para acreditar.

— Vou passar para o tinto — prosseguiu o comandante. — É mais vulgar, mas menos ácido. O branco está acabando com o meu estômago.

— Boa ideia — aprovou Adamsberg, curiosamente mais tranquilo com a ideia de que nada muda neste mundo, pelo menos não em se tratando de Danglard.

A vida já andava suficientemente complicada.

— Foi o senhor que comprou o maço? — perguntou Danglard, indicando os cigarros. — Cigarros ingleses? Uma escolha requintada.

— O assaltante deixou esse maço lá em casa hoje de manhã. Então, quer dizer que o Zerk era um menino tão precoce que já sabia cortar pés aos dois anos de idade. Ou seja, era guiado por algum mentor nessas mórbidas expedições, que mais tarde ele perpetuou. Ele pode ter agido desde criança sob alguma influência.

— Manipulado.

— Por que não? Dá para imaginar um mentor por trás disso, uma figura paterna que lhe tivesse feito falta.

— Pode ser. Ele nasceu de pai desconhecido.

— Temos que focar no ambiente dele, saber com quem ele se relaciona, quem ele frequenta. O canalha limpou o apartamento, não deixou a menor pista.

— Parece natural. O senhor não esperava que ele nos fizesse uma visita, não é?

— E a mãe dele? Foi localizada?

— Ainda não. Existe um endereço em Pau de quatro anos atrás, depois disso não se sabe.

— E a família da mãe?

— Até o momento, nenhum Louvois naquela região. Faz só dois dias, delegado, e não temos mil homens.

— Em que pé está a Froissy com os telefones?

— Nenhum. O Louvois não tinha uma linha fixa. O Weill garante que ele tinha um celular, mas não foi encontrado nenhum no nome dele. Deve ter ganho de presente ou roubado. A Froissy vai ter que fazer uma varredura na rede, na área do apartamento, mas o senhor sabe como isso demora.

Adamsberg levantou-se de repente, talvez por causa de suas impaciências.

— Danglard, você conhece de cabeça a equipe de Avignon?

Danglard havia memorizado — para quê? — mais ou menos todas as equipes policiais do país, atualizando seu arquivo a cada saída e novas nomeações.

— Quem coordena o caso Pierre Vaudel filho é o Calmet. Não sei se por influência do sobrenome, mas ele é um delegado tranquilo, não é de buscar sarna para se coçar. Porém, como eu disse, ele é meio lento, por isso estou contando quatro dias, e não três. O Maurel também me falou num tenente e num brigadeiro, Noiselot e Drumont. Quanto ao resto da equipe, não sei.

— Me consiga uma lista completa, Danglard.

— O senhor está procurando alguém?

— Um vietnamita com quem trabalhei em Messilly. Era uma cidadezinha modorrenta, mas nunca me diverti tanto no trabalho, isso quando a gente conseguia dar conta do serviço. Ele fumava pelo nariz, levitava vários centímetros — pelo menos era o que parecia —, tocava trechos de música batendo nos copos, imitava todos os bichos já criados por Deus.

Vinte minutos depois, Adamsberg percorria os nomes da equipe do delegado Calmet.

— Falei com o neto do Slavko — disse Danglard. — Ele está saindo agora de Marselha e às nove da noite vai estar na estação Santa Lucia, em Veneza, junto ao vagão 17 do trem para Belgrado. Está satisfeito por dar um pulinho na aldeia. O Vladislav está sempre satisfeito.

— Como vou reconhecê-lo?

— Muito fácil. Ele é magro e cabeludo, a cabeleira dele se junta com os pelos das costas, tudo num tom preto retinto.

— Tenente Mai Thien Dinh — disse Adamsberg, apontando o dedo para a lista. — Ele me escreveu em dezembro passado. Eu sabia que tinha alguma história em Avignon. Volta e meia, quando está de férias, ele me manda uns bilhetes com conselhos da sabedoria asiática. "Não coma a sua mão quando acaba o pão."

— Que besteira.

— Claro, ele é que inventa.

— E o senhor responde?

— Não sei inventar frases — disse Adamsberg, teclando o número do tenente Mai.

— Dinh? É o Jean-Baptiste. Obrigado pelo cartão que me mandou em dezembro.

— Estamos em junho. Mas você sempre foi meio lento. E o homem lento é mais vagoroso que o homem rápido. Você percebeu que estamos trabalhando no mesmo caso? Vaudel?

— O inocente cartuchinho debaixo da geladeira?

— É. O idiota que colocou ele lá andou pelo carpete com umas aparas de lápis na sola dos sapatos. Não se preocupe, deixamos o Vaudel em liberdade; e logo, logo vamos te entregar o desenhista.

— Dinh, eu preferia que vocês não entregassem logo, logo. Pode ser, digamos, mais ou menos logo. Ou meio devagar.

— Por quê?

— Não posso dizer.

— Ah. O sábio não entrega nada aos imbecis. Não funciona assim, Jean-Baptiste. Um momento, estou saindo da sala. O que você quer? — retomou Dinh alguns minutos depois.

— Um efeito retardamento.

— É contra as normas.

— Totalmente contra as normas. Dinh, imagine que um canalha me jogou de roupa e tudo num lago cheio de merda.

— Acontece.

— E que eu esteja afundando. Visualizou a cena?

— Como se eu estivesse lá.

— Perfeito. Então imagine que justamente você esteja lá. Passeando e levitando à beira do lago. Imagine você me estendendo a mão.

— Quer dizer, colocando a minha própria mão na merda para tirar você dessa sem saber por quê.

— Isso mesmo.

— Seja mais claro.

— As aparas de lápis. Quando elas vão para o laboratório?

— Daqui a uma hora. Estão terminando de acondicionar as outras amostras.

— Pois encontre um jeito de elas não irem. Me dê dois dias de vantagem.
— E como seria esse jeito?
— De que tamanho é a amostra?
— Do tamanho de um batom.
— Quem vai escolher o motorista até o laboratório?
— O brigadeiro Kerouan.
— Assuma o lugar do brigadeiro Kerouan.
— Não somos nada parecidos, ele é bretão.
— Dê uma missão para o bretão e escolte o motorista. Como esse batom é muito importante para você, você o guarda no bolso da jaqueta por segurança.
— E aí?
— Aí você passa mal no caminho. Febre, tontura. De repente. Você cuida de toda a entrega, com exceção do batom, e aí avisa a delegacia que está indo para casa. Fica dois dias de cama, comprimidos no criado-mudo, sem comer, sem vontade para nada. Isso só para as visitas. Na verdade, você pode se levantar.
— Muito obrigado.
— O surto de febre faz você esquecer o batom no bolso. No terceiro dia, você já está melhor e se lembra de tudo. A amostra, o laboratório, o bolso da jaqueta. De duas uma: ou algum tenente zeloso descobre que o batom não chegou ao laboratório, ou ninguém se dá conta de nada. Nos dois casos, você devolve o batom, se explica, apresenta as desculpas de um homem febril. Com isso, ganhamos entre um dia e meio e dois dias e meio.
— Você ganha, Jean-Baptiste. E eu? Sábio é o homem que busca o seu bem nesta terra.
— Você ganha dois dias de descanso. Quinta, sexta, emendando o fim de semana. E crédito para um favor meu em troca.
— Por exemplo?
— Por exemplo, quando encontrarem uma mechinha do seu cabelo preto e liso numa cena de crime.
— Entendi.
— Obrigado, Dinh.

Durante a conversa, Danglard trouxera a garrafa para a mesa de Adamsberg.

— Assim é mais honesto — disse Adamsberg, mostrando a garrafa.

— Vou ser obrigado a acabar com ela, já que estou passando para o tinto.

— O Lucio não iria discordar de você. Terminar, ou então nem começar.

— É loucura pedir uma coisa dessas para o Dinh. Se descobrirem, o senhor está ferrado de vez.

— Já estou ferrado. E não vão descobrir, pois o homem do Levante não palavreia como o melro inconsequente. Ele me escreveu isso um dia.

— O.K. — disse Danglard —, isso nos dá cinco ou seis dias. Onde o senhor vai se hospedar em Kiseljevo?

— Lá há uma pequena pousada.

— Não estou gostando nada dessa sua viagem sozinho.

— Vou estar com o seu primo distante.

— O Vladislav não é nenhum ás do combate. Não estou gostando nada — repetiu Danglard. — Kiseljevo, o túnel negro.

— A orla do bosque — disse Adamsberg sorrindo —, que ainda te assusta. Mais do que o Zerquetscher.

Danglard deu de ombros.

— O qual só Deus sabe por onde anda — acrescentou Adamsberg num tom mais surdo. — Livre como um pássaro.

— A culpa não é sua. O que a gente faz com o Mordent? Tira ele da toca? Chacoalha? Faz ele cuspir para fora essa raiva de traidor?

Adamsberg se levantou, passou um elástico grosso em volta das pastas verde e rosa, acendeu um cigarro e deixou-o pendurado no lábio inferior, estreitando os olhos para evitar a fumaça. Igual ao seu pai, igual a Zerk.

— O que a gente faz com o Mordent? — Adamsberg repetiu, devagar. — Primeiro a gente deixa ele resgatar a filha.

28

Sua mochila estava fechada, o bolso dianteiro estufado com os três dossiês — o francês, o inglês e o austríaco. Estar outra vez na sua cozinha lhe trazia de volta imagens desordenadas de Zerk naquela manhã, o longo enfrentamento dos dois, o modo como o deixara ir embora. Vai, Zerk, vai. Vai matar, vai matar tranquilo, o delegado não mexeu um dedo para te impedir. "Inibição da ação", dissera Josselin. Quem sabe já por causa dessa inibição ele se esquivara no domingo, dando a Émile a oportunidade de fugir, se é que tinha feito isso mesmo. Mas sua inibição tinha acabado, arrancada pelo homem dos dedos de ouro. Descer no túnel de Kisilova, se enterrar naquela aldeia assentada sobre o próprio segredo. As notícias sobre Émile eram boas, a febre cedera. Colocou seus dois relógios, pegou a mochila.

— Visita para você — disse Lucio, batendo na vidraça.

Weill entrou placidamente na sala, barrando-lhe a passagem com a barriga. A regra era as pessoas irem até Weill para visitá-lo, nunca o contrário. O homem era um caseiro neurótico, e atravessar Paris era um tremendo esforço para ele.

— Quase não te pego em casa — disse, sentando-se.

— Estou sem tempo — disse Adamsberg, apertando a mão dele desajeitadamente, pois Weill tendia a oferecê-la frouxa, como para ser beijada. — Preciso pegar o avião.

— Tem tempo para uma cerveja?

— Muito pouco.

— Vamos nos contentar com isso então. Acomode-se, meu amigo — acrescentou, apontando uma cadeira, com o tom algo desdenhoso que costumava adotar, como se, onde quer que estivesse, o local lhe pertencesse. Está se exilando? Parece sensato. Destino?

— Kisilova. Uma pequena aldeia sérvia às margens do Danúbio.

— Ainda o caso Garches?

— Ainda.

— Você fuma? — perguntou Weill, acendendo seu cigarro.

— Recomecei hoje.

— Preocupações — afirmou Weill.

— Sem dúvida.

— Certamente. Por isso eu precisava falar com você.

— Por que não me ligou?

— Já vai entender. A tempestade está juntando seus fogos sobre a sua cabeça, não vá dormir debaixo de uma árvore, não avance a descoberto de lança na mão. Vá pela sombra e corra.

— Me dê alguns detalhes, Weill, estou precisando.

— Não tenho provas, meu amigo.

— Então me dê os motivos.

— O assassino de Garches tem um protetor.

— Lá em cima?

— Sem dúvida. Um peso-pesado sem nenhum escrúpulo. Não querem que você chegue a nenhuma conclusão. Querem você fora do cargo. Foi feita uma denúncia, um tanto inconsistente, contra você, por ter facilitado a fuga de um suspeito — Émile Feuillant — e por ter falhado na investigação de um álibi. Já pediram o seu afastamento provisório. A ideia era colocar o Préval à frente da investigação.

— O Préval é um corrupto.

— Todo mundo sabe disso. Dei um sumiço no dossiê da denúncia.

— Obrigado.

— Eles vão bater mais forte e o meu pouco poder não vai conseguir fazer nada. Você tem algum plano? Além de ir embora?

— Ser mais rápido que eles, pegar a bola antes que ela toque no chão.

— Em outras palavras, apanhar o assassino e exibir as provas? Ridículo, meu amigo. Você ainda acha que eles não sabem dissolver as provas?

— Não.

— Perfeito. Então triplique seu plano. Plano A, procure o assassino, está certo. É o aspecto consensual do caso, mas não é a prioridade, pois a verdade não cai necessariamente na rede, ainda mais quando ela não é desejada. Plano B, descubra quem, lá em cima, quer derrubá-lo, e prepare um contra-ataque. Plano C, pense na possibilidade de um exílio. No Adriático, quem sabe.

— Você está sombrio, Weill.

— Eles são sombrios. Sempre.

— Não tenho como identificar o homem lá em cima. Só quando eu apertar o assassino é que vou poder me aproximar.

— Não necessariamente. O que acontece lá em cima é vedado aos humildes. Portanto, comece por baixo. Já que os lá de cima sempre recorrem aos aqui de baixo que estão querendo ir para cima. Depois, vá galgando a escada. Quem está embaixo? No primeiro degrau?

— O comandante Mordent. Foi usado em troca de uma promessa de absolvição da filha. Ela deve ser julgada por tráfico daqui a menos de duas semanas.

— Ou assassinato. A garota estava grogue quando o Stubby Down foi eliminado. Bones, o amigo dela, pode ter lhe enfiado a arma na mão e apertado o gatilho.

— E foi isso que aconteceu, Weill?

— Sim. Tecnicamente, foi ela quem matou. O Mordent vai ter que pagar bem caro para fazer essa troca. Na sua opinião, quem está no segundo degrau da escada?

— O Brézillon. Ele chefia o Mordent. Mas acho que não está participando do esquema.

— Não tem importância. Terceiro degrau, o juiz do processo que aceitou inocentar de antemão a filha do Mordent. Quem é ele e o que ganha com isso? É isso que você precisa descobrir, Adamsberg. Quem pediu que ela fosse inocentada, e para quem essa pessoa trabalha?

— Sinto muito — disse Adamsberg, terminando a cerveja —, não tive tempo de me preocupar com essas coisas. Quem percebeu foi o Danglard. Houve os pés cortados, o inferno de Garches, o ferimento do Émile, o assassino austríaco, o tio sérvio, o meu fuzível que queimou, a gata que pariu, sinto muito. Não tive a ideia, nem tempo, de perceber essa escada e esses caras todos trepados nela.

— Mas eles, por sua vez, tiveram muito tempo para cuidar de você. Você ficou para trás.

— Sem dúvida. As aparas dos meus lápis, recolhidas na casa de Pierre Vaudel, já estão com os tiras de Avignon. Só consegui protelar o detonador. Só me restam uns cinco, seis dias antes que eles venham pra cima de mim.

— Não é que o trabalho me atraia — disse Weill, langoroso —, mas não gosto deles. Eles estão para o meu espírito como a cozinha medíocre está para o meu estômago. Já que você precisa ir embora, pode ser que eu explore alguns degraus da escada no seu lugar.

— Na direção do juiz?

— Acima dele, espero. Eu te ligo. Não para o seu telefone normal, nem com o meu.

Weill pôs dois celulares novos em cima da mesa e empurrou um deles na direção de Adamsberg.

— O seu e o meu. Só ligue depois de atravessar a fronteira, e nunca quando seu outro aparelho estiver ativo. Seu celular tem GPS?

— Tem. Quero que o Danglard possa me localizar caso meu celular me deixe na mão. Suponha que eu me veja sozinho na orla de um bosque.

— E aí?

— Nada — disse Adamsberg, sorrindo —, é só um demônio rondando lá em Kisilova. E também tem o Zerk, vagando em algum lugar por aí.

— Quem é o Zerk?
— O Zerquetscher. O nome que os austríacos deram para ele. O Esmagador. Antes do Vaudel, ele massacrou um homem em Pressbaum.
— Não é você que ele quer.
— Por que não?
— Desligue esse GPS, Adamsberg, isso é imprudência. Não dê a eles meios de te prender ou de te fazerem sofrer um acidente, sabe lá. Repito: você está atrás de um assassino que eles não querem que seja encontrado. Desligue o seu aparelho usual sempre que possível.
— Não tem perigo. Só o Danglard conhece o sinal do GPS.
— Não confie em ninguém, vá que os lá de cima mandem seus tentadores e seus mercadores.
— Eu excluo o Danglard.
— Não exclua ninguém. Todo mundo cobiça alguma coisa ou tem sua obsessão, todo homem guarda uma granada debaixo da cama. É assim que se forma a grande corrente de caras presos um no rabo do outro mundo afora. Exclua o Danglard, se quiser, mas não exclua a existência de um homem acompanhando cada movimento do Danglard.
— E você, Weill? O que você cobiça?
— Eu tenho a sorte, entenda, de gostar muito de mim. Isso reduz minha avidez e minhas exigências em relação ao mundo. Mas sonho em levar uma vida mansa, num amplo palacete do século XVIII, com uma equipe de cozinheiros, um alfaiate em domicílio, dois gatos ronronando, músicos particulares, um parque, um pátio interno, uma fonte, amantes e criadas, e o direito de insultar quem eu quiser. Mas ninguém parece preocupado em realizar meus sonhos. Ninguém tenta me comprar. Sou muito complicado e caro demais.
— Posso lhe oferecer um gato. Uma gatinha de uma semana, macia como algodão branco. Faminta, preciosa e delicada, ficaria muito bem no seu palacete.

— Não tenho nem a primeira pedra desse palacete.
— Já seria um começo, o primeiro degrau da escada.
— Pode me interessar. Desligue esse GPS, Adamsberg.
— Para isso eu ainda teria que confiar em você.
— Homens que sonham com faustos passados não dão bons traidores.

Adamsberg lhe entregou o celular ao terminar a cerveja. Weill levantou a bateria e, num gesto seco, tirou o chip localizador.

— Por isso é que eu precisava te ver — disse, devolvendo-lhe o aparelho.

29

O vagão 17 para Belgrado era uma cabine de luxo, contendo dois leitos com lençóis brancos e cobertores vermelhos, luzes de cabeceira, mesinhas envernizadas, lavabo e toalhas. Adamsberg nunca tinha viajado nessas condições e conferiu as passagens. Lugares 22 e 24, era isso mesmo. Tinha havido um erro no serviço técnico das Missões e Deslocamentos, a contabilidade iria levar um susto. Adamsberg sentou-se em sua cama, satisfeito como um ladrão deparando com uma dádiva da sorte. Instalou-se como se estivesse num hotel, espalhou as pastas sobre a cama, examinou o menu do jantar "à *francese*" que seria servido às dez da noite — creme de aspargos, linguado à Plogoff, queijo de Auvergne, *tartuffo*, café, tudo regado a Valpolicella. Sentiu um contentamento igual ao que sentira quando, ao sair do hospital de Châteaudun, voltara para o seu carro fedido e topara com a inesperada refeição de Froissy. De fato é verdade, refletiu, que o que gera o prazer não é a qualidade, mas o bem-estar inesperado, sejam quais forem seus componentes.

Desceu na plataforma e acendeu um dos cigarros de Zerk. O isqueiro do rapaz também era preto, ornado com um labirinto vermelho que lembrava as circunvoluções do cérebro. Identificou facilmente o neto do tio Slavko por seu cabelo tão liso e preto como o de Dinh, preso num rabo de cavalo, e pelos olhos quase amarelos acima das faces altas e largas, tipicamente eslavos.

— Vladislav Moldovan — apresentou-se o rapaz que

aparentava cerca de trinta anos, seu sorriso atravessando o rosto todo. — Pode me chamar de Vlad.

— Jean-Baptiste Adamsberg, obrigado por me acompanhar.

— Pelo contrário, é sensacional. Meu *dedo* só me levou duas vezes a Kiseljevo, e na segunda vez eu tinha catorze anos.

— "*Dedo*"?

— Avô. Vou visitar o túmulo dele, contar histórias como ele contava para mim. Essa é a nossa cabine? — perguntou, hesitante.

— O Serviço das Missões me confundiu com alguma personalidade.

— Sensacional — repetiu Vladislav —, nunca dormi como uma personalidade. Isso sem dúvida é necessário quando se vai enfrentar os demônios de Kiseljevo. Conheço muitas personalidades que iriam preferir ficar entocadas num casebre.

Falante, pensou Adamsberg, o que decerto era o mínimo que se podia esperar de um tradutor-intérprete que brincava com as palavras. Vladislav traduzia nove línguas, e para Adamsberg que não conseguia gravar o nome completo de Stock, um cérebro assim era tão estranho quanto o imenso dispositivo de Danglard. Só temia que o rapaz de índole alegre o envolvesse numa conversa sem fim.

Esperaram a partida do trem para abrir o champanhe. Vladislav achava tudo divertido, a madeira brilhante, os sabonetes, as lâminas de barbear, e até os copos de vidro de verdade.

— Adrien Danglard — "Adrianus", como meu *dedo* o chamava — não me disse por que o senhor está indo para Kiseljevo. De modo geral, ninguém costuma ir para Kiseljevo.

— Porque é um lugar pequeno ou por causa dos demônios?

— O senhor é de alguma aldeia?

— De Caldhez, que é do tamanho de um alfinete, nos Pireneus.
— Existem demônios em Caldhez?
— Dois. Um espírito rabugento numa adega e uma árvore que cantarola.
— Sensacional. O que o senhor vai procurar em Kiseljevo?
— Vou procurar a raiz de uma história.
— É um lugar muito bom para raízes.
— Você ouviu falar no assassinato de Garches?
— Aquele velho totalmente despedaçado?
— É. Foi encontrada uma carta escrita por ele com a palavra Kisilova grafada em cirílico.
— E qual a relação com o meu *dedo*? O Adrianus disse que tinha a ver com o *Dedo*.

Adamsberg olhou pela janela do trem, buscando uma ideia rápida, o que não era o forte dele. Deveria ter pensado antes numa explicação plausível. Não pretendia contar ao rapaz que um Zerk tinha cortado os pés do *dedo* dele. Essas coisas perfuram a alma de um neto até triturar sua índole alegre.

— O Danglard — disse ele — ouviu muitas histórias do Slavko. E o Danglard acumula saber como um esquilo acumula avelãs, bem mais do que seria necessário para enfrentar vinte invernos. Ele tem a impressão que um certo Vaudel — esse é o nome da vítima — teria passado algum tempo em Kisilova, que o Slavko teria falado sobre ele. Alguma coisa como o Vaudel ter fugido de uns inimigos e ido se refugiar em Kisilova.

A história não era das melhores, mas colou, já que nisso tocou o sinal anunciando o jantar, que eles decidiram comer na própria cabine, como fazem as personalidades. Vladislav quis saber como era o linguado à Plogoff. À moda bretã, explicou o garçom em italiano, servido com molho de berbigões trazidos especialmente de Plogoff, na Ponta do Raz. Ele anotou o pedido, parecendo achar que aquele homem de camiseta com cara de estrangeiro e braços cobertos de pelos não era uma autêntica personalidade, como tampouco seu companheiro.

— Quando se é peludo — disse Vladislav depois que o garçom saiu —, mandam a gente viajar no vagão dos animais. Herdei isto da minha mãe — acrescentou, melancólico, puxando os pelos dos braços e caindo na gargalhada de repente, tão rápido como um vaso se quebrando.

O riso de Vladislav era organicamente contagioso, e ele parecia saber rir à toa e sem a ajuda de ninguém.

Depois do linguado à Plogoff, do Valpolicella e da sobremesa, Adamsberg se deitou na cama com as pastas. Ler tudo, revisar tudo. Para ele, era a parte mais árdua do trabalho. Fichas, relatórios, explanações formais em que já não havia nenhuma sensação palpável.

— Como o senhor consegue se entender com o Adrianus? — interrompeu Vladislav, enquanto Adamsberg penava com o dossiê em alemão, lendo conscienciosamente a ficha de Frau Abster, residente em Colônia, setenta e seis anos. — Sabe que ele o venera — prosseguiu — embora o senhor deixe os nervos dele em frangalhos?

— Tudo deixa os nervos do Danglard em frangalhos. Ele próprio faz isso.

— Ele diz que não consegue entender o senhor.

— Como a água e o fogo, a terra e o ar. O que eu sei é que, se não fosse o Danglard, há muito tempo a Brigada já estaria à deriva, prestes a encalhar num recife qualquer.

— Na Ponta do Raz, por exemplo. Em Plogoff. Bem chique. E lá, todo estraçalhado junto com o Adrianus, o senhor encontraria os linguados do trem Veneza-Belgrado. Seria um consolo.

Adamsberg não avançava no dossiê, tinha empacado na linha cinco da ficha de Frau Abster, nascida em Colônia, filha de Franz Abster e Erika Plogerstein. Danglard não o alertara sobre a tagarelice compulsiva de Vladislav, que diluía sua pouca concentração.

— Preciso ler de pé — disse Adamsberg, levantando-se.
— Sensacional.
— Vou sair e andar pelo corredor.
— Vá em frente, caminhe, leia. Se incomoda se eu fumar? Depois eu arejo a cabine.
— Vá em frente.
— Apesar da minha pilosidade, eu não ronco. Que nem minha mãe. E o senhor?
— De vez em quando.
— Tudo bem — disse Vladislav, pegando o papel e o material todo para enrolar um cigarro.

Adamsberg deixou a cabine. Com alguma sorte, toparia mais tarde com Vladislav flutuando na cabine em meio aos eflúvios do haxixe, e quieto. Ficou vagando com as pastas rosa e verde até as luzes se apagarem, quase duas horas depois. Vladislav dormia sorrindo, torso nu, a pelagem preta como a de um gato noturno.

Adamsberg teve a impressão de adormecer rápida mas superficialmente, uma mão sobre a barriga, talvez por não ter digerido bem aquele prato à base de peixe. Ou pelos cinco, seis dias que tinha pela frente. Dormia alguns minutos, voltava ao estado de vigília, se exasperando, em suas porções de sonhos, com aquele troço à Plogoff que parecia querer abrir um buraco em sua cabeça e incomodá-lo a noite toda. A ficha de Frau Abster se sobrepôs ao cardápio do jantar, misturou-se com os linguados, grafou-se com as mesmas letras caligráficas, *Frau Abster, nascida em Plogoff, filha de Franz Abster e Erika Plogerstein.* Os fios se emaranhavam de maneira estúpida, Adamsberg virou de lado para se livrar deles. Ou nem tão estúpida. Abriu os olhos, habituado a reconhecer o alarme tocando antes mesmo de saber do que se tratava.

Tinha a ver com o nome de *Frau Abster, filha de Franz Abster e Erika Plogerstein,* pensou, acendendo a luz de leitura. Havia alguma coisa naquele nome. Ou melhor, no sobrenome da mãe, Plogerstein, que golpeava os linguados à Plogoff. Por quê? Enquanto, sentado, ele abria silenciosamente a mochila para pegar as pastas, o nome da vítima austríaca veio se enganchar na combinação Plogerstein-Plogoff. Conrad Plögener. Adamsberg pegou a ficha do homem massacrado em Pressbaum e posicionou-a sob a luz. *Conrad Plögener, residente em Pressbaum, nascido em 9 de março de 1961, filho de Mark Plögener e Marika Schüssler.*

Plogerstein, Plögener. Adamsberg largou a pasta rosa em desordem sobre a cama e puxou a pasta branca, francesa. *Pierre Vaudel, filho de Jules Vaudel e Marguerite Nemesson.*

Nada. Adamsberg sacudiu o ombro do gato peludo que dormia a seu lado, numa pose elegante, adequada a uma cabine de luxo.

— Vlad, preciso de uma informação.

O rapaz abriu os olhos, surpreso. Tinha soltado o rabo de cavalo e seu cabelo liso descia até os ombros.

— Onde estamos? — perguntou, como uma criança que não reconhece o quarto.

— No Veneza-Belgrado. Você está com um tira, estamos indo para Kisilova, a aldeia do seu avô, do seu *dedo*.

— Sim — disse Vladislav com firmeza, restabelecendo as conexões.

— Estou te acordando porque preciso de uma informação.

— Sim — repetiu Vladislav, e Adamsberg se perguntou se ele ainda estaria flutuando.

— Qual era o sobrenome dos pais do seu *dedo*? Era um sobrenome começando com "Plog"?

Vladislav riu no escuro e esfregou os olhos.

— "Plog"? — disse, sentando-se. — Não, nenhum Plog.

— O pai dele? Seu bisa-*dedo*? Como se chamava?

— Milorad Moldovan.

— E a mãe dele? Sua bisa-*deda*?

— *Deda* não, Adamsberg. *Baba*.

Vladislav riu mais um pouco.

— A *baba* se chamava Natalija Arsinijević.

— E os familiares do *Dedo*? Amigos? Parentes? Nenhum Plog em lugar nenhum?

— *Zasmejavaš me*, o senhor é engraçado, delegado, gosto do senhor.

E Vladislav tornou a se deitar, de costas para ele, ainda rindo um pouco por trás do cabelo.

— Tinha, sim — disse, endireitando-se em seguida —, tinha um Plog. Foi o professor de história dele, ele estava sempre martelando este nome, Mihai Plogodrescu. Um primo romeno que foi para Belgrado lecionar, depois morou em Novi Sad, e depois em Kiseljevo quando se aposentou. Estavam sempre juntos, como dois irmãos com quinze anos de diferença. O incrível é que morreram com um dia de diferença.

— Obrigado, Vlad, pode voltar a dormir.

Adamsberg foi para o corredor e, caminhando descalço no carpete azul-escuro, contemplou a página de seu caderninho: Plogerstein, Plögener, Plogoff, Plogodrescu. Um conjunto magnífico, a não ser, evidentemente, pelos linguados, que nada tinham a ver com a história. Embora fosse uma ingratidão, pensou Adamsberg enquanto riscava com pesar o nome bretão, pois sem eles não teria chegado ali. Seus relógios indicavam que devia ser entre duas e quinze e três e quarenta e cinco da manhã. Acordou Danglard, que não tinha um temperamento alegre no meio da noite.

— Algum problema? — resmungou o comandante.

— Sinto muito, Danglard. Seu sobrinho não para de rir, não se consegue dormir neste trem.

— Ele é assim desde pequeno. Foi dotado com um temperamento alegre.

— Sim, você tinha me falado. Danglard, descubra com urgência o sobrenome dos avós do velho Vaudel, dos dois lados. Você pode, se for preciso, recuar ainda mais longe, até topar com um Plog.

— Como assim, um "plog"?

— Um sobrenome que comece com Plog. Como Plogerstein, Plögener, Plogoff, Plogodrescu. O sobrenome de solteira de Frau Abster é Plogerstein, o Conrad assassinado em Pressbaum era Plögener e o primo romeno do seu tio Slavko se chamava Plogodrescu. São os pés dele que estão em Higuegate, não os do seu tio. Já é um consolo.

— E Plogoff?

— São uns linguados que eu e o Vladv comemos no jantar.

— Tudo bem — disse Danglard, deixando para lá. — Imagino que seja urgente. Qual é a sua ideia?

— Uma única família. Lembra? A vendeta que o Vaudel temia?

— Uma vendeta contra a família Plog? E por que esses Plog não têm todos o mesmo sobrenome?

— Diáspora ou necessidade de ocultar o sobrenome.

Liberado, Adamsberg conseguiu dormir por duas longas horas antes que Danglard ligasse de volta.

— Achei o Plog — disse. — Trata-se do avô paterno dele, que veio da Hungria.

— Qual o sobrenome, Danglard?

— Acabei de dizer: Plog. Andras Plog.

30

Com o nariz colado na vidraça, Vladislav ia comentando a chegada do trem a Belgrado como se se tratasse de uma verdadeira aventura, soltando de tempo em tempo a palavra "plog" e achando graça sozinho. O humor do tradutor dava à expedição um tom de alegre escapada, porém assumia colorações mais sombrias na mente de Adamsberg à medida que se aproximava da hermética Kisilova.

— Belgrado, a "cidade branca" — anunciou Vladislav, enquanto o trem freava na estação. — Muito bonita, não vamos ter tempo de ver, já que nosso ônibus sai em meia hora. É comum o senhor acordar as pessoas no meio da noite para perguntar se existe algum Plog na família delas?

— Um tira sempre acorda os outros no meio da noite. E também é acordado pelos outros. Valeu a pena, havia mesmo um Plog.

— Plog — repetiu Vladislav, experimentando o novo som como se soltasse uma bolha de ar. — E por que queria saber?

— Plogerstein, Plögener, Plogoff, Plogodrescu e Plog, simplesmente — enumerou Adamsberg. — Tirando Plogoff, os outros quatro sobrenomes estão ligados ao assassinato de Garches. Dois são das vítimas, outro é da amiga de uma vítima.

— E qual a relação com o meu *dedo*? A vítima foi o primo dele, o Plogodrescu?

— Sim, em parte. Dê uma olhada, no corredor, naquela mulher de *tailleur* bege, quarenta, cinquenta anos, um sinal na bochecha, um jeito ausente. Estava na cabine ao lado da nossa. Observe-a enquanto estivermos descendo.

Vladislav foi o primeiro a saltar na plataforma e estendeu seu braço de gato peludo à mulher de *tailleur* para ajudá-la a descer a mala. Ela agradeceu sem entusiasmo e se afastou.

— Elegante, rica, boa de corpo, ruim de rosto — comentou Vladislav, observando enquanto ela se afastava. — Plog. Eu não arriscaria.

— Você foi ao banheiro durante a noite.

— O senhor também, delegado.

— Ela tinha deixado a porta da cabine entreaberta, deu para ver que ela estava lendo. Era ela mesma, não é?

— Era.

— É curioso uma mulher sozinha não trancar a porta num trem noturno.

— Plog — disse Vladislav, que parecia empregar a nova onomatopeia para dizer "com certeza", "combinado" ou "é claro", Adamsberg não sabia direito. O rapaz parecia saborear aquela palavra inédita como uma bala diferente, que sempre se come demais no começo.

— Talvez ela estivesse esperando alguém — sugeriu Vladislav.

— Ou tentando ouvir alguém. Nós, por exemplo. Acho que ela estava no meu voo Paris-Veneza.

Os dois homens subiram no ônibus. "Direção Kaluderica, Smederevo, Kostolac, Klicevac e Kiseljevo", anunciou o motorista, e aquelas palavras davam a Adamsberg a sensação de estar totalmente perdido, o que lhe agradava. Vladislav deu uma olhada nos demais passageiros.

— Ela não está aqui — disse.

— Se ela estiver me seguindo, não vai estar aqui. Dentro de um ônibus fica visível demais. Vai pegar o próximo ônibus.

— E como ela vai saber onde a gente desceu?

— Nós nos referimos a Kisilova durante o jantar?

— Antes do jantar — disse Vladislav, segurando o elás-

tico entre os dentres enquanto refazia seu rabo de cavalo.
— Na hora do champanhe.
— A gente tinha deixado a porta aberta?
— Sim, por causa do cigarro. Ainda assim, uma mulher sozinha tem todo o direito de ir para Belgrado.
— Quem, nesse ônibus, não lhe parece ser de origem eslava?

Vladislav percorreu o veículo de ponta a ponta, fingindo procurar algum objeto perdido, e tornou a se sentar ao lado de Adamsberg.

— O homem de negócios, deve ser suíço ou francês. O *trekker* deve ser alemão do norte; o casal, franceses do sul ou italianos. O casal está na faixa dos cinquenta e eles estão de mãos dadas, o que é insólito para um casal maduro num velho ônibus sérvio. E os tempos na Sérvia não estão para turismo.

Adamsberg fez um sinal indefinido, sem responder. Não falar da guerra. Danglard tinha repetido três vezes essa instrução.

Ninguém desceu com eles na pequena parada de Kiseljevo. Uma vez lá fora, Adamsberg ergueu rapidamente os olhos para a vidraça e pareceu-lhe que o homem do casal insólito olhava para eles.

— Estamos sozinhos — disse Vladislav, esticando os braços magros para o céu límpido. — Kiseljevo — acrescentou, mostrando com orgulho a aldeia, os muros coloridos e os telhados juntinhos, o campanário branco, encravado entre as colinas, o Danúbio brilhando aos seus pés.

Adamsberg pegou sua ficha de viagem e mostrou o nome do proprietário da hospedaria, *Krčma*.

— Isso não é um nome próprio — disse Vladislav —, quer dizer "pousada". Danica, a proprietária, se ainda for ela, foi quem me serviu meu primeiro gole de *pivo*. Cerveja — explicou.

— Como se pronuncia?
— Com "ch". *Krchma.*
— Kruchema.
— Pode ser.

Adamsberg seguiu Vladislav até a *kruchema*, uma casa alta com fachada colorida, ornada de volutas. A conversa cessou quando eles entraram, e os semblantes desconfiados que se voltaram para os dois eram em tudo parecidos, aos olhos de Adamsberg, com os dos normandos do café de Haroncourt ou os bearneses da taberna de Caldhez. Vladislav se apresentou para a proprietária, assinou o registro e então explicou que era o neto de Slavko Moldovan.

— Vladislav Moldovan! — exclamou Danica e, pelos seus gestos, Adamsberg entendeu que Vladislav havia crescido, que da última vez ele era desse tamanhinho.

O clima mudou instantaneamente, vieram apertar a mão de Vladislav, as atitudes se tornaram acolhedoras, e Danica, que parecia ser tão doce como seu nome, logo os acomodou para comer, já era meio-dia e meia. O prato do dia era *burecis* au porco, disse ela, colocando sobre a mesa uma jarra de vinho branco.

— Smederevka, é desconhecido mas é sensacional — disse Vladislav, enchendo os copos. — O que o senhor pretende fazer para encontrar a pista do tal Vaudel? Mostrar a foto dele para todo mundo? Péssima ideia. Aqui, como em todo lugar, o pessoal não gosta de bisbilhoteiros, tiras, jornalistas, investigadores. Seria melhor pensar num outro jeito. Mas o pessoal daqui também não gosta de historiadores, videastas, sociólogos, antropólogos, fotógrafos, romancistas, malucos e etnólogos.

— Isso dá um bocado de gente. Por que eles não gostam de bisbilhoteiros? Por causa da guerra?

— Não. É porque os bisbilhoteiros fazem perguntas e eles não querem mais saber de perguntas. Querem viver de outro jeito. Menos ele — disse, apontando para um idoso que acabava de entrar. — É o único que se atreve a atiçar a chama.

Com a fisionomia feliz, Vladislav atravessou o salão e segurou o recém-chegado pelos ombros.

— Arandjel! — disse com voz forte. *To sam ja! Slavko unuk! Zar me ne poznaješ?*

O idoso, um homem baixo, magro e um pouco sujo, recuou para examiná-lo e em seguida deu um abraço em Vladislav, explicando por meio de gestos que ele tinha crescido bastante, da última vez ele era desse tamanhinho.

— Ele viu que eu estou com um amigo estrangeiro, não quer atrapalhar — explicou Vladislav, voltando a sentar-se, as faces em brasa. — Arandjel era um grande amigo do meu *dedo*. Nenhum dos dois tinha medo de nada.

— Vou dar uma caminhada — disse Adamsberg ao terminar a sobremesa, umas bolinhas doces cujos ingredientes não soube identificar.

— Tome o café primeiro, senão vai ofender a Danica. Por onde pretende caminhar?

— Para os lados do bosque.

— Não, eles não vão gostar. Melhor andar pela beira do rio, parece mais natural. Eles vão me fazer perguntas. O que eu digo? Não dá para falar que o senhor é policial, aqui isso estraga tudo.

— Estraga em qualquer lugar. Diga que eu tive um choque psicoemocional e que me aconselharam a ir para um lugar tranquilo.

— E o senhor veio para cá? Para a Sérvia?

— Digamos que a minha *baba* conheceu o seu *dedo*.

Vlad deu de ombros, Adamsberg tomou seu *kafa* de um só gole e tirou a caneta do bolso.

— Vlad, como se diz "bom dia", "obrigado", "francês"?

— "*Dobro veče*", "*hvala*", "*francuz*".

Adamsberg pediu que ele repetisse e anotou as palavras a seu modo nas costas da mão.

— Para os lados do bosque, não — repetiu Vladislav.

— Já entendi.

O rapaz o observou sair, e então fez um sinal para Arandjel, mostrando que o caminho estava livre.

— Ele teve um choque psicoemocional, precisa caminhar às margens do Danúbio. É amigo de um amigo do *Dedo*.

Arandjel pôs um copinho de *rakija* na frente de Vladislav. Danica, com um ar meio preocupado, ficou observando o estrangeiro se afastar sozinho.

31

Primeiro, Adamsberg deu três voltas na aldeia, olhos bem abertos para absorver os novos lugares e, com seu instintivo senso de orientação, rapidamente localizou as ruas e ruelas, a praça, o cemitério novo, as escadas de pedra, uma fonte, o espaço da feira. Os elementos decorativos eram desconhecidos, painéis escritos em cirílico, os marcos vermelho e branco. As cores eram diferentes, a forma dos telhados, a textura das pedras, as ervas silvestres, mas ele se dava conta de que se sentia à vontade naquele lugarejo perdido. Identificou os caminhos das aldeias vizinhas, dos campos a perder de vista, do bosque, do Danúbio, com alguns velhos barcos na margem. Na margem em frente, os contrafortes azuis dos Cárpatos despencavam abruptamente nas águas do rio.

Acendeu um dos últimos cigarros de Zerk com o isqueiro vermelho e preto e rumou para oeste, na direção do bosque. Uma aldeã vinha puxando uma carriola e, ao cruzar com ela, Adamsberg estremeceu ao se lembrar da mulher do trem. Não havia como comparar, essa era meio enrugada, vestia uma saia simples cinza. Mas tinha um sinal na bochecha. Consultou o dorso da mão.

— *Dobro veče* — disse. — Bom dia. *Francuz.*

A mulher não respondeu, mas também não foi embora. Correu atrás dele, puxando a carriola, e agarrou-o pelo braço. Na linguagem universal do "sim" e "não", explicou-lhe que ele não podia ir naquela direção, e Adamsberg garantiu que desejava ir naquela direção. Ela insistiu, e então acabou por soltá-lo, consternada.

O delegado prosseguiu, penetrou no bosque espaçado, atravessou duas clareiras onde havia cabanas em ruínas, indo topar, dois quilômetros depois, com árvores mais densas. A trilha acabava ali, naquele último espaço de ervas silvestres. Um pouco suado, Adamsberg se sentou num cepo, escutou o vento se erguendo a leste, acendeu o penúltimo cigarro. Um ruído o alertou. A mulher estava ali, sem a carriola, fitando-o com uma mescla de raiva e desespero.

— *Ne idi tuda!*
— *Francuz* — disse Adamsberg.
— *On te je privukao! Vrati se! On te je privukao!*

Ela indicou um ponto no final da pequena clareira, junto aos troncos das árvores, e então deu de ombros, desanimada, como se já tivesse feito o bastante e que aquela fosse uma causa perdida. Adamsberg ficou observando ela ir embora, quase correndo. As recomendações de Vlad e a insistência da mulher impulsionavam sua vontade no sentido contrário, e ele fixou o olhar no fim da clareira. Na entrada do bosque, no lugar que a mulher indicara, distinguiu uma pequena elevação, coberta de pedras e toras de madeira, que na sua terra poderia ser as ruínas de um refúgio de pastores. Ali devia morar o demônio cuja história o tio Slavko contava ao pequeno Danglard.

Com o cigarro pendurado nos lábios, como seu pai fazia, andou até o pequeno outeiro. No chão, semicobertas pelo mato, cerca de trinta toras graúdas se alinhavam, cobrindo a superfície de um comprido retângulo. Pedras grandes tinham sido colocadas sobre aquela base de lenha tosca, como se as toras pudessem sair pelos ares. Uma pedra grande e cinzenta se erguia na extremidade do retângulo, dentada, tosca e toda entalhada e gravada. Nada a ver com ruínas e tudo a ver com um túmulo, mas, considerando-se a determinação da mulher, um túmulo proibido. Uma personagem sagrada, tabu, estava enterrada ali, longe dos demais, fora do cemitério, uma mãe solteira morta no parto, um comediante caído em desgraça, uma criança não batizada. Ao redor do túmulo, os brotos das árvores tinham sido cortados, formando uma desagradável moldura de cepos incipientes e apodrecidos.

Adamsberg sentou-se na grama morna e, com a ajuda de cascas e pauzinhos, retirou pacientemente o musgo que cobria a lápide cinzenta. Passou uma hora prazerosamente absorto nessa tarefa, raspando com suavidade a pedra com as unhas, passando um raminho mais fino no entalhe das letras. À medida que ia desobstruindo a inscrição, percebia que eram caractereres estrangeiros para ele e que a extensa frase estava escrita em cirílico. Somente as quatro últimas palavras eram em letras romanas. Levantou-se, passou mais uma vez a mão pela pedra e recuou um passo para ler.

Plog, diria Vladislav, significando, no caso, "bingo", "achei". De um jeito ou de outro, ele iria acabar descobrindo. Hoje ou amanhã, seus passos o teriam levado até ali, ele teria se sentado diante da pedra, diante da raiz de Kisilova. O extenso epitáfio em sérvio lhe escapava, mas as quatro palavras em letras romanas eram perfeitamente compreensíveis e suficientes: *Petar Blagojević — Peter Plogojowitz*. Em seguida, as datas de nascimento e morte, 1663-1725. Nenhuma cruz.

Plog.

Plogojowitz, como Plogerstein, Plögener, Plog e Plogodrescu. Aqui jazia a origem da família vitimada. Patrônimo original: *Plogojowitz*, ou *Blagojević*. Mais tarde o nome fora alterado ou adaptado de acordo com o país para onde tinham ido os descendentes, dispersados. Aqui jazia a raiz da história e a primeira vítima, o ancestral banido, proibido de receber visita ou oferenda, expulso para a orla do bosque. Também ele assassinado, sem dúvida, só que em 1725. Por quem? A caçada mortal não terminara, e Pierre Vaudel, descendente de Peter Plogojowitz, ainda a temia. A ponto de alertar outra descendente do falecido, Frau Abster-Plogerstein, com aquele кисјова. *Cuide do nosso reino, resista sempre, fora de todo alcance permaneça Kisilova.*

Nada a ver com uma carta de amor, evidentemente. Era um imperioso grito de alerta, um apelo para que os Plogojowitz fossem protegidos, e que cada qual zelasse por isso. Vaudel teria sabido do assassinato de Conrad Plögener? Sem dúvida. Sabia, portanto, que a vendeta recomeçara, se é que um dia havia cessado. O velho temia ser morto e redigira seu testamento após o massacre de Pressbaum, fazendo o possível para distanciar o filho de sua descendência. Num ponto Josselin se enganara; os inimigos de Vaudel nada tinham de imaginário. Tinham rosto e nome. Também eles deviam ter raízes naquele lugar, nas duas primeiras décadas do século XVIII. Quase trezentos anos atrás, portanto.

Adamsberg se sentou sobre os cepos, enfiou as mãos no cabelo, atordoado. Trezentos anos depois, perpetuara-se uma guerra de clãs que atingia o ápice da crueldade. Por que razão? Tesouro escondido, responderia uma criança. Poder, força, dinheiro, diria um adulto, o que dava na mesma. O que você fez, Peter Blagojević-Plogojowitz, para legar esse destino a seus descendentes? E o que fizeram com você? Adamsberg passou os dedos sobre a pedra aquecida pelo sol, murmurando essas perguntas, percebendo que se o sol batia em seu rosto e no dorso da pedra, ela não estava erguida para leste, na direção de Jerusalém. Estava, ao contrário, situada a oeste. Um assassino? Você massacrou os habitantes da aldeia, Peter Plogojowitz? Ou uma de suas famílias? Você pilhou, devastou, aterrorizou a região? O que você fez para que o Zerk ainda lute contra você com aquele esqueleto branco pintado nas costas?

O que você fez, Peter?

Adamsberg copiou cuidadosamente a extensa inscrição, tratando de reproduzir os estranhos caracteres da melhor forma possível.

Пролазниче, продужи својим путем, не осврћи се и не понеси ништа одавде. Ту лежи проклетник Петар Благојевић, умревши лега господњег 1725 у својој 62 гдоини. Нека ђи му клета душа нашла покоја.

32

Seu quarto era alto, repleto de velhos tapetes coloridos, e a cama estava coberta com um edredom azul. Adamsberg deixou-se cair nela, mãos cruzadas sob a nuca. O cansaço da viagem pesava em seus membros, mas ele sorria de olhos fechados, feliz por ter extraído a raiz dos Plog, embora incapaz de entender sua história. Ainda se sentia sem energias para discutir o assunto com Danglard, então enviou-lhe dois breves torpedos — mensagens de texto, como Danglard fazia questão de dizer. *O ancestral é Peter Plogojowitz*. E acrescentou: *† 1725*.

Danica, que, observando melhor, era rechonchuda e bonita e não devia ter mais de quarenta e dois anos, bateu à porta, acordando-o às oito horas — de acordo com seus relógios.

— *Vecera je na stolu* — disse, com um largo sorriso, completando com gestos que significavam "vir" e "comer".

A linguagem de sinais dava conta, tranquilamente, do essencial das atividades vitais.

As pessoas, em Kisilova, não paravam de sorrir, e desse lugar incomum talvez se originasse a "índole alegre" do tio Slavko e de seu sobrinho Vladislav. Descendência que o fez se lembrar de seu próprio filho. Enviou uns pensamentos ao pequeno Tom, em algum lugar da Normandia, e escorregou do edredom. Fora imediatamente tomado de afeto pelo edredom azul-claro, ornado com um cordãozinho e gasto nas pontas, mais atraente que o vermelho-vivo que sua irmã lhe dera. Este cheirava a feno ou dente-de-leão, talvez até a um burrinho. Estava descendo a escadinha de madeira quando o celular vibrou em seu bolso traseiro como um grilo nervoso fazendo cócegas em sua pele. Deu uma olhada na resposta de Danglard. Uma resposta curta e grossa: *Absurdo.*

Vladislav o esperava à mesa, talheres empinados na mão. *Dunajski zrezek*, bife à milanesa, disse ele, indicando o prato, impaciente. Estava vestido com uma camiseta branca, e com isso sua cabeleira de pelos negros chamava ainda mais a atenção. Ela ia até os pulsos, como uma onda uniforme, deixando suas mãos lisas e pálidas.
— O senhor deu uma olhada na paisagem? — perguntou o rapaz.
— No Danúbio e na orla da mata escura. Uma mulher apareceu, tentando me impedir de ir até lá. Até o bosque.
Buscou o olhar de Vlad, que comia, cabeça inclinada para o prato.
— Mas eu fui assim mesmo — insistiu Adamsberg.
— Sensacional.
— O que está escrito aqui? — perguntou Adamsberg, colocando na mesa o papel em que copiara a inscrição gravada na lápide.
Vlad pegou o guardanapo e limpou os lábios devagar.
— Bobagens — disse.
— Sim, mas que bobagens?
Vlad expirou pelo nariz, expressando sua discordância.
— De um jeito ou de outro, uma hora o senhor ia acabar topando com isso. Aqui, isso é inevitável.
— E daí?
— Eu já disse. Eles não querem falar no assunto, só isso. Só de essa mulher ter visto o senhor ir lá já é bem ruim. Não fique surpreso se o expulsarem daqui amanhã. Se quiser continuar a investigação sobre o Vaudel, não provoque o pessoal com esse assunto. Nem com a guerra.
— Eu não falei nada sobre a guerra.
— Viu aquele homem atrás da gente? Viu o que ele está fazendo?

— Vi. Está desenhando nas costas da mão com uma caneta hidrográfica.
— Ele faz isso o dia inteiro. Desenha círculos e quadrados, laranja, verde, marrom. Ele esteve na guerra — Vlad acrescentou, baixando a voz. — Desde então, fica pintando círculos na mão sem dizer uma palavra.
— E os outros homens?
— Kiseljevo foi relativamente poupada. Porque aqui não se deixam mulheres e crianças sozinhas na aldeia. Muitos conseguiram se esconder, muitos ficaram. Não fale sobre o bosque, delegado.
— Está ligado à minha investigação, Vlad.
— Plog — disse Vladislav, erguendo o dedo médio, dando assim um novo significado à onomatopeia. — Nada a ver.
Danica, que tinha ajeitado as madeixas loiras, trouxe a sobremesa e deixou dois copinhos na frente dos pratos.
— Vá devagar — aconselhou Vlad. — É *rakija*.
— O que significa?
— Licor de frutas.
— Estou falando da inscrição na pedra.
Vladislav pôs a folha de lado com um sorriso. Como todos que conheciam Kisilova, sabia a inscrição de cor.
— Só um *francuz* ignorante para não estremecer diante do nome terrível de Peter Plogojowitz. A história é tão conhecida na Europa que ninguém já nem conta mais. Pergunte ao Danglard, ele deve conhecer.
— Eu perguntei. Ele conhece.
— Não me espanta, vindo dele. O que ele disse?
— *Absurdo*.
— O Adrianus nunca me decepciona.
— Vlad, o que está escrito naquela lápide?
— *Tu que chegas diante desta pedra* — recitou Vlad — *segue teu caminho sem ouvir e não colhas nada em redor. Aqui jaz a alma condenada de Petar Blagojević, morto em 1725 aos 62 anos. Que seu espírito maldito dê lugar à paz.*
— Por que dois nomes?

— É um nome só. Plogojowitz é a versão austríaca de Blagojević. Na época em que ele viveu, a região estava sob o domínio dos Habsburgo.

— Por que ele foi amaldiçoado?

— Porque em 1725 o camponês Peter Plogojowitz morreu em Kisilova, sua aldeia natal.

— Não comece pela morte. Me diga o que ele fez em vida.

— Mas foi só depois de morto que a vida dele degenerou. Três dias depois do enterro, Plogojowitz foi procurar a mulher à noite e pediu um par de sapatos para viajar.

— Sapatos?

— É. Ele tinha esquecido os sapatos. Continua interessado ou já percebeu que isso tudo é absurdo?

— Conte o resto, Vlad. Ouvi falar vagamente nesse morto que queria os sapatos.

— Nas dez semanas que se seguiram à visita dele, nove moradores da aldeia tiveram uma morte brutal, todos pessoas próximas a Plogojowitz. Eles se esvaíram em sangue, morreram exauridos. Em meio à agonia, diziam ter visto Plogojowitz se inclinar sobre eles ou até deitar em cima deles. O pânico tomou conta dos habitantes, convencidos de que Plogojowitz tinha virado um vampiro e vinha sugar a vida deles. De repente, a Europa inteira só falava nele. Por causa do Plogojowitz, por causa de Kisilova, onde o senhor está hoje tomando o seu *rakija*, é que a palavra *vampyro* aparece pela primeira vez fora desta região.

— A esse ponto?

— Plog. Mais de dois meses depois, os aldeões estavam decididos a abrir o túmulo a fim de exterminá-lo, mas a Igreja proibia isso categoricamente. Os ânimos se acirraram, o Império enviou autoridades civis e religiosas para conter a revolta. Autoridades que assistiram, impotentes, à exumação. Mas acompanharam tudo e descreveram o que viram. O corpo de Peter Plogojowitz não apresentava o menor sinal de decomposição. Estava intacto, com a pele viçosa.

— Como a mulher de Londres. Uma tal de Elizabeth, cujo

marido abriu o túmulo dela depois de sete anos para pegar de volta os poemas dele. A mulher estava como nova.

— Era uma vampira?

— Pelo que entendi, sim.

— Então é normal. A antiga pele e as unhas do Plogojowitz jaziam no chão da sepultura. Havia sangue saindo por sua boca e por todos os orifícios, narinas, olhos e ouvidos. Todos esses fatos foram minuciosamente registrados pelas autoridades austríacas. Peter tinha comido a sua mortalha e apresentava uma ereção, detalhe que os relatórios costumavam omitir. Apavorados, os camponeses fabricaram uma estaca e transpassaram seu coração.

— Ele emitiu algum arquejo?

— Sim. Seu uivo terrível foi ouvido por toda a aldeia, e um jorro de sangue se espalhou dentro do túmulo. Tiraram seu corpo hediondo e o queimaram até o último pedaço. Desenterraram suas nove vítimas, trancaram todas num jazigo lacrado, e o cemitério foi rapidamente abandonado.

— O velho cemitério, a oeste?

— Sim. Temiam o contágio por baixo da terra. E então as mortes cessaram. Essa é a história que se conta.

Adamsberg sorveu um gole mínimo de *rakija*.

— E o que há na orla do bosque, embaixo do outeiro? Cinzas?

— Existem duas versões. As cinzas dele teriam sido jogadas no Danúbio ou reunidas nesse túmulo distante da aldeia. A crença generalizada é de que um pedaço de Plogojowitz, o hediondo, sobreviveu, dizem que ele ainda é ouvido mastigando debaixo do outeiro. O que também indica que o Peter perdeu seu poder nocivo e decaiu para o nível de um simples de mastigador.

— Ele virou um subvampiro?

— Um vampiro passivo, que não sai do túmulo, que só manifesta sua avidez devorando tudo que encontra em redor: o caixão, a mortalha, a terra. Existem milhares de testemunhos sobre os mastigadores. Seus dentes são ouvidos batendo debaixo da terra. Portanto é melhor não chegar perto e deixá-los trancados em seus covis.

— Por isso as toras de madeira, as pedras?
— Sim, para que eles não possam sair.
— Quem coloca essas coisas lá?
— O Arandjel — disse Vlad, abaixando a voz, enquanto Danica aparecia para tornar a encher seus copos.
— E por que cortam as árvores em volta?
— Porque as raízes mergulham na terra do túmulo. A madeira fica contaminada, não se pode deixar que ela cresça. Nem colher nenhuma flor por ali, pois o Plogojowtiz está dentro das hastes. O Arandjel arrasa tudo uma vez por ano.
— Ele acredita que o Plogojowitz poderia sair dali?
— O Arandjel é o único que não acredita. Aqui, vinte e cinco por cento dos habitantes acreditam piamente. Outros vinte e cinco por cento meneiam a cabeça sem dar sua opinião, para não atrair, nunca se sabe, a fúria do *vampir* com zombarias. Os cinquenta por cento restantes fingem que não acreditam, dizem que são histórias antigas dos ignorantes dos tempos passados. Mas nunca ficam realmente tranquilos, por isso os homens não deixaram a aldeia durante a guerra. O Arandjel é o único que não acredita mesmo. Por isso ele não tem medo de saber tudo sobre a história dos *vampiri*, desde os *vârkolac*, os *opyr*, os *vurdalak*, até os *nosferat, veštica, stafia, morije*.
— Tudo isso?
— Adamsberg, aqui e num raio de uns quinhentos quilômetros, existiram milhares de vampiros. Mas o epicentro é bem aqui onde estamos. Onde reinou Plogojowitz o grande, o mestre incontestável da matilha.
— Se o Arandjel não acredita, por que ele limpa o túmulo?
— Para tranquilizar os moradores. Ele troca as toras todo ano, pois a madeira apodrece por baixo. Há quem acredite que é porque o Plogojowitz já comeu a terra e depois começa a devorar as toras. Então o Arandjel substitui as toras e corta os brotos dos cepos. É o único com coragem para fazer isso, claro. Ninguém chega perto do outeiro,

mas no geral as pessoas se mostram razoáveis. Acham que o Plogojowitz está impotente porque transferiu sua força para a sua descendência.

— Onde está a descendência dele aqui?

— Está brincando? A família inteira fugiu da aldeia para não ser massacrada, antes mesmo de desenterrarem o Plogojowitz. Os descendentes se dispersaram por toda parte, sabe-se lá por onde. Filhotes de vampiro aqui e ali. Mas há quem afirme que se o Plogojowitz conseguir sair do túmulo, tudo irá se reconstituir numa única e terrível entidade. Outros dizem que parte do Plogojowitz está mesmo ali, mas que ele reina inteiro em outro lugar.

— Onde?

— Não sei. Isso tudo são lembranças do que o meu *dedo* me contava. Se quiser saber mais, vai ter que falar com o Arandjel. Ele é meio que um Adrianus aqui da Sérvia.

— Mas, Vlad, houve alguma família em particular que foi objeto da destruição do Plogojowitz?

— A dele, acabei de falar. Foram nove mortes entre os parentes dele. Significa que houve uma epidemia. O velho Plogojowitz estava doente e passou a doença para a família, e a família contagiou os vizinhos. Simples assim. Depois, em meio ao terror, procuraram um bode expiatório, remontaram até o primeiro caso mortal, enfiaram uma estaca no coração dele e fim de papo.

— E se a epidemia tivesse se alastrado?

— Já aconteceu inúmeras vezes. Nesse caso, abre-se o túmulo, imaginando que algumas partes da criatura nefasta ainda estão ativas, e começa tudo de novo.

— E se as cinzas já foram jogadas no rio?

— Abre-se outro túmulo, de algum homem ou mulher suspeito de ter roubado um pedaço do monstro na fogueira, comido esse pedaço e, por sua vez, ter virado *vampir*. E assim por diante, até a extinção da epidemia. De modo que, no fim, sempre é possível dizer: *E cessaram as mortes*.

— Mas as mortes continuam, Vladislav. Um Plögener em Pressbaum e um Plog em Garches. Dois rebentos do

Plogojowitz, na Áustria e na França. Não tem outra coisa para tomar além desse *rakija*? Essa coisa está me devorando como o tal mastigador. Cerveja? Tem cerveja?

— Cerveja Jelen.

— Ótimo, uma Jelen.

— Pode ter surgido alguma outra coisa que desencadeou a vingança. Suponha que o Plogojowitz não fosse um *vampir* em 1725? E aí? O que você diria?

Adamsberg sorriu para a proprietária que lhe trazia a cerveja e pensou em como dizer "obrigado". Consultou o dorso da mão.

— *Hvala* — disse, fazendo o gesto de fumar, e Danica tirou do bolso da saia um maço de aspecto desconhecido, marca Morava.

— É um presente — disse Vlad. — Ela está perguntando por que você tem dois relógios, sendo que nenhum está certo.

— Diga a ela que eu não sei.

— *On ne zna* — traduziu Vlad. — Ela te acha um homem bonito.

Danica voltou para a mesa onde fazia suas contas e Adamsberg acompanhou seu andar com os olhos, seus quadris fartos sob a saia cinza e vermelha.

— E se não fosse a história do *vampir*? — insistiu Vlad.

— Eu teria de procurar uma história de família que envolvesse represálias e punições fatais. Um assassinato desconhecido, um marido traído, um filho ilegítimo, uma fortuna desviada. Vaudel-Plog era riquíssimo e não deixou a herança para o filho.

— Está vendo? Investigue por aí. Onde está o dinheiro.

— Tem os corpos, Vlad. Esfacelados como que para evitar que nenhum fragmento possa ser reconstituído. Os vampiros eram decepados, ou a estaca e o fogo já eram considerados suficientes?

— O Arandjel é que sabe.

— Onde ele está? Quando posso falar com ele?

Um breve diálogo com Danica, e Vlad, meio surpreso, voltou para junto de Adamsberg.

— Parece que o Arandjel está te esperando para almoçar, amanhã, e vai fazer repolho recheado. Ele já sabe que você limpou e contemplou a lápide. Todo mundo já sabe. Ele diz que você não pode mexer com essas coisas sem saber, senão pode morrer.

— Você disse que o Arandjel não acreditava.

— Senão você pode morrer — repetiu Vlad, esvaziando o copo de *rajika* e caindo na gargalhada.

33

Uma estradinha de terra levava à casa de Arandjel, à beira do Danúbio, e os dois homens andavam sem trocar uma palavra, como se um elemento intruso tivesse afetado a relação deles. A não ser que as fumaças vespertinas de Vladislav o tornassem silencioso pela manhã. Já fazia calor, Adamsberg balançava o paletó preto na mão, relaxado, deixando que o tumulto da cidade grande e da investigação se diluíssem em meio à névoa de esquecimento que subia do rio e encobria a imagem feroz de Zerk, o clima tenso da Brigada, a ameaça capital que pesava sobre ele, a flecha lançada pelo pessoal lá de cima e que não demoraria a atingir o alvo. Será que Dinh continuava de cama com febre? Teria conseguido retardar a entrega da amostra? Émile? O cachorro? O sujeito que pintou a sua protetora com tinta cor de bronze? Todos atenuados pela neblina com a qual Kisilova envolvia mansamente seu espírito.

— Você acordou tarde — disse Vladislav afinal, num tom contrariado.

— É.

— E nem tomou café da manhã. O Adrianus disse que você sempre levanta com as galinhas, como um camponês, e chega na Brigada quatro horas antes dele.

— Não ouvi o galo cantar.

— Acho que ouviu muito bem. Acho que você dormiu com a Danica.

Adamsberg caminhou alguns metros em silêncio.

— Plog — disse.

Vladislav rolou uma pedrinha com a ponta do pé, hesitante, e então riu de mansinho. Com o cabelo solto nos ombros, lembrava um guerreiro eslavo levando sua montaria em direção às terras do Oeste. Acendeu um cigarro e retomou o fluxo natural de sua tagarelice.

— Vai perder seu tempo com o Arandjel. Ele vai ensinar a você um monte de coisas muito eruditas, mas nada que vá contribuir para a investigação, nada para se escrever no relatório. Absurdo, como diz o Adrianus.

— Não faz mal, eu não sei escrever relatórios.

— E o seu chefe? O que ele vai dizer? Que você veio fazer amor às margens do Danúbio enquanto há um assassino à solta na França?

— Ele sempre acha mais ou menos isso. O meu chefe, ou não sei quem lá em cima com poder sobre ele, está querendo me detonar. Ou seja, é até melhor eu me informar por aqui.

Vladislav apresentou Adamsberg a Arandjel, o qual acenou com a cabeça e em seguida trouxe o prato de repolhos rechcados para a mesa. Vladislav serviu-se em silêncio.

— Você limpou a pedra do Blagojević — disse Arandjel, começando a comer com garfadas imensas. — Tirou o musgo. Limpou o nome.

Vladislav fazia a tradução simultânea, rápido o suficiente para que Adamsberg tivesse a impressão de estar falando diretamente com o ancião.

— Foi um erro?

— Foi. Não pode mexer no túmulo dele, senão ele é capaz de acordar. O pessoal aqui tem medo dele, algumas pessoas podem se aborrecer por você ter limpado o nome. Algumas podem, inclusive, achar que ele te chamou para ser o servo dele. E te matar antes que você comece a espalhar a morte pela aldeia. Petar Blagojević procura um servo. Entende? Esse é o medo da Biljana, a mulher que tentou te impedir. *Ele te atraiu, ele te atraiu*, foi o que ela te disse, ela me contou.

— *On te je privukao, on te je privukao* —, repetiu Vladislav em sérvio.

— Sim, foi o que ela disse — admitiu Adamsberg.
— Meu rapaz, não entre no mundo dos *vampiri* sem saber.

Arandjel fez uma pausa para que a ideia penetrasse fundo na mente de Adamsberg e então serviu o vinho.

— O Vlad me contou, ontem, qual o seu interesse na história do Blagojević. Faça suas perguntas. Mas não entre nesse lugar incerto.

— O quê?

— O lugar incerto. É o nome da clareira onde ele descansa. Não que o coitado do Petar vá vir pra cima de você, mas pode vir um homem vivo, isso sim. Compreenda que a segurança da aldeia está em primeiro lugar. Coma antes que esfrie.

Adamsberg obedeceu e limpou quase todo o prato antes de falar de novo.

— Houve dois assassinatos terríveis, um na França e outro na Áustria.

— Estou sabendo. O Vlad me contou.

— Acho que as duas vítimas são descendentes do Blagojević.

— O Blagojević não possui descendência conhecida por esse nome. Todos os membros da família deixaram a aldeia sob o nome austríaco, Plogojowitz, para nunca serem localizados pelas pessoas daqui. Mas acabaram descobrindo, através de um Kiseljevien que viajou para a Romênia em 1813 e que, ao voltar, acrescentou na lápide o nome Plogojowitz. Se houver descendentes de Blagojević hoje, eles são todos Plogojowitz. Qual é a sua impressão?

— As vítimas não foram apenas mortas, os corpos foram aniquilados. Perguntei ontem ao Vladislav como se destrói um vampiro.

Arandjel meneou a cabeça várias vezes, afastou o prato e rodou um grosso cigarro entre os dedos.

— O objetivo não é destruir o vampiro, e sim dar um jeito de ele nunca mais voltar. De ele ser barrado, impedido. Existem inúmeras formas de fazer isso. Dizem que a mais comum é transpassar o coração. Mas não é. O mais importante, sempre, são os pés.

Arandjel soprou uma fumaça espessa e falou demoradamente com Vladislav.

— Vou fazer o café — explicou Vladislav. — O Arandjel se desculpa por não ter sobremesa, é ele mesmo que cozinha e ele não gosta de doces. Também não gosta de frutas. Não gosta de líquido escorrendo e grudando nas mãos. Ele perguntou o que você achou do repolho recheado, pois você só se serviu uma vez.

— Estava delicioso — respondeu sinceramente Adamsberg, sem jeito por não ter lembrado de comentar nada sobre a comida. — Eu nunca como muito no almoço. Peça que ele não me leve a mal.

Depois de ouvir a resposta, Arandjel fez um gesto de aceitação, disse que Adamsberg podia chamá-lo pelo nome e continuou sua explicação.

— A providência mais urgente é impedir o morto de caminhar. Se houvesse qualquer suspeita em relação ao morto, a primeira preocupação era com os pés, para que ele não pudesse mais se deslocar.

— E como surgiam as suspeitas, Arandjel?

— Apareciam sinais no velório. O cadáver mantinha uma coloração vermelha, dentro de sua boca surgia um pedaço de sua roupa, ele sorria, seus olhos ficavam abertos. Nesses casos, amarravam seus dedões do pé com um barbante, ou mordiam o dedão, ou enfiavam agulhas na planta de seus pés, ou amarravam as pernas unidas. Dava tudo na mesma.

— E também podiam cortar os pés?

— Evidentemente. Mas esse era um método mais radical, eles não gostavam de recorrer a isso sem ter certeza absoluta. Era um sacrilégio punido pela Igreja. Também era comum cortarem a cabeça e colocá-la entre os pés, dentro do túmulo, para que o morto não pudesse recuperá-la. Ou então amarravam suas mãos nas costas, cortavam-no em pedaços numa maca, tampavam-lhe as narinas, enfiavam pedras em todas as aberturas: boca, ânus, ouvidos. A lista é interminável.

— Faziam alguma coisa com os dentes?

— A boca, meu rapaz, é o ponto crucial no corpo de um vampiro.

Arandjel calou-se enquanto Vladislav servia o café.

— *Comeu bom?* — perguntou Arandjel em francês, um sorriso repentino abrindo seu rosto de lado a lado — Adamsberg estava ficando seduzido por aquele amplo sorriso kiseljeviano. — Conheci um francês na libertação de Belgrado em 1944. *Vin, femmes jolies, bœuf mode.**

Vladislas e Aranjdel caíram juntos na risada e mais uma vez Adamsberg se perguntou como eles conseguiam se divertir com tão pouco. Gostaria de conseguir fazer o mesmo.

— O *vampir* só quer devorar o tempo todo — prosseguiu Arandjel —, por isso come a própria mortalha ou a terra do túmulo. Às vezes lhe enfiavam pedras na boca para tapá-la, ou então alho, terra, às vezes amarravam alguma roupa em volta do pescoço para ele não conseguir deglutir, ou o enterravam de bruços para ele ir engolindo a terra embaixo dele e ir afundando aos poucos.

— Existe gente que come até armário — murmurou Adamsberg.

Vlad se interrompeu, inseguro.

— Que come armário? É isso mesmo?

— É. Os tecófagos.

Vladislav traduziu e Arandjel não pareceu se espantar.

— Na sua terra isso acontece com frequência?

— Não, mas teve também um homem que comeu um avião. E, em Londres, um lorde queria comer as fotografias da mãe dele.

— E eu — disse Arandjel, erguendo o polegar — conheci um homem que comeu o próprio dedo. Cortou o dedo e cozinhou. Só que no dia seguinte ele não lembrava de nada e ficou procurando o dedo por toda parte. Isso

---

(*) Vinho, mulheres bonitas, carne (bovina) de panela. (N. T.)

aconteceu em Ruma. O pessoal hesitou muito tempo entre contar a verdade para ele ou dizer que algum urso tinha comido o dedo dele na floresta. Mas aí uma ursa morreu pouco tempo depois. Trouxeram a cabeça dela e o homem se acalmou, pensando que seu dedo estivesse lá dentro. E guardou aquela cabeça podre.

— Como o urso branco — disse Adamsberg. — O urso que comeu um tio na banquisa, e que o sobrinho levou até Genebra para a viúva, e a viúva o deixou na sua sala.

— Extraordinário — concluiu Arandjel. — Absolutamente extraordinário. E Adamsberg se sentiu recompensado, mesmo tendo precisado vir de tão longe para encontrar um homem que reconhecesse o justo valor da sua história do urso. Já não sabia, porém, onde a conversa tinha parado, e Arandjel percebeu isso em seus olhos.

— Comer os vivos, a mortalha, a terra — relembrou. — Por isso se desconfiava muito de todos com dentes anormais. Essas criaturas tinham dentes mais compridos que as outras pessoas, ou já nasciam com um ou dois dentes.

— Nasciam?

— É, isso não é tão raro. No Ocidente, César nasceu com um dente, Napoleão e Luís XIV também, e muitas outras pessoas desconhecidas. Há quem diga que não era sinal de vampirismo, e sim a marca de um ser de essência superior. Eu — ele acrescentou, tilintando os dentes no copo — nasci como o César.

Adamsberg aguardou que Vladislav e Aranjdel terminassem sua risada ruidosa e pediu um papel. Reproduziu o desenho que fizera na Brigada, assinalando as partes do corpo mais afetadas.

— Esplêndido — disse Arandjel, pegando o desenho. — Sim, as articulações, para impedir o corpo de se esticar. Os pés, claro, e os dedões mais ainda, para ele não andar, o pescoço, a boca, os dentes. O fígado, o coração, a alma dispersada. O coração, sede de vida dos *vampiri*, era não raro extraído do cadáver e submetido a um tratamento especial. Um magnífico aniquilamento, realizado por um homem que

entende perfeitamente do assunto — concluiu Arandjel, como que aprovando o trabalho de um profissional.
— Já que ele não podia queimar o corpo.
— Isso mesmo. Mas o que ele fez dá exatamente na mesma.
— Arandjel, será possível que alguém ainda acredite nisso tudo a ponto de destruir todos os descendentes dos Plogojowitz?
— Como assim, "acredite"? Todo mundo acredita, meu rapaz. Todo mundo tem medo que à noite uma lápide se levante, de sentir um vento frio passando pelo pescoço. E ninguém acha que os mortos podem ser bons companheiros. Acreditar nos *vampiri* não é nada mais que disso.
— Não estou falando do velho e grande medo, Arandjel. Mas de alguém que acredite ao pé da letra, para quem os Plogojowitz são autênticos *vampiri* que devem ser exterminados. Será possível isso?
— Sem dúvida nenhuma, se esse alguém achar que sua própria infelicidade vem daí. As pessoas buscam uma causa externa para o seu sofrimento, e quanto maior o sofrimento, maior tem que ser a causa. Nesse caso, o sofrimento do assassino é imenso. E a resposta dele é prodigiosa.
Arandjel se virou para falar com Vladislav, enquanto enfiava o desenho de Adamsberg no bolso. Levar as cadeiras lá fora, debaixo da tília e em frente à curva do rio, aproveitar o sol, buscar uns copos.
— *Rajika* não, por favor — sussurrou Adamsberg.
— *Pivo*?
— Sim, se não for ofender o Arandjel.
— Não tem perigo, ele gosta de você. Poucas pessoas vêm conversar com ele sobre os *vampiri*, e você ainda trouxe um caso novo. Para ele, é um acontecimento.
Os três homens sentaram-se em círculo debaixo da árvore, ao calor do sol e ao murmurar do Danúbio, Arandjel meio que cerrando as pálpebras. A bruma se dissipara e Adamsberg contemplava, na outra margem, o cume dos Cárpatos.

— Depressa, antes que ele durma — avisou Vladislav.
— É aqui que eu tiro a minha sesta — confirmou o ancião.
— Arandjel, só tenho mais duas perguntas.
— Enquanto eu não terminar meu copo, estou escutando — disse Arandjel, o olhar divertido, tomando um gole bem pequeno.

Adamsberg teve a impressão de estar envolvido num jogo de muita inteligência, e que devia refletir com bastante rapidez enquanto o álcool se esgotava como a areia de uma ampulheta. O fim do copo sinalizaria a interrupção das palavras do saber. Calculou que seu tempo disponível eram cinco goles de *rakija*.

— Existe alguma relação entre o Plogojowitz e o antigo cemitério do norte de Londres, o Higuegate?
— Highgate?
— É.
— Mais do que uma relação, meu rapaz. Dizem que, muito antes de construírem esse cemitério, o corpo de um turco foi levado àquela colina dentro de um caixão e durante muito tempo descansou ali sozinho. Só que as pessoas confundem tudo, não era um turco. Era um sérvio e dizem que era o senhor *vampir*, o próprio Plogojowitz. Fugindo de sua terra para reinar dali de Londres. Dizem até que foi sua presença, lá no alto da colina, que acabou gerando, espontaneamente, a construção do cemitério de Highgate.

— Plogojowitz, senhor de Londres — murmurou Adamsberg, quase desconcertado. — Então quem depositou os sapatos ali não estava fazendo uma oferenda. Estava provocando, estava combatendo o Plogojowitz. Mostrando-lhe seu poder.

— *Ti to veruješ* — disse Vlad, fitando Adamsberg e sacudindo a cabeleira. — Você já está acreditando. Não se deixe enrolar pelo Arandjel, é o que o *Dedo* sempre me dizia. Ele está brincando. Como um filhote de raposa.

Mais uma vez Adamsberg deixou passar o coro de risadas abundantes dos dois, vigiando o nível de álcool na mão de Arandjel. Cruzando seu olhar, Arandjel tomou mais um gole. Dentro do copo, só restava um mínimo centímetro. "O tempo está passando, pense bem na sua pergunta." Era exatamente o que parecia dizer o sorriso de Arandjel, como uma esfinge desafiando o passante.

— Arandjel, houve alguém que foi particularmente visado por Peter Plogojowitz? É possível que alguma família se julgue a principal vítima do poder dos Plogojowitz?

— Absurdo — disse Vlad, resgatando o termo de Danglard. — Essa eu já respondi. Quem se ferrou foi a própria família dele.

Arandjel levantou a mão para que Vladislav se calasse.

— Isso mesmo — disse. — Acabou-se — acrescentou, servindo-se de mais um pouco de *rakija*. — Você ganhou o tempo de um último copo antes da minha sesta.

Concessão que parecia vir a calhar para o ancião. Adamsberg pegou seu caderninho.

— Não — disse Arandjel com firmeza. — Se não consegue memorizar, é porque seu interesse é insuficiente. Nesse caso, não vai estar perdendo nada.

— Estou escutando — disse Adamsberg, guardando o caderninho no bolso.

— Pelo menos uma família foi perseguida pelo Plogojowitz. Isso foi na aldeia de Medvegia, não muito longe daqui, no distrito de Braničevo. Você pode ler a respeito no *Visum et Repertum* que o médico Flückinger redigiu em 1732 para o conselho militar de Belgrado depois do encerramento do inquérito.

O "Danglard da Sérvia", lembrou-se Adamsberg. Não fazia ideia do que seria o tal *Visum et Repertum* nem de como encontrá-lo, e o velho Arandjel o desafiava a não anotar nada. Adamsberg esfregou as mãos uma na outra, tenso de medo de esquecer. *Visum et Repertum*, de Flückinger.

— O caso provocou ainda mais alarde que o do Plogojowitz, foi uma autêntica deflagração em todo o Ocidente, opondo violentamente os a favor e os contra, Voltaire escarnecendo, o imperador da Áustria se metendo, Luís XV ordenando que o inquérito prosseguisse, os médicos arrancando os cabelos, outros rezando pela própria salvação, os teólogos pegos desprevenidos. Houve uma avalanche de literatura e discussões. Vinda daqui — acrescentou Arandjel, voltando o olhar para as colinas em redor.

— Estou ouvindo — repetiu Adamsberg.

— Um soldado regressou à sua aldeia, Medvegia, depois de anos de campanha na guerra entre a Áustria e a Turquia. Ele já não era o mesmo. Contou que durante sua epopeia tinha sido vítima de um *vampir*, lutara arduamente contra ele, e este o perseguira até a Pérsia turca quando por fim conseguira abater o monstro e inumá-lo. Levou consigo alguma terra da sepultura, que comia regularmente a fim de se proteger de seus ataques. Sinal de que o soldado não se sentia a salvo do morto-vivo, mesmo achando que o tinha derrotado. Vivia, assim, em Medvegia, devorando terra, andando pelos cemitérios, perturbando os vizinhos. Em 1727, ele caiu de uma carroça de feno e quebrou o pescoço. No mês seguinte à sua morte, houve quatro óbitos em Medvegia, *do jeito como morrem os que são molestados por vampiros*, e bradaram que o soldado tinha, por sua vez, se tornado *vampir*. A agitação foi tamanha que, quarenta dias após sua morte, as autoridades concordaram com a exumação, feita na presença delas. O resto da história todo mundo conhece.

— Conte assim mesmo — pediu Adamsberg, temendo que Arandjel parasse por ali.

— O corpo estava corado, havia sangue fresco escorrendo por todos os orifícios, a pele estava nova e esticada, as velhas unhas jaziam no fundo do túmulo, e não foi constatado nenhum sinal de decomposição. Fincaram uma estaca no corpo do soldado, que soltou um urro aterrador. Há quem diga que ele não urrou, mas soltou um suspiro não humano. Foi decapitado e queimado.

O ancião sorveu um gole pequeno, sob o olhar atento de Adamsberg. Não restava mais que um terço do segundo copo. Se Adamsberg entendera as datas direito, o tal soldado morrera dois anos depois de Plogojowitz.

— As quatro vítimas, por sua vez, foram tiradas do túmulo e passaram pelo mesmo tratamento. Mas como receassem que o contágio do vampiro de Medvegia tivesse se estendido por sua vizinhança funerária, resolveram aprofundar a investigação. Um inquérito oficial foi aberto em 1731. Quarenta túmulos próximos aos do soldado foram abertos e descobriu-se que dezessete corpos permaneciam gordos e avermelhados: eram Militza, Joachim, Ruscha, seu filho Rhode, a mulher de Bariactar e seu filho, Stanache, Millo, Stanoicka, e muitos outros. Todos foram tirados de suas sepulturas e queimados. E as mortes cessaram.

Restavam apenas umas poucas gotas no copo de Arandjel, tudo dependia da velocidade com que ele resolveria tomá-las.

— Se esse soldado lutou com Peter Plogojowitz — começou Adamsberg rapidamente —, pois era mesmo o Plogojowitz, não é?

— É o que dizem.

— Nesse caso, os membros de sua família não eram vampiros intencionais, digamos, e podiam se considerar vítimas de Plogojowitz, vampirizados à força, destruídos pela criatura.

— Sem dúvida nenhuma. É isso que eles são.

Arandjel girou a última gota no copo, examinando o brilho de suas faces ao sol.

— E o nome do soldado? — perguntou depressa Adamsberg. — Ainda lembram qual era?

Arandjel ergueu a cabeça na direção do céu branco e jogou a última gota de *rekija* na boca sem levar o copo aos lábios.

— Arnold Paole. O nome dele era Arnold Paole.

— Plog — comentou Vladislav.

— Tente não esquecer — concluiu Arandjel, esticando-se na poltrona. — É um nome fugidio. Como se a aspiração dos Plogojowitz o tivesse tornado inconsistente.

34

Adamsberg escutava a tagarelice de Weill ao telefone, que perguntava sobre a culinária e os vinhos locais. Será que ele pelo menos tinha provado o repolho recheado?
Seus passos o conduziam tranquilamente por uma paisagem que agora já lhe parecia familiar, quase sua. Reconhecia aquela flor, aquela ondulação do terreno, aquela vista para os telhados. Chegou à encruzilhada do caminho florestal, quase seguiu na direção da orla do bosque, recuou. *Atraído*, você está sendo *atraído*. Desceu fazendo um ângulo reto e chegou ao caminho do rio, deixando os olhos perambularem pelo cume dos Cárpatos.
— Está me ouvindo, delegado?
— Sim, claro.
— Afinal, estou trabalhando para você.
— Não, você está trabalhando contra as sombras do poder lá de cima.
— Pode ser — admitiu Weill, que não gostava de ser pego em um flagrante delito de sentimentos honoráveis.
— Estou começando pelo terceiro degrau da sua escada, escada essa que está apoiada, evidentemente, nas bocarras do inferno.
— É — disse Adamsberg, distraído por uma quantidade de borboletas brancas que, em meio ao calor, brincavam ao redor de sua cabeça como se ele fosse uma flor.
— O juiz do processo da menina Mordent se chama Damvillois. Vi, identifiquei. É um sujeito medíocre, com a carreira estagnada, mas que tem um meio-irmão eminente.

O Damvillois não nega nada a ele, pois conta com o irmão para subir. Quarto degrau, o meio-irmão, Gilles Damvillois, poderoso juiz de instrução em Gavernan, carreira em rápida ascensão, apto a conseguir o cargo de procurador-geral. Desde que o atual procurador se disponha a apoiar sua candidatura. Quinto degrau, o atual procurador, Régis Trémard, fazendo de tudo para obter nada menos que a presidência da Corte de Cassação — isso se o atual presidente passar o Trémard à frente dos outros.

Adamsberg se embrenhara numa trilha desconhecida, rente à curva do Danúbio, que levava a um antigo moinho. As borboletas continuavam à sua volta, quer por terem se afeiçoado a ele, quer por serem agora outras borboletas.

— Sexto degrau, o presidente da Corte de Cassação, Alain Perrenin, que ambiciona a vice-presidência do Conselho de Estado. Desde que o atual vice-presidente dê uma forcinha. Acho que nesse ponto começamos a esquentar. Sétimo degrau, a vice-presidente do Conselho de Estado, Emma Carnot. Estamos queimando. Ela subiu abrindo caminho à força, sem jamais perder nem meio dia de vida com gracinhas, lazer, prazer e outras bobagens como essas, típicas de pessoas sensíveis. É uma máquina de trabalhar e tem uma quantidade fenomenal de contatos e apoios.

Adamsberg penetrou no antigo moinho, ergueu a cabeça para examinar sua estrutura, diferente do antigo moinho de Caldhez. As borboletas o abandonaram em meio à semiobscuridade. No chão, sentia sob os pés uma camada de titica de passarinho compondo um tapete macio e agradável.

— Ela está de olho no Ministério da Justiça — disse Adamsberg.

— E, depois disso, em algo mais acima. Ela está de olho em tudo, é uma caçadora desenfreada. O Danglard revistou, a meu pedido, a sala do Mordent. Ele encontrou lá o telefone particular da Emma Carnot, mal dissimulado, tolamente colado embaixo da mesa. Desculpável se fosse um brigadeiro, mas ponto negativo para um policial com patente de comandante. Meu conselho não falha: se você não é capaz de decorar dez algarismos de um número de telefone, nunca se meta em nenhuma tramoia. Meu segundo conselho é: dê um jeito para ninguém nunca enfiar uma granada debaixo da sua cama.

— Sim, claro — disse Adamsberg, estremecendo ao lembrar de Zerk, que ele tinha deixado escapar.

Uma verdadeira bomba debaixo da sua cama, capaz de lhe explodir as entranhas, como um sapo. Mas só ele sabia disso. Aliás, não; Zerk também sabia e tinha a intenção de usar essa bomba. *Eu vim te infernizar a vida.*

— Satisfeito? — perguntou Weill.

— De saber que a mandachuva do Conselho de Estado está no meu pé, Weill? Não muito.

— Adamsberg, a coisa agora é descobrir por que a Emma Carnot não quer de jeito nenhum que se descubra o assassino de Garches. Colaborador perigoso? Filho? Ex-amante? Dizem que atualmente ela só frequenta mulheres, mas há quem cochiche — e tenho na minha manga alguém cochichando alto e bom som na Corte de Apelação de Limoges — que houve, antigamente, um marido. Muito antigamente. É sempre bom bisbilhotar os velhos baús familiares. Terceiro conselho: esconda sua família e sua sexualidade num esconderijo bem inacessível e, se possível, queime tudo.

— É decerto o que ela está tentando fazer.

— Eu pesquisei, Adamsberg. Não achei nenhum casamento, nenhuma ligação com o caso Garches ou Pressbaum. Aliás, nenhum casamento é exagero.

Weill emitiu um ruído com a língua, saboreou um breve silêncio.

— A página que poderia corresponder ao seu nome de solteira, no cartório que poderia ser o dela, já que ela nasceu em Auxerre, foi simplesmente arrancada. A funcionária afirma que uma mulher "do Ministério" exigiu ficar a sós com o registro por causa de um "segredo de Estado". Desconfio que nossa Emma Carnot esteja perdendo as estribeiras. Dá para sentir o pânico. Uma mulher de cabelo escuro — disse a funcionária. Quarto conselho: nunca use peruca, é ridículo. Ou seja, trata-se de fato de um casamento que foi escamoteado do conhecimento público.

— O assassino tem apenas vinte e nove anos.

— É filho desse casamento. Ela está protegendo o filho. Ou está dando um jeito para a loucura dele não atrapalhar a carreira dela.

— Weill, a mãe do Zerk se chama Gisèle Louvois.

— Sei disso. Podemos supor que a Carnot se livrou discretamente do recém-nascido, acertando uma adoção mediante uma boa grana.

— O.K., Weill. E agora que chegamos ao sétimo degrau, o que a gente faz?

— A gente surrupia o DNA da Carnot, compara com o DNA do lenço, e pronto. Facílimo, o lixo do Conselho de Estado é levado todos os dias para a praça do Palais-Royal. Quando tem sessão plenária, dá pra achar nas lixeiras as garrafas de água e os copinhos de café que os membros do Conselho usaram. E entre essas garrafas, a da Carnot. E eles têm sessão amanhã. Desligue o celular, delegado, e só volte a ligar amanhã às sete, sem falta.

— Horário de Paris?

— É, nove da manhã aí para vocês.

— Pode deixar — registrou Adamsberg, aliviado de repente pela vice-presidente do Conselho de Estado ter gerado o tal Zerk. Pois, se ele não se lembrava de jeito nenhum de ter transado com uma Gisèle, tinha certeza absoluta de nunca ter dormido com a vice-presidente.

Desligou o celular de Weill e tirou a bateria. Amanhã, nove horas. Ia ter de explicar sua saída matinal à proprietária da *kruchema*. Mordeu os lábios. Ele havia jurado a Zerk, na maior boa-fé, que sempre lembrava os nomes e semblantes das mulheres com as quais fazia amor. E essa mulher datava de ontem apenas. Fez um esforço, passou em revista as palavras que tinha ouvido, "*kruchema*", "*kafa*", "*danica*", "*hvala*". Danica, isso mesmo. Deteve-se em frente à porta do antigo moinho, invadido por uma preocupação muito mais séria. O nome do soldado sérvio cuja vida Peter Plogojowitz infernizara? Ele ainda lembrava quando enveredara pelo caminho do rio. Mas lhe saíra da memória com o telefonema de Weill. Segurou, inutilmente, a cabeça entre as mãos.

O ruído veio de trás, como de um saco sendo arrastado no chão. Adamsberg se virou, ele não estava sozinho.

— E aí, seu filho da puta? — disse a voz no escuro.

35

Foi com o rangido de uma fita adesiva desenrolada aos trancos que Adamsberg recuperou a consciência. Zerk o estava amarrando com fita adesiva. Já estava com as pernas imobilizadas quando ele o puxara para fora do moinho e o pusera dentro de um carro a uns vinte metros dali.

Por quanto tempo o deixara amarrado no chão do antigo moinho? Até escurecer, deviam ser agora mais de nove da noite. Mexeu os pés, mas o resto do corpo estava embalado como uma múmia pelas tiras adesivas. Tinhas os pulsos presos e a boca fechada. Do homem só enxergava um vulto escuro. Mas podia ouvi-lo. O som do couro da jaqueta, o resfolegar do esforço, suas onomatopeias sem muito sentido. Em seguida, um breve trajeto no banco de trás do carro, menos de um quilômetro, e a parada. Zerk puxava-o pelos pulsos colados, como se os braços constituíssem a alça de um cesto enorme. Penou por cerca de trinta metros, parando cinco vezes, enquanto o cascalho ia rolando sob o torso de Adamsberg. Largou-o de repente, ofegante, ainda resmungando, e abriu uma porta.

Cascalho nas costas, furando-lhe a camisa. Onde tinha visto cascalhos pontudos em Kisilova? Um cascalho preto, diferente do que se vê na França. O homem girou uma chave, uma chave grande e antiga, a julgar pelo som pesado do metal. Depois voltou para junto dele, agarrou-o pela alça dos braços, fez com que descesse brutalmente alguns degraus de pedra e largou-o no chão. Chão de terra batida. Zerk cortou a fita adesiva dos pulsos, tirou-lhe o paletó, a camisa, cortando a roupa com várias facadas para ser mais rápido. Adamsberg tentou reagir, mas já estava demasiado fraco, suas pernas estavam presas e frias, e a bota do sujeito esmagava-lhe o tórax. Em seguida, mais fita adesiva, dessa vez enrolada ao redor do tronco, grudando os braços nos flancos, e em volta dos pés, imobilizados como todo o resto. Algumas passadas, e Zerk fechou a porta sem dizer palavra. O frio intenso contrastava com a noite tépida, a escuridão era absoluta. Um porão, sem um respiradouro sequer.

— Você sabe onde você está, seu filho da puta? Por que não me deixou em paz?

A voz lhe chegava deformada, meio aguda e sussurrante, como de um rádio antigo.

— Eu agora te conheço, tira, e tomo minhas precauções. Você está dentro, eu estou fora. Enfiei um emissor debaixo da porta, estou falando através dele. Se você gritar, ninguém vai ouvir, nem vale a pena tentar. Ninguém nunca vem aqui. A porta tem dez centímetros de espessura, as paredes são do tipo fortaleza. Um legítimo *bunker*.

Zerk soltou uma risada, breve e sem melodia.

— E sabe por quê? Porque você está dentro de um túmulo, seu filho da puta. No túmulo mais hermético de toda Kisilova, do qual ninguém nunca deve sair. Vou descrever o lugar, já que você não enxerga nada, para você poder ter uma ideia antes de morrer. Quatro caixões empilhados de um lado e cinco de outro. Nove mortos. Está bom para você? E se você abrisse o caixão logo à sua direita, não tenho certeza de que ia encontrar um esqueleto. Talvez um corpo fresquinho e inchado de seiva. O nome dela é Vesna, e ela devora os homens. Quem sabe goste de você!

Outra risada.

Adamsberg cerrou os olhos. Zerk. Onde ele se escondera naqueles dois últimos dias? No bosque, talvez, numa das cabanas abandonadas da clareira. Mas, também, que importância tinha? Zerk o seguira, o encontrara, e fim de linha. Incapaz de mover os membros, Adamsberg já sentia os músculos se ancilosando, o frio penetrando seu corpo. Zerk estava certo, ninguém se aventurava no antigo cemitério, de jeito nenhum. Uma grande área abandonada desde o terror de 1725, como Arandjel explicara. Ninguém se arriscava a entrar ali, nem mesmo para endireitar as lápides caídas de seus ancestrais. E era ali que ele estava, a oitocentos metros da aldeia, no jazigo das nove vítimas de Plogojowitz, afastado dos demais e do qual ninguém iria se aproximar. A não ser Arandjel. Mas o que Arandjel sabia daquela situação? Nada. Vladislav? Nada. Só Danica talvez se preocupasse ao ver que ele não voltava para a *kruchema*. Ele já perdera o jantar, iam servir *kobasice*, dissera a proprietária. Mas o que Danica poderia fazer? Falar com Vlad. Que iria falar com Arandjel. E aí? Onde procurar por ele? À beira do Danúbio, por exemplo. Mas quem iria imaginar que um tenebroso Zerk o trancara no jazigo do antigo cemitério? Arandjel, em desespero de causa, poderia pensar na possibilidade. Dali a uma semana, dez dias. Até lá ele poderia aguentar sem comer nem beber. Mas Zerk não era bobo. Imobilizado daquela maneira, no frio, o sangue já congelando no corpo, que já formigava, não iria aguentar nem dois dias. Talvez nem sequer até amanhã. *Meu rapaz, não entre no mundo dos* vampiri *sem saber.* Sob a violência do medo, ele lamentou. A tília, os Cárpatos, o brilho do copinho de *rakija*.

— Amanhã você vai estar morto, seu filho da puta. Se quer saber, eu voltei à sua casa. Matei a gatinha com uma pisada de bota. Ela esguichou para tudo que foi lado. Me irritou você me obrigar a salvar aquela gatinha. Assim você não me deve mais nada. Também peguei seu maldito DNA na casa. Vou tirar a prova. E todo mundo vai saber que o Adamsberg abandonou o filho e no que esse filho se tornou. Por sua culpa. Sua culpa. Sua. E você será desonrado por muitas e muitas gerações. *Os pais comeram uvas verdes e os dentes dos filhos ficaram embotados.* Adamsberg respirava com dificuldade, Zerk apertara com força a fita adesiva em seu peito. *Amanhã você vai estar morto, seu filho da puta.* Membros imóveis e respiração reduzida, falta de oxigenação no sangue, não ia demorar. Por que lhe doía a visão da gatinha detonada sob a bota de Zerk se em poucas horas ele estaria morto? Por que se pegava pensando nos *kobasice*, sem nem sabia o que eles eram? Os *kobasice* lhe lembravam Danica, que lhe lembrava Vlad e seus pelos de gato, que lhe lembrava Danglard, e então Tom e Camille, despreocupados na Normandia, que lhe lembravam Weill, a tal Emma Carnot, com quem nunca dormira. E Gisèle? Tampouco. Por quê, naquele exato momento, sua cabeça não podia parar quieta, se concentrar num único e trágico pensamento?

— Só tem uma coisa que sou obrigado a admitir — retomou a voz, como que a contragosto. — Você foi brilhante. Você sacou. Eu fico com o seu cérebro e deixo o corpo com você. Deixo você aí, seu idiota, como você me deixou.

Zerk puxou o fio, o emissor deslizou por baixo da porta, e esse foi o último som que Adamsberg escutou. Exceto o sopro do zumbido agonizante em seu ouvido, já quase sumido, só agora ele percebia. A menos que fosse o suspiro da mulher avermelhada que dormia ao seu lado, no leito de baixo, à direita. Adamsberg se pegou torcendo para que a *vampir* Vesna saísse do caixão e viesse chupar seu sangue, oferecendo-lhe vida eterna. Ou simplesmente sua companhia. Mas não tinha jeito. Mesmo dentro daquele túmulo, ele não acreditava em nada. Sem que pudesse controlar, seu corpo tremeu durante alguns segundos. Espasmos convulsivos, sem dúvida o começo do descarrilamento orgânico. Seu pensamento assustado voou até o homem dos dedos de ouro e para o seu fuzível F3. O tratamento do dr. Josselin o faria resistir mais que o normal? Com seu fuzível e o parietal recauchutados? Um novo tremor o deixou gelado sob a bandagem de fita adesiva. Não. Sem chance.

No que a gente deve pensar quando está para morrer?

Alguns versos passaram por sua mente, ele que nunca tinha decorado nenhum. E a palavra *kobasice*, que ele memorizara. Se vivesse até o dia seguinte, talvez acordasse sabendo falar inglês. Lembrando normalmente das coisas, como todo mundo.
Na noite do túmulo, Tu que me...
Era um verso que Danglard resmungava frequentemente, entre outros mil. Mas não lembrava o final.
Na noite do túmulo, Tu que me...
Já não sentia a parte inferior das pernas. Ia morrer ali, como um *vampir*, boca selada e pés atados. Assim eles nunca mais conseguem sair. Mas Peter Plogojowitz conseguiu. Ressurgiu como a chama ressurge a partir de uma coisica entre seus próprios escombros. Apoderou-se de Higuegate, da mulher do tal Dante e das jovens colegiais. Continuou sujeitando a família vampirizada do soldado sérvio. Família vingadora, de que o doido do Zerk devia ser descendente, mas ele já não podia mandar mensagens de texto a Danglard para perguntar. Canalha do Weill, que o obrigara a desativar o GPS. Por quê?
Na noite do túmulo, Tu que me consolaste.*
Lembrou da continuação do verso. Respirava com inspirações curtas, mais difíceis que ainda há pouco. A asfixia era mais rápida do que imaginara. Zerk sabia das coisas.
Ainda há pouco quando? Devia fazer uma hora que Zerk deixara o cemitério. Não ouvia o sino da igreja que poderia orientá-lo. Muito longe da aldeia. Tampouco podia consultar seus relógios, que não eram nem capazes de informar a hora das mijadas do Lucio.
Na noite do túmulo, Tu que me consolaste.
O poema continuava, havia algo como *os suspiros da santa e os gritos da fada*. Sim, como Vesna.
Uma respiração, outra. A sua.
Arnold Paole. Lembrou o nome do soldado derrotado por Peter Plogojowitz. E isso ele nunca mais ia esquecer.

(*) Gérard de Nerval, *El Desdichado*.

36

Danica entrou sem bater no quarto de Vladislav, acendeu a luz de cabeceira, sacudiu o rapaz.

— Ele ainda não chegou. São três da manhã.

Vlad ergueu a cabeça, deixou-a cair no travesseiro.

— Ele é um tira, Danica — resmungou, sem se dar tempo para pensar. — Ele não se comporta como todo mundo.

— Ele é um tira? — Danica repetiu, chocada. — Você disse que ele era um amigo que tinha sofrido um choque mental.

— Um choque psicoemocional. Sinto muito, Danica. Escapou. Mas ele é um tira. E sofreu um choque psicoemocional.

Danica cruzou os braços sobre o peito, perturbada, ofendida, revisitando sua noite anterior nos braços de um policial.

— O que ele está aprontando por aqui? Suspeita de alguma pessoa em Kiseljevo?

— Ele está procurando a pista de um francês.

— Quem?

— Pierre Vaudel.

— Por quê?

— Alguém aqui pode ter conhecido esse Pierre Vaudel muito tempo atrás. Me deixa dormir, Danica.

— Pier Vaudel? O nome não me diz nada — disse Danica, roendo a unha do polegar. — Mas eu não gravo o nome dos turistas. Eu precisaria dar uma olhada no registro. Quando foi isso? Antes da guerra?

— Acho que bem antes. Danica, são três da manhã. O que você está fazendo no meu quarto, afinal?

— Já falei. Ele ainda não chegou.

— E eu já respondi.

— Isso não é normal.

— Com um tira, nada é normal, você sabe disso.

— Não há nada para fazer aqui à noite, mesmo sendo policial. Não se fala "tira", Vladislav, é "policial". Você virou um rapaz não muito educado. Se bem que o seu *dedo* também não era.

— Deixa o meu *dedo* pra lá, Danica. E deixa pra lá também as convenções. Você não é de respeitar tanto assim as convenções.

— O que você quer dizer?

Vlad fez um esforço e se sentou na cama.

— Nada. Você está mesmo preocupada?

— Estou. O que ele veio fazer aqui era alguma coisa perigosa?

— Não faço ideia, Danica, e estou cansado. Não conheço o caso, não estou nem aí, só vim junto para traduzir. Houve um assassinato perto de Paris, uma coisa horrorosa. E outro na Áustria antes desse.

— Se o assunto é assassinato — disse Danica, atacando a unha do polegar —, pode-se dizer que existe perigo.

— Só sei que, no trem, ele achava que estava sendo seguido. Mas todo tira é meio assim, não é? Eles não veem os outros como a gente vê. Ele talvez tenha voltado à casa do Arandjel. Acho que eles tinham um monte de histórias legais para contar um para o outro.

— Não seja bobo, Vladislav. Como é que ele iria falar com o Arandjel? Com as mãos? Ele não sabe uma palavra de inglês.

— Como você sabe?

— São coisas que a gente percebe — retrucou Danica sem jeito.

— Tudo bem — disse Vlad. — Agora me deixe dormir.

— Vladislav, um assassino mata policiais, não é? — continuou Danica, roendo os dois polegares ao mesmo tempo. — Quando eles chegam perto da verdade.

— Quer saber? Acho que ele está se afastando muito depressa da verdade.

— Por quê? — perguntou Danica, soltando os polegares brilhantes de saliva.

— Se você continuar roendo as unhas, um dia ainda acaba roendo um dedo inteiro. E no dia seguinte vai procurar o dedo por toda parte.

Danica sacudiu a cabeleira loira, impaciente, e recomeçou a roer.

— Tem certeza de que ele está se afastando da verdade? Por quê?

Vlad riu de mansinho e pôs as mãos nos ombros arredondados da proprietária.

— Porque ele acha que o francês e o austríaco assassinados são da família Plogojowitz.

— E você acha graça? — disse Danica, levantando-se. — Você acha graça?

— Todo mundo acha graça, Danica, até os tiras de Paris.

— Vladislav Moldovan, você tem tão pouco miolo quanto o seu *dedo* Slavko.

— Quer dizer que você é como os outros, é? *Ti to verujé?* Você não entra no lugar incerto? Não vai saudar o túmulo do pobre do velho Peter?

Danica colocou a mão sobre a boca dele.

— Cale a boca, pelo amor de Deus. O que você está querendo? Atrair o Peter? Você não é só mal-educado, Vladislav; você é tolo e presunçoso. E mais umas coisas que o velho Slavko não era. Egoísta, preguiçoso, covarde. Se o Slavko estivesse aqui, ele iria procurar o seu amigo.

— Agora?

— Você não vai deixar uma mulher sair sozinha pela noite, vai?

— De noite não se enxerga nada, Danica. Me acorde daqui a três horas, quando amanhecer.

* * *

Às seis da manhã, Danica já tinha incluído o cozinheiro Boško e seu filho Vukasin no grupo de buscas.

— Ele conhece os caminhos — explicou Danica — e saiu para passear por aí.

— Talvez tenha caído — disse Boško sério.

— Vocês vão para o lado do rio — disse Danica —, eu e o Vladislav vamos para o lado do bosque.

— E o celular dele? — perguntou Vukasin. — O Vladislav sabe o número?

— Já tentei — disse Vlad, que ainda parecia estar achando graça — e a Danica ficou insistindo entre três e cinco da manhã. Nada. Está fora de área ou sem bateria.

— Ou dentro d'água — disse Boško. — Perto da pedra grande tem uma passagem perigosa, para quem não conhece. As tábuas balançam, o lugar não é legal. Esses estrangeiros têm titica de galinha na cabeça.

— E o lugar incerto? Ninguém vai até lá? — perguntou Vlad.

— Guarde as suas gracinhas, garoto — disse Boško.

E, por um tempo, o rapaz se calou.

Danica estava transtornada. Eram dez da manhã e ela servia o café da manhã aos três homens. Tinha de admitir que eles provavelmente estavam certos. Não haviam encontrado nem sinal de Adamsberg. Não tinham ouvido nenhum chamado, nenhum gemido. Mas o chão do antigo moinho fora pisoteado, sem dúvida, a camada de excrementos de passarinho estava remexida. As pegadas prosseguiam pela relva até a estrada, onde havia marcas de pneus bem visíveis na estreita porção de terra.

— Fique tranquila, Danica — dizia, com voz doce, o imponente Boško, cabeça calva equilibrada por uma enorme barba grisalha. — Ele é um policial, já viu coisa pior e sabe o que está fazendo. Deve ter pedido um carro e foi até Beograd falar com os *policajci*. Pode ter certeza.

— Assim, sem se despedir? Não foi nem falar com o Arandjel.
— Os *policajci* são assim, Danica — garantiu Vukasin.
— Não são que nem a gente — resumiu Boško.
— Plog — disse Vladislav, começando a sentir pena da boa Danica.
— Talvez tenha surgido uma emergência. Ele teve que ir embora em seguida.
— Posso ligar para o Adrianus — sugeriu Vlad. — Se o Adamsberg estiver com os tiras de Beograd, ele deve saber.

Adrien Danglard, porém, estava sem notícias de Adamsberg. E, o que era mais preocupante, Weill tinha um encontro telefônico marcado com ele naquela manhã, às nove horas, horário de Belgrado, e o celular não havia atendido.

— O aparelho não pode estar sem bateria — insistiu Weill com Danglard. — Ele não ligava nunca, só usava para falar comigo e nós só nos falamos uma vez, ontem.
— Pois ele está incomunicável e ilocalizável — disse Danglard.
— Desde quando?
— Desde que saiu de Kisilova para dar uma caminhada, por volta das cinco da tarde de ontem. Às três horas no horário de Paris.
— Sozinho?
— Sim. Liguei para a polícia de Beograd, de Novi Sad, de Banja Luka. Ele não entrou em contato com nenhum serviço policial do país. Eles verificaram com os táxis locais, e nenhum carro pegou cliente nenhum em Kisilova.

Quando Danglard desligou o telefone, sua mão tremia, suas costas estavam molhadas de suor. Ele acalmara Vladislav, dizendo que, com o Adamsberg, uma ausência repentina não devia ser preocupante. Mas era mentira. Adamsberg estava sumido havia dezessete horas, ou seja, uma noite inteira. Não saíra de Kisilova, caso contrário teria lhe avisado. Danglard abriu a gaveta de sua mesa, pegou a garrafa intacta de vinho tinto. Um bom vinho Bordeaux, alto pH, baixa acidez. Fez um muxoxo, largou a garrafa mal-humorado e desceu a escada em caracol que levava ao porão. Ainda restava, escondida atrás da caldeira, uma garrafa de vinho branco, que ele abriu como um principiante, rebentando a rolha. Sentou-se no caixote familiar que lhe servia de banco, tomou alguns goles. Caramba, por que o delegado deixara o GPS em Paris? O sinal estava fixo, indicando sua casa. No frio daquele porão, que cheirava a mofo e a esgoto, sentiu que estava perdendo Adamsberg. Ele sabia, ele tinha dito, devia ter ido junto para Kisilova.

— O que você está fazendo? — perguntou a voz rouca de Retancourt.

— Não acenda esta droga de luz — disse Danglard. — Me deixe aqui no escuro.

— O que foi?

— Estamos há dezessete horas sem notícias dele. Sumiu. E a minha sensação, se você quer saber, é de que ele está morto. O Zerquetscher acabou com ele em Kiseljevo.

— O que é Kiseljevo?

— É a entrada do túnel.

Danglard indicou-lhe outro caixote, como quem oferece uma poltrona na sala.

37

Seu corpo inteiro desaparecera numa camada de frio e insensibilidade, sua cabeça ainda funcionava parcialmente. Deviam ter passado horas, talvez umas seis. Ainda sentia a parte de trás da cabeça, quando conseguia balançá-la no chão. Tentar manter o cérebro aquecido, continuar a usar os olhos, abri-los, fechá-los. Eram os últimos músculos sobre os quais conseguia agir. Mexer os lábios sob a fita adesiva que se descolara um pouco com a saliva. E daí? De que servem olhos ainda vivos ao lado de um cadáver? Seus ouvidos ainda ouviam. Não havia nada para ouvir, exceto o maldito mosquito do zumbido. Dinh era um cara que sabia mexer as orelhas, mas ele não. Suas orelhas, ele sentia, seriam sua última parte viva. Voariam juntas dentro daquele jazigo, como uma borboleta desgraciosa, muito mais feia que aquelas que o acompanharam até o antigo moinho. As borboletas não quiseram entrar, deveria ter pensado melhor e feito como elas. Seus ouvidos captaram um som ao lado da porta. Ele a estava abrindo. Ele voltara. Preocupado, viera conferir se o serviço estava concluído. Caso contrário, ia concluí-lo a seu modo, machado, serra, pedra. Um sujeito nervoso, ansioso, as mãos de Zerk não paravam de se cruzarem e descruzarem.

A porta se abriu, Adamsberg fechou os olhos para evitar o choque da luminosidade. Zerk fechou o batente com toda a cautela, sem pressa, acendeu uma lanterna para examiná-lo. Adamsberg sentia o clarão indo e vindo sobre suas pálpebras. O homem se ajoelhou, pegou a fita adesiva que selava sua boca e arrancou-a com força. Depois apalpou o corpo, verificou as bandagens todas. Ele agora respirava forte, procurava alguma coisa na mochila. Adamsberg abriu os olhos, fitou-o.

Não era Zerk. O cabelo não era o cabelo de Zerk. Curto e bem grosso, com reflexos ruivos que atraíam a luz da lanterna. Adamsberg só conhecia um homem com um cabelo tão estranho, moreno e malhado de mechas ruivas, onde se enfiara a faca quando ele era criança. Veyrenc, Louis Veyrenc de Bilhc. E Veyrenc saíra da Brigada depois do contundente combate que o opusera a Adamsberg.* Fazia meses que voltara para a sua aldeia, Laubazac, que mergulhava os pés nos rios do Béarn, nunca mais dera notícias.

O homem pegou uma faca e tentava romper a armadura de fita adesiva que comprimia o peito de Adamsberg. A faca cortava mal, avançava devagar, o homem rugia e praguejava. E aquele não era o rugido de Zerk. Era o de Veyrenc, escanchado sobre ele, brigando com as fitas. Veyrenc tentava tirá-lo dali, Veyrenc naquele jazigo, em Kisilova. Criou-se na cabeça de Adamsberg uma imensa bolha de gratidão para com o companheiro de infância e inimigo de ontem, Veyrenc, *na noite do túmulo, tu que me consolaste*, quase uma bolha de paixão, Veyrenc, o versejador, o cara encorpado de lábios doces, o pentelho, a criatura única. Tentou mover os lábios, pronunciar seu nome.

— Cale a boca — disse Veyrenc.

O bearnês conseguiu abrir a carapaça de fita adesiva, puxou sem doçura, arrancando os pelos do peito e dos braços.

— Não fale, não faça barulho. Se doer, melhor. Quer dizer que você ainda sente alguma coisa. Mas não grite. Está sentindo alguma parte do corpo?

— Nada — Adamsberg indicou, mal balançando a cabeça.

— Caramba, você não consegue falar?

(*) Ver, da mesma autora, *Relíquias sagradas* (Companhia das Letras, 2009).

— Não — fez Adamsberg, da mesma maneira.

Veyrenc cuidou da parte inferior da múmia, soltando aos poucos as pernas e os pés. Então jogou raivosamente atrás de si o monte de fita adesiva enroscada e pôs-se a bater violentamente no corpo com a palma das mãos, como um baterista empenhado numa improvisação frenética. Depois de cinco minutos, fez uma pausa, alongou os braços para relaxá-los. Por trás de suas formas meio arredondadas, dos músculos de contornos imprecisos, Veyrenc possuía uma força brutal e Adamsberg podia ouvir, sem de fato sentir, o estalar de suas mãos. Então Veyrenc mudou de técnica, pegou os braços, dobrou-os, desdobrou-os, fez o mesmo com as pernas, bateu de novo em toda a superfície do corpo, massageou o couro cabeludo, voltou aos pés. Adamsberg movia os lábios insensíveis, com a impressão de que poderia começar a formar algumas palavras.

Veyrenc se arrependeu de não ter trazido álcool, como poderia imaginar? Vasculhou sem grande esperança os bolsos das calças de Adamsberg, achou os dois celulares, uns malditos passes de ônibus inúteis. Apanhou os farrapos de paletó que jaziam no chão, passou de um bolso a outro, chaves, camisinhas, carteira de identidade, até que seus dedos encontraram uns frasquinhos minúsculos. Adamsberg trazia consigo três garrafinhas de conhaque.

— Froi... ssy — murmurou Adamsberg.

Veyrenc pareceu não entender, pois aproximou o ouvido de seus lábios.

— Froi... ssy.

Veyrenc só conhecera rapidamente a tenente Froissy, mas captou a mensagem. Brava Froissy, mulher formidável, uma cornucópia. Abriu a primeira garrafa, ergueu a cabeça de Adamsberg e deixou escorrer.

— Consegue engolir? Deglutir?

— Sim.

Esvaziada a garrafa, Veyrenc abriu a segunda e enfiou-lhe o gargalo entre os dentes, com a impressão de ser algum químico vertendo um produto milagroso num imenso recipiente. Esvaziou as três garrafas e observou Adamsberg.

— Está sentindo alguma coisa?
— Den... tro.
— Perfeito.

Veyrenc procurou novamente na mochila, pegou a escova de cabelos — necessária já que nenhum pente conseguia dar conta da densa cabeleira do bearnês. Enrolou a escova num trapo de camisa e esfregou sua pele como quem fricciona um cavalo enlameado.

— Está doendo?
— Come... çando.

Por mais meia hora, Veyrenc o moeu de pancadas, ativou seu membros, escovou-o, enquanto ia consultando Adamsberg para saber que parte "estava voltando". As canelas? As mãos? O pescoço? O conhaque esquentava a garganta, a fala voltava.

— Agora, vamos tentar pôr você de pé. Senão, não vamos conseguir estimular os pés.

Apoiando-se num caixão, o forte Veyrenc levantou-o sem dificuldades e firmou-o sobre os pés.

— Não, meu cha... pa, não sin... to o chão.
— Fique de pé, assim o sangue desce.
— A... cho que não... são meus pés, acho que... são dois... cascos de... cavalo.

Enquanto firmava Adamsberg, Veyrenc pela primeira vez observou o local, movimentando a lanterna.

— Quantos mortos tem aqui dentro?
— Os... nove. E... uma que... não está real... mente morta. É uma... vampira, Vesna. Se você... está aqui, é... porque está sa... bendo.

— Não sei de nada. Nem sei quem te botou neste jazigo.

— O Zerk.

— Não conheço. Cinco dias atrás, eu estava em Laubazac. Deixa descer o sangue.

— Então como você... veio parar aqui? A montanha... te cuspiu?

— Isso. Como estão os cascos de cavalo?

— Um deles... está indo. Posso... caminhar... mancando.
— Sua arma está por aqui?
— Na... *kruchema.* Pousada. E a sua?
— Não tenho mais arma. Não dá para sair daqui sem proteção. O cara voltou quatro vezes à noite para dar uma olhada na porta do jazigo, pôr a orelha nela e escutar. Esperei até ele sumir, e depois ainda esperei mais um tanto para ter certeza de que ele não ia voltar.
— A gente... sai com... quem? Com a Vesna?
— A fresta embaixo da porta tem meio centímetro. Talvez dê para pegar um sinal. Fique firme, estou te soltando.
— Só tenho um... pé, e estou meio... bêbado com esse co... nha... que.
— Pode agradecer a esse conhaque.
— Eu agradeço. Também agradeço... a você.
— Não se apresse, você ainda pode se arrepender.
Veyrenc se deitou de bruços, colou o telefone na porta e o examinou à luz da lanterna.
— Temos algum sinal, pode dar certo. Você sabe o número de alguém na aldeia?
— Vladis... lav. Procure no meu celu... lar. Ele fala francês.
— Ótimo. Como se chama esse lugar?
— Jazigo das nove ví... timas de Plogojo... witz.
— Que simpático — comentou Veyrenc, teclando o número de Vladislav. — Nove vítimas. Era algum assassino em série?
— Um mestre vam... piro.
— O seu amigo não atende.
— Insista. Que... horas são?
— Quase dez da manhã.
— Ele pode ainda es... tar flutuando. Tente.
— Você confia nele?
Com a mão apoiada num caixão, Adamsberg estava num pé só, como um pássaro desconfiado.
— Sim — disse afinal. — Não... sei. Ele ri... o tempo todo.

38

Adamsberg baixou a cabeça diante da luz, agarrando-se ao ombro de Veyrenc. Danica, Boško, Vukasin e Vlad os observavam enquanto saíam do jazigo, os três primeiros mudos de pavor, dedos cruzados para neutralizar os maus fluidos. Danica fitou Adamsberg petrificada ao perceber o sombreado verde sob seus olhos, os lábios azulados, as faces cor de giz, a pele do tronco riscada de vermelho e até com linhas de sangue nos pontos em que a escova passara e tornara a passar.

— Droga — irritou-se Vladislav —, não é só porque eles estão saindo do jazigo que eles estão mortos. Ajudem, porra!

— Você não tem educação — disse Danica mecanicamente.

À medida que ia identificando os sinais de vida no rosto de Adamsberg, ela recobrava o fôlego. Quem era o desconhecido? O que estava fazendo no túmulo dos malditos? A cabeleira bicolor de Veyrenc parecia ainda mais preocupante que o aspecto moribundo de Adamsberg. Boško se adiantou com cautela, pegou o outro braço do delegado.

— O... paletó — disse Adamsberg, apontando a porta.
— Vou pegar — disse Vladislav.
— Vlad! — rugiu Boško. — Nenhum filho desta aldeia entra aí dentro. Mande o estrangeiro.

A ordem foi tão definitiva que Vlad se deteve e explicou a situação a Veyrenc. Veyrenc deixou Adamsberg apoiado em Boško e tornou a descer os degraus.

— Ele não vai voltar — prognosticou Danica, com seu aspecto mais sombrio.
— Por que ele tem o cabelo manchado de fogo, igual a um filhote de javali? — perguntou Vukasin.
Veyrenc retornou dois minutos depois com a lanterna, os farrapos da camisa e do paletó. Então empurrou a porta com o pé.
— Temos que trancar essa porta — disse Vukasin.
— A única pessoa que tem a chave é o Arandjel — disse Boško.
Em meio ao silêncio, Vlad traduziu o diálogo entre pai e filho.
— A chave não vai adiantar — disse Veyrenc. — Eu entortei a fechadura quando arrombei.
— Eu volto depois e ponho umas pedras para segurar — resmungou Boško. — Não sei como esse homem conseguiu passar a noite aí sem ser devorado pela Vesna.
— O Boško está perguntando se a Vesna tocou em você — explicou Vlad. — Alguns dizem que ela sai do caixão, outros acham que ela não passa de uma mastigadora que fica suspirando à noite para assustar os vivos.
— Ela talvez tenha sus... pirado, Vlad — disse Adamsberg. — Os sus... piros da santa e... os gritos da... fada. Ela não me queria mal algum.

Danica pegou as xícaras, trouxe os bolinhos.
— Se o pé dele não voltar, vem a podridão e vai ter que cortar — disse Boško sem nenhuma delicadeza. — Acenda o fogo, Danica, um fogo forte. Faça um café bem quente e traga *rajika*. E vista uma camisa nele, caramba.
Puxaram o pé de Adamsberg para junto das chamas, com o café bem quente enriquecido com *rajika*. A proximidade da morte suscitava em Adamsberg pensamentos sem igual, que em nada diminuíam seu afeto por aquela aldeia perdida nas névoas do rio. Pelo contrário. Deixar o país, e até sua montanha, partir, acabar, e acabar aqui, no meio

da névoa, se o Veyrenc aceitasse ficar e se outras pessoas viessem ter com ele — o Danglard, o Tom, a Camille, o Lucio. A Retancourt também. O gato gordo, transportado até Kisilova sem se mexer em cima da copiadora. E o Émile, por que não? Mas a ideia do Zerquetscher o projetava violentamente para a grande cidade de Paris, suas camisetas estampadas com as costelas da morte, o sangue da casa de Garches. Danica esfregava seu pé inerte com um álcool em que tinha amassado umas folhas, e ele se perguntava o que ela esperava exatamente. Torcia para que os gestos dela, meio carinhosos, não fossem notados.

— Por onde andou, seu imbecil? — perguntou a voz rangente de Weill no seu celular privado, seu cinismo atenuado por um alívio evidente.

— Trancado num jazigo com oito mortos e uma morta-viva, a Vesna.

— Ferido?

— Não, apertado num rolo de plástico até a asfixia.

— Quem?

— O Zerk.

— Acharam você?

— O Veyrenc me achou. O Veyrenc entrou lá dentro.

— O Veyrenc? Aquele sujeito teimoso como uma porta de pau? Aquele que vivia fazendo versos?

— O próprio.

— Achei que ele tinha saído da Brigada

— E saiu, mas foi ele quem entrou no jazigo. Não me pergunte como, Weill, eu não sei.

— Mas fico feliz em saber que você está inteiro, delegado.

— Só está me faltando um pé.

— Muito bem — disse Weill, sem jeito, incapaz de oferecer algum conforto de maneira direta. — Me concentrei na vice-presidente. Houve de fato um casamento há vinte e nove anos.

— Qual o nome do marido?

— Não sei, pus um anúncio nos jornais. Uma testemunha do casamento, uma mulher, foi morta há uma semana em Nantes com duas balas na cabeça. A filha respondeu ao anúncio. Estou procurando a segunda testemunha.

Nantes. Adamsberg lembrava de ter pensado em Nantes. Mas quando? E por quê?

— Houve algum filho?

— Não faço ideia. Se houve, ela deve ter dado.

— Temos que procurar essa criança, Weill.

Adamsberg desligou e apontou para o pé.

— Tem alguma coisa formigando aí dentro — avisou.

— Deus seja louvado — disse Danica, fazendo o sinal da cruz.

— Então a gente já vai indo — disse Boško, logo seguido por Vukasin. — Você consegue se virar com o almoço?

— Vá descansar, Boško. Ele também precisa ir para a cama.

— Ponha uma bolsa de água quente em cima do pé dele.

Enquanto Adamsberg adormecia debaixo do edredom azul, arrumaram um quarto para o desconhecido de cabelos de javali, cujo sorriso Danica achava delicioso. Seu lábio se erguia lindamente para um lado, dando a seu rosto um encanto fugaz. Os cílios compridos criavam uma leve sombra nas faces de contornos diluídos. Nada a ver com o físico nervoso e oscilante de Adamsberg. O desconhecido não procurava agradar. Trazia, contudo, as marcas do demônio na cabeleira, e sabe-se como o demônio pode assumir as feições de um sedutor.

39

Veyrenc concedeu ao delegado duas horas de sono e então entrou em seu quarto, abriu as cortinas e levou duas cadeiras para perto da lareira em que Danica acendera um grande fogo. O calor do cômodo estava sufocante, de fazer suar um morto, o que era o objetivo de Danica.

— Como vai esse seu casco de cavalo? Você vai virar centauro ou vai continuar sendo homem?

Adamsberg abanou o pé, testou o movimento dos dedos.

— Homem — disse ele.

— *Ele sobe aos céus, devagar se eleva,*
Mas era apenas um homem e era apenas um sonho,
Permanecia mortal podendo apenas decair.
Vamos. Esqueçamos aqui tais sonhos ilusórios.

— Você queria perder esse hábito.

— *Ai, senhor,*
Muito me esforcei, chegava a ter esperanças,
Quando os antigos demônios arrancaram-me a vitória.

— É sempre assim. O Danglard resolveu parar com o vinho branco.

— Impossível.

— Está passando para o tinto.

Fez-se um silêncio. Veyrenc sabia que o tom de leveza não iria durar, e Adamsberg o pressentia. Era um simples aperto de mão antes de uma subida difícil.

— Pode perguntar — disse Veyrenc. — E quando eu não quiser mais saber das suas perguntas, falo.

— Está bem. Por que você desceu a montanha? Para se realizar?
— Uma pergunta de cada vez.
— Para se realizar?
— Não.
— Por que você desceu a montanha?
— Porque eu li no jornal. A matéria sobre o massacre de Garches.
— Você estava interessado no caso?
— Estava. Por isso acompanhei o seu trabalho.
— Por que não apareceu na Brigada?
— Minha intenção era mais te vigiar que te cumprimentar.
— Você sempre trabalha na moita, Veyrenc. Estava vigiando o quê?
— Sua investigação, seus atos, seus encontros, os rumos que você tomava.
— Por quê?

Veyrenc fez um gesto com os dedos no ar, indicando que Adamsberg passasse à pergunta seguinte.

— Você me seguiu mesmo?
— Eu estou aqui desde a noite anterior à da sua chegada a Belgrado com esse garoto cheio de cabelos.
— O Vladislav, o tradutor. Não são cabelos, são pelos. Ele puxou à mãe.
— Foi o que ele disse. Uma amiga minha, no trem, se encarregou de escutar vocês.
— Elegante, rica, bonita de corpo, feia de rosto. Foi o que o Vlad disse.
— Ela não tem nada de rica. Estava representando um papel.
— Então diga a ela para trabalhar melhor, eu a notei ainda em Paris. Como você sabia para onde eu ia depois de Belgrado? Ela não estava no ônibus.
— Liguei para um colega do Departamento de Missões, que me informou dos seus deslocamentos. Uma hora de-

pois de você fazer a reserva, eu já sabia que o seu destino era Kiseljevo.

— Não se pode confiar nos tiras.

— Não, você sabe que não.

Adamsberg cruzou os braços, baixou a cabeça. A camisa branca que Danica lhe emprestara tinha bordados na gola e nas mangas, e ele examinou os entrelaçados brilhantes de fios vermelhos e amarelos nos punhos. Talvez iguais aos dos sapatos do tio Slavko.

— Não foi o Mordent quem te passou essas informações? E te pediu para me seguir?

— O Mordent? Por que o Mordent?

— Você não sabe? Ele está em casa com depressão.

— E o que isso tem a ver?

— Tem a ver com a filha dele que está para ser julgada. Tem a ver com o pessoal lá de cima que não quer que o assassino seja pego. Que jogou a rede sobre a Brigada. Pegaram o Mordent, todo homem tem seu preço.

— Em quanto você me avalia?

— Bem caro.

— Obrigado.

— Já o Mordent está um perfeito boçal como traidor.

— Decerto porque não tem vocação.

— Mas acabou se saindo bem. Graças a um inocente cartuchinho plantado debaixo de uma geladeira, graças a umas bravas aparas de lápis jogadas em cima de um tapete.

— Não sei do que você está falando. Não conheço o dossiê. Por isso você deixou escapar o suspeito? Te obrigaram a isso?

— Está falando do Émile?

— Não, do outro.

— Eu não deixei escapar o Zerk — disse Adamsberg com firmeza.

— Quem é o Zerk?

— O esmagador, o Zerquetscher. O assassino do Vaudel e do Plögener.

— Quem é Plögener?
— Um austríaco que teve direito ao mesmo tratamento cinco meses antes. Resumindo, você não sabe nada. Mas foi você que abriu o jazigo de Kisilova.
Veyrenc sorriu.
— Você nunca vai confiar em mim de verdade, não é?
— Se eu conseguir entender, acabo chegando lá.
— Peguei o avião para Belgrado e me antecipei vindo de táxi para Kiseljevo.
— Teriam reparado em você aqui na aldeia.
— Eu dormi na cabana da clareira. Vi você passar no primeiro dia.
— Quando descobri o Peter Plogojowitz.
— Quem é esse?
A ignorância de Veyrenc parecia sincera.
— Veyrenc — disse Adamsberg, levantando-se —, se você não sabe quem é Peter Plogojowitz, então não tem realmente nada para fazer aqui. A menos que você tenha pensado, e neste caso me diga por quê, que eu estivesse em perigo.
— Eu não vim com a ideia de tirar você daquele jazigo. Não vim com a ideia de te ajudar. Pelo contrário.
— Agora sim — disse Adamsberg. — Você falando desse jeito, eu entendo melhor.
— Mas também não iria deixar você morrer dentro do túmulo. Acredita em mim?
— Acredito.
— Pensei que o perigo fosse você. Eu te segui quando você foi na direção do antigo moinho, vi o carro alugado, com placa de Belgrado, na estrada. Pensei que fosse seu. Não sabia onde você pretendia ir, então me escondi no porta-malas. Mas tudo aconteceu de outro jeito. Cheguei junto com você no maldito cemitério. O cara tinha uma arma, eu não. Esperei, vigiei. Como eu falei, ele voltava o tempo todo para conferir o serviço. Só consegui intervir quando a manhã já ia longe. Quase tarde demais. Mais umas duas horas e você virava centauro.

Adamsberg tornou a se sentar, examinou mais uma vez os bordados. Não olhar para o sorriso de Veyrenc, não se deixar enrolar por aquele sujeito como se deixara enrolar pela fita adesiva.

— Quer dizer que você viu o Zerk.
— Sim e não. Saí do porta-malas algum tempo depois de vocês e me escondi a certa distância. Eu distinguia os vultos, não mais que isso. A jaqueta de couro dele, as botas.
— Sim — disse Adamsberg, contraindo os lábios. — O Zerk.
— Se com "Zerk" você quer dizer o assassino de Garches, sim, era o Zerk. Se com "Zerk" você quer dizer o cara que foi até sua casa na quarta de manhã, então não era o Zerk.
— Você também estava lá naquele dia?
— Estava.
— E não intercedeu? Era o mesmo homem, Veyrenc. O Zerk é o Zerk.
— Que não necessariamente é o Zerk.
— Você continua não sendo nada claro.
— *Você então mudou tanto a ponto de gostar de clareza?*

Adamsberg se levantou, apanhou o maço de Morava no aparador da lareira, acendeu um cigarro nas brasas do fogo.

— Você está fumando?
— Culpa do Zerk. Ele deixou um maço lá em casa. Vou fumar até conseguir pôr as mãos nele.
— Então por que deixou ele ir embora?
— Não enche, Veyrenc. Ele estava armado, eu não pude fazer nada.
— Não? Nem chamar reforço depois que ele foi embora? Nem mandar cercar o bairro? Por quê?
— Não te interessa.
— Você deixou ele fugir porque não tinha certeza que ele fosse o assassino de Garches.
— Tenho certeza absoluta. Você não sabe nada des-

sa investigação. Pois fique sabendo que o Zerk deixou o DNA em Garches, num lenço. E que é o mesmo DNA que na quarta-feira entrou na minha casa com as próprias pernas, com a clara intenção de me matar, naquele dia ou em outro qualquer. E saiba também que esse sujeito é ruim como a peste. E que nem uma vez ele negou o crime.
— Não?
— Pelo contrário, estava muito orgulhoso. E saiba ainda que ele voltou lá para esmagar um filhote de gato com a bota. E saiba que ele usa uma camiseta cheia de costelas, vértebras e gotas de sangue.
— Eu sei, vi quando ele saiu.

Veyrenc pegou um cigarro do maço, acendeu-o, andou pelo quarto. Adamsberg acompanhava suas idas e vindas, observava sua expressão de javali teimoso que desfazia a doçura de suas feições. Veyrenc estava protegendo Zerk. Veyrenc, portanto, andava de mãos dadas com Emma Carnot. Veyrenc se unia aos demais para empurrá-lo no abismo. Nesse caso, por que o tirara do jazigo? Para empurrá-lo legalmente no abismo?

— Fique sabendo, Adamsberg, que há trinta anos uma certa Gisèle Louvois se deixou engravidar perto da pontezinha da Jaussène. Você conhece o lugar. E que ela escondeu a gravidez em Pau e deu à luz um filho, Armel Louvois.
— O Zerk. Eu sei disso, Veyrenc.
— Porque ele te contou.
— Não.
— É claro que sim. Ele enfiou na cabeça que foi você quem engravidou a mãe dele. É óbvio que ele falou com você sobre isso. De alguns meses para cá, ele só pensa nisso.
— Tudo bem, ele falou comigo. Está certo, ele enfiou essa ideia na cabeça. Ou melhor, a mãe dele enfiou na cabeça dele.
— Com razão.

Veyrenc voltou para junto da lareira, jogou o cigarro nas chamas, se ajoelhou para atiçar o fogo. Adamsberg já não sentia aquela bolha de gratidão pelo seu ex-assistente. Ele arrancara a fita adesiva, sem dúvida, mas agora estava tentando prendê-lo na rede.

— Abra o jogo, Veyrenc.

— O Zerk está certo. A mãe dele está certa. Aquele rapaz da ponte da Jaussène era Jean-Baptiste Adamsberg. Sem dúvida nenhuma.

Veyrenc se levantou, com um pouco de suor no rosto.

— O que faz de você o pai do Zerk, ou do Armel, como preferir.

Adamsberg cerrou os dentes.

— Veyrenc, como você pode saber uma coisa que eu próprio ignoro?

— Isso acontece bastante na vida.

— Só uma vez na minha vida eu fiz alguma coisa e depois não me lembrei. Foi no Quebec e eu tinha bebido como uma esponja.* Há trinta anos, eu não bebia nada. O que você sugere? Que, tomado de amnésia, acometido por ubiquidade, fiz amor com uma mulher que jamais conheci? Nunca na vida eu dormi, ou sequer falei, com uma Gisèle.

— Acredito em você.

— Acho bom mesmo.

— Ela tinha horror ao nome dela e sempre dava outro nome aos garotos. Você não dormiu com uma Gisèle, e sim com uma Marie-Ange. Perto da pontezinha da Jaussène.

Adamsberg se sentiu rolando uma ladeira íngreme. Sua pele ardia, a cabeça martelava. Veyrenc saiu do quarto, Adamsberg enfiou os dedos nos cabelos. É claro que ele tinha dormido com uma Marie-Ange, o cabelo à *garçonne*, meio dentuça, a pontezinha da Jaussène, a chuva ligeira e a relva úmida que por pouco não tinham posto tudo a perder. É claro que a carta recebida mais tarde, empolada e incompreensível, era assinada por ela. É claro que Zerk se pare-

---

(*) Ver, da mesma autora, *Sous le vents de Neptune* (ed. Viviane Hamy, 2004).

cia com ele. Com que então o inferno era isso. Um filho de vinte nove anos caindo de repente nas nossas costas, e as costas se partindo sob um peso de chumbo. Ser pai do sujeito que fatiara Vaudel, do cara que o trancara dentro de um jazigo. Você sabe onde você está, seu filho da puta? Não, ele já não sabia onde estava, seu filho da puta, a não ser que estava dentro daquela pele que suava e ardia, a cabeça tombando como pedra sobre os joelhos, lágrimas picando os olhos.

Veyrenc voltou sem dizer uma palavra trazendo uma bandeja com uma garrafa, pão e queijo. Colocou-a no chão, retomou seu lugar sem olhar para Adamsberg, encheu os copos, passou queijo no pão — *kajmak*, reconheceu Adamsberg. Observava-o, o rosto ainda escondido nas mãos. Preparar pão com *kajmak*, por que não? No ponto em que ele estava?

— Sinto muito — disse Veyrenc, oferecendo-lhe um copo.

Ele pressionou várias vezes o copo contra a mão de Adamsberg, como quem força uma criança a decerrar os dedos, a sair de sua raiva ou desespero. Adamsberg mexeu um braço, pegou o copo.

— Mas é um garoto bonito — acrescentou Veyrenc um tanto em vão, como querendo ressaltar uma gota de esperança num oceano de calamidades.

Adamsberg esvaziou o copo de um gole só, talagada matinal que o fez tossir e llhe trouxe algum reconforto. Enquanto se sente o corpo, ainda é possível fazer alguma coisa. O que não acontecera na noite passada.

— Como sabe que eu dormi com a Marie-Ange?

— Porque ela é minha irmã.

Caramba. Adamsberg estendeu, calado, seu copo para Veyrenc, que o encheu.

— Coma também um pouco de pão.

— Não consigo comer.

— Mesmo assim, faça um esforço. Eu também não comi quase nada desde que vi a foto dele no jornal. Você pode até ser o pai do Zerk, mas eu sou o tio. O que não é muito melhor.

— Por que sua irmã tem o sobrenome Louvois e não Veyrenc?

— Ela é minha meia-irmã, filha do primeiro casamento da minha mãe. Você não se lembra do velho Louvois? O entregador de carvão que se mandou com uma americana?

— Não. Por que você não me contou, quando estava na Brigada?

— A minha irmã e o garoto não queriam ouvir falar em você. Não gostavam de você.

— E por que você não comeu nada desde que leu no jornal? Você disse que o Zerk não matou o velho. Não tem certeza?

— Não. Nenhuma.

Veyrenc pôs uma fatia de pão na mão de Adamsberg, e os dois, conscienciosa e tristemente, comeram devagar enquanto o fogo arrefecia.

40

Armado dessa vez, Adamsberg refez o caminho do rio, em seguida o da floresta, evitando os lugares incertos. Danica não queria que ele fosse, mas a necessidade de andar era mais imperiosa que os terrores da proprietária.

— Preciso reviver aquilo, Danica. Preciso entender.

Adamsberg tinha então aceitado uma escolta, e Boško e Vukasin o seguiam de longe. De vez em quando, acenava para eles sem se virar. Era em Kisilova, onde o fogo da guerra não desabara, que ele tinha de ficar, com aquela gente gentil e atenciosa, e não voltar para a cidade, fugir de todos lá de cima, escapar-lhes entre os dedos, fugir daquele filho caído do inferno. Seus pensamentos subiam e desciam a cada um de seus passos, atabalhoados como sempre, peixes mergulhando na água, voltando à superfície, e que ele não tentava apanhar. Sempre fizera assim com os peixes que flutuavam em sua cabeça, sempre os deixara livres para nadar à vontade, para executar sua dança ritmada pelo choque de seus passos. Adamsberg prometera a Veyrenc que o encontraria na *kruchema* para um almoço tardio e, depois de caminhar meia hora, pousar o olhar nas colinas, nos vinhedos e nas árvores, sentia-se mais preparado. Deu meia-volta, sorriu para Boško e Vukasin, fez dois sinais que significavam "obrigado" e "vamos voltar".

— Só nos resta raciocinar — disse Veyrenc, abrindo o guardanapo.
— É.

— Ou vamos ficar aqui o resto da vida.
— Espere — disse Adamsberg, levantando-se.
Vlad estava sentado a uma mesa e Adamsberg explicou que queria conversar a sós com Veyrenc.
— Está com medo? — perguntou Vlad, que ainda parecia impressionado por ter visto Adamsberg emergir, em cinza e vermelho, de dentro da terra, o que ele chamou de "A saída do túmulo", como uma das grandes histórias de seu *dedo*.
— Sim. Senti muito medo e muita dor.
— Achou que ia morrer?
— Achei.
— Você tinha alguma esperança?
— Não.
— Então me diga quais foram seus pensamentos, o que lhe passou pela cabeça?
— Pensei em *kobasice*.
— Por favor — insistiu Vladislav. — No quê?
— Juro por tudo que é mais sagrado que pensei em *kobasice*.
— Isso é ridículo.
— Dá pra imaginar. O que é *kobasice*?
— Linguiça. No que mais você pensou?
— Em respirar gota a gota. E também num verso, *Na noite do túmulo, Tu que me consolaste*.
— E alguma coisa te consolou? O céu?
— Nenhum céu.
— Alguém?
— Nada, Vlad. Eu estava sozinho.
— Se você não tivesse pensado em nada nem ninguém — disse Vladislav, a voz um pouco irritada —, não teria pensado nesse verso. O quê, quem te consolou?
— Não tenho resposta para isso. Por que está irritado?
O rapaz de índole alegre abaixou a cabeça, destruindo a comida com a ponta do garfo.
— A gente ter procurado. E não ter te achado.
— Você não podia adivinhar.

— Eu não acreditei, não dei bola. Foi a Danica que me obrigou. Eu deveria ter ido junto, ontem, quando você saiu.
— Vlad, eu não queria que ninguém fosse comigo.
— O Arandjel tinha mandado — ele sussurrou. — O Arandjel falou para eu não te deixar um instante sozinho. Porque você tinha entrado no *lugar incerto*.
— E você achou graça.
— É claro. Nem parei para pensar no assunto. Não acredito nessas coisas.
— Nem eu.

O rapaz meneou a cabeça.
— Plog — disse ele.

Danica serviu os dois policiais, perturbada, seu sorriso indo de Adamsberg para Veyrenc. Adamsberg percebeu nele uma hesitação, por causa da presença do novo desconhecido. O que não o ofendeu, já que ele não pretendia dormir com mais ninguém pelo resto de sua vida.

— Você pensou enquanto caminhava? — perguntou Veyrenc.

Adamsberg fitou-o com ar surpreso, como se Veyrenc não o conhecesse mais, como se esperasse dele alguma façanha impossível.

— Desculpe — disse Veyrenc, indicando com um gesto que retirava a frase. — Eu quis dizer: você poderia falar alguma coisa?

— Poderia. Desde que reconheceu o Zerk no jornal, você vigiou todos os meus passos, para que eu não pusesse as mãos nele. Só porque ele é seu sobrinho. Imagino, portanto, que você seja afeiçoado a ele, que o conheça bem.

— Sim.

— Quando ele falou na frente do jazigo, você reconheceu a voz dele?

— Eu estava longe demais. E você, quando ele te trancou, reconheceu a voz dele?

— Ele só falou depois que a porta estava fechada. E a porta era muito grossa, não dava para ouvir nem que ele gritasse, e ele não queria gritar. Ele introduziu um emissorzinho debaixo da porta. A voz ficava deformada. Mas o jeito de falar era igual. *Você sabe onde você está, seu filho da puta?*

— Não acredito que ele tenha dito isso — reagiu Veyrenc.

— Disse exatamente isso, e é melhor você acreditar.

— Alguém que conheça bem o Armel poderia imitá-lo.

— É, poderia. Às vezes até parece que ele imita a si mesmo.

— Está vendo?

— Veyrenc, você tem um elemento que seja para sustentar o que está dizendo?

— Desconfio muito quando um assassino deixa o DNA no local do crime.

— Eu também — disse Adamsberg, visualizando o inocente cartuchinho debaixo da geladeira. — Você está pensando no inocente lencinho deixado no jardim?

— Estou.

— Mais alguma coisa?

— Por que o Armel só teria falado com você depois de te trancar no jazigo?

— Para não ser ouvido.

— Ou para que você não escutasse a voz dele, uma voz que você não iria reconhecer.

— Veyrenc, o garoto não negou o assassinato. Como você vai querer livrar ele dessa?

— Do jeito dele. Eu conheço esse garoto. A minha irmã ficou em Pau depois que ele nasceu. Não tinha como voltar para a aldeia com um filho sem pai. Eu estava no colégio, saí do internato e fui morar com ela, por sete anos. Fiz a faculdade lá, virei professor, nunca fiquei longe deles. Conheço o Armel como a palma da minha mão.

— E você vai me dizer que ele é um rapazinho muito

legal. Um garoto bacana que não esmagava nem um sapo quando criança.

— E por que não? Desde pequeno, até agora, eu raramente o vi perder as estribeiras. A raiva não faz parte do arsenal dele, nem o ataque nem o insulto. Ele é inacessível, indisciplinado, preguiçoso, indiferente até. Mas ninguém consegue irritar o Armel. Ora, dá para dizer sem medo de errar que o homem que estraçalhou o Vaudel era um sujeito nervoso.

— Isso é coisa que se disfarça.

— Adamsberg, nas profundezas desse assassino há a destruição. O Armel não pensa em destruir, pois não pensa sequer em construir. Sabe do que ele vive? Ele faz joias e distribui para uns revendedores. Não tem outra ambição. Fica vagabundando, não dá muita importância para nada. Então me diga, como um cara assim ia achar vontade e energia para passar horas cortando o Plögener e o Vaudel em pedaços?

— O que eu vi na minha casa não era um rapaz plácido. Eu vi o oposto do seu sobrinho. Vi um cara particularmente nervoso, um homem cruel, ultrajante, mordaz, cheio de ódio, que veio me *infernizar a vida*. Foi ele mesmo que você viu saindo da minha casa? O seu Armel?

— Foi — disse Veyrenc, perturbado, sem nem reparar em Danica que trocava os pratos, trazia a sobremesa.

— *Zavitek* — disse ela.

— *Hvala*, Danica. Você precisa aceitar, Veyrenc. Existe um Zerk por trás do seu Armel.

— Ou talvez tenha um Zerk *por cima* do meu Armel.

— O que você quer dizer?

— Quero dizer: uma encenação.

— Um momento — disse Adamsberg, pondo a mão no braço de Veyrenc para interrompê-lo. — Uma encenação. Sim, pode ser.

— Por quê?

— Primeiro porque ele falava de um jeito debochado, debochado demais. Depois, porque a camiseta dele era nova. Você já viu o Armel com roupa gótica?

— Nunca. Ele se veste sem escolher roupa, ao acaso. Sem sabor, sem odor, sem valor. É mais ou menos essa a ideia que ele tem de si mesmo.
— Como ele reagia quando falavam no pai dele?
— Quando criança sentia vergonha; mais velho ele baixava a cabeça.
— Talvez haja um elemento, Veyrenc. Melhor que aquele lenço de papel caído do céu, melhor que o seu inocente sobrinho, melhor que a camiseta nova dele. Mas tudo depende do seu conhecimento.

Veyrenc fitou Adamsberg intensamente. Quaisquer que tivessem sido seu rancor e suas suspeitas, ele tinha admirado esse homem, tinha esperado algo de seus sobressaltos tranquilos, no exato momento em que sua inteligência parecia soçobrar, mesmo que fosse preciso peneirar barris inteiros de lama para encontrar um grama de ouro.

— Existe na família de sua mãe, entre os seus antepassados próximos ou distantes, algum homem ou alguma mulher cujo sobrenome lembre Arnold Paole?

Veyrenc ficou decepcionado. Não passava de mais um barril de lama.

— Paole — disse Adamsberg, destacando as letras. — Talvez deformado como Paolet, ou afrancesado como Paul, Paulus, algo assim. Ou pelo menos um sobrenome começando por P e A.

— Paole. É um sobrenome o quê?
— Sérvio. Como Plogojowitz, que foi deformado, ficou dissimulado atrás dos sobrenomes Plogerstein, Plögener, Plog, Plogodrescu. Deixa pra lá o Plogoff, que fica na Bretanha e não tem nada a ver.

— Você já mencionou esse Plogojowitz.
— Não fale alto esse nome por aqui — disse Adamsberg, dando uma olhada na sala.

— Por quê?
— Eu já te falei. O Peter Plogojowitz é um vampiro, o primeiro vampiro. Ele vive aqui.

Adamsberg expunha o fato com naturalidade, como

se já acostumado com a crença de Kisilova. O semblante preocupado de Veyrenc surpreendeu-o.
— O que foi? — perguntou. — Não entendeu que é para falar baixo?
— Não entendo o que você está fazendo. Perseguindo um vampiro?
— Não exatamente. Estou perseguindo o descendente de um vampiro vítima de um vampiro, em toda a sua linhagem desde 1727.

Veyrenc balançou a cabeça devagar.
— Eu sei o que estou fazendo, Veyrenc. Pergunte ao Arandjel.
— Esse que tem a chave.
— É. Esse que impede o Plogojowitz de sair do túmulo. O túmulo fica no fundo da clareira, na orla do bosque, não muito longe da cabana onde você dormiu. Talvez o tenha visto.
— Não — disse Veyrenc com firmeza, como se negasse a própria existência do túmulo.
— Esqueça o Plogojowitz — disse Adamsberg, expulsando o equívoco com a mão. — Contente-se em lembrar o sobrenome de seus antepassados maternos e, portanto, os de Zerk. Você os conhece?
— Conheço muito bem. Me dediquei à genealogia até a exaustão.
— Perfeito. Escreva os nomes na toalha. Até quando você consegue remontar?
— Até 1766, com vinte e sete sobrenomes.
— É suficiente.
— Não é difícil definir, todos os antepassados se casaram com o pessoal da aldeia vizinha. Os mais ousados chegaram a seis quilômetros. Imagino que fizessem amor perto da pontezinha da Jaussène.
— É uma tradição, pelo que parece.

Adamsberg rasgou a toalha assim que Veyrenc concluiu

a lista, a qual não continha o menor vestígio de nenhum Paole.

— Pense comigo, Veyrenc. O assassino de Pierre Vaudel-Plog e Conrad Plögener pertence à linhagem de Arnold Paole, falecido em 1727 em Medvegia, perto daqui. O Zerk não descende de nenhum Paole. Então só nos restam duas soluções para o seu sobrinho.

— Pare de dizer "meu sobrinho". Ele é também seu filho.

— Não tenho vontade de dizer "meu filho". Prefiro dizer "seu sobrinho".

— Isso eu já percebi.

— Ou o seu sobrinho cometeu os crimes, manipulado por algum Paole, ou algum Paole cometeu os crimes e deixou lá o inocente lencinho do seu sobrinho. Qualquer que seja o caso, precisamos achar o descendente de Arnold Paole.

Danica colocou dois copinhos sobre a mesa.

— Cuidado — disse Adamsberg. — É *rakija*.

— E daí?

— Experimente. Eu nunca teria morrido no jazigo se tivesse *rakija* comigo.

— Froissy — disse Veyrenc com certa nostalgia, lembrando das três garrafinhas de conhaque. — E como vamos achar um descendente desse Paole?

— A gente sabe uma coisa sobre ele. É um Paole que tem alguma ascendência sobre o seu sobrinho e o conhece o suficiente para conseguir imitá-lo. Pense em alguém próximo a ele, um substituto da figura paterna que ele encontre com frequência, que admire, que tema.

— Ele tem vinte e nove anos, não sei muito da vida dele desde que foi para Paris.

— E a mãe dele?

— A mãe se casou faz quatro anos, mora na Polônia.

— Não lhe ocorre ninguém?

— Não. E isso não explica, se ele não cometeu o crime, por que foi se gabar disso para você.

— Explica — disse Adamsberg, invertendo os papéis.
— A transformação de Armel em Zerk é uma dádiva para ele. Ele passa de bonzinho para malvado, de fraco para poderoso. Se foi um Paole que o manipulou, ele contava com isso. "O filho esmaga o pai." Foi o que ele me disse. O Armel é alertado pelo Mordent, obedece e foge, e então descobre o jornal. Concorda?
— Sim.
— A foto dele está na primeira página, ele de repente vira uma figura importante, um monstro impressionante que se confronta com o delegado Adamsberg. Na hora é um assombro. Mas depois é uma oportunidade. Que novo poder veio parar em suas mãos! Que chance maravilhosa de se vingar do pai! O que ele tem a perder em desempenhar um papel por um dia? Nada. O que tem a ganhar? Muito. Detonar com aquele pai, lhe mostrar o seu erro, fazer com que ele sinta vergonha e culpa. Será que ele chega a se lembrar do lenço? Do seu DNA no local do crime? Que nada. Segundo ele, um mero erro de análise que logo vai ser corrigido. Prova é que pedem que ele fuja até tudo voltar ao normal. Ele não tem muito tempo, é uma oportunidade, um golpe do destino, ele quer aproveitar. Aparecer na casa do pai vestido como pede o personagem. Falar como um assassino, se tornar Zerk, insultar, detonar o escroto do Adamsberg. Olha, Adamsberg, olha só, seu filho é um assassino, seu filho te domina e te esmaga, é culpa sua, você vai sofrer como eu sofri. Arrependa-se, berre, tarde demais. E depois ir embora, a farsa se cumpriu, o remorso e a angústia já penetraram na cabeça do Adamsberg, o pai está paralisado, a vingança se cumpriu. O seu sobrinho não é tão doce como você diz.
— Com você.
— É. E pronto, ele está satisfeito, botou para fora. Mas não surge nenhum desmentido quanto ao DNA. Ele continua sendo o assassino de Garches. A farsa se inverte. Estaria precisando do pai, mas já confessou, já assumiu tudo. Apavorado, Armel se esconde, condenado a fugir. Um final que

qualquer homem um pouco esperto e manipulador poderia ter previsto. Quem? Um sujeito que o conhecesse há muito tempo, um sujeito que tivesse domínio sobre ele.

— O regente do coral — disse Veyrenc, batendo o copo na mesa. — O Germain. Ele tem domínio sobre ele. Nunca gostei dele, nem a minha irmã, mas o Armel aguenta tudo.

— Explique.

— O Armel é tenor, cantava no coral de Notre-Dame de La Croix-Faubin desde os doze anos. Fui com ele muitas vezes, assisti os ensaios. O regente dobrou o Armel. É o estilo dele.

— Dobrou como?

— Assoprando quente e frio, alternando elogios com humilhações. O Armel virou massa de modelar nas mãos dele. Não era a única presa. O Germain dominava mais uns quinze. Então foi ser regente em Paris e essa história finalmente acabou. Fim de Notre-Dame de La Croix-Faubin. Mas quando o Armel foi trabalhar em Paris, começou tudo de novo. Ele cantou o solo de uma missa de Rossini e fez certo sucesso. Ficou feliz da vida. Aos vinte seis anos, virou cera de vela outra vez. Há dois anos, o Germain foi processado por assédio e o coral foi dissolvido. O bobo do Armel estava inconsolável.

— Continuou se encontrando com ele?

— Ele jura que não, mas acho que está mentindo. Pode ser que o sujeito convide o Armel para ir à casa dele, ele gosta de ouvir o garoto cantar só para ele. Isso envaidecia o menino e ainda envaidece o adulto. O Armel se sente importante para o pai, quando na verdade o pai é que o domina.

— O pai?

— No sentido religioso. O pai Germain.

— Você sabe o sobrenome dele?

— Não. Apenas o chamavam assim.

Danglard deixara a Brigada, tirara o paletó e jazia diante da televisão desligada, de regata, chupando pastilhas para tosse uma atrás da outra para ocupar os maxilares. Segurava o celular numa mão, os óculos na outra, conferia a cada cinco minutos se ninguém tinha ligado. Quinze horas e cinco minutos, uma ligação do exterior, 00 381. Passou o lenço no rosto, decifrou a mensagem: "Saí do túmulo. Investigar pai Germain, coral N.-D. Croix-Faubin".

Que túmulo, caramba? Com as mãos úmidas, Danglard teclou rapidamente, a garganta apertada de raiva, os músculos relaxados de alívio:

— Por que o senhor não ligou antes?
— Sem sinal, fuso horário — respondeu Adamsberg.
— Então dormi.

Verdade, pensou Danglard com remorso. Ele só saíra do porão por volta de meio-dia e meia, rebocado por Retancourt.

— Que túmulo? — teclou Danglard.
— Jazigo dos 9 do Plogojowitz. Muito frio. Recuperei os dois pés.
— Do primo do meu tio?
— Não, os meus. Volto amanhã.

41

Adamsberg não era um homem emotivo, roçava os sentimentos com cautela, como os gaviões tocam as janelas abertas com a ponta da asa, evitando entrar porque é difícil, depois, encontrar a saída. Vira muitas vezes pássaros mortos nas casas da aldeia, imprudentes e curiosos visitantes incapazes de achar a abertura pela qual tinham entrado. Na opinião de Adamsberg, em matéria de amor o homem não era mais esperto que um pássaro. E em todas as outras matérias, os pássaros eram mais espertos. Como as borboletas, que não entravam em moinhos.

Mas a estada no jazigo decerto o fragilizara, agitando seu universo afetivo, e deixar Kisilova lhe dava um aperto no coração. O único lugar em que conseguira gravar palavras novas e impronunciáveis, coisa que para ele não era um acontecimento desprezível.

Danica havia lavado e passado a bela camisa branca para que ele a levasse para Paris. Estavam todos ali, perfilados na frente da *kruchema*, tesos e sorridentes — Danica, Arandjel, a mulher da carriola com os filhos, os frequentadores assíduos da pousada, Vukasin, Boško e a esposa, que não tinham se afastado um milímetro desde o dia anterior, outros rostos desconhecidos. Vlad ia ficar mais uns dias. Penteara e prendera cuidadosamente os cabelos pretos. Em geral pouco capaz de efusões, Adamsberg abraçou todos um por um, dizendo que iria voltar — *vratiću se* —, que eles eram seus amigos — *prijatelji*. A tristeza de Danica era atenuada pelo fato de não saber de qual dos dois homens mais lamentava a partida, se do dançarino ou do sedutor. Vlad proferiu um último "plog" e Adamsberg e Veyrenc foram para o ônibus que os conduziria a Belgrado. Lá pegariam o voo para Paris, aonde chegariam à tarde. Vladislav anotara num papel as frases necessárias para que os dois se virassem no aeroporto. Veyrenc ia murmurando as frases enquanto descia pelo caminho, carregando uma bolsa de lona em que Danica pusera comida e bebida suficientes para mantê-los tranquilamente por dois dias.

— *Há que deixar este lugar envolto em langor,*
Ele se vai chorando, amaldiçoando o destino
Que lhe deu um filho distante do coração.

— O Mercadet diz que você usa mal os "e" mudos e que suas rimas são muitas vezes rimas falsas.

— Ele tem razão.

— Tem uma coisa que não cola, Veyrenc.

— É óbvio. O verso fica desequilibrado.

— Me refiro aos pelos de cachorro. O seu sobrinho tinha um cachorro que morreu poucas semanas antes do assassinato de Garches.

— A Girassol, uma cadelinha que ele recolheu. É o quarto bicho dele. É coisa de garoto abandonado ficar recolhendo cachorros. O que é que tem os pelos?

— Foram comparados com os pelos deixados pela Girassol no apartamento. São pelos iguais.

— Iguais a que pelos?

O ônibus se pôs em marcha.

— Na sala em que o Vaudel foi morto, o assassino se sentou numa poltrona de veludo. Uma poltrona Luís XIII.

— Por que esse detalhe todo de dizer que é uma "Luís XIII"?

— Porque o Mordent faz questão, não importa o que ele tenha se tornado. O assassino se sentou ali.

— Para descansar um pouco, imagino.

— É. Havia cocô de cavalo nas botas dele, ele espalhou uns pedacinhos aqui e ali.

— Quantos?

— Quatro pedaços.
— Está vendo? O Armel não gosta de cavalos. Caiu quando era pequeno. Ele não faz o tipo aguerrido.
— Ele vai para o campo às vezes?
— Ele vai para a aldeia a cada dois meses, mais ou menos, visitar os avós.
— Você sabe que tem cocô de cavalo em alguns caminhos da aldeia — disse Adamsberg, fazendo uma careta.
— Ele tem botas?
— Tem.
— Usa as botas para passear?
— Usa.

Os dois homens ficaram um instante em silêncio, olhando pela janela.

— Você falou em pelos.
— O assassino deixou uns pelos na poltrona. Pelos costumam grudar no veludo. Ou seja, ele tinha pelos no fundilho das calças, vindos direto da casa dele. Se supusermos que o inocente lencinho tenha sido tirado de Zerk pelo assassino, podemos supor o mesmo sobre os pelos de cachorro.
— Entendo — disse Veyrenc com voz apagada.
— Se já não é fácil roubar o lenço de alguém, imagine colher pelos de cachorro? Juntando um por um no tapete, na frente do Zerk?
— Entrando na casa dele quando ele não está.
— Verificamos isso. A entrada do prédio tem um código e uma segunda porta com interfone. Ou seja, o sujeito teria intimidade suficiente com o Zerk para saber o código. Tudo bem. Mas ainda teria que arrombar a segunda porta. Mais a porta do Zerk. Nenhuma fechadura foi forçada. Pior: o nosso amigo Weill e a vizinha da frente garantem que o Zerk não recebia visitas. Ele não tem namorada?
— Neste último ano, não. Você está falando do Weill lá do Quai?
— É.
— Onde é que ele entra nessa história?

— Ele mora no mesmo prédio do seu sobrinho. Eles se davam bem. Pelo jeito, o Zerk acha divertido ficar perto dos tiras.
— Não. Fui eu, por intermédio do Weill, que consegui esse apartamento quando ele foi morar em Paris. Não sabia que eles tinham contato.
— Pois é. E o Weill gosta muito dele. E o defende.
— Foi ele que ligou ontem de manhã, quando a gente estava aquecendo o seu casco de cavalo? Para o outro celular?
— Foi. Ele está envolvido desde o começo. Está atrás de todo o pessoal lá de cima. Foi ele quem me deu esse celular. E que tirou o GPS do meu aparelho antes de eu viajar — acrescentou Adamsberg depois de alguns instantes.
— Iniciativa lamentável.
— Plog — murmurou Adamsberg.
— O que você entende por "plog"?
— É uma palavra do Vladislav, o sentido varia de acordo com o contexto. Pode significar "é claro", "exatamente", "combinado", "entendido", "achei" ou, eventualmente, "merda". É como uma gota de verdade caindo.*

Devido à sua abundância, dispuseram o almoço preparado por Danica sobre uma mesa dupla do aeroporto de Belgrado, acompanhado de cerveja e café. Adamsberg mastigava seu sanduíche de *kajmak*, resistindo a dar continuidade a seus pensamentos.
— Temos de convir — disse Veyrenc, cauteloso — que a entrada do Weill no circuito resolveria a questão da porta

(*) A autora faz aqui uma discreta homenagem ao escritor e ex-ativista italiano Cesare Battisti, então preso no Brasil enquanto aguardava seu julgamento de extradição pelo Superior Tribunal Eleitoral. "A verdade é transparente como uma gota d'água sobre um fio, cair é só o que ela quer. Um dia ela cai" (in Cesare Battisti, *Minha fuga sem fim*. São Paulo: Martins Editora, 2007, trad. Dorothée de Bruchard). (N. T.)

com interfone. Ele mora no prédio, tem as chaves. Conhece o Armel. É um homem inteligente, requintado e indiscutivelmente tirânico, do tipo capaz de criar uma ascendência sobre um garoto como o Armel.
— A fechadura do Zerk não foi forçada.
— O Weill é tira, possui uma chave mestra. A fechadura é do tipo fácil?
— É.
— Ele visitava o Armel?
— Não, mas quanto a isso só temos a palavra do Weill. Em compensação, o Zerk frequentava sua mesa aberta da quarta-feira à noite.
— O que facilitaria para obter um lenço sujo e uns pelos de cachorro. Mas não botas com bosta de cavalo.
— Aí é que está. A zeladora costuma encerar a escada de madeira, e não quer que ninguém suba com sapatos enlameados. As botas e os outros sapatos de trilha são deixados no térreo, num armário debaixo da escada, e todos os moradores têm a chave. Porra, Veyrenc, o Weill está no Quai há mais de vinte anos.
— O Weill não está nem aí pra polícia, ele gosta é de provocação, de culinária e de arte. E das formas não clássicas de arte. Você já esteve na casa dele?
— Várias vezes.
— Então você conhece aquela maravilhosa e assustadora miscelânea. Quem viu uma vez não tem como esquecer. Lembra da estátua do homem de cartola e com uma ereção, fazendo malabarismo com umas garrafas? Lembra da múmia de íbis? Dos autorretratos? Do sofá do Emmanuel Kant?
— Do criado de Emmanuel Kant.
— Sim, do criado, o Lampe. Da poltrona onde um bispo morreu? Da gravata de plástico amarela trazida de Nova York? No meio daquele imenso bazar estético, os Plogojowitz serem triturados por um velho Paole do século XVIII deve ter algum valor artístico. Como o próprio Weill declara, a arte é um trabalho sujo, mas a verdade é que alguém tem que fazer.

Adamsberg meneou a cabeça.

— Foi ele quem galgou a escada que vai até lá em cima, até o sétimo degrau, até Emma Carnot.

— A vice-presidente do Conselho?

— A própria.

— O que ele tem contra ela?

— A Carnot comprou o presidente da Corte de Cassação, que comprou o procurador, que comprou o juiz, que comprou outro juiz, que comprou o Mordent. A filha dele deve ser julgada daqui uns dias e corre o risco de receber uma condenação pesada.

— Porra. O que foi que a Carnot pediu ao Mordent?

— Obediência. Foi o Mordent que deixou vazar as informações para a imprensa, dando cobertura à fuga do Zerk. Da manhã da descoberta do crime em diante, ele só fez besteira em cima de besteira para detonar a investigação, e por fim plantou na casa do Vaudel filho o suficiente para me mandar para a cadeia no lugar do assassino.

— As inocentes aparas de lápis?

— Isso. De algum modo, a Emma Carnot está ligada ao assassino. A folha do casamento dela foi arrancada do registro. Tudo indica que se esse casamento vier a público, a carreira dela implode. Já mataram uma das testemunhas. Estamos procurando a outra. A Carnot esmagaria qualquer pessoa debaixo de sua bota para proteger seus interesses.

A frase trouxe à mente de Adamsberg a imagem da gatinha debaixo da bota de Zerk, e ele estremeceu.

— Ela não é a única.

— Por isso é que a máquina de guerra dela vai funcionar sem falhas, todos saem ganhando. Com exceção das próximas vítimas do Paole, do Émile e de mim, que vou cair daqui a três dias. Explodido como um sapo fumante.

— Você está se referindo aos sapos em que a gente enfiava um cigarro na boca?

— Isso mesmo.

— Já fizeram a análise das aparas de lápis?

— Um amigo meu atrasou a chegada delas ao laboratório. Ele teve febre.

— Isso lhe dá o quê? Mais três dias?
— Quando muito.

O avião decolou, os dois homens prenderam o cinto, fecharam as mesinhas. Veyrenc voltou a falar depois que o avião se estabilizou.

— O Mordent começou a manobrar já no domingo de manhã, assim que descobriram a história de Garches. Você tem certeza disso?

— Tenho. Ficou insistindo em ferrar o jardineiro depois que recebeu ordens do juiz de instrução.

— Então é de se imaginar que a Carnot já soubesse quem tinha massacrado o Vaudel. Já no domingo de manhã. E que ela e o Mordent já estavam em contato. Senão, como ela teria tido tempo de pôr a máquina para funcionar? De ter acionado o Mordent? Seriam necessários pelo menos dois dias de preparação. Ela já sabia desde sexta-feira.

— Os sapatos — disse Adamsberg de repente, tamborilando na janela. — Não foi o assassino de Garches que preocupou a Carnot em primeiro lugar, mas o sujeito que cortou os pés de Londres. Caramba, Veyrenc, muitos daqueles pés são velhos demais para o Zerk.

— Não estou por dentro do caso — repetiu Veyrenc.

— Me refiro aos dezessete pés antigos cortados na altura da canela, que foram deixados, com seus sapatos, na frente do cemitério de Higuegate, em Londres, dez dias atrás.

— Quem te contou isso?

— Ninguém. Eu estava lá com o Danglard. Higuegate pertence ao Peter Plogojowitz. O corpo dele foi levado para aquela colina antes de o cemitério ser construído, para escapar da ira dos habitantes de Kisilova.

A aeromoça passava o tempo todo por eles, claramente fascinada com o cabelo multicolorido de Veyrenc. A luzinha acesa acima dele iluminava cada uma de suas mechas ruivas. Ela trazia tudo em dobro, champanhe, chocolates e toalhas de mão.

— Um homenzarrão de charuto estava atrás do lorde

descalço — disse Adamsberg, depois de contar a Veyrenc, com toda a precisão de que era capaz, a história de Highgate. Aquele cubano era, sem dúvida, o Paole. Que acabava de depositar sua coleção como um desafio lançado sobre a terra de Plogojowitz. Que usou lorde Clyde-Fox para nos levar até o depósito.
— A troco de quê?
— De estabelecer a relação. O Paole precisa associar a sua coleção à destruição dos Plogojowitz. Ele aproveitou a chegada dos tiras franceses para cruzar o nosso caminho, sabendo que a Brigada ia assumir o crime de Garches. Ele não podia adivinhar que o Danglard ia reconhecer um pé kisilovariano ali no meio de todos aqueles pés, o pé do tio dele, talvez, ou do vizinho, o tio do Danglard, que vinha a ser o *dedo*, o avô do Vladislav.

Veyrenc largou a taça de champanhe, fechou um pouco os olhos num bater de cílios, num breve instante de recuo que lhe era frequente.

— Vamos deixar pra lá — disse. — Só me diga por que isso significa mais um elemento a favor do Armel.

— Alguns pares de pés foram cortados quando o Zerk ainda era criança, bebê até. Qualquer que seja a minha opinião sobre ele, não acredito que o seu sobrinho andasse cortando pés aos cinco anos de idade nos fundos das funerárias.

— Não, claro que não.

— E acho que o que a Emma Carnot conhecia era um sapato — acrescentou Adamsberg, seguindo outro pensamento, apanhando outro peixe que saltava em suas águas.
— Um sapato que ela viu muito tempo atrás, com um pé dentro dele, e que ela vinculou à descoberta de Higuegate e depois a Garches. E que tem alguma relação com ela. Porque a gente se esqueceu de pensar numa coisa, Veyrenc.

— No quê? — perguntou Veyrenc, abrindo os olhos.

— No que está faltando. No décimo oitavo pé.

42

Já do aeroporto, Adamsberg convocou uma reunião na Brigada, tarefa extraordinária para aquele domingo à noite. Três horas depois, todos tinham mais ou menos assimilado os últimos acontecimentos da investigação, em meio à desordem e à confusão das palavras do delegado, acrescidas de cansaço. Alguns diziam, durante o intervalo, que era patente que o delegado passara uma noite mumificado dentro de um jazigo gelado, à beira da asfixia. Que seu nariz adunco chegara a ficar mais fino e seus olhos ainda mais imersos na distância. Cumprimentavam Veyrenc, davam-lhe tapinhas nas costas e parabéns. Estalère se preocupava sobretudo com a tal Vesna, a morta avermelhada de quase três séculos junto à qual Adamsberg passara a noite. Só ele conhecia a história de Elisabeth Siddal, e tinha gravado cada detalhe da história contada pelo comandante Danglard. Só um ponto ele não solucionara: Dante mandara abrir o caixão da esposa por amor ou para reaver seus poemas? A resposta variava conforme o dia e seu estado de espírito.

Havia zonas absolutamente obscuras no relato do delegado e que ele não parecia disposto a explicar. Tal como a incompreensível presença de Veyrenc em Kisilova. Adamsberg não tinha a menor intenção de informar sua equipe que ele abandonara um filho chamado Zerk, que esse filho surgira recentemente do inferno e era o provável autor das melequeiras de Garches e Pressbaum. Tampouco dissera uma palavra sequer sobre as questões ambíguas suscitadas pelo caso Weill. E, com exceção de Danglard, a equipe não estava a par do perigo que Emma Carnot representava, o que teria obrigado Adamsberg a revelar a traição de Mordent, e ele não estava disposto a fazer isso. A garota — Élaine, se é que seu nome era mesmo esse — iria a julgamento em quatro dias. Dinh conseguira segurar a amostra durante três dias sem sequer receber uma repreensão. Graças, talvez, ao truque de levitação, real ou imaginário, que lhe valia a tolerância dos colegas.

Em compensação, Adamsberg expusera com detalhes o enfrentamento das famílias Paole e Plogojowitz. Ou seja, para resumir um tanto brutalmente as coisas, dissera Retancourt, uma guerra sem dó nem piedade entre duas linhagens de vampiros que aniquilavam uma à outra, o fato desencadeador tendo ocorrido três séculos antes. Ora, já que vampiros não existiam, o que fazer, e para onde caminhava a investigação?

A essa altura, ressurgia em sua plenitude o antagonismo que dividia os membros da Brigada entre os positivistas materialistas, que se aborreciam seriamente com o pensamento errante de Adamsberg, e os mais conciliadores, que não viam mal algum em que ele padejasse as nuvens de vez em quando.

Retancourt, de início radiante de prazer por reencontrar Adamsberg com vida, fechara-se numa postura arisca à primeira menção a *vampiri* e *lugar incerto*. Ele tinha sido obrigado a reconhecer, observou Adamsberg, que havia vários Plog entre os sobrenomes das vítimas e de pessoas próximas a elas. A reconhecer que o velho Vaudel, legítimo neto de um Andras Plog, escrevera para Frau Abster, nascida Plogerstein, a fim de alertá-la e lembrar-lhe de *manter Kisilova fora de alcance* — de proteger a família Plogojowitz, nem mais nem menos. Que ele próprio havia sido trancafiado no jazigo das nove vítimas de Peter. Que os pés cortados de Londres — com o objetivo de impedir que os mortos voltassem — tinham sido depositados no feudo londrino de Plogojowitz, em Highgate. Que um par desses pés pertencia a certo Mihai Plogodrescu. Que o massacre de Pierre Vaudel-Plog e Conrad Plögener equivalia, estritamente, ao extermínio de uma criatura vampírica: como já fora dito, eles não tinham sido apenas mortos, e sim aniquilados, começando pelas partes principais, representadas pelos dedões dos pés e os dentes. Que o aparelho funcional, o aparelho espiritual e o aparelho de manducação haviam sido minuciosamente destruídos. Que tudo indicava que aquela tripla destruição visava impedir a reconstituição do corpo a partir de um único fragmento, a recomposição da homogeneidade demoníaca. Prova disso era a dispersão dos fragmentos e também a cabeça do vampiro, colocada entre seus pés. Que Arandjel — o Danglard da Sérvia, explicara Adamsberg para dar mais peso a seu argumento — afirmava que a família do soldado Arnold Paole tinha sido a vítima trágica e certa de Peter Plogojowitz.

Os positivistas estavam desolados, os conciliadores assentiam e tomavam nota. Já Estalère acompanhava com paixão a explanação do delegado. Nunca pusera em dúvida uma palavra sequer dele, fosse ela pragmática ou irracional. Contudo, naqueles momentos de enfrentamento intelectual entre o delegado e Retancourt, sua afeição fetichista pela gorda mulher dilacerava seu espírito em duas metades inconciliáveis.

— Retancourt, nós não estamos procurando um *vampir* — disse Adamsberg com firmeza. — Não estamos procurando um sujeito transpassado por uma estaca no início do século XVIII. Isso está claro para você, tenente?

— Não muito.

— Estamos atrás de um descendente desequilibrado da linhagem de Arnold Paole, que conhece perfeitamente seu antepassado e sua história. Que elegeu um ser externo como a fonte do seu sofrimento. Que apontou o antigo inimigo, Plogojowitz. Que destruiu todos os descendentes de Plogojowitz a fim de escapar à própria sorte. Se um homem resolver massacrar os gatos pretos porque está convencido de que eles dão azar, você não iria achar insano, tenente? Mas possível? Compreensível?

— Sim — admitiu Retancourt, apoiada pelos resmungos de alguns positivistas.
— Pois então: é a mesma coisa. Só que numa escala maior. Gigantesca.

Depois do segundo intervalo, Adamsberg expôs suas diretrizes. Remontar a linhagem Plogojowitz, identificar os possíveis membros da família e colocá-los sob proteção. Alertar o delegado Thalberg para que pusesse Frau Abster a salvo.
— Tarde demais — disse a voz fina de Justin, cheia de pesar.
— Igual aos outros dois? — perguntou Adamsberg, após um instante de silêncio.
— Mesma coisa. O Thalberg ligou hoje de manhã.
— Obra do Arnold Paole — disse Adamsberg, fitando Retancourt demoradamente. — Protejam os outros — disse. — Trabalhem com o Thalberg para localizar os membros da família.
— E o Zerk? — perguntou Lamarre. — Intensificamos as buscas? A divulgação da foto ainda não deu resultado.
— O canalha evaporou — disse Voisenet. — Deve estar voltando de Colônia, mas indo para onde? Para desmembrar quem agora?
— É possível — disse Adamsberg, hesitante — que esse canalha seja apenas um executor. Não há nenhum Paole na sua ascendência materna.
— Pode ser — disse Noël —, mas a gente só sabe quem é a mãe. Os Paole talvez estejam no lado paterno.
— Quem sabe — murmurou Adamsberg.
A foto de Zerk fora divulgada em todas as delegacias, gendarmarias, estações de trem, aeroportos, locais públicos, e assim também na Áustria. A Alemanha, abalada pelo massacre da velha senhora de Colônia, fazia o mesmo. Adamsberg não via como o rapaz poderia escapar do pente-fino.
— Precisamos investigar rápida e rigorosamente o re-

gente do coral, o pai Germain. Maurel, Mercadet, vocês cuidam disso.

— E o Pierre filho?

— Continua solto — disse Maurel — e está sendo defendido por um advogado do barulho.

— O que diz o pessoal de Avignon?

— Os panacas fizeram a proeza de perder a amostra — disse Noël.

— Qual delas? — perguntou Adamsberg baixinho.

— As aparas de lápis plantadas pelo canalha que colocou o cartucho embaixo da geladeira.

— Perderam de vez?

— Não, acabaram encontrando no bolso de um tenente. Aquilo lá não é uma delegacia, é uma zona. Ontem, finalmente, o troço foi para o laboratório. Perderam três dias, pô.

— Pô — confirmou Adamsberg, ouvindo simultaneamente o "plog" de Vladislav. — E o Émile?

— O doutor Lavoisier nos mandou um bilhete do tipo conspirador. O Émile está na recuperação, pediu para comer burrié — mas não deram —, deve sair em alguns dias. Só depois que a segurança dele estiver garantida, diz o Lavoisier. O doutor está aguardando instruções.

— Só depois que encontrarmos o Paole.

— Por que o Émile representa um perigo para o Paole? — perguntou Mercadet.

— Porque ele é a única pessoa com quem o Vaudel-Plogojowitz conversava.

Um perigo para o Paole e para a Emma Carnot, pensou Adamsberg. Os tiros desastrados que haviam sido disparados em Châteaudun cheiravam a uma operação comandada por alguém lá de cima.

— A gente não chama mais ele de Zerk? — perguntou Estalère, baixinho, para o seu vizinho Mercadet. — Agora é Paole?

— Dá na mesma, Estalère.

— Ah, tá.

— Ou não dá na mesma.

— Entendo.

43

Danglard, Adamsberg e Veyrenc se encontraram discretamente para jantar num restaurante distante da Brigada como três conspiradores reunidos para um complô. Veyrenc informara Danglard das sombras que pesavam sobre o caso Weill. O comandante passava os dedos por suas faces molengas, e Veyrenc o achou diferente. É o efeito Abstract, avisara Adamsberg. Havia vigor nos seus olhos pálidos, alguma largueza nos ombros, que agora preenchiam melhor o corte do paletó. Ninguém sabia que, em meio à angústia da morte de Adamsberg, Danglard desmarcara a vinda de Abstract.

— Nós vamos ligar para o Weill? — perguntou Veyrenc.

Adamsberg tinha pedido um repolho recheado, reminiscência tão tênue de Kisilova que já estava arrependido.

— É arriscado — disse.

— O primeiro a chegar ao moinho mói o grão — objetou Danglard.

As três cabeças assentiram juntas e Adamsberg teclou o número, fazendo sinal para que ficassem quietos.

— A amostra seguiu ontem para o laboratório — disse Adamsberg. — Só temos mais dois dias. Em que pé estamos, Weill?

— Um momento, só me deixe salvar uma costela de cordeiro.

Adamsberg cobriu o fone com a mão.

— Ele está salvando uma costela de cordeiro.

Veyrenc e Danglard menearam a cabeça, compreensivos. Adamsberg ligou o viva-voz.

— Não gosto de interromper um cozimento — disse Weill, retomando a ligação. — Nunca se sabe no que vai dar depois.

— Weill, a Emma Carnot sabe quem é o assassino de Garches. Mas sabe por tabela. O que ela sabe, antes de mais nada, é quem é o homem que depositou os dezessete pés cortados no cemitério de Higuegate.

— Highgate.

— Descuidamos do décimo oitavo pé, do pé que falta. Acho que foi esse que ela viu.

— Se você já sabe de tudo, Adamsberg, vou voltar para a minha costela de cordeiro.

— Fale.

— Mandei pesquisarem na delegacia de Auxerre, lá onde o registro de casamentos foi arrancado. Houve um depoimento curioso há doze anos. Uma mulher se impressionou com uma descoberta macabra, um pé, calçado, jogado numa trilha na floresta. Nada menos. O pé estava decomposto, todo bicado por passarinhos e carnívoros. Até onde o brigadeiro se lembra, a mulher tinha acabado de expulsar o ex-marido de sua casa de campo. Estava indo até o local, logo depois da mudança, para trocar as fechaduras. Deparou com o despojo a quinze metros da porta, na trilha de acesso.

— Na época, a Carnot não suspeitou do marido.

— Não, ou jamais teria alertado a polícia. E olhe que ela tinha vários elementos para suspeitar dele. Era uma trilha particular, ninguém passava por ali. Fazia mais de quinze anos que o marido ia sozinho para essa casa na floresta nos fins de semana. Ele caçava. E esse marido estranho e solitário, segundo os habitantes do lugarejo, guardava o produto da caça dentro de um freezer trancado com cadeado. Recusou qualquer ajuda dos vizinhos quando a Emma Carnot finalmente o obrigou desocupar a casa. Dá para imaginar o que havia no tal freezer. Um pé deve ter se extraviado enquanto ele carregava às pressas o caminhão de mudança. A Emma Carnot deveria ter entendido que seria impossível o pé ter caído do bolso de um desconhecido ou do bico de um passarinho. Mas entender era tudo que ela não queria. A ideia deve ter lhe ocorrido só mais tarde, e então ela se calou. A investigação não deu em nada, eles concluíram lá que era coisa de algum abutre, e o assunto foi esquecido.

— Até a descoberta de Higuegate. Aí ela entendeu.

— É óbvio. Dezessete pés na frente de um cemitério, e ela sabia qual era o décimo oitavo. Se descobrissem que tinha sido casada com um homem que cortou os pés de nove cadáveres, fim de linha para ela. O azar quis que você estivesse no local em Londres. Só lhe restava acabar com você. Em menos de vinte e quatro horas ela descobriu o ponto fraco do Mordent e cooptou o sujeito. Quando a máquina Carnot se põe em marcha, nada a supera em rapidez, muito menos você, delegado. O caso Garches estourou no domingo, ela fez toda a associação antes de você. Como, eu não sei. Talvez pelo fato de o corpo estar cortado em pedaços. Ela sabotou a investigação, mandou atirar no Émile, exigiu que o Mordent facilitasse a fuga do suspeito e colocasse o cartucho e as aparas na casa do Vaudel. Isso para salvar o verdadeiro culpado, para afundar você e para que nunca mais ninguém ouvisse a sua voz.

— Qual o nome do marido dela, Weill? — perguntou Adamsberg devagar.

— Não faço ideia. A casa da Borgonha está no nome da mãe dela, pertence à família Carnot há quatro gerações. E no lugarejo, como em todo lugarejo, deram ao marido o nome da família. Era chamado de senhor Carnot ou "o marido da senhora Carnot". Só aparecia por lá para caçar.

— Mas e ela, caramba? O nome de casada não aparece? No depoimento?

— Na época do depoimento fazia tempo que ela estava divorciada. Quando ingressou na carreira, aos vinte e sete anos, ela já era Carnot novamente. Ou seja, faz pelo menos vinte e cinco anos que ela voltou a usar o sobrenome de solteira. O casamento foi uma história passageira da juventude.

— Precisamos desse depoimento, Weill. É só o que temos contra ela.

Weill deu uma risadinha e pediu uns instantes para virar a costela de cordeiro.

— Adamsberg, pelo jeito você ainda não percebeu o poder absoluto dessa gente. O depoimento não existe mais. Só consegui reconstituir a história graças à memória do brigadeiro de Auxerre. Não sobrou nenhuma pista documental. Eles fazem muito bem as coisas.

— Weill, ainda temos uma testemunha do casamento.

— Nem sinal de vida dela por enquanto. Mas tem a mãe da Emma Carnot. Ela deve ter conhecido o jovem marido, mesmo que por poucos dias. Marie-Josée Carnot, rue des Ventilles, 17, em Basileia, na Suíça. Seria interessante protegê-la.

— Caramba, mas é a mãe dela.

— E ela é a Emma Carnot. A testemunha que foi morta em Nantes era prima dela. Avise o seu colega Nolet. Se ele tiver coragem de ir em frente.

— Qual é o recado, Weill?

— Protejam a mãe.

— Como é que a Carnot podia saber para onde o Émile ia?

— Ela pegou o Émile quando bem entendeu, para fazer com ele o que queria.

— Mas se a própria polícia de Garches deixou o Émile escapar.

— Adamsberg, você realmente não nasceu para trabalhar lá em cima. Em nenhum momento a polícia de Garches perdeu o rastro dele, estavam em cima quando ele se refugiou no hospital. Mas saiu lá do alto a ordem de deixar o Émile escapar, ir atrás dele, informar onde estava escondido e então sair de cena. Foi o que eles fizeram. Assim é que se obedece lá embaixo.

Adamsberg desligou, fez o aparelho girar sobre a mesa. O coraçãozinho de espuma ele tinha dado para Danica.

— Danglard, deixo a mãe com você. Proteção Retancourt.

— A mãe, não — sussurrou Veyrenc.
— Pois se existe até gente que come armário, Veyrenc.
Danglard se afastou a fim de ligar para Retancourt. Arrancada imediata para a Suíça. Tão logo souberam que ela estava com o pé na estrada, os três homens respiraram aliviados e Danglard pediu um armanhaque.
— Depois do *kafa*, eu achava melhor um *rakija*, como na *kruchema*.
— Delegado, como se explica o senhor ter gravado palavras sérvias, sendo que não é nem capaz de lembrar do nome simples do Radstock?
— Eu guardei umas palavras kiseljevianas — retificou Adamsberg. — Vai ver, Danglard, é porque lá é um lugar incerto, onde acontecem coisas incomuns. "*Hvala*", "*dobro veče*", "*kajmak*". Dentro do jazigo, também fiquei pensando nas "*kobasice*". Não esperem nada grandioso, são apenas linguiças.
— Apimentadas — especificou Veyrenc.
E Adamsberg não se espantou por Veyrenc já estar sabendo mais do que ele.
— Parece que o Weill está certo — disse Danglard.
— É — disse Veyrenc. — Não quer dizer nada. O Weill está sempre no suprassumo da arte. Arte policial e outras.
— Por que ele entregaria a Carnot?
— Para acabar com ela. Ela comete erros, é perigosa.
— O Weill não é o Arnold Paole. Não é o ex-marido.
— E por que não? — indagou Veyrenc sem convicção. — Qual a relação entre o rapaz de vinte e nove anos atrás e o homem de hoje, sofisticado, barrigudo e barba branca?
— Não posso pôr um policial perto da casa do Weill — disse Adamsberg. — Veyrenc?
— Combinado.
— Fale com o Danglard para pegar uma arma. E cubra esse cabelo.

44

Um ponto de luz brilhava no alpendre. Lucio dava de comer à mãe gata. Adamsberg foi ter com ele, sentando-se no chão de pernas cruzadas.

— Você está voltando de longe — disse Lucio sem erguer a cabeça.

— De mais longe do que você imagina, Lucio.

— De tão longe como eu imagino, hombre. *La muerte.*

— Sim.

Adamsberg não se atrevia a perguntar como estava Charme, a filhotinha. Deu umas olhadas de esguelha à direita, à esquerda, incapaz de reconhecê-la entre os filhotes que vagavam no escuro. *Matei a gatinha com uma pisada de bota. Ela esguichou para tudo que foi lado.*

— Tudo certo? — perguntou sem jeito.

— Não.

— Diga.

— A Maria descobriu o esconderijo da cerveja atrás da moita. Vamos ter que achar outro lugar.

Um gatinho se adiantou de mansinho, esbarrou na perna de Adamsberg. Ele o ergueu com uma mão, mirou seus olhos ainda mal abertos.

— Charme — disse. — É ela mesmo?

— Não está reconhecendo? Afinal, foi você quem pôs essa gatinha no mundo.

— Sim. Claro.

— Você às vezes não vale nada — disse Lucio, abanando a cabeça.

— É que eu estava preocupado com ela. Eu tive um sonho.
— Conta, *hombre*.
— Não.
— Um sonho sombrio, é?
— É.

Adamsberg passou os dois dias seguintes sumindo. Aparecia na Brigada por alguns momentos, telefonava, anotava recados, tornava a sair, inacessível. Concedeu-se apenas o tempo de ir ao consultório de Josselin para dar uma verificada nos zumbidos. O médico enfiou os dedos em seus ouvidos, satisfeito, e diagnosticou um choque desses de deixar um homem em frangalhos, um estresse mortal, pois não? Mas já estava quase cicatrizado, acrescentou, surpreso.

O homem dos dedos de ouro tirara os zumbidos com a mão, e Adamsberg se permitiu redescobrir os ruídos da rua sem o parasitismo da sua linha particular de alta-tensão. Depois retomou seu corre-corre, atrás do rastro de Arnold Paole. A investigação sobre o pai Germain andava mal, já que este se negava a fornecer qualquer pista de sua genealogia, como era seu direito. E seu verdadeiro nome, Henri Charles Lefèvre, era tão comum que Danglard começou a patinar já na primeira tentativa de remontar sua ascendência. Danglard confirmara a impressão de Veyrenc: pai Germain, desnorteante, autoritário, dotado de uma força física pouco agradável, talvez atraente, nada tinha que inspirasse simpatia nos homens, e tinha tudo para fascinar moleques cantores. Adamsberg escutara distraidamente seu relatório, ferindo uma vez mais a suscetibilidade de Danglard.

Retancourt cuidava da Suíça com Kernorkian. Veyrenc ocupava o antigo quarto de Zerk, de onde não descuidava de Weill. Dera sumiço em suas mechas ruivas por meio de uma tintura castanha, mas assim que batia o sol elas ressurgiam, insubmersíveis e provocantes. *Não tenta nesse mundo ocultar tua essência. A luz irá dizer qual foi a tua infân-*

cia. Weill passava o — pouco — tempo que tinha no Quai visitando seus fornecedores de gêneros alimentícios e produtos raros, incluindo sabonetes libaneses cor de púrpura. Weill de imediato convidara seu novo vizinho para participar de sua mesa aberta e Veyrenc recusara, minimamente amável. Depois das três da manhã, ainda havia festa no apartamento de Weill, e Veyrenc de bom grado tiraria a máscara, não fosse seu intenso temor por seu sobrinho.

Adamsberg agora dormia com suas armas a seu lado. Na noite de quarta-feira, ligou mais uma vez para a delegacia de Nantes, depois que seus recados anteriores ficaram sem resposta. O policial de plantão, o brigadeiro Pons, negou-se, como seus colegas, a fornecer-lhe o número pessoal do delegado Nolet.

— Brigadeiro Pons — disse Adamsberg —, é sobre a Françoise Chevron, a mulher assassinada em Nantes há onze dias. Vocês estão com um inocente na cadeia e eu com o assassino dela em liberdade.

Um tenente se acercou do brigadeiro com ar inquisitivo.

— Jean-Baptiste Adamsberg — informou o brigadeiro, tapando o fone. — Sobre o caso Chevron.

Com um gesto da mão girando junto à cabeça, o tenente deu a entender tudo de bom que ele achava de Adamsberg. Então, subitamente preocupado, pegou o aparelho.

— Tenente Drémard.

— O telefone particular do Nolet, tenente.

— Delegado, nós concluímos o caso Chevron, já está na mesa do juiz. O marido batia nela regularmente, ela tinha um amante. Está no papo. E o delegado Nolet não gosta de ser perturbado.

— Ele não vai gostar é de ter mais uma vítima. O número, Drémard, rápido.

Drémard repassou mentalmente as múltiplas e contraditórias opiniões que já ouvira sobre Adamsberg, um gênio ou uma catástrofe, e temendo, de um jeito ou de outro, fazer besteira, optou afinal pela prudência.

— Pode anotar, delegado?

Dois minutos depois, Adamsberg estava com o divertido Nolet na linha. Ele tinha visitas, uma música ao fundo e uma conversa animada abafava um pouco sua voz.

— Lamento interromper, Nolet.

— Pelo contrário, Adamsberg — disse Nolet em tom jovial. — Você está por perto? Quer se juntar a nós?

— É sobre o seu caso Chevron.

— Ah, perfeito!

Nolet provavelmente fez sinal para que baixassem o som, Adamsberg agora o ouvia melhor.

— Ela foi testemunha de um casamento em Auxerre há vinte e nove anos. E a ex-esposa quer, a qualquer preço, impedir que o fato venha à tona.

— Alguma prova?

— A página do livro de registros foi arrancada.

— Ela chegaria a ponto de matar a testemunha?

— Sem sombra de dúvida.

— Estou nessa, Adamsberg.

— A mãe foi interrogada em Genebra, ela desmente qualquer casamento da filha. Está com medo e já está sob proteção.

— Teríamos então que proteger a outra testemunha?

— Exato, mas ainda não sabemos quem é. O apelo que fizemos pela mídia não deu em nada. Só resta você interrogar as pessoas próximas de Françoise Chevron. Pense num homem. As testemunhas são quase sempre um homem e uma mulher.

— Qual o nome da ex-esposa, Adamsberg?

— Emma Carnot.

Adamsberg escutou Nolet sair da sala, fechar a porta.

— O.K., Adamsberg. Estou sozinho. Você quer dizer a Carnot? A Emma Carnot?

— A própria.

— Você está me pedindo para enfrentar a serpente que ronda?

— Que serpente?

— Lá em cima, porra. A serpente enorme que circula nas quartos escuros. Você está ligando do seu celular?

— Não, Nolet. Meu celular está mais cheio de escuta que madeira atacada por cupim.

— Muito bem. Você está pedindo que eu enfrente uma das cabeças do sistema? Uma cabeça colada à cabeça *princeps* do Estado? Você sabe que cada escama dessa serpente está colada na escama seguinte, numa armadura inviolável? Sabe o que vou ter de fazer depois disso? Se é que vão me deixar fazer?

— Eu vou estar com você.

— Grande coisa, Adamsberg! — gritou Nolet. — Onde é que nós dois vamos estar?

— Não sei. Em Kisilova, quem sabe. Ou em algum outro lugar incerto em meio à névoa.

— Porra, Adamsberg, você sabe que eu sempre estive com você. Mas não vou entrar nessa. Logo se vê que você não tem dois filhos.

— Tenho dois.

— Ah, é? — disse Nolet. — Essa é nova.

— É. E então?

— Então não. Não sou nenhum são Jorge.

— Não sei quem é.

— O cara que matou o dragão.

— Ah, sei — Adamsberg se corrigiu. — Também conheço.

— Melhor assim. Então você me entende. Eu não enfrento a serpente que ronda.

— Tudo bem, Nolet. Então transfira o dossiê Chevron para mim. Não quero que ninguém morra por ter sido testemunha de casamento de uma escrota há vinte e nove anos. Mesmo que a escrota tenha se tornado uma escama da serpente.

— Um dente da serpente seria mais correto. Um dente recurvo.

— Como queira. Deixe essa cobra um pouco pra lá, transfira o dossiê para mim e esqueça do assunto.

— Tudo bem — disse Nolet, suspirando. — Estou indo para a delegacia.
— Você me manda isso quando?
— Eu não vou mandar, porra. Vou retomar o dossiê.
— De verdade? Ou vai só sentar em cima?
— Pelo menos confie em mim, Adamsberg, senão jogo tudo dentro do Loire. Estou a um passo de fazer isso.

Plog, pensou Adamsberg ao desligar. Nolet ia cuidar de Emma Carnot, e Nolet era muito bom. Desde que não se assustasse com a serpente no meio do caminho. Adamsberg não sabia o que significava a palavra *"princeps"*, mas tinha captado a ideia. As pessoas empregavam um número considerável de palavras complexas, e ele se perguntava quando, onde e como elas conseguiam gravá-las com tanta facilidade. Ele, pelo menos, memorizara *"kruchema"*, o que não era para qualquer um.

Tomou um banho, colocou a arma e os dois celulares embaixo da cama, deitou-se ainda úmido sob o edredom vermelho, com saudades do azul desbotado do edredom da *kruchema*. Ouviu a porta do vizinho se abrindo e Lucio andando no jardim. Devia ser, portanto, entre meia-noite e meia e duas da manhã. A menos que Lucio não tivesse saído para mijar, e sim para arranjar um novo esconderijo para a cerveja. Que sua filha Maria fingiria descobrir dali a dois meses, marcando uma nova etapa no jogo infindável dos dois. Pensar em Lucio, em Charme, no edredom azul, qualquer coisa, para que a imagem de Zerk não surgisse. Ou seja, aquela cara de desatinado, seu discurso prepotente, sua fúria sem concessão ou reflexão. Um garoto simpático, uma voz de anjo, dizia Veyrenc, e esse não era o sentimento de Adamsberg. Vários elementos, porém, depunham em favor de Zerk: o lenço sujo, os pés demasiado antigos de Highgate, as botas à disposição embaixo da escada. Mas os pelos do cachorro ainda constituíam um tremendo obstáculo. E Zerk daria um perfeito assassino em cera de vela moldada pelas mãos de um Paole. Dividindo o serviço, um em casa de Vaudel, o outro em Highgate. Uma dupla doentia unindo o patológico e poderoso Arnold Paole com o jovem desequilibrado e alijado de pai. Filho de nada, filho de pouco, filho de Adamsberg. Filho ou não, Adamsberg não sentia a menor vontade de levantar um dedo sequer pelo Zerk.

45

No chão, um grilo nervoso lançou um grito breve de angústia. Adamsberg identificou a vibração do seu celular — o que estava atacado por cupim — e o pegou, consultando os relógios. Entre duas e quarenta e cinco e quatro e quinze da manhã. Passou a mão pelo rosto para tirar o véu do sono e consultou o aparelho que lhe trazia duas mensagens. Passou de uma para a outra, ambas enviadas pela mesma pessoa num intervalo de três minutos. A primeira dizia *Por* e a segunda *Qos*. Adamsberg imediatamente ligou para Froissy. Froissy nunca reclamava quando a acordavam no meio da noite. Adamsberg achava que ela aproveitava para fazer uma boquinha.

— Duas mensagens que não estou entendendo — disse ele —, e desconfio que são desagradáveis. Quanto tempo você leva para identificar o dono do celular?

— Se o número for confidencial, quinze minutos. Dez minutos se tudo correr bem. Mais trinta minutos para chegar na Brigada, só tenho aqui duas minimotos. Quarenta minutos. Me dite a mensagem.

Adamsberg informou o número, incomodado por uma sensação de urgência. Quarenta minutos era tempo demais.

— Este eu já posso te dizer — afirmou Froissy. — Acabei identificando no final da tarde. Armel Louvois.

— Droga.

— Mal comecei a listar as chamadas. Ele não liga muito. Nada nos últimos nove dias, o aparelho está desligado desde a manhã em que ele fugiu. Por que está ligando de novo? O que deu nele para se mostrar desse jeito? Deixou alguma mensagem?

— Mandou dois torpedos incompreensíveis.

— Mensagens de texto — corrigiu maquinalmente Froissy, que, como os demais, já incorporara os tiques eruditos de Danglard.

— Você consegue localizar para mim?

— Sim, se ele não tiver desligado de novo.

— Pode fazer isso da sua casa?

— É mais difícil, mas posso tentar fazer a conexão.

— Tente, e seja rápida.

Ela já tinha desligado. Não era necessário pedir rapidez a Froissy, ela costumava desempenhar suas funções com a velocidade de uma mosca.

Vestiu a roupa, pegou o coldre e os dois celulares. Já na escada, percebeu que tinha posto a camiseta de trás para a frente, a etiqueta coçava o seu pescoço. Depois daria um jeito. Froissy ligou de novo enquanto ele punha o paletó.

— A casa de Garches — anunciou ela. — Há um outro aparelho emitindo do mesmo local. Desconhecido. Tento identificar?

— Vá em frente.

— Para isso tenho que ir à Brigada. Respondo em uma hora.

Adamsberg alertou duas equipes, fez os cálculos. O primeiro grupo levaria no mínimo trinta minutos para se reunir na Brigada. Mais o percurso até Garches. Se ele saísse naquele instante, chegaria ao local em vinte minutos. Hesitou, tudo indicava que era melhor esperar. Armadilha. O que Zerk estava aprontando na casa do velho Vaudel? Com um novo celular? Ou com aquele outro? Arnold Paole? Nesse caso, o que Zerk estava pretendendo? Armadilha. Morte certa. Adamsberg entrou no carro, apoiou os antebraços no volante. Tinham falhado no jazigo e era óbvio que iam tentar de novo aqui. Não se mexer era o mais sensato. Releu as duas mensagens. *Por*, *Qos*. Ligou a ignição do carro e em seguida desligou. Era a obviedade, a sequência coerente e esperada. Com os dedos na chave, tentava entender por que uma outra certeza lhe ordenava que corresse para Garches, uma certeza despida de razão, que cativava seus pensamentos. Ligou os faróis e arrancou.

No meio do caminho, depois de passar pelo túnel de Saint-Cloud, parou no acostamento. *Por*, *Qos*. Ele tinha acabado de pensar — se é que podia chamar aquilo de pensar — na insistência de Froissy em usar a expressão "mensagem de texto". O quê, com um salto de peixe, o levara a *por*. Tinha quase certeza. Ele já vira muitas vezes aquele *por* no visor de seu celular. Quando ele digitava *mensagens de texto*, quando teclava "sms". Pegou o telefone, compôs as letras "s", "m", "s". Primeiro obteve um *Pop*, depois lhe foi mostrada uma sequência de combinações: *Por*, *Pos*, *Qos*, *Sos* e, por fim, *Sms*.

Sos. sos.

Um sos que Zerk não conseguira enviar corretamente. Tentara uma segunda vez, ativando às cegas a sequência do aparelho, errando de novo. Adamsberg acionou a luz giratória no teto do carro e voltou para a estrada. Se Zerk estivesse montando uma armadilha, teclaria palavras compreensíveis. Se Zerk tinha errado o sos, é porque não estava podendo enxergar o visor. Logo, havia teclado no escuro. Ou com a mão no bolso, tateando, para não ser notado. Não era uma armadilha, era um pedido de socorro. Zerk estava com Paole, e fazia mais de trinta minutos que tinha enviado as mensagens.

— Danglard? — chamou Adamsberg enquanto dirigia. Recebi um sos do Zerk, teclado sem ele enxergar o visor do celular. O assassino o levou ao local do crime, onde vai eliminá-lo adequadamente. Fim da história.

— O pai Germain?

— Não é ele, Danglard. Como é que o Germain podia saber que o gatinho era uma fêmea? E foi isso que ele disse. Não cerquem a casa, não entrem pela porta, ele é capaz de acabar no ato com o Zerk. Vão indo para Garches, eu volto a ligar.

Sempre segurando o volante com uma mão, acordou o dr. Lavoisier.

— Preciso do número do quarto do Émile, doutor. Urgente.

— É o Adamsberg?

— É.

— E quem me garante que é ele mesmo? — perguntou Lavoisier, como o autêntico conspirador que ele tinha se tornado.

— Porra, doutor, não há tempo pra isso.

— Nem pensar — disse Lavoisier.

Adamsberg sentiu que era para valer, Lavoisier levava sua missão a sério. Adamsberg dissera "nenhum contato", e ele seguia as instruções com rigor científico.

— Serve eu falar a última parte do que a Retancourt murmurou quando saiu do coma? Ainda está lembrado?

— Perfeitamente. Estou ouvindo.

— *E morrer de prazer.**

— O.K., meu chapa. Vou transferir a chamada, pois o hospital não vai passar para o Émile sem o meu intermédio.

— Depressa, doutor.

Estalos, toques, ultrassons, por fim a voz de Émile.

— É o Cupido? — perguntou Émile, alarmado.

— Ele está ótimo. Émile, me diga como é que se entra na casa do Vaudel sem ser pela porta principal.

— Pela porta dos fundos.

— Quero dizer, de um outro jeito, de um jeito discreto, que não chame atenção.

— Não tem.

— Tem, sim, Émile. Aquele que você usava. Quando ia lá fuçar à noite, para surrupiar uma graninha.

— Eu nunca fiz isso.

— Caramba, as suas digitais estão nas gavetas da escrivaninha. E a gente não está nem aí pra isso. Me escute

---

(*) Ver, da mesma autora, *Relíquias sagradas* (Companhia das Letras, 2009).

bem. O cara que massacrou o Vaudel vai apagar mais um hoje à noite, dentro da casa. Eu preciso entrar de fininho. Sacou?
— Não.
O carro estava entrando em Garches, Adamsberg tirou a luz giratória.
— Émile — disse Adamsberg cerrando os dentes —, se você não disser, eu dou um tiro no cachorro.
— Você não faria isso.
— Sem nem pensar duas vezes. Depois, esmago o Cupido com a minha bota. Entendeu, Émile?
— Seu tira escroto.
— Isso mesmo. Fala, porra.
— A casa da vizinha, a velha Bourlant.
— E aí?
— Os dois porões são interligados. Antes as duas casas pertenciam ao mesmo cara, a mulher dele morava numa casa e a amante na outra. Por comodidade, ele mandou cavar um túnel entre os dois porões. Quando tudo foi vendido, separaram as casas e interditaram a porta subterrânea. Só que a velha Bourlant mandou abrir de novo, ela não podia ter feito isso. O Vaudel não sabia, ele nunca ia no porão. Mas eu descobri o truque e prometi para a vizinha que não ia contar nada. Em troca, ela me deixava passar por ali. A gente se dava bem.
Adamsberg estacionou a cinquenta metros do pavilhão, saiu e fechou a porta do carro sem fazer barulho.
— Por que ela mandou abrir a porta de volta?
— Ela tem um medo de fogo que é fora do normal. É a saída de emergência dela. Besteira, porque ela tem uma linha do destino maravilhosa.
— Ela mora sozinha?
— Mora.
— Obrigado, Émile.
— Vê se não apronta com o meu cachorro.
Adamsberg informou as duas equipes. Uma estava a caminho, a outra estava de saída. Não se via nenhuma luz na

casa de Vaudel, as venezianas e cortinas estavam fechadas. Ele bateu várias vezes à porta da sra. Bourlant. A casa era igualzinha, porém bem mais deteriorada. Não ia ser fácil convencer uma mulher sozinha a abrir sua porta no meio da noite com a mera palavra "polícia", que não tranquilizava ninguém. Ou as pessoas achavam que não era a polícia, ou achavam que era mesmo, o que era pior ainda.

— Senhora Bourlant, eu venho da parte do Émile. Ele está no hospital e mandou um recado para a senhora.

— Assim, no meio da noite?

— Ele não quer que ninguém me veja. É sobre a passagem. Ele diz que se ficarem sabendo vai ser um problema para a senhora.

A porta se abriu uns dez centímetros, contida por uma corrente. Uma mulher muito frágil, de uns sessenta anos, encarou-o enquanto ajustava os óculos.

— E o que me garante que o senhor é amigo do Émile?

— A senhora tem uma linha do destino magnífica.

A porta se abriu e a mulher trancou-a depois que ele entrou.

— Sou amigo do Émile e sou delegado de polícia — disse Adamsberg, mostrando a credencial.

— Não pode ser.

— Pode, sim. Só lhe peço que me abra a passagem. Preciso entrar na casa do Vaudel. Duas equipes policiais vão vir pelo mesmo caminho. Deixe-as passar.

— Não existe nenhuma passagem.

— Eu posso desbloquear o acesso sem sua ajuda, senhora Bourlant. Não crie problemas, ou toda a vizinhança vai ficar sabendo sobre a porta.

— E daí? Não é nenhum crime.

— Podem dizer que a senhora pretendia roubar o velho Vaudel.

A mulher foi buscar a chave mais que depressa, resmungando contra a polícia. Adamsberg seguiu-a até o porão, e pelo corredor que saía dali.

— A polícia faz muito barulho — disse ela, destrancando a porta —, e como ela exagera nas besteiras. Me acusar de roubo... Incomodar o Émile e depois aquele rapaz.

— A polícia tem o lenço daquele rapaz.

— Besteira. Ninguém vai deixando um lenço assim na casa dos outros, ainda mais na casa da pessoa que ela está assassinando.

— Não me acompanhe, senhora Bourlant — disse Adamsberg, repelindo a mulherzinha miúda que vinha atrás dele a passinhos pequenos. — É perigoso.

— O assassino?

— Sim. Volte para a sua casa, espere os reforços, não saia de lá.

A mulher voltou no sentido contrário a passos miúdos e ligeiros. Adamsberg subiu silenciosamente os degraus atulhados do porão de Vaudel, iluminando o caminho para não esbarrar em nenhum caixote, em nenhuma garrafa. A porta que dava para a cozinha era das comuns, a fechadura só lhe custou um minuto. Andou pelo corredor, dirigiu-se diretamente para a sala do piano. Se Paole queria matar Zerk, o faria naquela sala, no local de seu remorso.

Porta fechada, nenhuma visibilidade. As tapeçarias que cobriam as paredes abafavam o som das vozes. Adamsberg entrou no banheiro contíguo, subiu no baú. Dali alcançava a grade de ventilação.

Paole estava de pé, de costas, o braço despreocupadamente estendido, apontando sua arma munida de silencioso. Diante dele, Zerk chorava na poltrona Luís XIII, já sem nenhum sinal do gótico arrogante. Paole literalmente o pregara no assento. Uma faca transpassava sua mão esquerda, enfiada na madeira do braço da poltrona. Já escorrera muito sangue, fazia algum tempo que o jovem estava fincado ali, transpirando de dor.

— Para quem? — repetia Paole, sacudindo um celular diante dos olhos de Zerk.

Zerk devia ter tentado mandar mais um pedido de ajuda, e Paole, dessa vez, o interceptara. O homem fez estalar a lâmina de uma faca, apanhou a mão direita de Zerk e riscou-a com cutiladas, operando sem pressa, como quem corta um peixe, parecendo não ouvir os gritos do rapaz.

— Isso é para te tirar a vontade de fazer isso. Para quem foi?

— Para o Adamsberg — gemeu Zerk.

— Lamentável — disse Paole. — O filho não esmaga mais o pai, não é? Grita por socorro ao primeiro arranhãozinho? *Por, Qos*. O que você estava tentando dizer?

— sos. Não consegui digitar, ele não vai entender. Me deixe, eu não vou te trair, não vou dizer nada, eu não sei de nada.

— O problema é que eu preciso de você, meu rapaz. Veja só, os tiras já foram longe demais. Vou te deixar aqui, crucificado na poltrona, automutilado, morto no local do seu crime, e não se fala mais nisso. Tenho muita coisa para fazer e preciso de tranquilidade.

— Eu também — arquejou Zerk.

— Você? — disse Paole, desligando o celular de Zerk. — E o que você tem para fazer? Fabricar umas bugigangas? Cantar? Comer? Ninguém dá bola pra isso, meu pobre rapaz. Você não serve para nada nem para ninguém. A sua mãe foi embora e o seu pai não quer saber de você. Ao menos terá feito algo de útil com a sua morte. E ainda vai ficar famoso.

— Eu não vou dizer nada. Vou embora para bem longe. O Adamsberg não vai entender.

Paole deu de ombros.

— É óbvio que ele não vai entender. Cabecinha de coco que ele tem, pequena como a sua, abraçador de vento, tal pai, tal filho. Seja como for, agora é meio tarde para ligar para ele. Ele está morto.

— Mentira — disse Zerk, arqueando o quadril.

Paole apertou o cabo da faca fincada, fez oscilar a lâmina no ferimento.

— Calma. Ele está bem mortinho. Emparedado no jazigo das vítimas de Plogojowitz, em Kiseljevo, na Sérvia. Dá para imaginar que ele não volta tão cedo, não é?

Paole então falou em voz baixa, consigo mesmo, enquanto a última esperança se esvaía no rosto de Zerk.

— Mas você está me obrigando a acelerar as coisas. Se já tiverem encontrado o corpo, eles agora estão com o celular dele. Nesse caso, acabam de captar o seu chamado, vão te identificar, te localizar. Ou seja, nos localizar. Talvez tenhamos menos tempo que o previsto, portanto prepare-se, meu rapaz, vá se despedindo.

Paole se afastara da poltrona, mas ainda estava bem perto de Zerk. Até Adamsberg abrir a porta e apontar para ele, Paole teria quatro segundos de vantagem para atirar em Zerk. Descobrir algo para desviar sua atenção, ganhar quatro segundos. Adamsberg pegou seu caderninho, deixando cair todos os papéis que enfiara ali de qualquer jeito. A folha que procurava era fácil de reconhecer, estava amassada e suja, a folha em que copiara o texto da lápide de Plogojowitz. Pegou seu celular, digitou rapidamente a mensagem. *Dobro veče, Proklet* — *Olá, Maldito*. Assinado: *Plogojowitz*. Não era grande coisa, mas não conseguia pensar em nada melhor. O suficiente para intrigar o homem por um momento, o tempo de entrar e se colocar entre Zerk e ele.

Ouviu-se o telefone tocando no bolso de Paole. O homem consultou a telinha, franziu o cenho, a porta foi violentamente empurrada, Adamsberg estava diante dele, protegendo o rapaz. Paole fez um ligeiro movimento com a cabeça, como se a intrusão do delegado tivesse um quê de burlesco.

— Esta brincadeirinha aqui é sua, delegado? — perguntou Paole, apontando para o visor. — Não se diz *Dobro veče* a esta hora da noite. O certo seria *Laku noć*.

A despreocupação desdenhosa de Paole abalou Adamsberg. Nem surpreso nem preocupado, o homem que o julgava morto dentro do jazigo não dava nenhuma importância à sua presença. Como se ele não perturbasse mais que um tufo de grama no meio do caminho. Apontando para Paole, Adamsberg estendeu o braço para trás e arrancou a faca do braço da poltrona.

— Zerk, saia daí! Agora!

Zerk saiu correndo, a porta bateu atrás dele e seus passos apressados ecoaram no corredor.

— Comovente — disse Paole. — E agora, Adamsberg? Aqui estamos os dois, de pé e armados. Você vai mirar nas pernas e eu no coração. Se me atingir primeiro, eu atiro também, pois não? O senhor não tem a menor chance. A sensibilidade dos meus dedos é extrema e o meu sangue-frio absoluto. Numa situação tão estritamente técnica, sua porta para o inconsciente não tem a menor serventia. Pelo contrário, só atrasa tudo. Continua cometendo o mesmo erro de Kiseljevo? Passeando sozinho? Aqui como no antigo moinho? Sim, eu sei — acrescentou, erguendo a manzorra. — Sua escolta está vindo aí.

O homem consultou o relógio e então se sentou.

— Temos alguns minutos. Depois eu alcanço facilmente o garoto. São só uns minutinhos, para eu descobrir como chegou até mim. Não falo de agora, da mensagem desse idiota do Armel. Pois o senhor já sabe que o seu filho é um idiota, pois não? Falo da sua visita, anteontem, ao meu consultório por causa do zumbido no ouvido. Tenho certeza que o senhor já sabia, pois sua cabeça só oferecia resistência, oposição às minhas mãos. O senhor ja não estava comigo, mas contra mim. Como descobriu?

— No jazigo.

— Mesmo?

Adamsberg falava com dificuldade. A lembrança do jazigo, da noite que passara com Vesna, ainda o fragilizava. Desviou o pensamento para Veyrenc, para quando a porta se abrira, para o conhaque de Froissy que tomara.

— A gatinha — ele prosseguiu. — A que o senhor queria esmagar.

— É. Não tive tempo. Mas vou fazer isso, Adamsberg, eu sempre cumpro a minha palavra.

— "Matei a gatinha com uma pisada de bota. Me irritou você me obrigar a salvar aquela gatinha." Foi o que o senhor disse.

— Isso mesmo.

— O Zerk tinha resgatado o filhote de baixo de uma pilha de caixotes, portanto como ele podia saber que era uma fêmea? Num filhote de uma semana? Impossível. O Lucio sabia. Eu sabia. E o senhor, doutor, quando cuidou dela. O senhor, só o senhor.

— Sim — disse Paole —, percebo o erro. Quando descobriu? Assim que eu falei?

— Não. Quando vi a gatinha ao voltar para casa.

— Sempre lento, Adamsberg.

Paole se levantou, a detonação explodiu. Estupefato, Adamsberg viu o corpo do médico desabar. Atingido no ventre, no flanco esquerdo.

— Eu mirei as pernas — disse a voz constrangida da sra. Bourlant. — Meu Deus, eu atiro muito mal.

A mulherzinha miúda foi com passinhos pequenos até o homem que arquejava no chão, enquanto Adamsberg pegava a arma dele e chamava a ambulância.

— Ele ao menos não vai morrer? — ela perguntou, debruçando-se um pouco sobre ele.

— Acho que não. A bala se alojou no intestino.

— É só um .32 — especificou a sra. Bourlant com naturalidade, como se estivesse informando o manequim de uma roupa de tamanho pequeno.

Os olhos de Paole chamavam pelo delegado.

— A ambulância já vem, Paole.

— Não me chame de *Paole* — ordenou o médico com voz entrecortada. — Não existe mais Paole desde que o poder dos malditos se extinguiu. Os Paole estão salvos. Estão indo embora. Entendeu, Adamsberg? Eles estão indo embora, livres. Finalmente.

— O senhor matou todos eles? Todos os Plogojowitz?

— Eu não matei. Aniquilar essas criaturas não é matar. Eles não são humanos. Eu ajudo as pessoas, delegado, eu sou médico.

— Então, Josselin, o senhor também não é humano.

— Não totalmente. Mas agora eu sou, sim.
— O senhor aniquilou todos eles?
— Os cinco grandes. Sobram duas mastigadoras. Elas não têm como reconstituir nada.
— Eu só sei de três: Pierre Vaudel-Plog, Conrad Plögener e Frau Abster-Plogenstein. E os pés do Plogodrescu, mas isso é um serviço antigo.
— Estão tocando a campainha — disse timidamente a sra. Bourlant.
— É a ambulância, vá abrir.
— E se não for a ambulância?
— É a ambulância, vá abrir, caramba.

A mulherzinha miúda obedeceu, mais uma vez resmungando contra a polícia.

— Quem é ela? — perguntou Josselin.
— A vizinha.
— De onde foi que ela atirou?
— Sei lá.
— *Loša sreća.*
— E outros dois, doutor? Os outros dois homens que o senhor matou?
— Não matei homem nenhum.
— As outras duas criaturas.
— O muito grande, Plogan, e a filha dele. Terríveis. Eu comecei por eles.
— Onde?

Os enfermeiros entraram, puseram a maca no chão, recolheram o material. Adamsberg, com um sinal, pediu que lhes dessem alguns minutos. A sra. Bourlant escutava a conversa, trêmula e concentrada.

— Onde?
— Em Savolinna.
— Onde fica isso?
— Na Finlândia.
— Quando? Antes do Pressbaum?
— Sim.
— Plogan? É o atual sobrenome deles?

— É. Veïko e Leena Plogan. Criaturas das piores. Ele não reina mais.
— Quem?
— Eu nunca pronuncio o nome dele.
— Peter Plogojowitz.
Josselin fez um sinal afirmativo.
— Em Highgate. Acabou. O sangue dele se extinguiu. Vá até lá ver, a árvore vai morrer na colina de Hampstead. E os cepos de Kiseljevo vão apodrecer em volta do túmulo.
— E o filho do Pierre Vaudel? Ele não é um Plogojowitz? Por que o deixou viver?
— Porque ele é apenas um homem, não nasceu dentudo. O sangue maldito não irriga todos os ramos.
Adamsberg se endireitou, o médico o segurou pela manga e o puxou para junto de si.
— Vá até lá ver, Adamsberg — ele pediu. — O senhor sabe. O senhor entende. Eu preciso ter certeza.
— Ver o quê?
— A árvore de Hampstead Hill. Fica do lado sul da capela, o carvalho grande que foi plantado quando ele nasceu, em 1663.
Ir até lá para ver *a árvore*? Obedecer à demência de Paole? A ideia de Plogojowitz na árvore tal como a do tio dentro do urso?
— O senhor cortou os pés de nove defuntos, massacrou cinco criaturas, me emparedou naquele jazigo infernal, usou o meu filho e ia matar o garoto.
— Sim, eu sei. Mas vá até lá para ver a árvore.
Adamsberg balançou a cabeça com repulsa ou cansaço, levantou-se e sinalizou aos enfermeiros que podiam levá-lo.
— Do que ele está falando? — perguntou a sra. Bourlant. — Problemas de família, é?
— Exatamente. Por onde a senhora atirou?
— Pelo buraco.
A sra. Bourlant o conduziu a passos miúdos pelo corredor. Atrás de uma gravura, a parede fina tinha um orifí-

cio de três centímetros de diâmetro, que dava para a sala do piano, no interstício entre duas tapeçarias.

— Era o observatório do Émile. Como o senhor Vaudel deixava as luzes acesas, nunca dava para ter certeza se ele estava ou não deitado. Pelo buraco, o Émile sabia se ele ainda estava no escritório. O Émile tinha tendência a surrupiar um dinheirinho. Bem, o Vaudel era rico.

— Como é que a senhora sabia?

— Eu e o Émile nos dávamos bem. Eu era a única no bairro que não o tratava com frieza. A gente trocava umas confidências.

— E o revólver?

— Não, o revólver era do meu marido. Meu Deus, que chato isso que eu fiz. Atirar num homem não é uma coisinha à toa. Eu mirei embaixo, mas o cano subiu sozinho. Eu não queria atirar, só queria ver. Depois, bem, como o seu pessoal não chegava, tive a impressão de que o senhor estava em apuros e que eu precisava fazer alguma coisa.

Adamsberg assentiu. Totalmente em apuros. Não tinham se passado vinte minutos desde que entrara no banheiro. Uma fome brutal roncava em sua barriga.

— Se está procurando o garoto — acrescentou a mulherzinha miúda, andando a passinhos pequenos em direção ao porão —, ele está na minha sala. Está cuidando das mãos.

46

A equipe de Danglard foi embora com a ambulância, a de Voisenet conduzia a investigação no interior da casa. Adamsberg topou com Zerk sentado na sala da vizinha, não mais tranquilo do que na presença de Paole, cercado por quatro policiais de armas puxadas. Suas mãos estavam enroladas em uns panos grossos que a sra. Bourlant prendera com alfinetes de fralda.

— Eu cuido dele — disse Adamsberg, erguendo Zerk pelo braço. — A senhora teria um analgésico?

Fez com que ele tomasse dois comprimidos e o empurrou até o carro.

— Ponha o cinto.

— Não consigo — disse Zerk, mostrando as mãos enfaixadas.

Adamsberg meneou a cabeça, puxou o cinto, prendeu-o. Zerk se entregou, calado, sofrido, como um aparvalhado. Adamsberg dirigia em silêncio, eram quase cinco da manhã, o dia estava para nascer. Hesitava. Ater-se tecnicamente ao caso ou encarar as coisas. Uma terceira solução, que Danglard sempre lhe sugeria, era abordar com fineza e elegância. À inglesa, em suma. Mas ele não estava equipado com esse tipo de abordagem. Vagamente desanimado, meio exausto, deixava o carro rodar. Falar ou não falar, que importância tinha? Por quê, e a troco de quê? Podia deixar Zerk voltar para a vida dele sem piscar. Podia dirigir até o fim do mundo sem dizer uma palavra. Podia deixá-lo ali mesmo. Desajeitado, com as mãos enfaixadas, Zerk tinha pego um cigarro. E agora não conseguia acendê-lo. Adamsberg suspirou, apertou o acendedor e estendeu-o. Com uma das mãos, pegou o segundo celular. Uma ligação de Weill.

— Estou acordando você, delegado?
— Eu não dormi.
— Nem eu. O Nolet achou a testemunha, um colega de escola da Emma e da Françoise Chevron. Ele cercou a Carnot meia hora atrás. Ela própria estava indo armada para o apartamento do colega.
— Tem noites assim, Weill, em que os homens estão com fome. O Arnold Paole foi preso há uma hora. O doutor Paul de Josselin. Estava apontando a arma para o Zerk na casa de Garches.
— Algum estrago?
— O Zerk está com as mãos diaceradas. O Josselin está no hospital de Garches com uma bala na barriga. Não é fatal.
— Foi você que atirou?
— A vizinha. Sessenta anos, um metro e cinquenta, quarenta quilos e um .32.
— Cadê o garoto?
— Está comigo.
— Está levando ele em casa?
— De certa forma. Ele não pode usar as mãos, ainda está sem autonomia. Diga para o Nolet cercar a residência da Françoise Chevron, eles vão tentar a qualquer custo tirar a Emma Carnot da lama e afundar o marido da Chevron. Diga também para ele manter sigilo sobre a Carnot por quarenta e oito horas. Nenhuma declaração, nem uma linha sequer. A filha do Mordent vai ser julgada depois de amanhã. Não quero que o Mordent tenha passado por tudo isso à toa.
— É claro.

Zerk lhe estendeu a guimba do cigarro com ar inquisitivo e Adamsberg o apagou no cinzeiro. De perfil, à luz da manhã que surgia, parecendo acompanhar sem vontade umas ideias imprecisas, Zerk se parecia com ele, com seu nariz adunco e o queixo fraco, era de se perguntar como é que Weill nunca tinha reparado. Josselin tinha dito que ele era um idiota.

— Fumei todos os seus cigarros em Kiseljevo — disse Adamsberg. — Os que você deixou lá em casa. Todos menos um.

— O Josselin falou em Kiseljevo.

— Foi lá que o Peter Plogojowitz morreu, em 1725. Lá foi construído o jazigo das nove vítimas dele, onde o Josselin me trancou.

Adamsberg sentiu um rastilho de frio gelando-lhe as costas.

— Então era verdade — disse Zerk.

— Era. Eu senti frio. E cada vez que lembro disso, o frio volta.

Adamsberg rodou dois quilômetros sem falar.

— Ele fechou a porta do jazigo e ficou falando. Imitou você muito bem. *Você sabe onde você está, seu filho da puta?*

— Se parecia comigo?

— Muito. *E todo o mundo vai saber que o Adamsberg abandonou o filho e no que esse filho se tornou. Por sua culpa. Sua culpa. Sua.* Muito convincente.

— Você achou que era eu?

— Mas é claro. O legítimo escroto que você foi quando esteve lá em casa. Para me infernizar a vida. Não foi o que você prometeu?

— O que você fez dentro do jazigo?

— Fiquei me asfixiando até de manhã.

— Quem te encontrou?

— O Veyrenc. Ele estava na minha cola para não deixar eu te prender. Você sabia disso?

Zerk olhava pela janela, o dia já nascera por completo.

— Não — disse ele. — Para onde estamos indo? Para a sua maldita Brigada?

— Não deu para perceber que estamos deixando Paris?

— Para onde então?

— Para onde não tem mais estrada. Para o mar.
— Ah, tá — disse Zerk, fechando os olhos. — Para quê?
— Para comer. Se aquecer ao sol. Ver a água.
— Estou com dor. Aquele desgraçado me machucou.
— Só posso te dar mais comprimidos daqui a duas horas. Tente dormir.

Quando a estrada foi ficando arenosa, Adamsberg estacionou o carro de frente para o mar. Seus relógios e a posição do sol indicavam mais ou menos sete e meia. Praia lisa, extensão deserta, ocupada por grupos de pássaros brancos e silenciosos.

Saiu do carro sem fazer barulho. O mar plano e o azul intacto do céu pareceram-lhe muito provocantes, pouco adequados à situação com Zerk, turbulência, letargia, brotando feito grama sobre um monte de escombros. Precisaria de uma tempestade selvagem sobre o oceano e, naquela manhã, um céu turvo em que não se distinguisse a linha do horizonte. Mas a natureza decide sozinha, e se ela impunha aquela perfeição imóvel, ele estava pronto a absorvê-la por uma hora. O torpor se fora, aliás sentia-se totalmente acordado. Deitou na areia ainda fria, apoiado no cotovelo. Àquela hora, Vlad ainda estava na *kruchema*. Talvez flutuando no teto de seus sonhos. Teclou o número dele.

— *Dobro jutro*, Vlad.
— *Dobro jutro*, Adamsberg.
— Onde o seu telefone está? Estou te ouvindo mal.
— Em cima do travesseiro.
— Ponha no ouvido.
— Pronto.
— *Hvala*. Diga para o Arandjel que a carreira de Arnold Paole acabou ontem à noite. Mas acho que ele está contente, pois massacrou os cinco grandes Plogojowitz. Plögener, Vaudel-Plog, Plogerstein e dois Plogan, pai e filha, na Finlândia. E os pés do Plogodrescu. É o fim da maldição dos Paole e, palavras dele, eles estão indo embora. Livres. Na colina de Higuegate, a árvore morre.

— Plog.
— Mas restam dois mastigadores.
— Os mastigadores não são problema, Adamsberg. O Arandjel diria que basta virá-los de bruços e eles afundam feito gota de mercúrio até o coração da terra.
— Não pretendo me encarregar disso.
— Sensacional — disse Vlad, sem nenhum propósito.
— Conte para o Arandjel, sem falta. Você vai ficar em Kisilova para sempre?
— Estão me esperando depois de amanhã numa conferência em Munique. Vou entrar no caminho certo, que, como você sabe, não existe e, aliás, nem é certo.
— Plog. O que significa *Loša sreća*, Vlad? O Paole disse isso quando caiu.
— Significa: "Que azar".
Zerk estava sentado a poucos metros dali, olhando pacientemente para ele.
— Vamos passar no posto de saúde para dar uma olhada nas suas mãos — disse Adamsberg. — Depois a gente vai tomar um café.
— O que significa "plog"?
— É tipo uma gota de verdade caindo — explicou Adamsberg ilustrando com um gesto, erguendo a mão e depois descendo devagar em linha reta. E cai exatamente no lugar certo — acrescentou, enfiando a ponta do indicador na areia.
— Tudo bem — disse Zerk, observando o buraquinho deixado pelo indicador. — E se ela cair aqui ou ali? — perguntou, enfiando várias vezes o indicador ao acaso. Não dá um autêntico plog?
— Acho que não.

47

Adamsberg colocou um canudo na xícara de Zerk e passou manteiga no seu pão.
— Me fale sobre o Josselin, Zerk.
— Meu nome não é Zerk.
— É o nome de batismo que eu te dei. Pense que, para mim, você só tem uma semana. Ou seja, é um recém-nascido chorão, nada mais.
— Você também só tem uma semana, não é melhor que eu.
— E como é que você me chama?
— Não chamo.

Zerk soprou café pelo canudinho e sorriu abertamente, daquele jeito meio inesperado de Vlad, ou pela resposta que tinha dado, ou pelo barulho causado pelo canudo. A mãe dele era assim, prestes à distração na hora mais inadequada. O que, aliás, explicava que ele pudesse ter feito amor com ela perto da ponte velha da Jaussène quando estava chovendo. Zerk era um fruto da distração.
— Não quero te interrogar lá na Brigada.
— Mas vai me interrogar mesmo assim?
— É.
— Então vou responder como se responde para um tira, porque para mim há vinte nove anos que você é só isso. Um tira.
— É o que eu sou e é o que eu quero: que você responda para mim como responderia para um tira.
— Eu gostava muito do Josselin. Nos conhecemos em

Paris há quatro anos, quando ele colocou a minha cabeça no lugar. Há seis meses as coisas começaram a mudar.

— Mudar como?

— Ele começou a dizer que enquanto eu não matasse o meu pai, eu não seria ninguém. Bem, era uma metáfora.

— Eu sei, Zerk.

— Antes, eu não ligava muito para o meu pai. Às vezes pensava nele, mas, filho de tira, eu preferia esquecer. Tinha notícias suas pelos jornais, minha mãe ficava orgulhosa, eu não. Só isso. E de repente o Josselin se mete na história. Diz que você é a causa de todos os meus problemas, de todos os meus fracassos, ele enxergou isso na minha cabeça.

— Que fracassos?

— Sei lá — disse Zerk, tornando a chupar o canudo. — Não me interessa muito. Talvez meio igual a você com aquela lâmpada queimada da sua casa.

— E aí, o que o Josselin disse?

— Disse que eu precisava te enfrentar, te destruir. "Purgar", é assim que ele chamava, como se eu guardasse um monte de detritos dentro de mim e que esse monte de detritos fosse você. Eu não gostava muito da ideia.

— Por quê?

— Não sei. Me faltava coragem, essa purgação toda me parecia dar a maior trabalheira. E, principalmente, eu não sentia aquele monte de detritos, não sabia onde ele estava. O Josselin afirmava que ele existia, sim, e era enorme. Que se eu não tirasse de mim, ia acabar me apodrecendo por dentro. Acabei deixando de retrucar, ele se irritava com isso, e o Josselin era mais inteligente que eu. Eu escutava. Com o passar das sessões, comecei a acreditar. No fim, já estava acreditando mesmo.

— E o que você resolveu fazer?

— Jogar fora os detritos, só não sabia como. O Josselin ainda não tinha explicado. Dizia que ia me ajudar. Que eu ia acabar esbarrando em você de um jeito ou de outro. E foi o que aconteceu, ele estava certo.

— Mas é claro, Zerk, pois ele planejou tudo.
— É verdade — admitiu Zerk depois de um momento.
O garoto é meio lento, pensou Adamsberg, incomodado por concordar, em parte, com Josselin. Pois se o Zerk não era uma mente ágil, de quem era a culpa? Seus próprios gestos também eram vagarosos. Zerk só tomara metade do café, mas Adamsberg estava no mesmo ponto.
— Quando foi que você esbarrou em mim?
— Primeiro, houve o telefonema na noite de segunda para terça-feira, depois do assassinato de Garches. Um desconhecido disse que a minha foto ia sair no jornal da manhã seguinte, que eu seria acusado de homicídio, que eu precisava me mandar depressa e não dar sinal de vida. Que as coisas iam se ajeitar mais tarde, que ele me avisaria.
— O Mordent. Um dos meus comandantes.
— Então ele não estava mentindo. Ele disse: "Sou um amigo do seu pai, faça o que eu estou dizendo, porra". Isso porque eu pensei em procurar a polícia e dizer que estava havendo algum erro. Mas o Louis sempre falou para eu ficar o mais longe possível da polícia.
— Quem é o Louis?
Zerk fitou Adamsberg com um olhar surpreso.
— O Louis. Louis Veyrenc.
— Tudo bem — disse Adamsberg. — O Veyrenc.
— Ele sabia o que estava dizendo. Então eu me mandei, fui me esconder na casa do Josselin. Que alternativa eu tinha? A minha mãe está na Polônia e o Louis está em Laubazac. O Josselin sempre me disse que a porta dele estaria aberta se eu precisasse. Foi aí que ele deu o golpe de misericórdia. Mas eu estava maduro para isso, sem dúvida.
— Como ele explicou as coisas?
— Como uma oportunidade, tipo agora ou nunca. Falou para eu aproveitar o mal-entendido, que era o destino. "O destino só fica um minuto na estação, salte no trem, só os idiotas ficam na plataforma."
— A frase é boa.
— É, eu também achei.

— Mas está errada. E aí? Ele ensaiou a cena com você?

— Não, mas me disse, de modo geral, como eu devia me comportar, como te obrigar a ver que eu existia, a compreender que eu era mais forte que você. Disse, principalmente, que isso ia desencadear a sua culpa, que eu tinha que passar por isso. "Chegou o seu dia, Armel. Depois disso, você vai ficar novo em folha. Vá fundo, não hesite em forçar a barra." Gostei disso. "Vá fundo, purgue, exista, chegou o seu dia." Eu nunca tinha escutado isso. Gostei muito dessas palavras: "Vá fundo, purgue, exista".

— Onde você conseguiu a camiseta?

— Ele comprou para mim, disse que eu não seria convincente com a minha camisa velha. Passei a noite na casa dele, mas estava agitado demais para dormir, estava ensaiando as coisas na minha cabeça. Ele me deu uns remédios.

— Estimulantes?

— Não sei, não perguntei. Um comprimido à noite e dois de manhã antes de ir para a sua casa. Eu já estava novo em folha. E enxergava o monte de detritos em plena luz do dia. Quanto mais as horas passavam, mais a coisa vinha. Eu seria capaz de te matar. E você também — acrescentou, num tom repentinamente muito semelhante ao tom do Zerk gótico.

O olhar do jovem escapou. Ele pegou um cigarro e Adamsberg o acendeu.

— Você ia realmente me intoxicar com a porcaria daquele frasco?

— Na sua opinião, o frasco tinha cara de quê?

— De uma porra de um veneno.

— Ácido nitrocitramínico.

— É isso aí.

— Mas tinha cara de quê?

Zerk exalou a fumaça.

— Sei lá. De uma amostra de perfume.

— E era isso mesmo.

— Não acredito — exclamou Zerk. — Você só está dizendo isso porque hoje fica envergonhado. Você estava no escritório. Acho que você não guarda perfume no escritório.

— Você me deixou trancado e esqueceu que os tiras têm chave mestra. Fui buscar a amostra no banheiro. Não existe nenhum ácido nitrocitramínico. Pode verificar.

— Droga — disse Zerk, cheirando o café.

— Em compensação, é verdade que não se deve enfiar um revólver tão fundo dentro da calça.

— Entendo.

— Você tem sarna, tuberculose, um rim só?

— Não. Tive micose uma vez.

— Continue.

— O gatinho debaixo dos caixotes me distraiu. Ou foi o velho com a história do braço dele. Voltei a mim de repente, como se estivesse saindo de uma ressaca. Estava meio cansado de ficar gritando. Mesmo assim, eu queria gritar. Eu seria capaz de gritar até você cair de joelhos, até me suplicar. O Josselin tinha dito que se eu não gritasse, eu estaria perdido. Que se eu não te pusesse no chão, eu estaria perdido. E aquele monte de detritos ia ficar no meu corpo pelo resto da vida. Verdade que depois eu me senti bem, não me arrependi.

— Mas ficou encurralado.

— É, fiquei, igual o gato embaixo do caixote. Esperei sair um desmentido sobre o DNA. Ou um telefonema do desconhecido. Mas não aconteceu nada.

— Não te ocorreu que pudesse ser uma armadilha do Josselin?

— Não. Afinal, ele estava me escondendo. Eu fiquei num quarto no fundo do apartamento, com ordem de não me mexer muito por causa dos pacientes.

— Depois que você esteve lá em casa, se tivesse saído daquele quarto entre nove da manhã e meio-dia, teria me visto na casa dele. Fui lá conversar. Imagino que o Josselin tenha apreciado a situação. Nós dois na casa dele, os dois manipulados por ele. Mas ele realmente me deixou em forma, e acabou com o zumbido no ouvido. Ele vai nos fazer falta, Zerk, ele tem dedos de ouro.

— Não, pra mim não vai fazer falta.
— E depois? Naquele dia?
— Ele foi me buscar na hora do almoço, me fez contar tudo, queria todos os detalhes, as frases que eu tinha dito, achou tudo muito engraçado, parecia feliz por mim. Me fez tirar a camiseta e fez um almoço bacana para festejar. Quanto ao DNA, ele disse que o exame estava errado e que era preciso dar um tempo para a polícia se dar conta disso. Mas depois, fui deixando de acreditar. Eu queria ligar para o Louis, só que eu não podia usar meu celular. Tinha um fixo na casa do Josselin. Mas se os tiras soubessem que o Louis era meu tio, ele podia ser vigiado. Comecei a achar que alguém estava me infernizando a vida. Foi ele que roubou o meu lenço, não foi?
— Foi fácil. E também os pelos da sua cachorra. A Girassol. Foram encontrados na poltrona, em Garches. A poltrona onde ele te pregou ontem. Me perguntei como tinham conseguido aqueles pelos. Ele esteve na sua casa?
— Nunca.
— Quando ele te atendia, você tirava a roupa?
— Eu só deixava os sapatos na sala de espera.
— Só isso? Pense bem.
— Não. Sim. Duas vezes ele me pediu para tirar as calças para examinar meus joelhos.
— Faz tempo?
— Uns dois meses.
— Foi aí que ele pegou o lenço e os pelos da cachorra. Você não percebeu?
— Não. Fazia uns quatro anos que o Josselin me ajudava. Por que eu iria pensar mal dele? Ele estava do meu lado, com as suas benditas mãos de ouro. Ele me fez acreditar que gostava de mim, mas a verdade é que me achava um idiota. Ninguém liga se você estiver vivo ou morto, foi o que ele me disse ontem.
— *Loša sreća*, Zerk, ele assumiu o destino de Arnold Paole.
— Ele não assumiu, isso também é verdade. Ele é mesmo um descendente desse Paole. Ele me disse, no carro,

enquanto me levava para a casa de Garches. Ele não estava brincando.

— Eu sei. É um autêntico Paole, por linha paterna direta. Quero dizer, ele ficou tão doente como o antepassado dele, aquele que comia terra do cemitério para se proteger do Peter Plogojowitz. O que mais ele disse?

— Que eu ia morrer, mas que morrendo eu estaria contribuindo para a obra dele de erradicação dos malditos, e que era uma boa morte para um cara como eu que não servia para nada. Explicou que fazia trezentos anos que uma família nojenta estava infectando a família dele, e ele tinha que pôr um fim naquilo. Disse que tinha nascido com dois dentes, que isso era a prova do mal que morava dentro dele por culpa dos outros. Mas tinha hora que não dava para entender. Ele falava rápido demais, fiquei com medo de o carro sair da estrada.

Zerk se interrompeu para acabar seu café frio.

— Ele falou sobre a mãe dele. Ela o abandonou porque ele era um Paole, e isso ela soube porque ele já tinha dentes quando nasceu. Ela exclamou que ele era um "dentudo" e deixou o bebê no hospital, "como quem se livra de um ser abjeto". Aí ele chorou, chorou de verdade. Eu via pelo retrovisor. Ele não culpava a mãe. Disse: "O que uma mãe pode fazer com uma criatura? Uma criatura não é uma criança". Então achei que ele estava amolecendo, que ia me soltar, e supliquei. Mas ele começou a gritar de novo, e o carro dançou pela estrada. Caramba, me deu medo. E ele continuou a contar o calvário dele como criatura.

— Ele foi adotado pelos Josselin?

— Foi. Aos nove anos, ele abriu a gaveta da escrivaninha do pai. Encontrou um dossiê completo. Descobriu que tinha sido adotado, descobriu o abandono da mãe e por que ela o tinha abandonado. Ele era um Paole, da linhagem dos vampiros malditos. Foi o que ele disse. Um ano depois, os pais perderam o controle da história. Ele quebrava tudo, enchia as paredes de merda. Ele me contou isso assim, sem constrangimento, como uma das provas de sua danação. Um belo dia de novembro, os pais o levaram a uma instituição para ser examinado. Disseram que iam voltar e não voltaram.

— Segundo abandono, vida detonada — disse Adamsberg.

— Um tipo de plog, não é?

— Pode ser.

— Depois ele se casou com "uma mulher feia, mais muito estável" e começou a cortar os pés de quem o ameaçava. Das pessoas que nasciam com um dente. De início, foi meio tateando, ele próprio reconhece. "Eu estava começando, devo ter cortado os pés de seres inofensivos, que eles me perdoem. Não fiz mal para eles, já estavam mortos." E a mulher dele logo foi embora. Uma pessoa sem coração, no fim das contas detestável, disse ele.

— Isso também é verdade.

— Depois, chegamos na casa, ele não precisava mais prestar atenção na estrada. Estava pior, já não falava normalmente. Às vezes sussurrava e eu não conseguia escutar, às vezes rugia. Me enfiou aquela faca na mão. Contou sobre a árvore genealógica dos Plogojavic... como é o nome deles?

— Plogojowitz.

Zerk tinha a mesma dificuldade que ele em gravar as palavras. E naquele breve instante Adamsberg teve a sensação de conhecê-lo profundamente.

— Tudo bem — disse Zerk, baixando a linha da sobrancelha, absolutamente idêntico ao seu pai vigiando o cozimento da *garbure*. — Ele falou em "sofrimento desumano", disse que não tinha matado ninguém porque aqueles seres não eram humanos, eram criaturas da terra profunda que destruíam a vida dos homens. Não escutei tudo, eu estava com dor, estava com medo. Ele disse que a função dele como médico era curar as feridas, livrar o mundo da "ameaça imunda".

Adamsberg pegou um cigarro no maço de Zerk.

— Como você conseguiu o meu número?

— Peguei no celular do tio Louis na época em que ele trabalhou com você.

— Você pretendia usar esse número?

— Não. Mas não achava normal o Louis ter o número e eu não.

— Como conseguiu teclar? Dentro do bolso?

— Eu não teclei. Eu tinha gravado no número 9. O último de todos.

— Já é um começo — disse Adamsberg.

48

Émile entrou na Brigada se apoiando numa muleta. Defrontou-se com a recepção do brigadeiro Gardon, que não entendia o que aquele homem queria a propósito do seu cachorro. Danglard chegou arrastando os pés, vestindo um paletó de cor clara, fato inédito que suscitava comentários, embora muito menos que a prisão de Paul de Josselin, descendente de Arnold Paole, o da vida destruída pelos *vampiri* Plogojowitz.

Retancourt, agora à frente do movimento racional positivista, discutia desde de manhã com os conciliadores e padejadores de nuvens, que a acusavam de vir teimando, desde o domingo, em manter a investigação num caminho estreito sem aceitar os *vampiri*. Afinal, cabe de tudo na cabeça de um homem, dissera Mercadet. E na barriga deles até armários, pensara Danglard. Kernorkian e Froissy estavam prestes a virar casaca, prontos para acreditar na existência dos *vampiri*, o que só agravava a situação. Isso por causa da conservação dos cadáveres, fato devidamente observado, historicamente registrado, e quem é capaz de explicar? Em pequena escala, a polêmica que inflamara o Ocidente na segunda década do século XVIII recomeçava com o mesmo ardor na sede da Brigada de Paris, sem que o fato tivesse avançado nos últimos três séculos.

Era este, na verdade, o aspecto que fazia os agentes da Brigada vacilar: o pavor ao ver aqueles corpos "intactos, avermelhados", vertendo sangue pelos orifícios e cobertos por uma pele nova e lisa, enquanto a velha pele e as unhas gastas jaziam no fundo do túmulo. Nesse ponto, o conhecimento de Danglard levou a melhor. Ele tinha a resposta, sabia como e por que os corpos estavam conservados, fenômeno afinal bastante frequente, ele tinha até a explicação para o grito do *vampir* transpassado e para os *suspiros* dos mastigadores. Fizeram um círculo em volta dele, todos aguardavam suas explicações, chegava-se ao ponto crucial do debate em que a ciência faria o obscurantismo recuar por mais algum tempo. Danglard estava começando a expor a questão dos gases, que às vezes, dependendo da composição química da terra, em vez de saírem do corpo, inchavam-no feito uma bola, fazendo a pele esticar, quando foi interrompido pelo barulho de uma tigela derrubada lá em cima, enquanto Cupido desabava escada abaixo, disparando rumo à recepção sem nem ligar para os obstáculos. Sem interromper a corrida, o cão soltou um latido especial ao passar diante da copiadora em que Bola estava esparramado, as duas patas dianteiras erguidas no vazio.

— Aqui — disse Danglard enquanto observava o animal passar enlouquecido de alegria — não há nem saber nem fantasia. Apenas um amor puro, sem freios nem perguntas. Muito raro no homem e também muito perigoso. Pelo menos o Cupido é educado, se despediu do gato com uma pontinha de admiração e saudade.

O cachorro pulou em cima de Émile e se grudou no seu peito, ofegante, lambendo, arranhando sua camisa. Émile precisou se sentar, apoiando sua cabeça de surrador nas costas do cachorro.

— O cocô dele — disse Danglard — era o mesmo da sua caminhonete.

— E a carta de amor do velho Vaudel? Ajudou o delegado?

— Muito. Levou-o para a morte dentro de um jazigo fétido.

— E a passagem pelo porão da velha Bourlant, ajudou?
— Muito também. Levou ao doutor Josselin.

— Nunca gostei daquele posudo. E o chefe, onde está?
— Quer falar com ele?
— Sim, não quero que ele me crie problemas, a gente podia fazer um acordo para ajeitar as coisas. Com a força que eu dei pra ele, tenho algum crédito.
— Ajeitar que coisas?
— Só falo com o chefe.
Danglard teclou o número de Adamsberg.
— Delegado, o Cupido no momento está grudado no Émile, que, por sua vez, quer falar com o senhor para ajeitar as coisas.
— Que coisas?
— Não faço ideia. Ele só fala com o senhor.
— Pessoalmente — insistiu Émile, cheio de importância.
— Como ele está?
— Aparentemente, bem. Está com um paletó novo e um broche azul na lapela. Quando o senhor chega?
— Estou numa praia na Normandia, Danglard, já estou voltando.
— O que o senhor está fazendo aí?
— Eu tinha que falar com o meu filho. Nenhum de nós é brilhante, mas conseguimos nos comunicar.
Claro, imaginou Danglard. Tom não tinha nem um ano, não sabia falar.
— Eu já disse e repeti que eles estão na Bretanha e não na Normandia.
— Estou falando do meu outro filho, Danglard.
— Que filho? — perguntou Danglard, incapaz de concluir a frase. — Que outro?
Uma raiva súbita de Adamsberg brotou dentro dele. O canalha tinha gerado outro, com aquela falta de consideração dele, mal o Tom tinha nascido.
— Que idade tem esse outro? — perguntou, áspero.
— Uma semana.
— Safado — exclamou Danglard.
— Fazer o quê, comandante. Eu não sabia.
— Droga, o senhor nunca sabe!

— E você nunca me deixa terminar, Danglard. Ele tem uma semana para mim, e vinte e nove anos para os outros. Está aqui do meu lado, e fuma. Está com as duas mãos enfaixadas. Foi pregado na poltrona Luís XIII pelo Paole na noite passada.

— O Zerquetscher — disse Danglard baixinho.

— Isso mesmo, comandante. Zerk. Armel Louvois.

Danglard olhou sem ver para Émile e o cachorro, enquanto analisava a situação.

— É uma metáfora, não é? — prosseguiu. — O senhor o adotou, ou alguma bobagem do gênero?

— Nada disso, Danglard. Ele é meu filho. Por isso o Josselin achou divertido escolher logo ele para bode expiatório.

— Não acredito.

— Você não confia no Veyrenc? Pois pergunte a ele. O garoto é sobrinho dele, ele vai falar muito bem dele pra você.

Adamsberg estava meio deitado na areia, traçando desenhos espessos com o dedo indicador. Zerk, braços sobre o estômago, as mãos acalmadas pela anestesia local, aquecia-se ao sol, o corpo amolecido, como o gato sobre a copiadora. Danglard relembrava de todas as fotos de Zerk que tinham saído nos jornais, dava-se conta do quanto aquele rosto lhe era familiar. Era a verdade, chocante.

— Nada que possa assustar, comandante. Me passe o Émile.

Sem dizer uma palavra, Danglard estendeu o telefone para Émile, o qual se afastou em direção à porta.

— Esse seu colega é um idiota — disse Émile. — Não é um broche azul, é uma espécie de palito para comer burrié. Eu fui buscar lá na casa.

— Estava com saudades?

— É.

— Que coisas são essas que você quer ajeitar? — perguntou Adamsberg, se endireitando.

— Eu fiz uns cálculos. Deu novecentos e trinta e sete

euros. Agora que eu sou rico, posso devolver e você passa uma esponja. Em troca da carta de amor e da porta do porão. Combinado?

— Eu passo uma esponja no quê?

— Naquele dinheiro, caramba. Uma nota aqui, outra ali, acabou dando novecentos e trinta e sete. Eu anotei tudo.

— Entendi, Émile. Acontece que eu não tenho nada a ver com esse dinheiro, já disse. E também já é tarde demais. Não acho que o Pierre filho, de quem você está levando metade da fortuna, vai gostar muito de saber que você saqueava o pai dele e ver você devolvendo novecentos e trinta e sete euros.

— É — disse Émile, pensativo.

— Portanto fique com esse dinheiro, e bico calado.

— Saquei — disse Émile, e Adamsberg imaginou que ele aprendera a palavra com André, o enfermeiro do hospital de Châteaudun.

— Você tem outro filho? — perguntou Zerk quando eles voltavam para o carro.

— Um bem pequeno — disse Adamsberg, afastando a palma das mãos, como se a idade pudesse minimizar o fato. — Isso te incomoda?

— Não.

Zerk era um sujeito tranquilo, não havia a menor dúvida.

49

O Palácio da Justiça estava coberto de nuvens, o que, aliás, convinha muito bem ao lugar. Adamsberg e Danglard, acomodados na varanda do café em frente, aguardavam o fim do julgamento da menina Mordent. O relógio de Danglard marcava dez para as onze. Adamsberg contemplava os dourados do Palácio cuidadosamente repintados.

— Raspam-se os dourados e o que se acha embaixo, Danglard?

— As escamas da grande serpente, diria o Nolet.

— Coladas na Sainte-Chapelle. Não combina.

— Não fica tão mal. São duas capelas, uma em cima da outra, bem separadas. A capela de baixo era reservada ao povo, e a capela de cima ao rei e seu séquito. Sempre voltamos para esse ponto.

— A grande serpente já passava lá por cima no século XIV — disse Adamsberg, erguendo os olhos para a ponta da agulha gótica.

— Século XIII — corrigiu Danglard. — Pierre de Montreuil mandou erguer a capela entre 1242 e 1248.

— Conseguiu falar com o Nolet?

— Consegui. O colega de escola foi de fato testemunha do casamento de Emma Carnot com um jovem de vinte e quatro anos, Paul de Josselin Cressent, na prefeitura de Auxerre, há vinte e nove anos. A Emma era louca por ele, a mãe dela gostava do sobrenome aristocrático, mas afirmava que Paul era um fim de raça degenerado. O casamento não durou três anos. Não houve filhos.

— Melhor assim. O Josselin não teria dado um bom pai.
Danglard não respondeu. Preferia conhecer Zerk primeiro.

— Ia ser mais um pequeno Paole no mundo — prosseguiu Adamsberg —, e só Deus sabe o que não ia passar pela cabeça dele. Mas não. Os Paole estão desaparecendo, foi o que disse o doutor.

— Vou ajudar o Radstock a organizar os pés. E depois vou tirar uma semana de férias.

— Você vai pescar naquele lago?

— Não — disse Danglard evasivo. — Acho que vou ficar em Londres.

— Em suma, um programa um tanto abstrato.

— Pois é.

— Depois que o Mordent resgatar a filha, ou seja, hoje à noite, vamos deixar rolar a lama do caso Emma Carnot. Que vai resvalar do Conselho de Estado até a Corte de Cassação, até o procurador, até o Tribunal de Gavernan, e parar por aí. Sem chegar aos baixos escalões do pequeno juiz e do Mordent, que não interessam a mais ninguém além da gente.

— Vai ser uma bomba e tanto.

— Claro. A população vai se escandalizar, vai sugerir reformas na Justiça, mas logo vão fazer com que ela esqueça tudo isso trazendo a público um outro caso qualquer. E você já sabe o que vem depois.

— A serpente, com três escamas feridas, acometida de convulsões, estará refeita em dois meses.

— Ou até menos. E nós vamos disparar a contraofensiva, a técnica Weill. Não vamos denunciar nominalmente o juiz de Gavernan. Vamos deixá-lo como uma granada reserva para nos proteger, proteger o Nolet e o Mordent. Técnica Weill também para trazer de Avignon até o Quai as aparas de lápis e o inocente cartuchinho. Que vão acabar parando num canto qualquer.

— Por que proteger o canalha do Mordent?

— Porque o caminho certo não é certo. O Mordent

não faz parte da serpente, ele foi comido cru. Está na barriga dela, como Jonas.

— Como o tio na barriga do urso.

— Ah — fez Adamsberg. — Eu sabia que um dia essa história ia te interessar.

— Mas o que sobrou do Mordent na serpente lá de cima?

— Um espinho desagradável e a lembrança de um fracasso. Já é alguma coisa.

— O que vamos fazer com o Mordent?

— O que ele próprio fizer. Se ele quiser, pode ser reintegrado. Um homem sofrido vale por dez. Só eu e você sabemos o que aconteceu. Os outros acham que ele teve uma baita depressão, o que explica as besteiras que fez. Sabem também que os testículos dele saíram incólumes, só isso. Ninguém sabe da visita dele ao Pierre Vaudel.

— E o Pierre Vaudel, por que ele não falou sobre os cavalos de corrida, sobre a bosta?

— A mulher não quer que ele aposte.

— E quem pagou o zelador do prédio, o Francisco Delfino, para fornecer um álibi falso ao Josselin? O próprio Josselin ou a Emma Carnot?

— Ninguém. O Josselin simplesmente deu férias para o Francisco. Naqueles dias depois do assassinato de Garches, o Josselin é que fez o papel de Francisco. Ficou no lugar dele, aguardando a inevitável visita da polícia. Quando fui procurá-lo, a zeladoria estava escura, ele estava debaixo de um cobertor, inclusive suas mãos. Em seguida, voltou ao apartamento pela escada de serviço e trocou de roupa para nos receber.

— Sofisticado, ele.

— É. A não ser no que diz respeito à ex-mulher. Assim que Emma soube que o Josselin era o médico do Vaudel, entendeu tudo muito antes de nós. Imediatamente.

— Ele está saindo — interrompeu Danglard. — A justiça acaba de desabar.

Mordent vinha sozinho, debaixo das nuvens. Os filhos

comeram uvas verdes e os dentes dos pais ficaram embotados. Sua filha, livre, estava indo para Fresnes assinar a papelada e pegar a mochila. Ia jantar em casa naquela noite, ele já tinha feito as compras.

Adamsberg passou o braço pelos ombros de Mordent, Danglard o segurou pelo outro lado. O comandante olhou alternadamente de um para outro como uma velha e grande garça caída na armadilha da polícia das polícias. Como uma velha e grande garça que perdeu o prestígio e as penas, condenada à pesca envergonhada e solitária.

— Viemos festejar esse sucesso da justiça, Mordent — disse Adamsberg. — Também viemos festejar a prisão do Josselin e a libertação dos Paole, que agora estão voltando ao seu destino de simples mortais, e festejar o nascimento do meu filho mais velho. São muitas coisas para festejar. Deixamos a cerveja na varanda do café.

O punho de Adamsberg era firme, seu rosto, enviesado e sorridente. Corria luz sob sua pele, seu olhar se acendera, e Mordent sabia que quando os olhos turvos de Adamsberg se transformavam em bolas de gude brilhantes ele estava se aproximando de alguma caça ou de alguma verdade. O delegado o arrastava numa marcha forçada em direção ao café.

— Festejar? — disse Mordent com voz neutra, na falta de algo melhor para dizer.

— Festejar. Festejar também o simpático sumiço das aparas de lápis e do cartuchinho debaixo da geladeira. Festejar minha liberdade, Mordent.

O braço do comandante mal se mexeu debaixo dos dedos de Adamsberg. Uma velha garça totalmente exausta. Adamsberg o depositou sentado entre eles dois como quem larga um fardo. Fuzível F3 queimado, pensou, choque psicoemocional de qualidade superior, inibição da ação. E nenhum dr. Josselin à vista para consertar. Com a partida do descendente de Arnold Paole, a medicina perdia um de seus gigantes.

— Danou-se, é? — resmungou Mordent. — É normal

— acrescentou, puxando as mechas grisalhas, erguendo o pescoço para fora da camisa com aquele gesto de ave pernalta que só ele sabia fazer.

— Danou-se. Mas um dique habilidosamente construído vai bloquear o escoamento da lama às portas do Tribunal de Gavernan. A partir dali, não vão se enxergar as traições, só terras inocentes. Ninguém na Brigada está sabendo, o lugar está vago. Você decide. Em compensação, a Emma Carnot vai cair. Suas ordens vinham diretamente da Emma?

Mordent assentiu.

— Num celular especial?

— Sim.

— Cadê esse celular?

— Destruí ontem à noite.

— Perfeito. Não tente socorrê-la para se proteger, Mordent. Ela matou uma mulher, mandou atirar no Émile e depois tentou envenená-lo. Estava armando para dar um fim na outra testemunha do casamento.

Sempre atento, Danglard havia pedido mais uma cerveja, e colocou-a diante de Mordent com um gesto tão autoritário quanto o pulso de Adamsberg e que significava: "Beba".

— Também não pense em se matar — acrescentou Adamsberg. — Seria absurdo, diria o Danglard, bem no momento em que a Élaine mais precisa de você.

Adamsberg se levantou. O Sena corria a poucos metros dali, rumando para o mar, que rumava para a América, que rumava para o Pacífico e voltava para ali.

— *Vratiću se* — disse —, vou caminhar.

— O que foi que ele disse? — perguntou Mordent, surpreso, voltando por um momento ao normal, o que para Danglard pareceu um bom sinal.

— É um pedacinho dos *vampiri* de Kisilova que ficou no corpo dele. Vai acabar sumindo. Ou não. Com ele nunca se sabe.

Adamsberg voltou para junto deles, preocupado.

— Danglard, você já me disse, mas eu esqueci. De onde vem o Sena?

— Do planalto de Langres.
— Não é do monte Gerbier-de-Jonc?
— Não, isso é o Loire.
— *Hvala*, Danglard.
— Não tem de quê.

Quer dizer "obrigado", Danglard explicou a Mordent. Adamsberg saiu de novo em direção ao rio com seu andar cadenciado, segurando com um dedo o paletó jogado no ombro. Mordent ergueu o copo, desajeitado, como um homem que não sabe se ainda tem esse direito. Apontou-o, hesitante, para Adamsberg ao longe e para Danglard ao seu lado.

— *Hvala* — disse.

50

Adamsberg andou por mais de uma hora do lado ensolarado do cais, escutando as gaivotas gritando em francês, celular na mão, aguardando o chamado de Londres, que chegou às catorze e quinze conforme Stock prometera. A conversa foi breve, Adamsberg tinha feito uma única pergunta ao superintendente Radstock, à qual ele só precisou responder "sim" ou "não".

Yes, disse Radstock, e Adamsberg agradeceu e desligou. Então hesitou um instante e optou pelo número de Estalère. O brigadeiro seria o único que não contestaria com nenhum comentário ou crítica.

— Estalère, vá visitar o Josselin no hospital, tenho um recado para ele.
— Pois não, delegado. Estou anotando.
— Diga a ele que a árvore de Hampstead Hill morreu.
— Hampstead Hill, a colina de Highgate?
— Isso mesmo.
— Mais nada?
— Mais nada.
— Vou fazer isso, delegado.

Adamsberg subiu devagar o bulevar, imaginando os cepos de Kiseljevo apodrecendo em volta do túmulo.

Onde será, Peter, que eles vão renascer?

Série policial

Réquiem caribenho
Brigitte Aubert

Bellini e a esfinge
Bellini e o demônio
Bellini e os espíritos
Tony Bellotto

Os pecados dos pais
O ladrão que estudava Espinosa
Punhalada no escuro
O ladrão que pintava como Mondrian
Uma longa fila de homens mortos
Bilhete para o cemitério
O ladrão que achava que era Bogart
Quando nosso boteco fecha as portas
O ladrão no armário
Na linha de frente
Lawrence Block

O destino bate à sua porta
Indenização em dobro
Serenata
James M. Cain

Post-mortem
Corpo de delito
Restos mortais
Desumano e degradante
Lavoura de corpos
Cemitério de indigentes
Causa mortis
Contágio criminoso
Foco inicial
Alerta negro
A última delegacia
Mosca-varejeira
Vestígio
Predador
Livro dos mortos
Em risco
Patricia Cornwell

Edições perigosas
Impressões e provas
A promessa do livreiro
Assinaturas e assassinatos
O último caso da colecionadora de livros
John Dunning

Máscaras
Passado perfeito
Ventos de Quaresma
Leonardo Padura Fuentes

Tão pura, tão boa
Correntezas
Frances Fyfield

O silêncio da chuva
Achados e perdidos
Vento sudoeste
Uma janela em Copacabana
Perseguido
Berenice procura
Espinosa sem saída
Na multidão
Céu de origamis
Luiz Alfredo Garcia-Roza

Neutralidade suspeita
A noite do professor
Transferência mortal
Um lugar entre os vivos
O manipulador
Jean-Pierre Gattégno

Continental Op
Maldição em família
Dashiell Hammett

O talentoso Ripley
Ripley subterrâneo
O jogo de Ripley
Ripley debaixo d'água
O garoto que seguiu Ripley
A chave de vidro
Patricia Highsmith

Sala dos Homicídios
Morte no seminário
Uma certa justiça
Pecado original
A torre negra
Morte de um perito
O enigma de Sally
O farol
Mente assassina
Paciente particular
Crânio sob a pele
P. D. James

Música fúnebre
Morag Joss

Sexta-feira o rabino acordou tarde
Sábado o rabino passou fome
Domingo o rabino ficou em casa
Segunda-feira o rabino viajou
O dia em que o rabino foi embora
    Harry Kemelman

Um drink antes da guerra
Apelo às trevas
Sagrado
Gone, baby, gone
Sobre meninos e lobos
Paciente 67
Dança da chuva
Coronado
    Dennis Lehane

Morte em terra estrangeira
Morte no Teatro La Fenice
Vestido para morrer
Morte e julgamento
Acqua alta
Enquanto eles dormiam
    Donna Leon

A tragédia Blackwell
    Ross Macdonald

É sempre noite
    Léo Malet

Assassinos sem rosto
Os cães de Riga
A leoa branca
O homem que sorria
O guerreiro solitário
    Henning Mankell

Os mares do Sul
O labirinto grego
O quinteto de Buenos Aires
O homem da minha vida
A Rosa de Alexandria
Milênio
O balneário
    Manuel Vázquez Montalbán
O diabo vestia azul
    Walter Mosley

Informações sobre a vítima
Vida pregressa
    Joaquim Nogueira

Revolução difícil
Preto no branco
No inferno
    George Pelecanos

Morte nos búzios
    Reginaldo Prandi

Questão de sangue
Os ressuscitados
O enigmista
    Ian Rankin

A morte também frequenta o Paraíso
Colóquio mortal
    Lev Raphael

O clube filosófico dominical
Amigos, amantes, chocolate
    Alexander McCall Smith

Serpente
A confraria do medo
A caixa vermelha
Cozinheiros demais
Milionários demais
Mulheres demais
Ser canalha
Aranhas de ouro
Clientes demais
A voz do morto
A segunda confissão
    Rex Stout

Fuja logo e demore para voltar
O homem do avesso
O homem dos círculos azuis
Relíquias sagradas
Um lugar incerto
    Fred Vargas

A noiva estava de preto
Casei-me com um morto
A dama fantasma
Janela indiscreta
    Cornell Woolrich

ESTA OBRA FOI COMPOSTA PELO GRUPO DE CRIAÇÃO EM GARAMOND E
IMPRESSA PELA GEOGRÁFICA EM OFSETE SOBRE PAPEL PAPERFECT
DA SUZANO PAPEL E CELULOSE PARA A EDITORA SCHWARCZ
EM FEVEREIRO DE 2011